Retour à Whitehorse

Un allié insaisissable

B.J. DANIELS

Retour à Whitehorse

Traduction française de
CHRISTINE BOYER

BLACK ROSE

HARLEQUIN

Collection : BLACK ROSE

Titre original :
RUGGED DEFENDER

HARPERCOLLINS FRANCE
83-85, boulevard Vincent-Auriol, 75646 PARIS CEDEX 13
Service Lectrices — Tél. : 01 45 82 47 47

www.harlequin.fr

ISBN 978-2-2804-1511-8 — ISSN 1950-2753

1

Tout avait commencé par un baiser, un baiser échangé par une froide journée d'hiver. Plus de dix ans s'étaient écoulés depuis lors, et pourtant Chloe Clementine se souvenait encore de l'air vif qui piquait leurs joues, ce jour-là, de la fumée blanche qui s'échappait de leur bouche, de la douceur de leurs lèvres qui se rejoignaient pour la toute première fois et de l'intense émotion qui l'avait alors saisie.

Justin T. Calhoun n'était pas le premier à l'avoir embrassée mais, quand leurs langues avaient entamé une danse sensuelle, elle avait eu l'impression que la terre tremblait.

Ce baiser était resté gravé dans sa mémoire, et Chloe était certaine qu'elle se le remémorerait jusqu'à sa mort, même si elle devait vivre centenaire.

Et qu'elle chérirait à jamais le cow-boy qui l'avait étreinte avec tant de passion…

Allongée dans son lit, elle songeait à lui, à ce baiser enflammé. Revenir à Whitehorse la replongeait à l'époque de son enfance et de son adolescence. Les années passées n'y changeaient rien.

Lorsque la sonnerie de son téléphone retentit, elle décida de ne pas répondre, préférant poursuivre sa douce rêverie. Mais après quelques instants l'appareil se remit à sonner.

Chloe réprima un juron.

Si l'une de ses sœurs se permettait de l'appeler à une heure aussi matinale, elle l'étranglerait, se promit-elle en décrochant.

— Quoi ? grommela-t-elle sans se donner la peine de regarder le numéro qui s'affichait sur l'écran.

Elle était certaine qu'il s'agissait d'Annabelle, la lève-tôt de la famille.

— Salut, Chloe ! lança une voix masculine et familière. C'est Justin.

Justin ?

Chloe s'assit sur son lit.

Avait-il suffi qu'elle repense au baiser qu'ils avaient échangé autrefois pour que Justin cherche à la joindre ? se demanda-t-elle, sidérée par une telle coïncidence.

Des milliers de pensées s'entrechoquaient dans sa tête. Comment avait-il obtenu son numéro de portable ? Pourquoi lui téléphonait-il ? Était-il à Whitehorse ?

— Justin ? balbutia-t-elle d'un ton altéré par l'émotion. Excuse-moi, je croyais qu'Annabelle m'appelait. Comment vas-tu ?

Glissant un œil sur son réveil, elle ajouta :

— Comment vas-tu à presque 8 heures du matin ?

— Il est un peu tôt pour te passer un coup de fil, c'est vrai, mais ton message m'a inquiété.

Maintenant, elle ne comprenait vraiment plus rien.

— Mon message ? Quel message ?

Certes, quelques jours plus tôt, elle avait dansé au bal de Noël avec Cooper, le meilleur ami de Justin, mais elle ne lui avait pas demandé de lui faire passer le moindre message.

— Celui que quelqu'un m'a laissé de ta part sur le répondeur de mon portable. Comme quoi tu avais besoin de me parler, que c'était urgent…

Chloe ne voyait pas du tout à quoi il faisait allusion. Annabelle avait-elle voulu forcer le destin, provoquer les retrouvailles de Chloe avec son amoureux d'autrefois ?

La benjamine de la famille en était tout à fait capable. Alors que Chloe n'imaginait pas sa cadette, Tessa Jane alias TJ, lui faire ce genre de mauvaises blagues.

Cela dit, depuis que ses deux sœurs étaient tombées amoureuses, elles n'étaient plus elles-mêmes.

— Je suis désolée, Justin, mais je n'ai demandé à personne de te contacter.

— Pourtant, quelqu'un m'a téléphoné pour m'annoncer que tu avais des ennuis et besoin de mon aide en urgence. Il s'agissait d'une femme, mais je l'entendais mal car sa voix était à moitié couverte par une musique poussée à fond. Manifestement, la personne que j'avais au bout de fil se trouvait dans un bar.

Justin ne se figurait quand même pas que Chloe l'avait appelé après avoir bu quelques verres de trop et n'en avait gardé aucun souvenir…

— Désolée, mais ce n'était pas moi.

Elle l'était assurément beaucoup plus qu'il ne le croyait.

— Et je ne vois pas qui s'est permis de te contacter en mon nom, ajouta-t-elle.

En réalité, elle le savait. Il s'agissait d'Annabelle. Seule sa petite sœur était capable d'un tel canular. Elle se promit de l'étriper.

Mais Justin poursuivait :

— En tout cas, tant mieux si tu n'as pas de soucis et si tu n'as pas besoin de moi.

Il avait pourtant l'air de regretter de ne pas avoir à voler à son secours.

Chloe ferma les paupières, se reprochant son manque de repartie. Pourquoi n'avait-elle pas eu la présence d'esprit d'inventer un problème quelconque ? D'ailleurs, en réalité, elle n'aurait pas eu à inventer quoi que ce soit. De fait, elle *avait* un véritable sujet d'inquiétude, même s'il ne s'agissait pas à proprement parler d'une urgence. Et comme elle n'en avait encore parlé à personne…

— Es-tu à Whitehorse ? lança-t-elle.

— Non, je n'y vis plus et je n'y suis pas retourné depuis des années.

Elle perçut une pointe de regret dans la voix de Justin comme s'il avait subi plus que choisi cet exil. Bizarre.

— Moi non plus, je n'étais pas revenue dans le Montana depuis des lustres. Mais j'y suis, actuellement. J'avais envie de passer Noël avec mes sœurs dans la propriété familiale. En tout cas, je te remercie de ton appel. C'est sympa de savoir que si un jour j'ai des ennuis, tu…

Il ne lui avait pas dit non plus qu'il arrivait, ventre à terre et toutes affaires cessantes, pour lui porter secours.

— Tu m'appelleras, poursuivit-elle. Et cela m'a fait plaisir de t'entendre.

— À moi aussi. Cela faisait longtemps.

Trop longtemps.

Chloe se demanda si, toutes ces années, il avait parfois pensé à elle – et à leur baiser. Ses sœurs considéraient Justin T. Calhoun comme son petit ami du lycée. Mais en réalité ce mémorable baiser n'avait pas eu de suite. Peu après, elle avait quitté Whitehorse pour poursuivre ses études à l'université, loin du Montana.

Si cette étreinte passionnée avait marqué Chloe à jamais, Justin n'en avait peut-être, lui, gardé aucun souvenir. D'ailleurs, elle avait appris que, quelques années plus tard, il s'était fiancé à Nicole Kent – « Nici » pour les intimes – avant de rompre pour épouser Margie Taylor. Mais d'après Annabelle – très au courant des potins du village – le mariage n'avait pas duré. Ils avaient divorcé moins de deux ans après s'être juré un amour éternel…

De son côté, Chloe avait obtenu un diplôme de journaliste puis elle avait décroché un premier emploi dans un petit journal avant d'en intégrer un autre, plus prestigieux.

Si, au cours de ces dix dernières années, elle était sortie avec quelques confrères ou collègues, aucun de ces hommes n'arrivait à la cheville de Justin et aucun d'eux n'avait réussi à l'ensorceler d'un simple baiser.

— Alors, jusqu'à quand restes-tu à Whitehorse ? reprit Justin, la tirant de ses pensées.

— Jusqu'au 1er janvier. Ou peut-être plus longtemps… Je verrai.

En réalité, Chloe n'avait aucun projet pour la suite. Rien ne l'attendait plus à New York. Mais elle n'en avait encore soufflé mot à personne. Même ses sœurs n'étaient pas au courant.

Justin poursuivit :

— Tu seras donc encore là pour le bal masqué de la Saint-Sylvestre, non ?

Ils n'étaient qu'à quelques jours de la fin de l'année. Et depuis Noël Annabelle tentait par tous les moyens de la convaincre d'assister à cette soirée – événement majeur fêté par tous, à Whitehorse. Mais Chloe n'en avait aucune envie. Déjà, ses sœurs l'avaient obligée à se rendre au bal de Noël. Cela suffisait.

Rien n'aurait pu la faire revenir sur son refus… À part Justin.

— Je n'ai pas encore décidé si j'irai ou pas, dit-elle. Et toi ? ajouta-t-elle, pleine d'espoir.

Il se mit à rire.

— J'y pense ! Nous n'avons jamais eu la possibilité de danser ensemble, Chloe. Ce serait peut-être l'occasion.

Ils n'avaient jamais eu la possibilité de faire beaucoup de choses ensemble…

— Tu sais danser ? demanda-t-elle.

— Ce sera à toi d'en juger. En tout cas, peut-être te verrai-je à ce bal costumé. En attendant, cela m'a fait plaisir de discuter avec toi. Je dois te laisser, maintenant. Prends soin de toi.

Et il raccrocha.

Chloe resta un moment sous sa couette à se remémorer leur échange.

Il avait dit : « Peut-être te verrai-je à ce bal costumé. »

Pas : « Aurai-je la chance de t'y croiser ? »

Ni : « Aimerais-tu m'accompagner au bal masqué ? Si tu en as autant envie que moi, nos retrouvailles seront fabuleuses. J'en rêve depuis si longtemps ! »

Pourtant, elle sentait son cœur s'affoler dans sa poitrine. La simple perspective de revoir Justin la mettait en transe…

Elle se répétait que ce baiser magique remontait à des années, que Justin avait certainement beaucoup changé. Rien ne disait que l'alchimie entre eux serait toujours au rendez-vous. D'ailleurs, elle n'était même pas sûre que l'intense émotion qu'elle avait éprouvée après cette étreinte ait été partagée.

Elle entendit la porte de la maison s'ouvrir et les voix joyeuses de ses deux sœurs se répondre dans le hall d'entrée. Comme elles montaient l'escalier en discutant avec animation, Chloe hésita à enfouir la tête sous l'oreiller.

— Je parie qu'elle n'est pas encore réveillée, disait TJ.

— Alors nous ferions mieux de la secouer. Sinon, nous allons être en retard.

Avec un soupir, Chloe comprit qu'elle n'allait pas pouvoir continuer à se prélasser dans son lit en rêvant à Justin. Et, comme il fallait s'y attendre, Annabelle et Chloe firent irruption dans sa chambre.

— As-tu une idée de l'heure qu'il est, la marmotte ? Lève-toi. Nous avons une surprise pour toi.

Chloe détestait les surprises. Cela dit, il était sans doute déjà trop tard pour espérer l'éviter. Ne venait-elle pas à l'instant d'être victime d'une blague de l'une de ses sœurs ?

— Annabelle propose que nous allions donner un coup de main à la soupe populaire locale, dit TJ. Comme lorsque nous étions jeunes.

En effet autrefois Frannie, leur grand-mère, s'était

battue pour ouvrir cet établissement et avoir ainsi la possibilité d'aider les plus démunis.

Quand leurs parents avaient trouvé la mort dans un accident de la route, les trois sœurs étaient venues vivre chez leur aïeule – qu'elles n'avaient alors encore jamais rencontrée. Frannie était morte, à présent, mais elle avait légué sa maison à Annabelle. Cette dernière l'avait vidée, repeinte et réaménagée afin d'y accueillir ses aînées pour les fêtes de fin d'année.

— « Donner aux plus pauvres t'enrichit », ajouta TJ, imitant si bien leur grand-mère que Chloe ne put retenir un éclat de rire.

— Très bien. Laissez-moi un instant pour m'habiller et je vous suis. Justin m'a appelée, ajouta-t-elle comme ses sœurs s'apprêtaient à quitter la pièce.

Toutes deux se figèrent avant de se tourner lentement vers elle.

— Sérieux ? lança Annabelle, jouant assez mal l'étonnée. Que t'a-t-il dit ?

— Que quelqu'un l'avait appelé d'un bar, prétendant que j'avais des ennuis et besoin de lui de toute urgence. Et que cette personne lui avait également donné mon numéro de portable…

Elle dévisagea tour à tour TJ et Annabelle.

— Je suis sûre que c'est toi, Annabelle.

Sa sœur se mit à rire.

— Erreur !

— C'était l'idée d'Annabelle, se hâta de préciser TJ. Mais c'est moi qui ai passé ce coup de fil. Je crois que j'avais un peu bu. Je suis désolée. Tu aurais sans doute dû nous accompagner l'autre soir quand nous sommes descendues au Mint. Si tu étais venue avec nous, je ne lui aurais pas téléphoné…

Chloe aurait voulu les accabler de reproches, mais elle se contenta de secouer la tête avec un gros soupir.

Mais déjà Annabelle rebondissait, tout excitée :

— Alors ? Comment s'est passé votre échange ?

— Il m'a dit que nous nous verrions peut-être au bal masqué de la Saint-Sylvestre.

— Vraiment ? Mais c'est génial ! s'exclama Annabelle. Je t'avais dit que ça marcherait, ajouta-t-elle d'un air triomphant en se tournant vers TJ.

— Cela n'a pas marché, protesta Chloe. Ce n'est pas comme s'il m'avait promis de revenir à Whitehorse ou s'il m'avait demandé d'être sa cavalière. Il a seulement dit que nous nous verrions « peut-être » à cette soirée…

Mais ses sœurs semblaient toujours persuadées que leur stratagème avait fonctionné et qu'elles avaient réussi à réunir les anciens tourtereaux.

— J'espère qu'il viendra, poursuivit Annabelle. Ce qui s'est passé est si triste. Je suis certaine que son ami Cooper t'en a parlé.

— Parlé de quoi ?

— Du grand frère de Justin. Drew. Il est mort. Une balle en pleine poitrine…

Drew avait déjà quitté le lycée quand Chloe y était entrée, aussi n'avait-elle jamais rencontré l'aîné de Justin.

— C'est horrible ! s'exclama Chloe.

Mais à l'expression d'Annabelle elle comprit qu'il y avait plus grave encore.

— Quoi ?

— Le drame a eu lieu il y a cinq ans, et à l'époque l'enquête avait conclu à un accident. Mais…

Annabelle se tourna vers TJ, hésitant visiblement à poursuivre.

— Mais quoi ? insista Chloe.

— Justin a été, un temps, soupçonné de l'avoir assassiné, répondit Annabelle.

Depuis qu'Annabelle était revenue vivre à Whitehorse, elle était très au courant des potins et des rumeurs qui couraient dans le comté. Ses voisines se chargeaient de les faire circuler.

Annabelle continua :

— Tous ceux qui connaissaient Justin refusent d'imaginer qu'il ait été impliqué de près ou de loin dans la mort de son frère. À l'exception de son père… qui est toujours persuadé de la culpabilité de Justin, ajouta-t-elle. Il est certain que Justin l'a tué.

Chloe avait du mal à en croire ses oreilles.

— Pauvre Justin. J'ignorais tout de cette histoire. Quelle tragédie ! Mais pourquoi son père croit-il Justin coupable d'un tel crime ?

Annabelle haussa les épaules.

— Apparemment, Bert Calhoun idéalisait son fils aîné. Drew et Justin s'entendaient mal et, ce jour-là, les deux frères s'étaient disputés. C'est tout ce que je sais, si ce n'est qu'après le drame Justin a quitté la ville et n'y est jamais revenu. Bon, maintenant, nous ferions mieux d'y aller si nous ne voulons pas être en retard.

TJ prit un quotidien que Chloe avait laissé sur sa table de chevet et remarqua :

— Je suis surprise que ton journal t'ait permis de prendre autant de jours de congé pour les fêtes. Si je comprends bien, tu restes jusqu'au nouvel an, n'est-ce pas ?

— Nous en parlerons à un autre moment, répondit Chloe. Annabelle a peur que nous soyons en retard. Alors, laissez-moi me doucher et m'habiller en vitesse.

Comme elle les poussait hors de sa chambre, elle devina à l'expression de TJ que sa sœur ne laisserait pas tomber le sujet et se promettait déjà d'y revenir à la première occasion. Tôt ou tard, elle devrait leur dire la vérité.

Adossé à une souche d'arbre, les yeux dans le vague, Justin T. Calhoun se remémorait sa conversation téléphonique avec Chloe. Le simple fait d'entendre le son de sa voix l'avait troublé, lui rappelant les rares bons souvenirs qu'il avait gardés de Whitehorse. Après tout ce qui s'était passé, était-il étonnant qu'il ait voulu quitter la région en abandonnant tout derrière lui ?

Cela dit, se jeter, tête la première, dans le mariage pour fuir les rumeurs et les regards soupçonneux s'était révélé une erreur, il devait bien se rendre à l'évidence. Il avait épousé Margie Taylor pour avoir la possibilité d'exploiter le ranch du père de sa femme, dans le Dakota. Tout en considérant le paysage blanc et plat qui l'entourait, Justin savait qu'il avait passé la bague au doigt de Margie dans le seul but d'échapper à une situation qu'il ne parvenait plus à gérer.

Certes, il avait accepté de travailler pour son beau-père, mais Margie n'avait pas tardé à comprendre que Justin n'avait, en réalité, pas plus le cœur à s'investir dans ce ranch que dans une véritable relation amoureuse avec elle. Ils s'étaient séparés sans drame, et Justin s'était fait embaucher chez un autre éleveur du Dakota, installé non loin de la frontière avec le Montana. Il n'avait même pas envisagé de retourner dans le ranch Calhoun.

Et pourtant, en apprenant que Chloe Clementine avait des ennuis, il s'était senti prêt à sauter sur son fidèle pur-sang et à galoper jusqu'à Whitehorse pour la sauver. Il n'y était pas revenu depuis des années, il n'avait pas revu Chloe depuis plus longtemps encore et pourtant il mourait d'envie de la revoir. Même s'il essayait de se convaincre du contraire, il avait encore des affaires à régler à Whitehorse, il en était conscient.

Il se leva, tapota son jean poussiéreux et considéra la petite cabane en rondins où il habitait depuis quelques mois. Ce chalet l'avait protégé de la neige et du froid mais n'avait jamais été un foyer à ses yeux. Cela dit, le mode de vie spartiate ne le dérangeait pas. Il n'avait jamais vécu autrement, d'ailleurs.

Parler à Chloe l'avait profondément remué, lui rappelant qu'il n'y a pas si longtemps il nourrissait des rêves…

Leur échange lui avait remémoré tout ce à quoi il avait renoncé depuis des années.

N'était-il pas temps de retourner dans le Montana et d'affronter enfin les démons du passé ?

Il songea au baiser qu'ils avaient échangé autrefois. Il faisait froid, ce jour-là. Un vent glacé soufflait et des flocons de neige dansaient autour d'eux. Et pourtant il n'avait jamais eu aussi chaud qu'en cette journée d'hiver, et rien qu'en y repensant il avait l'impression qu'un grand soleil illuminait son cœur…

— Tu n'es qu'un imbécile, se dit-il

Mais il ne put s'empêcher de sourire. Il avait toujours eu envie d'assister au bal masqué de Whitehorse. L'idée de s'y montrer et d'y surprendre Chloe… Le simple espoir de la revoir lui chauffait les sangs…

Un bruit de moteur le tira de sa rêverie. Un camion approchait et, avec un juron, Justin se remit en mouvement. Il avait du bétail à nourrir, une clôture à réparer. Il repoussa son vieux stetson, conscient qu'il avait besoin d'une coupe de cheveux. Un bon rasage ne serait pas du luxe non plus.

Mais à quoi bon essayer de changer les choses ou même espérer revenir à ce qui aurait pu être ? Chloe n'avait pas besoin de lui. Alors pourquoi lui avait-il dit qu'il assisterait peut-être au bal masqué de la Saint-Sylvestre ?

Pire encore, pourquoi croyait-il qu'il était temps de rentrer à la maison et d'arranger les choses ?

Le vent balayait la neige fraîche, la projetant aux quatre coins du cimetière désert. Dressés autour des tombes comme des sentinelles, les grands pins se balançaient doucement. Comme chaque année à la même époque, Bert Calhoun venait fleurir la dernière demeure de

Drew. Tandis qu'il marchait dans les allées enneigées, des flocons se remettaient à virevolter autour de lui.

Bien sûr, il aurait dû venir se recueillir plus souvent sur la tombe de son fils, il le savait, mais Bert avait du mal à s'infliger cette épreuve. Chaque fois qu'il s'y rendait en pèlerinage, il se sentait vieux, seul, oublié de tous… Et son cœur lui semblait aussi sombre et froid que le paysage hivernal alentour.

Le vieillard posa les yeux sur les mots gravés sur la pierre tombale. Ils lui étaient aussi douloureux que s'ils avaient été gravés au fer rouge sur sa propre chair.

Andrew CALHOUN, surnommé Drew
4 juillet 1982 – 14 décembre 2013

Bert retira son stetson et s'agenouilla, refusant de prêter attention à son genou douloureux. Une bise glacée giflait ses joues mal rasées, emmêlait ses cheveux gris trop longs. Il se félicita d'être seul dans ce cimetière en ce matin d'hiver. En général, il passait ses journées au ranch, sauf lorsqu'il était contraint de descendre au village pour se ravitailler. Les gens le regardaient toujours comme une bête curieuse. Il n'avait pas de mal à imaginer ce qu'ils disaient dans son dos.

Cette visite annuelle mise à part, Bert ne se rendait jamais sur sa tombe. Il ne savait jamais quoi dire à Drew. Depuis sa naissance, il avait mis tant d'espoir sur lui. Bert avait toujours compté sur son fils aîné pour prendre sa suite. Il était persuadé qu'à l'avenir Drew assurerait la pérennité du nom comme celle du ranch Calhoun.

Malheureusement, les fruits n'avaient pas tenu les promesses des fleurs et Drew lui avait été arraché trop tôt, beaucoup trop tôt. Cinq ans après, sa mort brutale, si injuste, si cruelle, si insupportable, lui broyait toujours le cœur. Certains soirs, la pensée de son fils aîné pourrissant six pieds sous terre lui donnait envie d'en finir.

La vie n'avait plus aucun sens à ses yeux alors, à quoi bon continuer ? S'il y avait eu quelqu'un d'autre pour prendre en charge le ranch à sa place, Bert aurait sans doute mis fin à ses jours. Mais il n'y avait plus personne, et les circonstances de la mort de son fils l'obligeaient à prolonger cette longue agonie. Depuis cette soirée maudite, il n'était plus qu'un vieillard usé et amer.

Une bourrasque souleva la neige, renversant au passage le récipient en métal qui contenait les fleurs de plastique terni. Bert sentit le poids de la culpabilité tomber sur ses épaules. Se redressant avec difficulté, il se dirigea vers la tombe voisine, celle de sa femme.

Mary Harris Calhoun
11 mai 1954 – 21 décembre 2002

La perdre si jeune avait été une véritable épreuve, à l'époque.

Mais à présent Bert se félicitait que sa douce Mary soit morte avant de voir ce que sa famille adorée était devenue. Elle aurait été anéantie par ce gâchis. Sans doute lui aurait-elle reproché la situation. Avec raison. Elle aurait certainement exigé qu'il arrange les choses.

Une promesse monta à ses lèvres, mais il ne put se résoudre à la formuler à voix haute. Ce n'était pas le serment que Mary aurait voulu entendre. Après la mort de Drew, il y a cinq ans, Bert s'était juré de traîner le meurtrier de leur fils aîné en justice.

Et il n'avait même pas été capable d'honorer sa parole, se réprimanda-t-il.

Mary aurait souhaité qu'il s'engage à tout autre chose, il le savait. Chaque fois qu'il se rendait au cimetière, il croyait entendre son épouse l'exhorter :

« Ramène notre enfant à la maison. Présente-lui tes excuses pour le mal que tu lui as fait. »

Le simple fait de songer à Justin, son cadet, le ravageait. Parce que, chaque fois qu'il fermait les yeux, il revoyait Justin au-dessus du cadavre de son frère, son pistolet à la main.

Des larmes brûlantes roulèrent sur ses joues. Il pleurait sur lui-même, et Mary le savait. De l'au-delà, elle lui reprochait ce qui s'était passé comme si c'était lui qui avait appuyé sur la gâchette et mis fin à la vie de Drew.

Il secoua la tête. Plus que tout, il voulait obtenir justice. Mais certains jours il ne savait plus à quoi ressemblerait la justice. Peut-être avait-elle déjà été rendue. Peut-être la mort de Drew avait-elle été la punition de ses fautes passées.

Et pourtant, au fond de son cœur, il connaissait la vérité. Justin avait tué son frère. Lui-même était probablement responsable de l'animosité entre ses deux fils. Sans doute n'aurait-il pas dû montrer trop ouvertement sa préférence pour son aîné. Mais était-il coupable pour autant du crime ? En tout cas, depuis le drame, son chagrin n'avait d'égale que sa culpabilité.

D'un revers de main, il essuya les larmes qui gelaient maintenant ses joues et il se leva. Il n'avait pas besoin que Mary lui dise le rôle qu'il avait joué dans cette tragédie. Drew avait toujours été son préféré, il ne s'en était jamais caché. Tout le monde le savait – y compris Justin. Il avait eu tort de ne pas accorder le même amour à ses deux enfants.

Et il l'avait payé le prix fort.

Mais, même après cinq ans, il était incapable de faire ce que Mary attendait de lui.

Non, il lui était impossible de faire la paix avec Justin. Pas tant qu'il le considérait comme un assassin.

2

Dès qu'elle entra dans les locaux de la soupe populaire avec ses sœurs, Chloe repéra Nicole Kent, l'ancienne fiancée de Justin.

— Que fait-elle ici ? grommela-t-elle à mi-voix.

— Elle est visiblement en train de s'expliquer avec Edna, répondit Annabelle. Edna Kirkland est la responsable de cet établissement. Mieux vaut éviter de lui chercher des noises.

Chloe n'avait aucune envie de se disputer avec qui que ce soit et encore moins avec la dénommée Edna qui dominait Nici de sa haute stature.

Apparemment, cette dernière refusait de porter un filet dans ses cheveux, accessoire indispensable aux yeux d'Edna.

— Pas question de mettre cette horreur ! cria Nici d'une voix stridente.

Malgré sa colère, ce petit bout de femme ne manquait pas de charme avec ses taches de rousseur et sa coupe garçonne qui lui allait bien.

Edna croisa les bras sur son opulente poitrine.

— Vous le mettez ou j'appelle la shérif pour qu'elle vous colle en prison, rétorqua-t-elle. À vous de choisir.

— Personne ne m'avait dit que je serais obligée de porter un filet à cheveux, répliqua Nici avant de quitter la salle en claquant la porte.

— Nici effectue des travaux d'intérêt général,

chuchota TJ. Je me demande ce qu'elle a fait pour être condamnée à cette peine.

— Êtes-vous venues pour bavarder ou pour travailler ? gronda Edna.

— Pour travailler, assura rapidement Annabelle en se dépêchant de couvrir ses cheveux d'un filet et de prendre une louche.

— Nous allons bientôt ouvrir nos portes, annonça la responsable. Vous, ajouta-t-elle en désignant TJ du doigt, vous distribuerez des petits pains et vous, poursuivit-elle en pointant Chloe, vous aiderez en cuisine. Et à la fin du service vous devrez toutes les trois participer au nettoyage de la salle. Compris ?

— Compris, répondirent TJ et Chloe en chœur tandis que Nici revenait des lavabos.

— Et vous, ordonna Edna à Nici, vous êtes désormais chargée de la plonge. Et si vous n'êtes pas contente j'appelle la shérif qui vous jettera immédiatement en cellule. Vous voilà prévenue.

— Comparée à ces travaux d'intérêt général, la prison ressemble à des vacances, grommela Nici dans sa barbe.

Dès qu'Edna s'éloigna, Nici se tourna vers Chloe et lui lança d'un ton abrupt :

— Que faites-vous ici ?

— Autrefois, nous avions l'habitude de servir la soupe aux plus démunis avec notre grand-mère. Pour respecter sa mémoire et cette tradition familiale, nous avons eu envie de donner un coup de main à Edna.

— Non, je voulais dire : que faites-vous, vous, Chloe Clementine, à Whitehorse ?

— Je suis venue passer les fêtes de fin d'année avec mes sœurs.

Chloe se demandait pourquoi elle se fatiguait à répondre aux questions grossières de Nici. Elle était surtout étonnée de la voir ici.

Mais Nici poursuivait :

— Vous n'allez donc pas rester, si je comprends bien.

— Nicole Kent, vous avez deux secondes pour rejoindre votre poste à la plonge ! cria Edna.

Nici sortit en levant les yeux au ciel.

— Charmante jeune femme, déclara TJ en nouant son filet sur ses cheveux avant d'enfiler des gants en plastique pour distribuer des petits pains.

— Pour ma part, je n'ai jamais compris ce que Justin lui trouvait, ajouta Annabelle.

Chloe regarda Nici disparaître dans l'arrière-cuisine.

— Ils se ressemblaient beaucoup. Tous deux se sentaient sans doute un peu exclus, mis au ban de la société et considérés comme des bêtes curieuses.

— Je ne vois pas ce qu'ils ont en commun, protesta Annabelle. Nici est issue de l'une des familles les plus pauvres de la ville alors que le père de Justin possède l'un des plus gros ranchs du comté. Il élève des Longhorn et des Black Angus dont la réputation s'étend bien au-delà du Montana.

— Je doute que Bert Calhoun ait le sentiment d'être très nanti, répliqua TJ. Sa femme est morte alors qu'elle était encore jeune. Il a perdu son fils aîné et le second aussi, d'une certaine façon.

— Tu sais ce que je voulais dire. Il a beaucoup d'argent.

— Mais Justin s'est toujours comporté comme s'il s'en moquait, dit Chloe.

Edna recommença à aboyer des ordres, et elles se mirent au travail mais, tout en s'activant, Chloe ne pouvait s'empêcher de songer à Justin et à la tragédie qui avait bouleversé la famille Calhoun. Elle savait que Justin et Drew ne s'étaient jamais entendus, mais elle refusait de croire que Justin ait quoi que ce soit à voir avec la mort de son frère.

*
* *

Il ne fallut pas longtemps à Justin pour empaqueter ses affaires. Quitter son travail ne lui fut pas très difficile non plus. Les cow-boys saisonniers comme lui étaient légion dans le Dakota. Le propriétaire du ranch n'aurait aucun mal à le remplacer au printemps prochain lorsqu'il aurait besoin de bras pour les vêlages.

Après avoir jeté son barda dans son pick-up, il s'installa au volant en se demandant pourquoi il ne l'avait pas fait plus tôt. Il savait pertinemment pourquoi. Il n'avait pas eu le cran d'affronter la vérité concernant la mort de son frère. Il avait préféré s'enfuir.

Avec un gros soupir, il démarra et il prit la direction du Montana. *Pourquoi maintenant ?* Cette question le turlupinait depuis le début de la matinée. Non, il refusait de croire qu'un baiser en était la cause. Un baiser échangé il y a tant d'années qu'il finissait par se demander s'il ne l'avait pas rêvé.

Entendre la voix de Chloe avait fait remonter tant de souvenirs à sa mémoire qu'il en était perturbé. Les quelques semaines de bonheur qu'il avait connues avec elle avant que sa vie ne parte en vrille semblaient loin, à présent. Sans doute cherchait-il à revivre ces moments, même si l'idée paraissait folle. Mais non, il était trop lucide, trop réaliste, pour imaginer cette éventualité.

En réalité, il avait pris conscience qu'il fuyait son passé depuis trop longtemps. Maintenant, il rentrait à la maison – avec tout ce que cela impliquait. La perspective de revoir son père ne l'amusait pas, loin de là. Mais il n'avait plus peur de cette confrontation. Seule la vérité le réveillait certaines nuits avec des sueurs froides.

Que s'était-il passé le jour où Drew avait été tué ?

— Grand-mère serait fière de nous, déclara Annabelle alors qu'elles enfilaient leurs manteaux et quittaient les locaux de la soupe populaire, désormais propres.

— Tu es bien silencieuse, remarqua TJ alors que Chloe s'installait sur la banquette arrière du 4x4 d'Annabelle. Es-tu en colère contre moi pour avoir appelé Justin ? ajouta-t-elle en se retournant pour la regarder en face.

— Non, j'ai été contente de lui parler. Mais notre amourette du lycée est finie depuis longtemps. C'est de l'histoire ancienne.

— Ne dis pas ça, protesta Annabelle qui s'asseyait au volant. Regarde Dawson et moi. Je l'avais quitté, il y a treize ans, alors qu'il travaillait depuis des mois pour m'acheter une bague de fiançailles et me demander en mariage. Je pensais qu'il ne me pardonnerait jamais de lui avoir brisé le cœur.

Des larmes inondèrent ses yeux bleus.

— Mais nous nous sommes retrouvés, ajouta-t-elle d'une voix rauque d'émotion. Et pour de bon.

— Je me demande pourquoi Justin n'a pas épousé Nici, dit Chloe.

— Qui sait s'ils étaient vraiment fiancés, remarqua Annabelle. En tout cas, lorsqu'ils ont rompu, Nici a prétendu qu'elle n'avait jamais songé sérieusement à aller plus loin avec lui.

— Peut-être passe-t-elle trop de temps en prison pour envisager une vie conjugale digne de ce nom, ajouta TJ sur le ton de la plaisanterie.

— Vous êtes vraiment très au courant des potins locaux, toutes les deux, dit Chloe.

Penser à Nici la mettait mal à l'aise, sans qu'elle comprenne très bien pourquoi.

— Bon, vas-tu enfin te décider à nous dire ce qui ne va pas, Chloe ? lança TJ tout en la regardant dans son rétroviseur.

— Pourquoi ? s'enquit Annabelle qui n'avait rien remarqué. Quelque chose ne va pas, Chloe ?

— J'ai perdu mon travail, répondit-elle, soulagée de pouvoir enfin partager ce lourd secret avec ses sœurs.

— Que veux-tu dire par « perdu » ? demanda TJ.

— La presse quotidienne est en crise depuis plusieurs années, tu ne l'ignores pas. Les gens n'ont plus le temps de lire les journaux et s'informent de plus en plus via Internet et les réseaux sociaux. Les annonceurs réduisent de plus en plus leurs budgets publicitaires. Bref, mon patron ne s'en sort plus et il a licencié le quart de ses salariés, il y a quinze jours. Je ne suis donc pas en vacances mais… au chômage.

Tandis qu'Annabelle traversait Whitehorse, Chloe considéra la petite ville par sa vitre. Peu de temps auparavant, elle y était revenue pour assister aux funérailles de sa grand-mère. Mais voilà des années qu'elle n'y passait qu'en coup de vent. Comme ses sœurs, elle avait eu envie de découvrir le vaste monde et de se prouver qu'elle pouvait réussir loin de Whitehorse, loin du Montana.

Annabelle était devenue mannequin et avait longtemps vu son visage s'étaler sur les couvertures de magazines – jusqu'au moment où elle avait décidé de mettre un terme à sa carrière de top-modèle et d'épouser son amoureux de toujours, Dawson Rogers, un rancher. Tous deux étaient faits l'un pour l'autre. Chloe se demandait souvent pourquoi sa petite sœur avait mis si longtemps à s'en rendre compte.

Quant à TJ, elle écrivait des thrillers qui figuraient tous en bonne place dans le classement des best-sellers du *New York Times*. Mais dernièrement, elle aussi était tombée amoureuse. Elle vivait maintenant dans un minuscule chalet, perdu au fond des bois dans les Little Rockies, en attendant que son fiancé en construise un plus grand.

Chloe avait quitté le Montana pour devenir journaliste d'investigation. Une fois diplômée, elle avait trouvé une place dans un petit quotidien. Puis elle avait gravi les échelons et travaillé pour les plus grands titres de la presse américaine. Mais, vu les difficultés que rencontrait cette dernière depuis plusieurs années, elle se demandait s'il était judicieux de chercher un poste dans un autre journal, en sachant qu'il serait tôt ou tard en crise, lui aussi… Elle l'expliqua à ses sœurs.

— Je suis désolée, dit Annabelle. Que vas-tu faire alors ?

Chloe se mit à rire.

— Pour le moment, je n'en ai aucune idée mais, par chance, j'avais mis de l'argent de côté et dans l'immédiat je n'ai pas trop à m'inquiéter de la suite.

— Tu peux rester dans la maison de Frannie aussi longtemps que tu le voudras, assura Annabelle.

La maison de Frannie, songea Chloe en réprimant un sourire. Leur grand-mère avait légué sa propriété à Annabelle. Que leur petite sœur ait été désignée comme unique héritière de leur aïeule avait provoqué des frictions entre elles trois. Mais elles s'étaient finalement réconciliées.

— Merci. Vous voyez, tout s'arrange ! dit-elle tandis qu'Annabelle s'engageait dans l'allée.

Avec l'aide de Dawson et de ses amis, Annabelle avait restauré la vieille demeure. Comme toutes trois y avaient grandi, elles s'y sentaient chez elles. Chacune y avait sa chambre et, enfants, elles avaient joué des après-midi entiers dans l'immense jardin bordé par la rivière Milk. Le domaine se trouvait dans un coin du village surnommé le « Millionaire's Row », le quartier des Millionnaires.

En réalité, aucune maison de Whitehorse ne valait un million. Les constructions étaient d'un style traditionnel, et en cette fin d'année la petite ville était charmante sous son manteau de neige avec ses lumières de Noël, Chloe devait le reconnaître.

— Puis-je t'emprunter ton 4x4, Annabelle ? demanda Chloe tandis que sa sœur s'arrêtait devant le porche. J'aimerais me rendre quelque part.

*
* *

Justin traversa le Montana en essayant d'imaginer les prairies, qui s'étendaient à perte de vue, envahies de buffles. Autrefois, ils parcouraient par milliers la région. Malheureusement, ils avaient tous été massacrés. Il avait vu des photos de leurs ossements empilés en gros tas le long de la voie ferrée à Whitehorse.

Son arrière-arrière-grand-père avait été l'un des premiers éleveurs de bétail à conduire des Longhorn, originaires du Texas, dans le Montana. Il avait entendu dire que l'herbe y était plus luxuriante que partout ailleurs. Sa famille paternelle s'était donc installée sur cette terre, donnant naissance à la Calhoun Cattle Company. Justin avait toujours une boule dans la gorge quand il pensait à ce que ses ancêtres leur avaient légué. Il savait qu'il lui appartenait de perpétuer cet élevage, de faire fructifier cet héritage pour le transmettre un jour, à son tour, à ses enfants.

Cinq ans auparavant, il n'avait pas été facile pour lui d'abandonner le domaine. En partant, il avait eu l'impression de s'arracher le cœur. Il aimait cette terre, cette exploitation familiale qui lui donnait l'impression de faire partie de quelque chose de plus grand que lui. Depuis l'enfance, il se sentait viscéralement attaché au ranch Calhoun, bien davantage que ne l'était son frère aîné. Pourtant, son père ne l'avait jamais remarqué.

Justin était donc parti, le cœur en miettes après la mort de son frère et les accusations de son père. Ce chagrin et ces regrets pesaient lourd sur sa poitrine, et il ne parvenait toujours pas à s'en débarrasser. Les années avaient passé, mais elles n'avaient en rien atténué sa douleur. Par contre, pendant ce laps de temps, il avait grandi, mûri. Il était devenu un homme. Il n'en avait pas eu la possibilité autrefois, son frère aîné lui rappelant en permanence qu'il était le petit, celui que leur père prenait pour un incapable et qu'il méprisait.

En début d'après-midi, il arriva enfin à Whitehorse. Dès qu'il reconnut les grands silos à grains qui se découpaient dans le ciel bleu d'hiver, le long du chemin de fer, il ralentit pour contempler ce paysage. Tout remontait à sa mémoire, les bons comme les mauvais souvenirs. Ici, il était chez lui.

Il prit une profonde inspiration et décida de régler les choses une bonne fois pour toutes, en commençant par les personnes qu'il avait blessées autrefois.

Le *Milk River Courrier*, le seul journal de la ville, avait son siège dans un petit immeuble de la rue principale de Whitehorse. Tout en poussant la lourde porte, Chloe ressentit une profonde joie et une décharge d'adrénaline. Elle avait le journalisme d'investigation dans les gènes. Enquêter la grisait, et elle avait hâte d'accéder aux archives de l'hebdomadaire.

Elle huma avec délice l'odeur de l'encre et du papier. Le cliquetis des touches des claviers sonnait comme une douce musique à ses oreilles. En ce début de semaine, tous les membres de l'équipe s'affairaient sur la maquette du numéro du samedi. Dès qu'elle obtint l'accès à la salle des archives, elle s'installa dans un coin, déterminée à lire tout ce qui était sorti à l'époque sur l'affaire.

Le premier papier concernant la mort d'Andrew Calhoun alias « Drew » était bref et résumait les éléments qu'elle avait trouvés un peu plus tôt sur le site web du bureau du shérif.

Le corps sans vie de Drew avait été découvert à 23 h 20 ce samedi 14 décembre 2013. Il avait été abattu d'une balle en pleine poitrine. À ce stade, le coupable n'avait pas encore été identifié. Après avoir officiellement déclaré le décès, le médecin légiste dépêché sur place avait ordonné une enquête.

Chloe parcourut des yeux les articles suivants et elle ne tarda pas à s'apercevoir que personne au journal n'avait mené d'investigations sur la mort de Drew. Elle comprenait pourquoi. Whitehorse était une petite ville, un village, et Bert Calhoun un riche éleveur. Le journal ne s'était pas beaucoup intéressé à cette histoire et avait rapidement cessé de publier le moindre papier sur le sujet. Le petit hebdomadaire s'était contenté de reproduire les rapports de police, mais personne au sein de l'équipe ne s'était donné la peine de creuser, préférant rester à la surface des choses.

Chloe ne reprochait rien aux journalistes du *Milk*. Elle savait d'expérience que certaines situations délicates étaient difficiles voire impossibles à gérer. Il n'était pas simple de heurter les gens de front, surtout lorsqu'ils avaient de l'influence dans la région. Pourtant, elle avait envie, *besoin* de réponses. Mais elle ne les obtiendrait pas ici, finit-elle par comprendre.

L'idée que Justin ait été soupçonné du meurtre de son frère – même si finalement l'affaire avait été classée sans suite, faute de preuves – lui était insupportable. Elle voulait à tout prix découvrir la vérité. Mener l'enquête était inhérent à son ADN. De plus, il s'agissait de Justin, le cow-boy qui l'avait embrassée avec passion un jour d'hiver, des années plus tôt. Une fille n'oublie pas des baisers comme celui qu'ils avaient partagé.

Justin retrouva la maison de la famille Kent sans aucune difficulté, une grande bâtisse de trois étages qui avait besoin d'un bon ravalement. Elle correspondait en tout point à l'image dont il avait gardé le souvenir.

Il ignorait si Nicole vivait encore à Whitehorse. En quittant la ville, cinq ans plus tôt, il s'était interdit de garder le moindre contact avec quiconque. Comme il remontait l'allée recouverte de neige qui menait au porche, il remarqua un mouvement de rideau à la fenêtre. La porte s'ouvrit avant qu'il n'atteigne les marches.

— Pour une surprise, c'est une surprise ! lança Nici en s'adossant au chambranle. Que fais-tu ici ?

— Je suis moi aussi ravi de te revoir, Nici.

Elle n'avait pas changé. Les mêmes cheveux noirs coupés court, le même comportement agressif. Il sourit.

— Puis-je t'offrir un café ? proposa-t-il.

— Non merci, sans façon, mais si tu veux me payer un demi, c'est d'accord.

Justin n'avait aucune envie de se rendre dans un bar de la ville où il risquait d'être reconnu, aussi s'arrêta-t-il à la première supérette venue pour y acheter un pack de bières.

— Peut-être l'as-tu oublié, mais les lois sur la consommation d'alcool sur la voie publique sont strictes dans le Montana, dit-elle quand il lui tendit une canette. Et il y a de nombreux cafés dans le coin.

— Alors n'ouvre peut-être pas ta bière avant que nous ne soyons arrivés au lac, dit-il.

Comme il l'aurait parié, elle la décapsula immédiatement. Ils ne parlèrent pas beaucoup tandis qu'ils roulaient vers Nelson Reservoir. Autrefois, Nici et lui avaient l'habitude de venir y nager le soir, en été. Justin était alors fatigué après une longue journée à travailler au ranch sous le regard exigeant de son père. Il avait besoin de se détendre, et Nici était toujours d'accord pour le suivre.

— Te souviens-tu de nos bains de minuit ? demanda Nici tandis que Justin se garait au bord de la jetée et coupait le moteur.

Sa canette à la main, il considéra l'étendue gelée recouverte de neige.

— Le programme ne me tente pas trop aujourd'hui, répondit-il.

Il se cala sur son siège pour siroter sa bière. Comme au bon vieux temps.

— Pourquoi es-tu revenu ? s'enquit Nici qui semblait soudain inquiète pour lui.

Il lui sourit.

— Pour découvrir et affronter la vérité.

— Tu n'as pas tué Drew.

Sans répondre, Justin avala une gorgée de sa bière et reporta son attention sur un souvenir plus agréable.

— Te rappelles-tu la nuit où nous avons été surpris par un campeur ?

Nici gloussa.

— Apparemment, il était contrarié que ses fils me reluquent pendant que je me baignais toute nue.

Il rit.

— Tu as toujours aimé choquer les gens.

— Et cela me plaît encore. Imaginais-tu que j'avais changé ?

Justin se tourna vers elle, le regard adouci.

— Je voulais te demander pardon, Nici… Je suis conscient de t'avoir blessée, autrefois…

Elle haussa les épaules.

— As-tu rejoint les Alcooliques Anonymes ou quoi ? Pourquoi me présenter des excuses après toutes ces années ? Cela n'a aucun sens…

— Je sais que tu espérais que les choses deviennent plus sérieuses entre nous…

Sans répondre, elle but une gorgée de bière, veillant à ne pas le regarder.

Il poursuivit :

— Tu étais ma meilleure amie, Nici. Ma seule amie fille, d'ailleurs.

— Mais tu ne me trouvais pas assez bien pour m'épouser…

Lorsqu'elle se tourna vers lui, il vit les larmes briller dans ses yeux sombres. Elle vida sa canette d'un trait avant d'en ouvrir une autre.

— Je t'aimais, Nici. Je t'aime toujours. Je te considère toujours comme ma meilleure amie, déclara-t-il. Je me suis souvent demandé à quels problèmes tu avais été confrontée après mon départ. En tout cas, tu m'as manqué.

Plantant les yeux dans les siens, elle esquissa un petit sourire.

— Il est difficile de te détester.

— Tant mieux. J'ai le sentiment de t'avoir laissée tomber, il y a cinq ans, ajouta-t-il en lui caressant la joue. Cela n'a jamais été mon intention.

— Tu avais épousé Margie, dit-elle d'un ton accusateur.

— C'était une erreur. J'ai fini par la blesser, elle aussi.

Avec un soupir, il secoua la tête.

— J'ai fait beaucoup de choses dont je ne suis pas fier. Et voilà pourquoi je suis revenu.

— Pour faire amende honorable ?

— Et pour tenter d'arranger les choses, répondit-il. Je n'arriverai pas à tout réparer, ni à régler tous les problèmes. Par contre, j'ai la possibilité d'exprimer mes regrets sincères. Et de te présenter mes excuses. Alors, je le fais. Maintenant, raconte. Comment va ta vie ?

Elle se mit à rire.

— Pas terrible. J'ai passé la matinée à faire des travaux d'intérêt général. L'horreur. J'aurais dû aller à l'université ou exercer un vrai métier comme tu me l'avais conseillé, il y a cinq ans. Et quitter Whitehorse.

— Il n'est pas trop tard.

— Non ?

— Non ! Qu'est-ce qui te retient ici ? Un homme ?

Nici secoua la tête.

— L'inertie. J'ai sans doute besoin que quelqu'un me botte les fesses pour me forcer à avancer.

— Considère que je t'ai donné ce coup de pied salvateur.

Ils sirotèrent leurs bières un moment, chacun perdu dans ses pensées.

— Il y a quelque chose que j'aimerais te demander, dit-il finalement.

— À propos de Drew et de moi… Je savais que tôt ou tard, tu me poserais la question, répondit-elle, les yeux pleins de douleur et de colère, avant de détourner la tête. Je ne l'ai pas tué.

— Mais tu étais au ranch, ce soir-là.

Elle ne le nia pas.

— Drew était un sale type, je ne te l'apprends pas.

— Que s'est-il passé, cette nuit-là ? insista-t-il.

Avec un soupir, Nici lui lança :

— Pourquoi m'interroges-tu à ce sujet ? Pourquoi maintenant ?

— Parce que j'ai besoin de comprendre. J'aurais dû te poser la question, il y a cinq ans.

— Que s'est-il passé, à ton avis ? Je savais très bien pourquoi Drew m'avait demandé de venir. Je n'étais pour lui qu'un plan sexe.

Elle se tourna pour le regarder en face et elle continua :

— En couchant avec moi, il ne cherchait qu'à te faire du mal, mais je m'en foutais. Tu me brisais le cœur. Crois-tu que j'ignorais que tu ne m'épouserais jamais ?

Justin eut l'impression de recevoir un coup de poignard en pleine poitrine.

— Je suis désolé, Nici. Tu comptais tellement pour moi…

— Mais je n'étais pas assez bien pour te donner envie d'aller plus loin.

Elle s'humecta les lèvres, la gorge serrée.

— C'est l'histoire de ma vie, ajouta-t-elle. Je n'ai jamais été assez bien pour personne.

— Je connais ce sentiment.

Elle poursuivit comme si elle ne l'avait pas entendu.

— Beaucoup d'hommes se sont servis de moi, m'ont traitée par-dessus la jambe…

Sa voix se brisa.

Un lourd silence tomba dans l'habitacle du pick-up. À l'extérieur, le vent s'était levé et balayait la neige fraîche.

— Que tu m'associes à ces types me rend malade, dit-il enfin.

Elle l'observa, le regard adouci.

— J'espérais plus que ce que tu voulais me donner, alors j'étais en colère contre toi. Mais je n'ai jamais eu l'impression que tu te moquais de mes sentiments pour toi, répondit-elle avec honnêteté.

Après un moment, Justin finit par revenir à la charge :

— Alors tu l'avais rejoint au ranch, ce soir-là.

Elle hocha la tête avec gravité.

— Et, comme je l'avais prévu, il a pris son plaisir en égoïste puis il m'a dit de partir.

Ce soir-là, Justin travaillait dans l'écurie quand il avait entendu les coups de feu. Au moment où il s'était élancé dans la cour, affolé, il avait vu Nici quitter le ranch. Il avait couru vers le chalet de son frère qui se trouvait à une certaine distance de la maison principale et il avait découvert Drew agonisant. Quelques instants plus tard, son père avait fait irruption à son tour et il avait surpris Justin, l'arme à la main, devant le corps sans vie de Drew…

Justin ne saurait sans doute jamais si Bert Calhoun avait vu lui aussi Nici et n'avait jamais rien dit.

Pour sa part, Justin n'en avait soufflé mot à personne. Pas même à la shérif. Il avait couvert Nici.

— As-tu remarqué la présence de quelqu'un d'autre au ranch, ce soir-là ? Ou Drew a-t-il fait allusion à quelqu'un qui devait passer lui rendre visite après toi ?

Pendant un moment, il pensa qu'elle ne répondrait pas. Mais elle le fit, pourtant.

— Avant que je ne m'en aille, ton frère avait reçu un coup de fil, oui. Il était sorti du chalet pour prendre cet appel. Après avoir raccroché, il avait semblé contrarié et encore plus pressé que je parte.

— De qui s'agissait-il ? demanda Justin. L'avais-tu deviné ?

— D'une femme, je le sais. Drew n'avait pas dit grand-chose au téléphone, mais la façon dont il s'exprimait trahissait le sexe de son interlocuteur ou plutôt de son interlocutrice. Pourquoi n'as-tu dit à personne que tu m'avais vue là-bas, ce soir-là ?

Il haussa les épaules.

— Tu avais déjà des problèmes avec la police. J'avais peur de…

Il ne finit pas sa phrase.

— Je n'ai pas tiré sur ton frère, dit-elle. Et je serais allée voir la shérif si je m'étais doutée que tout le monde te soupçonnerait du meurtre.

— Cela n'aurait pas aidé, déclara-t-il. Et d'ailleurs rien ne te dit que je ne l'ai pas tué.

— À ta place, j'aurais vidé mon chargeur sur lui. Il le méritait.

3

Après avoir déposé Nici devant chez elle, Justin se rendit au ranch Rogers. Dawson Rogers avait trois ans de moins que lui, mais ils avaient grandi à quelques kilomètres de distance et, enfants, ils jouaient tout le temps ensemble. Comme ils se connaissaient depuis toujours, Justin faisait plus confiance à Dawson qu'à quiconque.

Au moment où il entrait dans la cour de ferme de son ami, Dawson sortait de la grange en essuyant ses mains pleines de cambouis avec un chiffon. Derrière lui, Justin aperçut le vieux tracteur de Dawson. Certaines pièces du moteur étaient alignées avec soin sur une caisse retournée.

— Tu essaies encore de faire marcher cette antiquité ? demanda Justin en sautant de son pick-up pour le saluer.

Ils se sourirent en échangeant une poignée de main.

— Il m'aura à l'usure, reconnut Dawson en se tournant vers la grange. Je sais que je devrais mettre ce tracteur à la casse, mais je le considère comme un vieil ami.

Reportant son attention sur Justin, il ajouta :

— Et je suis heureux de voir un autre vieil ami de retour…

Justin prit une profonde inspiration avant d'expliquer :

— Je suis revenu m'occuper de certains dossiers… en souffrance.

Dawson hocha la tête.

— J'imagine que tu cherches un endroit où dormir, je me trompe ?

— Je pourrais aller à l'hôtel ou prendre un studio en ville, mais…

— Inutile. Tu es chez toi ici. J'ai une chambre d'amis qui t'attend.

— Si cela ne t'ennuie pas, je préfère occuper le dortoir des hommes, l'annexe.

— Pas de problème.

Dawson observa Justin un moment avant de poursuivre :

— Je m'apprêtais à me rendre chez ma mère. Si elle apprend que tu séjournes ici sans qu'elle t'ait vu, elle va m'écorcher vif.

Justin se mit à rire.

— Ou pire, c'est moi qu'elle étripera.

— Pourquoi n'irions-nous pas chez elle à bord de mon pick-up ? Nous aurons ainsi la possibilité de discuter en route. Tu vas me raconter tout ce que tu as fait depuis cinq ans.

— Si tu veux tout savoir, je n'ai pas fait grand-chose d'intéressant. Pour faire court, j'avais un peu l'impression d'être en cavale, mais j'ai décidé de mettre un terme à tout ça et de rentrer.

— Vas-tu rester ? demanda Dawson.

— Difficile à dire.

Comme ils approchaient du camion, Dawson lui envoya une bourrade amicale.

— En tout cas, j'espère que tu es là pour de bon. Quand es-tu arrivé à Whitehorse ?

— Il y a moins de deux heures.

— Alors tu n'as pas encore dû entendre parler de la grande nouvelle : Annabelle et moi allons nous marier.

— Sans blague ! Félicitations, vieux. Je suis vraiment très content de l'apprendre. J'ai toujours pensé que vous étiez faits l'un pour l'autre, tous les deux. Il paraît que sa sœur Chloe est ici pour les fêtes…

***

La shérif McCall Crawford fit entrer Chloe dans son bureau.

— Vous avez l'air bien grave, remarqua-t-elle. Sans doute auriez-vous intérêt à fermer la porte.

Chloe obtempéra en souriant avant de s'asseoir dans le fauteuil que lui désignait la shérif.

— Je suis venue vous trouver à propos de la mort de Drew Calhoun.

McCall opina, visiblement perplexe.

— Et ?

— J'aimerais consulter le dossier.

Comme la shérif levait un sourcil étonné, Chloe poursuivit :

— Les faits remontent à cinq ans et l'enquête a conclu à un accident. Je pense donc que vous ne verrez pas d'objections à me le confier.

— J'aimerais quand même vous demander pourquoi vous vous intéressez à cette affaire, dit McCall. Je sais que vous êtes journaliste et j'imagine que…

— Pour le moment, je ne travaille plus pour aucun journal, répondit-elle.

Cela dit, Chloe était toujours animée par les sentiments qui l'avaient poussée au départ à embrasser cette carrière de journaliste. À commencer par la curiosité.

— En attendant de décider de la suite, je prends mon temps, je réfléchis… et je mène des investigations pour mon propre compte.

— Et que cherchez-vous exactement dans le dossier concernant la mort de Drew Calhoun ?

— Des réponses.

McCall resta un moment silencieuse.

— Quelqu'un souhaite-t-il que vous vous impliquiez dans cette histoire ? Que vous meniez une enquête parallèle à celle conduite par mes adjoints, il y a cinq ans ?

Chloe pensa à Justin.

— Pas que je sache.

— Alors pourquoi vous y intéresser ?

— C'est mon métier. Je suis journaliste d'investigation. Peut-être s'agit-il d'une déformation professionnelle vu que je l'exerce depuis plusieurs années, mais j'ai l'impression qu'il y a matière à creuser.

— Vous vous trompez, il n'y a rien. J'ai enquêté personnellement sur la mort de Drew Calhoun aux côtés de mes adjoints. Il s'agissait bien d'un accident.

Chloe l'observa un moment. Elle avait entendu dire beaucoup de bien de McCall.

— Vous ne verrez donc pas de problème à ce que je jette un œil au dossier.

— Je serais ravie de vous dire tout ce que vous aimeriez savoir. Posez-moi des questions, ajouta-t-elle en se penchant en avant.

— À ce que j'ai compris, Bert Calhoun est persuadé que son fils Justin est l'auteur du coup de feu. Y avait-il des résidus de poudre sur les mains et les vêtements de Justin ?

— Des traces de poudre, oui.

Chloe battit des paupières. Elle ne s'attendait pas à cette réponse.

La shérif continua :

— Ne serait-il pas plus simple que je vous résume les grandes lignes du rapport ? Justin a été le premier à arriver dans le chalet de la propriété où vivait son frère. Il était en train de travailler dans l'écurie quand il a entendu deux coups de feu. Il s'est alors précipité dehors pour comprendre ce qui se passait. Il a trouvé Drew agonisant.

— Deux coups de feu ?

— Une balle avait atteint Drew en pleine poitrine, l'autre avait fini sa course dans le mur près de la porte à laquelle il faisait face. Les deux projectiles provenaient du pistolet de Drew. D'après Justin, son frère tenait l'arme sur ses genoux.

— Alors comment…

— D'après les déclarations de Justin, Drew était toujours en vie au moment où il est entré dans le chalet. Justin s'est précipité sur lui pour lui arracher l'arme des mains avant d'appeler les secours. Mais à l'arrivée de l'ambulance Drew avait déjà succombé à ses blessures.

— Alors pourquoi Bert Calhoun pense-t-il que Justin a tué son frère ?

La shérif secoua la tête.

— Il est très difficile pour des parents d'accepter la mort de leur enfant, je l'ai souvent constaté. Ils refusent d'affronter une réalité qui leur est insupportable. Ils me disent que leur fils connaissait le maniement des armes à feu depuis toujours. Qu'il n'aurait pas été assez bête pour se tirer une balle par inadvertance.

Elle haussa les épaules.

— Malheureusement, personne n'est à l'abri d'un accident. Les gens sont souvent négligents…

— Y avait-il des signes de lutte ? demanda Chloe.

McCall détourna la tête, et Chloe comprit qu'elle venait de mettre le doigt sur quelque chose.

— Apparemment, Drew avait eu une altercation avec quelqu'un plus tôt dans la soirée. Et il avait beaucoup bu à en juger par son alcoolémie. Il avait une lèvre fendue et un coquard. Son œil enflé pourrait aussi expliquer pourquoi il manipulait imprudemment son pistolet. Par ailleurs, il avait de nombreuses plaies sur les bras et le visage.

— Des plaies ?

— Des griffures.

— Provoquées par des ongles ?

— D'après le légiste, cette hypothèse était plausible, répondit McCall.

— Avez-vous une idée de la personne avec laquelle il s'était battu cette nuit-là ? s'enquit Chloe.

McCall secoua la tête.

— Aucune. Mais certains témoins ont affirmé avoir vu Drew se disputer avec son frère, plus tôt dans la journée. Lorsque Justin a été interrogé à ce sujet, ses mains étaient écorchées et son front orné d'un hématome. Il a reconnu avoir eu des mots avec son frère, mais il jure qu'il ne l'a pas frappé. Quant à ses propres blessures, il a déclaré se les être faites tout seul. Justin a expliqué qu'il était en colère et qu'il avait passé ses nerfs sur un arbre. Les analyses ont révélé la présence de fragments de résine sous ses ongles, ce qui tend à corroborer ses dires.

— Il a donc dit la vérité. Avez-vous communiqué ces éléments à son père ?

— Bien sûr mais, comme je vous le disais, les…

— Bert a refusé d'en démordre, l'interrompit Chloe. Est-il imaginable que quelqu'un ait tiré sur Drew, l'ait tué avant de jeter son arme sur ses genoux et de s'enfuir ? Drew aurait alors pris son pistolet pour riposter mais, blessé, affaibli, il n'aurait réussi qu'à atteindre le mur ?

— Tout est possible. Justin a déclaré avoir entendu un moteur de véhicule alors qu'il composait le 911. Mais nous n'avons aucune preuve attestant qu'une autre personne s'est trouvée dans cette pièce et encore moins qu'un tiers ait fait feu sur Drew.

— Vous avez donc conclu à un accident. Pourtant, ce que vous me racontez fait plutôt penser à un suicide, dit Chloe, soutenant le regard de la shérif.

Cette dernière se hérissa visiblement.

— L'enquête a abouti à une tout autre conclusion. Et je n'étais pas la seule à y croire. Le médecin légiste partageait mes analyses.

— Mais vous ne vouliez pas qu'il s'agisse d'un suicide.

McCall soupira.

— Personne n'a envie d'annoncer à un père que son fils a mis fin à ses jours, c'est vrai. Mais Drew n'avait pas laissé de lettre expliquant les raisons d'un éventuel suicide. Il ne souffrait pas de dépression, il ne souhaitait pas mourir. Les gens qui le connaissaient sont certains que Drew ne se serait pas volontairement donné la mort. De plus, aucune preuve ne vient corroborer la thèse du suicide, assura McCall. N'oubliez pas son alcoolémie. Drew ne serait pas le premier à se tuer accidentellement avec une arme à feu après avoir trop bu.

Chloe se pencha en avant.

— Et s'il avait été en train de tenter de se défendre ?

— Contre qui ?

— Je n'en sais rien, mais je ne comprends pas d'où a été tirée la balle qui a fini sa course près de la porte.

Chloe devina que la question avait également ennuyé la shérif.

— Sans doute avait-il perdu beaucoup de sang et était-il trop faible pour maîtriser son arme, dit McCall.

Drew s'était battu et il était ivre. Peut-être avait-il sorti son pistolet, en pensant que celui qui l'avait roué de coups reviendrait pour l'achever. Et, comme il était soûl, il avait tiré sur le mur avant de s'envoyer accidentellement une balle dans le cœur.

— Connaissiez-vous Drew Calhoun ? demanda la shérif.

Chloe secoua la tête.

— Il était plus âgé que moi et il avait quitté le lycée avant que j'y entre. J'avais entendu des histoires à son sujet. Je sais que Justin et lui ne s'entendaient pas.

La shérif opina.

— J'ignore ce que vous comptez faire de ces informations, mais j'espère que vous mesurez bien l'émoi qu'une telle tragédie a suscité dans la communauté de Whitehorse à l'époque, sans parler de la douleur d'un père qui a encore du mal à accepter la mort de son fils.

Cette affaire rendait Chloe perplexe. Ce qu'elle savait de Drew lui prouvait qu'il n'avait eu aucune raison de se suicider. Il était arrogant, rebelle. C'était le fils préféré de son père. Toute sa vie, il avait été gâté. Le suicide semblait peu probable. Cela dit, certaines personnes qui n'avaient montré aucune tendance suicidaire auparavant étaient capables de se tuer dans un moment d'égarement ou de faiblesse.

— Chaque fois que vous creusez ce genre d'affaires, vous vous exposez au danger, reprit la shérif. Surtout si vous êtes persuadée au départ d'une hypothèse qui se révélera fausse par la suite. Mais je vois bien que vous avez déjà une idée en tête. Bon, ajouta-t-elle en se levant, je vais vous donner une copie du dossier.

Alors que Chloe quittait le bureau de la shérif après l'avoir remerciée, elle faillit entrer en collision avec un homme en uniforme. Il la rattrapa au vol au moment où elle s'effondrait contre lui. Comme elle levait les yeux vers lui, elle éprouva un choc.

— Kelly ?

— Monsieur l'adjoint au shérif Locke, corrigea-t-il avec sérieux. Ne prends pas cet air surpris.

Chloe était plus choquée que surprise. Elle eut l'impression que son passé lui revenait brutalement en pleine figure comme un boomerang. Glacée, elle se remémora tout le mal que lui avait causé Kelly Locke, autrefois. Pendant un moment, elle fut incapable de parler. Elle croyait qu'il avait quitté la ville et le lui dit.

— Je suis revenu, expliqua-t-il. Il semble que tu aies fait la même chose.

La gorge serrée, elle le dévisagea. Certaines personnes contribuaient plus que d'autres à façonner votre personnalité. Kelly Locke avait fait d'elle une femme cynique. C'était leur histoire passée qui la poussait à présent à chercher toujours et partout la vérité. À cause de Kelly, Chloe avait le mensonge en horreur.

— Mon uniforme te plaît ? demanda-t-il.

Elle se rendit compte alors qu'elle le regardait fixement.

— Jamais je ne t'aurais imaginé en adjoint du shérif, dit-elle.

— J'ignorais que tu pensais à ce point à moi, répliqua-t-il en riant avant de repousser une mèche blonde de la joue de Chloe. Que fais-tu ici ? ajouta-t-il.

Elle ouvrit la bouche mais se contenta de répondre sans s'engager :

— J'étais passée voir la shérif.

— Pour quelle raison ? Peut-être puis-je t'aider à…

— Non, rétorqua-t-elle un peu trop vite.

Il leva un sourcil soupçonneux.

Chloe, qui commençait à se remettre de sa surprise, poursuivit :

— Tu as sûrement beaucoup à faire et je ne veux pas te retarder. Je suis sûre que tu es très occupé à protéger Whitehorse des piétons indisciplinés.

Le ton ironique de Chloe n'échappa pas à Kelly qui serra les mâchoires.

— Très drôle, dit-il en portant la main sur l'arme qu'il portait à la hanche. Mais tu as toujours aimé les bons mots.

Elle étudia son beau visage, songeant, comme elle l'avait fait il y a des années, combien il était injuste que Kelly Locke soit si séduisant tout en étant aussi odieux. Mais en réalité le contraste était pire qu'elle ne l'imaginait alors. Maintenant, elle savait à quel point il pouvait se montrer cruel. Comme elle était bêtement sortie avec lui autrefois, elle le connaissait un peu. Le fait qu'il soit devenu adjoint au shérif et qu'il soit armé la mettait mal à l'aise, surtout vu la manière dont les choses s'étaient terminées entre eux.

— Alors, depuis combien de temps es-tu adjoint au shérif ?

Il sourit.

— Presque six ans.

Ce qui signifiait qu'il l'était déjà lorsque Drew Calhoun était mort.

— Je suis le bras armé de la loi, dit-il, soutenant son regard. Tu as intérêt à marcher droit.

Baissant la voix pour que ses collègues ne puissent l'entendre il ajouta :

— Je détesterais devoir te menotter et t'emmener faire un tour à l'arrière de ma voiture de patrouille.

— J'essaierai de ne pas l'oublier.

Sur ces mots, elle passa devant lui et se dirigea vers la sortie. Elle tremblait de peur, se rappelant ce qu'il lui avait fait subir, autrefois. Elle n'avait pas besoin de se retourner pour deviner qu'il la suivait des yeux. Son regard lui brûlait le dos. Ce type ne lui donnait pas seulement la chair de poule.

Il la terrifiait.

4

Lorsque Chloe retourna dans la maison de sa grand-mère, elle trouva Annabelle et TJ dans la cuisine, l'une confectionnant des cookies et l'autre relisant un manuscrit.

— Pourquoi ne m'aviez-vous pas dit que Kelly Locke était devenu flic ? demanda Chloe en entrant.

Ses deux sœurs la dévisagèrent avec surprise.

— D'abord, il n'est pas flic mais adjoint du shérif, répondit Annabelle.

— C'est pareil ! Il porte un pistolet et un badge !

— Manifestement, tu n'es pas très sensible à l'uniforme et à tes yeux ton ancien amoureux n'est pas plus séduisant maintenant qu'il fait partie des forces de l'ordre, remarqua TJ. A-t-il beaucoup changé ? ajouta-t-elle.

Pas assez à mon goût, pensa Chloe.

Elle ne leur avait jamais parlé de la méchanceté dont Kelly avait fait preuve à son égard, de tout ce qu'il lui avait fait endurer après leur rupture. Et de nouveau elle préféra ne pas leur en souffler mot.

— Le problème réside dans sa personnalité, dit Chloe en réprimant un frisson. Pas dans son apparence.

— Je me souviens qu'il était très colérique, il semblait toujours prêt à exploser et, je peux bien te l'avouer à présent, j'avais peur pour toi chaque fois que tu sortais avec lui, dit TJ. Parfois, il se mettait à hurler sans raison apparente. Il cherchait toujours la bagarre. Il suffisait que quelqu'un le regarde d'une façon qui ne lui plaisait pas pour qu'il lui saute à la gorge.

— Waouh, il doit entendre ses oreilles siffler ! s'exclama Annabelle en riant. Manifestement, il vous énervait vraiment l'une et l'autre. Pour ma part, je l'ai toujours trouvé mignon et bien bâti. Que t'a-t-il fait pour te mettre dans cet état, aujourd'hui, Chloe ? T'a-t-il verbalisée pour avoir lancé des boules de neige sur les voitures comme nous le faisions, enfants ?

— Cesse de plaisanter. Tu ne le connais pas, mais il ne me donne pas du tout envie de rire. Je suis tombée sur lui au bureau du shérif, dit Chloe. Il m'a menacée de me menotter et de m'embarquer à l'arrière de sa voiture de patrouille si je ne marchais pas droit.

— Que faisais-tu au bureau du shérif s'il ne t'avait pas encore arrêtée ? s'enquit Annabelle.

Ses deux sœurs l'observaient soudain avec intérêt.

Chloe tenta d'écarter le sujet d'un haussement d'épaules, mais elle se rendit rapidement compte qu'Annabelle et TJ n'avaient pas l'intention de passer à autre chose.

— Je voulais consulter le dossier concernant la mort de Drew Calhoun.

— Et pourquoi ? demandèrent-elles en chœur.

— Je déteste quand vous parlez d'une seule voix, protesta Chloe.

— Est-ce à cause de Justin ? insista Annabelle.

— Cette affaire pique ma curiosité, c'est tout, répondit-elle en ouvrant le réfrigérateur pour sortir un pack de jus d'orange.

En réalité, elle n'avait pas soif. Elle avait seulement besoin de se donner une contenance.

— Ta curiosité ? répéta TJ. Cherches-tu du travail ?

Son verre à la main, Chloe se tourna lentement vers sa sœur.

— Je ne sais pas encore ce que j'aurai envie de faire par la suite.

— Ne me dis pas que tu songes sérieusement à quitter le journalisme, Chloe !

— Peut-être n'en as-tu jamais entendu parler, mais la presse est en crise, actuellement.

— Mais avec tes antécédents, ton parcours professionnel, ton expérience, tu n'auras aucun problème à retrouver un poste dans un autre journal, non ? Peut-être pas au sein d'un titre aussi prestigieux que le précédent, mais…

— Je ne sais pas encore ce que j'aurai envie de faire par la suite, répéta Chloe. Peut-être ai-je seulement besoin d'une pause.

Annabelle se mit à rire.

— Avoue que tu es retombée amoureuse de Whitehorse ! Et que quitter ce petit village te ferait mal au cœur, à présent…

Chloe leva les yeux au ciel.

— Je n'irais pas jusque-là, mais je me sens bien ici avec vous deux, oui.

Elle s'approcha du comptoir sur lequel Annabelle venait de poser une grille couverte de cookies tout juste sortis du four pour les faire refroidir. Elle ne put s'empêcher de sourire. Avant de se fiancer, sa petite sœur n'avait jamais manifesté d'intérêt pour la pâtisserie.

Quand elles étaient jeunes, TJ avait appris à cuisiner parce que leur grand-mère était loin d'être un cordon-bleu. Chloe se chargeait alors de confectionner des gâteaux. Se régaler de ses propres cookies lui apportait une satisfaction profonde. Et les manger alors qu'ils étaient encore chauds était un régal. Comme elle n'avait plus beaucoup d'occasions d'en faire, elle avait oublié ce plaisir d'autrefois.

— Des biscuits au sucre pour Dawson, annonça fièrement Annabelle.

— Et aussi pour ta grande sœur Chloe adorée,

répliqua-t-elle en en chapardant un. Tu te perfectionnes chaque jour. Ils sont délicieux.

Annabelle rougit du compliment.

— Avec Willie, je vais étendre mes compétences. Elle m'a promis de m'apprendre à cuisiner tous les plats préférés de Dawson.

— Tu ne pouvais espérer meilleur professeur, dit Chloe à propos de la mère de Dawson.

De nouveau, TJ l'observa avec attention.

— Je te connais, Chloe. Si tu ne sais pas quoi faire, tu vas tourner en rond jusqu'au mariage et nous rendre folles. Mieux vaut que tu t'investisses dans un domaine qui te plaît.

Sa sœur lui donnait l'autorisation d'enquêter sur l'affaire Drew Calhoun. Comme si elle avait besoin de sa permission…, pensa-t-elle.

Mais Chloe garda cette réflexion pour elle. Dans les prochains jours, Annabelle et TJ seraient occupées à préparer les noces d'Annabelle et elles ne les auraient pas dans les jambes. Chloe s'estimait majeure et vaccinée. Et donc libre de faire ce qu'elle voulait.

— Mais es-tu sûre que seule la curiosité te pousse à t'intéresser à cette histoire ? demanda TJ. N'y aurait-il pas autre chose ? Ou quelqu'un d'autre ? Justin, par exemple ?

Chloe ne put réprimer un sourire. Sa sœur la connaissait bien.

— Tu as raison, je préfère mener l'enquête que traîner ici en me tournant les pouces, répliqua Chloe. Cela dit, je ne vais pas m'ennuyer. Nous avons un mariage à préparer, non ?

— À ce propos, nous avons une grande nouvelle à t'annoncer, déclara Annabelle avec enthousiasme. Reste assise. Tu vas être très surprise.

Chloe n'aimait pas les surprises. « Surprise » signifiait souvent « changement », et la plupart de ceux qu'elles avaient connus avaient été des changements en moins bien. Par exemple, lorsque leurs parents s'étaient tués dans un accident de la route et qu'elles avaient été envoyées à Whitehorse chez leur grand-mère, elles ignoraient complètement à l'époque l'existence de leur aïeule. Frannie avait été formidable pour elles mais, au départ, elles ne le savaient pas. Et jamais les trois sœurs n'auraient pu s'imaginer vivre avec elle.

D'ailleurs, même après sa mort, Frannie n'avait jamais cessé de les surprendre...

— TJ a décidé de se marier le même jour que moi ! Nous allons célébrer un double mariage ! s'exclama triomphalement Annabelle, les yeux brillants, en prenant la main de TJ.

— Félicitations ! dit Chloe, soulagée du changement de sujet. C'est merveilleux ! Comment puis-je vous aider à tout préparer ?

La conversation se déplaça rapidement vers les festivités à venir. Il fallait discuter des modalités de l'événement, décider du nombre d'invités, du menu du repas qui leur serait servi et fixer une date, bien sûr.

— Et te trouver une robe, TJ, ajouta Annabelle.

— Je pensais que vous aviez toutes les deux opté pour une petite cérémonie toute simple avec quelques intimes.

— Simple mais élégante, répliqua Annabelle.

Chloe se tourna vers TJ.

— Silas a-t-il également envie de se mettre sur son trente et un pour l'occasion ?

Sa sœur se mit à rire.

— Mais oui ! Mon homme des montagnes possède un smoking, figure-toi.

En regardant ses sœurs, Chloe sentit son cœur se gonfler d'amour.

— Je suis tellement heureuse pour vous deux.

— Alors, qu'as-tu découvert jusqu'ici ? demanda TJ tandis que Chloe la rejoignait à table.

— Je voulais effectuer une petite recherche sur la mort de Drew Calhoun, répondit-elle. Comme il n'y avait pas grand-chose dans les archives du journal local, j'ai décidé d'aller interroger directement la shérif. Ce qu'elle m'a appris était intéressant… et un peu perturbant.

— Comment ça ? lança Annabelle en s'installant en face d'elles.

— McCall n'avait pas de vraies réponses à me donner. À l'époque, l'enquête avait conclu à un accident, mais pour ma part je n'en suis pas du tout convaincue. Et je suis sûre que le père de Justin n'accepte pas non plus cette conclusion. Saviez-vous que Drew s'était battu avec quelqu'un avant sa mort ? Il était couvert de coupures et d'ecchymoses, il avait un œil au beurre noir et des égratignures sur le visage et les bras qui, selon le légiste, ressemblaient beaucoup à des griffures.

— Quelqu'un l'aurait roué de coups ? demanda Annabelle.

— En tout cas, il a eu maille à partir avec une femme en colère ou avec un chat sauvage. J'aimerais beaucoup savoir de qui il s'agissait. Et peut-être était-ce la raison pour laquelle Drew, qui était ivre au moment de sa mort, se trouvait dans son chalet avec son arme.

— Peut-être avait-il envie de se venger de celui ou celle qui l'avait frappé, suggéra TJ.

— Ou craignait-il que son ou ses agresseurs ne viennent l'achever, ajouta Annabelle. Et tentait-il de se protéger.

Chloe soupira.

— Nous ne le saurons sans doute jamais. Il n'était pas mort quand son frère l'a trouvé. Justin a déclaré lui avoir arraché l'arme des mains, c'est pourquoi les empreintes de Justin étaient sur le pistolet. La shérif m'a également appris que des résidus de poudre avaient été détectés sur ses doigts.

— J'ai entendu dire que Bert était persuadé que

Justin avait tué son frère parce qu'en entrant dans le chalet il avait vu Justin, l'arme au poing, devant Drew à l'agonie, dit Annabelle.

— Logique, reconnut TJ.

— D'autant que, aux dires de certains témoins, Justin et Drew s'étaient disputés plus tôt dans la journée, ajouta Chloe.

— Qu'est-ce qui a convaincu le shérif que Justin n'était pas le meurtrier ? s'enquit TJ.

— McCall m'a donné une copie du rapport du médecin légiste. Je n'y ai jeté qu'un bref coup d'œil pour le moment, mais selon lui une balle tirée à bout portant a atteint Drew en pleine poitrine. Une autre, tirée avant ou après le coup mortel, s'est logée dans le mur à côté de la porte. Et donc en face de Drew.

— C'est bizarre, dit TJ.

— C'est aussi ce que je me suis dit. J'ai émis l'hypothèse que quelqu'un avait pu tuer Drew avec son arme, avait laissé tomber le pistolet sur ses genoux pour faire croire à un suicide et était parti sans se rendre compte que Drew vivait encore. Drew se serait alors emparé de l'arme pour faire feu sur son agresseur mais, blessé et affaibli, il aurait raté sa cible. En tout cas, il tenait toujours l'arme quand Justin est arrivé sur les lieux du drame. Justin a dit avoir entendu un moteur partir après avoir découvert Drew, mais apparemment personne d'autre n'a vu ou entendu de véhicule. Et, comme le rappelait Annabelle, leur père a surgi alors pour trouver Justin, l'arme au poing.

— Ou alors Drew était ivre et en colère. Il a tiré sur la porte avant de retourner l'arme contre lui, dit TJ en haussant les épaules. Comme tu le soulignais, nous ne le saurons probablement jamais.

— Mais il n'est pas exclu que quelqu'un ait commis un meurtre et s'en soit tiré sans jamais être inquiété, dit Chloe.

Pendant un moment, ses deux sœurs restèrent silencieuses.

— Si tu crois vraiment que Drew a été assassiné, n'est-il pas dangereux de te plonger dans cette affaire ? demanda Annabelle.

— Et si Justin Calhoun décide de venir à la soirée de la Saint-Sylvestre, la situation risque d'être plus dangereuse encore, déclara TJ. Beaucoup de gens croient qu'il a tué son frère. Justin est peut-être la dernière personne à vouloir que tu enquêtes sur cette histoire.

— Nous avons un problème.

— Je sais. J'ai entendu dire que Justin Calhoun était revenu à Whitehorse. Quelqu'un l'a vu acheter un pack de bières à la supérette. Nici Kent était avec lui.

— Il y a pire. Chloe Clementine. Journaliste d'investigation dans un grand journal californien, elle s'est rendue aux archives de l'hebdomadaire local pour y chercher des renseignements sur la mort de Drew Calhoun. Puis elle est allée au bureau de la shérif. Qui lui a confié une copie du rapport du légiste.

— Et alors ? McCall a conclu à un accident, à l'époque. Et le drame remonte à cinq ans. Ce n'est pas comme si la curiosité d'une journaliste obligeait la police à rouvrir le dossier. Détendez-vous. Il n'y a rien de nouveau et il ne se passera rien.

— Mais si cette Chloe Clementine s'approche un peu trop de la vérité ?

— Alors je m'occuperai d'elle. Vous vous inquiétez pour rien. Drew Calhoun a bien cherché ce qui lui est arrivé. Il n'y a aucune raison que quelqu'un soupçonne notre implication dans cette histoire. Alors inutile de s'en faire. Cette Chloe Clementine va poser beaucoup de questions, mais nous ne sommes au courant de rien, n'est-ce pas ?

— Exact. C'est seulement qu'après cinq ans…

— Ce n'est rien, je vous dis. L'enquête est terminée et ne sera pas rouverte. Nous avons été lavés de tout soupçon.

Pourtant, tout en l'affirmant, il se rendait compte qu'ils ne l'avaient pas été. Pas vraiment. Il y avait un maillon faible et il allait devoir l'éliminer.

Après avoir raccroché, il considéra ses options. Il ne ferait rien à moins d'y être forcé. Toute cette affaire retomberait peut-être bientôt comme un soufflé. Mais peut-être pas.

Il y avait d'autres raisons de s'inquiéter. Pourquoi Justin Calhoun était-il revenu à Whitehorse ? Et pourquoi maintenant ? Le timing le dérangeait.

Justin retournait dans le Montana au moment précis où cette journaliste d'investigation s'intéressait à la mort de Drew ? Curieuse coïncidence. Il y avait sans doute un lien entre les deux faits.

À moins que quelqu'un n'ait parlé…

5

Le lendemain matin, Chloe se réveilla, plus déterminée que jamais à enquêter sur cette histoire. Ses sœurs n'avaient sans doute pas tort quant au danger possible, mais il en fallait plus pour la décourager. D'abord et surtout, connaissant Justin, elle ne le croyait pas coupable, quoi qu'en pensent son père et certains habitants de Whitehorse. Par ailleurs, elle avait l'intuition que la thèse de l'accident ne tenait pas.

Elle avait l'impression que la shérif avait pensé qu'il s'agissait d'un suicide mais qu'elle avait laissé le médecin légiste conclure à un accident. Comme Chloe, Bert ne croyait pas plus au suicide de son fils aîné qu'à l'accident.

Si elle avait raison, quelqu'un avait assassiné Drew et s'en était tiré. Tout ce qu'elle avait à faire était de chercher qui souhaitait sa mort, il y a cinq ans. Comme elle y réfléchissait, elle se rappela ce que la shérif lui avait dit à propos de Justin et de Drew. Le jour du drame, les deux frères s'étaient disputés dans la matinée.

Et si elle se trompait à propos de Justin ? Et si ses investigations la conduisaient à le désigner comme le meurtrier ? La shérif n'avait-elle pas essayé de la prévenir ?

C'était un risque qu'il fallait courir.

La veille au soir, elle avait veillé tard pour lire le dossier et le rapport du médecin légiste sur la mort de Drew Calhoun. Aussi quand le téléphone avait sonné en pleine nuit, il lui avait fallu un moment pour s'extraire des bras de Morphée, trouver l'appareil et répondre.

Elle avait pressé une touche pour prendre l'appel, en se demandant s'il s'agissait de Justin.

— Allô !

Silence.

— Allô ! avait-elle répété.

Elle avait écarquillé les yeux en regardant son réveil. Qui l'appelait à 2 heures du matin ? Se pouvait-il que quelqu'un ait composé un mauvais numéro ? Après avoir bu quelques verres de trop ?

Sur le point de raccrocher, elle avait entendu un murmure rauque, si rauque qu'elle n'aurait pas été capable de dire s'il s'agissait d'un homme ou d'une femme.

— Mêlez-vous de vos affaires, cessez de mettre le nez dans des histoires qui ne vous concernent pas. Drew Calhoun est mort, et vous ne le ramènerez pas à la vie. Alors laissez-le reposer en paix ou vous le regretterez.

— Qui est à l'appareil ? avait-elle lancé.

Mais la personne avait déjà raccroché. Un frisson glacé l'avait parcourue. Elle n'avait pas prévu de provoquer si vite des réactions. Et encore moins de recevoir des menaces par téléphone. En tout cas, cet appel confirmait ses soupçons. Drew avait bien été assassiné. Sinon, pourquoi quelqu'un s'inquiéterait-il de ce qu'elle pourrait trouver en menant sa propre enquête ?

La gorge serrée, elle avait compris qu'elle venait peut-être d'entendre le meurtrier de Drew et que l'assassin allait désormais épier ses faits et gestes pour l'empêcher de le démasquer…

Elle avait eu du mal à se rendormir. Mais, lorsque le jour s'était levé, elle était plus décidée que jamais à découvrir la vérité.

Mais par où commencer ? Un nom lui vint soudain à l'esprit. Elle poussa un gémissement. Elle n'avait aucune envie de lui parler mais, si quelqu'un savait quelque chose sur ce qui s'était passé à l'époque, c'était sans doute la femme avec qui Justin sortait, il y a cinq ans.

Chloe se doucha, s'habilla et prit un petit déjeuner sur le pouce afin de quitter la maison avant le réveil de ses sœurs. Elle n'eut qu'un bref coup de fil à passer pour apprendre où vivait Nici Kent. Ce n'était pas loin. D'ailleurs, traverser le village ne prenait qu'un quart d'heure à pied.

En la reconnaissant à sa porte, Nici fronça les sourcils.

— Si je m'attendais à vous voir…

Elle n'était pas très différente de ce qu'elle était la veille à la soupe populaire, sauf qu'elle ne portait pas de filet à cheveux.

— Puis-je entrer ? demanda Chloe. J'ai besoin de vous parler.

— Je ne comprends vraiment pas pourquoi.

Chloe sourit.

— Laissez-moi entrer et vous le découvrirez.

Nici secoua la tête.

— Le fils de ma sœur ne cesse de hurler depuis le début de la matinée. Alors nous ferions mieux d'aller faire un tour.

Elle attrapa son manteau, ferma la porte et descendit les marches.

Elles décidèrent de se balader dans un parc voisin, traversé par la rivière.

— Vous êtes peut-être en mesure de m'aider, dit Chloe. Je l'espère, en tout cas.

La matinée était froide et claire. De la vapeur blanche sortait de leur bouche. Enfonçant les mains dans les poches de son manteau, Chloe hésita, cherchant la meilleure manière de la pousser à se confier.

Nici lui lança un regard sceptique.

— Vous aider ? Et comment ? Vous n'êtes pas assez stupide pour me demander de l'argent, alors vous devez avoir besoin de…

— De renseignements.

Nici se mit à rire.

— Quel genre de renseignements pourrais-je bien vous donner ?

Elles avaient atteint le parc et elles s'engageaient sur la passerelle qui surplombait la rivière. Les rives étaient recouvertes d'une épaisse couche de givre.

— Des renseignements sur Drew Calhoun.

Nici cessa de marcher pour la regarder.

— Pourquoi vous intéressez-vous à lui ?

Chloe comprit qu'elle devait jouer cartes sur table.

— Cette nuit, vers 2 heures du matin, j'ai reçu un appel de quelqu'un me priant de me mêler de mes affaires et de ne pas commencer à enquêter sur la mort de Drew Calhoun. Vous êtes étrangère à ce coup de fil, n'est-ce pas ?

Nici ne répondit rien, se contentant de reprendre sa marche.

Chloe la suivit sur le pont au-dessus de la rivière gelée.

— Vous sortiez avec son frère, Justin, il y a cinq ans. Si quelqu'un sait ce qui se passait entre eux, c'est bien vous.

Nici s'arrêta si brusquement que Chloe faillit lui rentrer dedans. Il lui fallut un instant pour retrouver son équilibre d'autant que la neige rendait le sol glissant.

— Que cherchez-vous exactement ? demanda Nici.

— La vérité.

La jeune femme leva les yeux au ciel et se remit en marche. Elle s'immobilisa au milieu du pont pour considérer la rivière gelée.

— Drew est mort. Tout est fini. Mieux vaut le laisser reposer en paix.

— C'est un peu ce que m'a dit ce correspondant anonyme, cette nuit. Mais est-ce que tout est vraiment fini ? Est-ce fini pour Justin, par exemple ?

S'appuyant au garde-fou, Nici se tourna vers Chloe, les yeux plissés.

— Je suis au courant pour Justin et vous.

— Au courant de quoi ? Il n'y a pas grand-chose entre lui et moi, répliqua Chloe. Mais je voudrais qu'il soit totalement blanchi.

— C'est donc ça, dit Nici en l'observant. Vous avez appris qu'il était de retour en ville.

En voyant la surprise peinte sur le visage de Chloe, elle se mit à rire.

— Donc, vous l'ignoriez. Il m'a dit qu'il revenait pour faire amende honorable. Ça vous évoque quelque chose ?

— Je ne crois pas qu'il ait tué son frère.

Nici haussa les épaules.

— Vous avez peut-être raison. Mais vous pourriez aussi avoir tort. Drew était un salaud qui pourrissait la vie de Justin depuis l'enfance.

— Justin n'est peut-être pas le seul à avoir des raisons de détester Drew. Et vous, par exemple, en aviez-vous ?

Nici secoua la tête.

— Moi ?

— Drew avait des traces de griffures sur le visage et les bras. Le légiste pense qu'elles sont l'œuvre d'une femme, des ongles d'une femme.

Nici considéra ses mains gantées. Quand elle leva les yeux, elle sourit.

— Il ne les avait sans doute pas volées.

— Supposons que vous ne l'ayez pas tué, qui parmi ses amis ou connaissances pourrait être le coupable ? demanda Chloe en bougeant les orteils dans ses bottes pour les empêcher de geler.

Nici ne semblait pas souffrir du froid, même si elle portait un manteau plus mince que celui de Chloe.

— Des amis ? Je ne suis pas sûre que Drew avait des amis. Quant à ses connaissances…

— Oui ?

Nici planta les yeux dans les siens.

— Vous êtes consciente que ce que vous faites va déplaire à beaucoup de gens.

— Je m'en moque !

— Peut-être avez-vous tort.

— Parlez-moi de ses connaissances, insista Chloe.

Nici prit son temps, mais elle répondit finalement :

— Drew jouait au poker. Pour de l'argent. J'ai entendu dire que l'un de ses partenaires de jeu l'avait un jour surpris en train de tricher.

Elle haussa les épaules et elle poursuivit.

— Ce type avait perdu beaucoup d'argent à cause de Drew. Il s'appelle Monte Decker. Il travaille à la banque, comme chargé de clientèle.

Chloe ne le connaissait pas.

— Quelqu'un d'autre ?

Elle attendit. Une bise glacée piquait sa peau. Le long du cours d'eau gelé, il faisait encore plus froid que dans le centre-ville.

— Al Duncan… Il a acheté un cheval à Drew avant de découvrir un peu plus tard que l'animal boitait. Le jour où il le lui a vendu, Drew avait tellement drogué l'animal que ce dernier ne sentait plus la douleur. Par la suite, Drew a refusé de le rembourser. Un soir où Al avait trop bu au Mint, il a menacé de buter Drew à la première occasion.

De nouveau, Nici haussa les épaules.

— Je suis sûre que beaucoup d'autres gens rêvaient de tuer Drew. Comme Pete Ferris, par exemple. D'après les rumeurs, Drew couchait avec sa femme. Ils ont failli divorcer.

— Merci de m'avoir confié tout ça, dit Chloe alors que Nici s'écartait de la balustrade du pont en précisant qu'elle avait fini. Je vais vous raccompagner.

— Ne vous embêtez pas. Je connais le chemin. Bonne journée.

Nici s'éloigna, mais elle se retourna avant d'être arrivée au bout du pont.

— Sérieusement, pourquoi vous casser la tête avec cette histoire ? À quoi bon remuer toute cette boue ? Je suis sûre que Bert Calhoun ne va pas apprécier, et Justin encore moins. Je me demande bien pour quelle raison vous rouvrez le dossier et ce que vous allez faire de mes révélations…

— Vous n'avez jamais fait quelque chose simplement parce que vous sentiez que c'était juste ? rétorqua Chloe.

— Je n'en sais rien, répliqua Nici en secouant la tête avant de s'en aller.

Chloe resta quelques instants sur le pont, à regarder la rivière gelée. Des feuilles d'automne étaient restées coincées dans la glace, créant d'étranges motifs sombres. Elle pensa à ce que Nici lui avait appris. Elle croyait entendre la voix de sa grand-mère chuchoter à son oreille.

« Lorsque tu donnes des coups de bâton à un porc-épic, mieux vaut te préparer à sa réaction. Il ne va pas se laisser faire, il va t'attaquer pour se défendre. »

La sonnerie du téléphone portable de Justin retentit alors qu'il venait de quitter le ranch Rogers pour se diriger vers la ville. Il avait passé une bonne partie de la matinée à se régaler d'un délicieux petit déjeuner avec Wilhelmina, la mère de Dawson. Willie était une grande femme, passionnée par son métier d'éleveuse et dotée d'un cœur d'or. Elle l'avait pris sous son aile lorsqu'il était enfant et elle l'avait nourri bien des fois.

Justin avait toujours eu le sentiment qu'elle aurait aimé s'expliquer avec Bert Calhoun et lui asséner quelques vérités dérangeantes. Mais elle y avait renoncé, craignant qu'il s'en prenne à Justin.

En voyant le nom de Nici s'afficher sur l'écran, il prit l'appel.

— Salut, dit-il.

— J'ai pensé que je devais te prévenir, dit-elle d'un ton énigmatique. Il s'agit de Chloe Clementine.

Justin sentit aussitôt sa poitrine se serrer.

— Eh bien, quoi ?

— Tu sais qu'elle est journaliste, non ? Tu ne devineras jamais sur quoi elle a décidé d'enquêter. Sur la mort de Drew.

Justin poussa un juron.

— Comment le sais-tu ?

— Je reviens d'une petite balade avec elle. Elle m'a demandé qui détestait assez Drew pour vouloir le tuer.

Justin arrivait à la périphérie de la ville.

— Que lui as-tu répondu ?

— J'ai failli ne rien lui dire du tout. Mais mon silence l'aurait mise en danger. Voilà pourquoi je lui ai donné quelques noms.

— Lesquels ?

— Monte Decker, Al Duncan et Pete Ferris.

— Pourquoi Chloe fait-elle cela ?

Il n'avait pas conscience d'avoir posé la question à voix haute avant que Nici ne réponde.

— Elle m'a dit qu'elle ne cherchait que la vérité et qu'elle estimait qu'enquêter sur le sujet était juste pour elle. Mais, si tu veux mon avis, elle le fait pour toi.

Il jura de nouveau. Il n'avait aucune envie que Chloe rouvre l'enquête.

— Je pensais que le shérif avait conclu à un accident ? dit Nici.

— C'est exact.

— Chloe a prétendu que quelqu'un lui avait téléphoné dans la nuit et l'avait menacée du pire si elle menait des investigations sur la mort de Drew.

— Ce quelqu'un n'était pas toi, n'est-ce pas ? lança-t-il.

Elle se mit à rire.

— Non, mais peut-être l'aurais-je fait si j'avais su

qu'elle enquêtait sur la mort de Drew. Bref, tu n'étais pas au courant.

— Non, mais j'ai bien l'intention de lui en parler et de lui demander si elle mesure bien la portée de ses actes.

Il raccrocha en arrivant à Whitehorse et il prit la direction de la maison où Chloe et ses sœurs avaient grandi.

Chloe entra dans le bureau de Monte Decker à la banque. Âgé d'une quarantaine d'années, Monte était un ancien fermier du Montana, reconverti en chargé de clientèle bancaire. Son costume coûteux lui allait plutôt bien, mais Chloe devina qu'il ne s'y sentait pas à l'aise parce qu'il passa un doigt sous son col comme s'il était trop serré. À moins que ce ne soit elle qui ait cet effet sur les hommes. En tout cas, il changea de couleur quand, levant les yeux du dossier dans lequel il était plongé, il la vit.

— Vous ne me connaissez probablement pas, dit-elle en prenant place.

À part les papiers éparpillés sur son bureau, elle remarqua une photo encadrée de Monte brandissant un gros poisson. Vu l'arrière-plan, il l'avait sans doute pêché au Nelson Reservoir. Il n'y avait pas d'autre portrait dans la pièce. Pas de femme, pas d'enfants. Pas de chien. Uniquement Monte et un poisson.

— Je m'appelle Chloe Clementine.

— Clementine ? Comme Frannie…

— Je suis sa petite-fille. Je suis journaliste.

Jusque-là, il avait surtout eu l'air de craindre qu'elle ne lui réclame de l'argent. Manifestement rassuré sur ce point, il la regarda avec perplexité, comme s'il ne saisissait pas pourquoi elle était venue lui rendre visite.

— Quelle était votre relation avec Drew Calhoun ?

La question parut effrayer Monte. Il jeta un coup d'œil à travers les cloisons de verre qui séparaient son bureau des autres comme s'il redoutait que ses collègues puissent les voir.

Il commença à transpirer et tira sur le nœud de sa cravate.

— Que voulez-vous savoir exactement ?

— J'ai appris que vous jouiez au poker avec lui, que vous l'avez surpris un jour en train de tricher. Vous avez compris alors qu'il vous avait soutiré beaucoup d'argent de façon malhonnête.

Monte regarda autour de lui comme s'il avait envie de partir en courant.

— J'ignore d'où vous tenez ces informations, mais je n'ai vraiment pas de temps à perdre avec ces vieilles histoires. Drew est mort. Pourquoi me posez-vous des questions à son sujet ?

— Parce que je crois qu'il a été assassiné et que ce n'est pas Justin Calhoun qui l'a tué.

Monte ouvrit la bouche, la ferma et l'ouvrit à nouveau.

— Je… Je pensais qu'il s'agissait d'un accident.

— Vous avez dû être en colère quand vous l'avez surpris en train de tricher, ajouta-t-elle.

Comprenant qu'il ne pouvait fuir, Monte prit une profonde inspiration.

— Ce n'est vraiment pas l'endroit pour parler de ça, dit-il.

Chloe se leva et ferma la porte du petit bureau vitré.

— Voilà, nous sommes entre nous, alors dites-moi tout. Vous aviez de bonnes raisons de souhaiter la mort de Drew, vu que vous aviez perdu beaucoup d'argent parce qu'il avait triché.

— Il m'a remboursé avec intérêt, répliqua Monte.

Elle n'était pas sûre de le croire, mais elle demanda :

— Alors vous étiez amis ?

— Disons que nous nous connaissions depuis toujours.

Chloe se pencha vers lui.

— Drew avait beaucoup d'ennemis. Je parie qu'il y

en avait un qui le haïssait assez pour souhaiter sa mort. Si ce n'était pas vous, alors qui était-ce ?

— Je ne sais pas, déclara Monte, regardant autour de lui à nouveau.

Il déglutit, sa pomme d'Adam montant et descendant au rythme de son affolement.

Mais Chloe poursuivit :

— Votre aide me serait précieuse. Il doit bien y avoir quelqu'un…

— Pete Ferris, déclara Monte dans un murmure. Si quelqu'un détestait Drew, c'était Pete et pour une bonne raison : il avait surpris Drew avec sa femme, Emily, dit-il doucement. Maintenant, partez. Je dois travailler.

— Où puis-je trouver Pete ?

Justin était à quelques pâtés de maisons de chez les Clementine lorsqu'il aperçut Chloe qui marchait dans la rue. Il s'arrêta à sa hauteur et descendit sa vitre.

— Chloe !

Dès qu'elle se tourna vers lui, il éprouva une telle joie de la revoir qu'il en oublia aussitôt sa colère. Elle était plus belle encore que le jour où ils avaient échangé ce baiser magique. Ses joues étaient roses de froid, ses yeux bleus brillaient dans le matin glacial.

Il en eut le souffle coupé.

En le reconnaissant, Chloe lui décocha un grand sourire. Son visage s'éclaira de bonheur mais, incapable d'articuler un mot, elle se contenta de le contempler, les yeux brillants.

Le premier, Justin recouvra ses esprits :

— Tu montes ?

Chloe sembla hésiter un instant avant de grimper dans le pick-up, côté passager.

L'odeur de son parfum frappa Justin comme un coup de poing. C'est drôle comme des fragrances avaient la capacité de transporter quelqu'un des années en arrière. Ses cheveux blonds étaient coupés plus court qu'il y a dix ans. Et ses yeux, d'un bleu extraordinaire, le fascinaient autant qu'autrefois…

— Tu as l'air en forme, dit-il.

— Toi aussi.

Ils se sourirent.

— Je crois qu'on a des choses à se dire.

— Nici ? J'étais sûre qu'elle t'appellerait.

Justin se gara un peu plus loin.

— Je t'invite à déjeuner ?

6

— Pourquoi enquêter sur la mort de Drew, Chloe ? demanda Justin dès qu'ils furent installés dans l'arrière-salle du Ray J's Barbecue. J'ai appris que tu interrogeais les uns et les autres à ce sujet… Je ne comprends pas.

Plus tôt dans la matinée, Chloe s'était sentie vivante pour la première fois depuis son licenciement. Mener des investigations la passionnait, et elle sentait son cœur battre la chamade, son sang brûler ses veines. De nouveau, elle avait un but, une cause à défendre, un objectif à atteindre. Et cela lui faisait du bien. De plus, elle avait l'intuition qu'elle était sur quelque chose d'énorme.

Cela dit, maintenant qu'elle était assise en face de Justin, elle n'en était plus aussi sûre. Le voir lui rappelait que rouvrir ce dossier risquait de l'affecter lui, la seule personne dont elle se souciait.

— J'aimerais blanchir ton nom, répondit-elle, en sachant que ce n'était que partiellement vrai.

— Chloe, je n'ai jamais été mis en examen, encore moins condamné ou jeté en prison. Je n'ai pas besoin de prouver mon innocence.

— Vraiment ? En es-tu si sûr ?

D'un bref coup d'œil, elle lui désigna deux autres couples attablés près de la porte. Ils se tournaient sans cesse vers eux, et il était évident qu'ils parlaient à voix basse de Justin.

— Je me fous complètement de l'opinion des gens du coin, dit-il.

Chloe n'en crut pas un mot, mais elle préféra ne pas en discuter. Justin n'aurait pas quitté la ville et il n'aurait pas vécu si longtemps au loin s'il se moquait de ce que pensaient de lui les habitants de Whitehorse.

Elle se pencha vers lui.

— Aide-moi à découvrir la vérité.

— Chloe…

— N'as-tu pas envie de savoir ce qu'il s'est réellement passé cette nuit-là ?

Il frotta ses cheveux blonds, un geste qu'il avait déjà autrefois. Visiblement, il les avait coupés récemment. Et il s'était également rasé de près. En revanche, il avait gardé son côté « brut de décoffrage », et elle s'en félicita. Pourtant, il avait changé. Il y a dix ans, elle était tombée amoureuse d'un adolescent mais elle avait maintenant un homme en face d'elle.

Justin avait l'air fort et déterminé. Mais, quand elle planta les yeux dans les siens, elle devina qu'il avait aussi connu l'enfer. Son cœur se serra.

Elle lui prit la main.

— Je suis douée dans mon travail. Si tu me soutiens, nous…

Il secoua la tête, une profonde tristesse dans le regard, et il mêla leurs doigts. Pendant un moment, il considéra en silence leurs mains enlacées. L'expression peinte sur son visage reflétait-elle un regret ? se demanda-t-elle. Comment avait-elle pu imaginer qu'ils reprendraient leur relation là où elle s'était arrêtée, des années plus tôt ?

Profitant du fait que la serveuse apportait leurs côtes de porc, Justin changea de sujet, lui posant des questions sur sa vie depuis qu'elle avait quitté Whitehorse. Elle lui raconta ses années à l'université, les journaux pour lesquels elle avait travaillé et même certains reportages qu'elle avait conduits.

— Je suppose que tu connais déjà mon histoire, dit-il après avoir fini son repas.

Il repoussa son assiette et observa Chloe.

— J'ai bien compris que tu aimerais m'aider et j'apprécie ton geste, mais je ne suis pas revenu pour cette raison, poursuivit-il.

Chloe n'avait presque pas touché à son assiette. Depuis le moment où Justin s'était arrêté à sa hauteur dans la rue, elle avait le ventre noué. Depuis des années, le revoir avait été son plus grand rêve et sa plus grande crainte. Quand elle l'avait vu, au volant de son pick-up, son cœur s'était affolé et sa gorge s'était serrée. Il était encore plus séduisant que dans ses souvenirs. Le simple fait de poser les yeux sur lui l'avait bouleversée.

Lorsque la serveuse passa, Chloe lui demanda une boîte pour emporter ce qu'elle n'avait pas mangé, ne voulant pas que ce délicieux repas finisse à la poubelle.

— Pourquoi es-tu revenu ? s'enquit-elle dès qu'ils furent de nouveau seuls.

— J'avais des gens à voir.

Il sourit.

— Et j'aimerais te proposer de m'accompagner au bal masqué de la Saint-Sylvestre. Sauf si tu as déjà prévu de t'y rendre avec quelqu'un d'autre, bien sûr.

Elle ne put s'empêcher de sourire.

— J'adorerais y aller avec toi.

Penchant la tête, elle ajouta :

— J'espère par contre que tu ne m'invites pas pour m'empêcher d'enquêter sur la mort de Drew. Je mènerai ces investigations avec ou sans ton aide, tu le sais ?

Elle se demanda un instant s'il n'allait pas revenir sur son invitation.

Le sourire de Justin s'estompa, mais finalement il secoua la tête en riant.

— Je ne me vois pas t'attacher pour t'empêcher d'exercer ton métier. Non, il n'y avait pas de condition liée à cette invitation. Fais ce que tu penses devoir faire, mais la mort de Drew était accidentelle, j'en suis sûr. C'était une stupide tragédie.

Peut-être, pensa-t-elle en l'observant. *Mais pourquoi ai-je l'impression que tu n'y crois pas plus que moi ?*

— Tu as déjeuné avec Justin Calhoun ? lança Annabelle en regardant le pick-up qui s'éloignait.

— Je t'imaginais au ranch Rogers avec ton fiancé, répliqua Chloe.

— J'étais revenue t'annoncer que Justin était de retour et séjournait chez Dawson. Mais je vois que tu le sais déjà.

Annabelle ne parvenait pas à rester en place tant elle était excitée par le retour de l'ex-amoureux de sa sœur.

— Alors ? T'a-t-il invitée à l'accompagner ?

Chloe n'avait pas besoin de lui demander à quoi elle faisait allusion.

— Oui, il m'a proposé d'être sa cavalière au bal masqué de la Saint-Sylvestre, et j'ai accepté. Mais, lorsque je lui ai expliqué que cela ne m'empêcherait d'enquêter sur la mort de Drew, il n'a pas eu l'air content.

Annabelle fit la grimace.

— Ces investigations sont-elles réellement nécessaires ?

— Je le crois. Je suis sûre d'avoir mis le doigt sur quelque chose et je n'ai pas l'intention de m'arrêter en si bon chemin, dit Chloe en accrochant son manteau près de la porte.

— Je me demande si tu n'as pas simplement envie de te replonger dans tes activités de journaliste parce que ton travail est une drogue pour toi, dit Annabelle.

— Je vois que tu as discuté avec TJ. Au fait, où est-elle ?

— Avec Silas. Ils sont allés choisir le parquet de leur future maison.

Annabelle se précipita soudain vers elle pour la serrer dans ses bras.

— Pardonne-moi, je suis désolée pour toi.

— Détends-toi. Je vais bien. Je trouverai un emploi plus tard, quand je serai prête et que…

— Je voulais dire que j'étais désolée que tu n'aies pas de fiancé…

Chloe poussa un gémissement.

— Je t'en prie, ne commence pas. J'ai un rencard pour le réveillon. N'est-ce pas suffisant pour l'instant ?

— Sauf si tu découvres qu'il s'agit d'un tueur. Tu serais mal si Justin était en prison le soir de la Saint-Sylvestre.

Ses yeux s'écarquillèrent soudain.

— Ou pire, s'il te…

— Justin n'a tué personne.

— Il faut l'espérer si tu commences à le fréquenter, mais à ta place je ferais attention. Qui sait ce qui s'est passé cette nuit-là ? S'il y a une chose que j'ai apprise, c'est à ne pas se fier aux apparences.

Justin n'était pas retourné au ranch Calhoun depuis près de cinq ans. Tandis qu'il roulait vers les Little Rockies, il était assailli par de mauvais souvenirs. Il tenta de faire remonter les bons à sa mémoire. Sa mère y figurait toujours en bonne place. Elle était morte quand il avait quatorze ans. Pendant sa trop courte vie, elle avait essayé de donner à Justin l'amour dont son père le privait.

Le ranch s'étendait au pied des montagnes. Des milliers d'hectares, des milliers de bovins. La notoriété de la Black Angus de la Calhoun Cattle Company dépassait les frontières du Montana. De son arrière-arrière-grand-père à son père, chacun de ses ancêtres avait contribué à pérenniser cet héritage. Et Drew aurait repris le flambeau, s'il avait vécu. Leur père l'avait élevé pour assurer la relève, un jour.

Ironie de l'histoire, son frère aîné avait toujours détesté le ranch, l'élevage, le travail de la terre. Il s'était senti piégé par leur père qui l'avait désigné comme héritier sans même lui demander son avis. Son avenir avait été fixé avant sa naissance, et Drew en avait toujours ressenti une profonde colère. Voilà sans doute pourquoi il n'avait cessé de boire, de jouer et de multiplier les conquêtes, pensa Justin. Drew s'était rebellé de toutes les manières possibles. Et il avait regretté que Justin n'ait pas été choisi à sa place pour poursuivre l'exploitation. Il lui en avait voulu.

Justin laissa échapper un rire amer. La vie était parfois mal faite. Parce que, contrairement à Drew, il avait toujours rêvé de diriger le ranch familial et de faire fructifier cet héritage. Il avait l'impression d'appartenir à cette terre. Elle faisait partie de son sang, de son ADN. Des années durant, il avait travaillé dur sur cette exploitation, espérant que son père le remarquerait. Mais, alors que Bert Calhoun avait donné à Drew tout le temps qu'il lui fallait pour accepter son destin, il n'avait jamais accordé la même bienveillance à Justin.

Alors qu'il s'engageait sur le chemin privé qui menait à la maison de son père, Justin fut effaré de constater que des pans entiers de clôtures étaient tombés et qu'à certains endroits rien ne retenait plus les barbelés. Il en éprouva un choc, une profonde stupéfaction et une réelle incompréhension. Bert Calhoun s'était toujours vanté d'entretenir la propriété comme il le fallait. Autrefois, les haies étaient toujours bien taillées, les réparations se faisaient sans attendre. Son père veillait à tout depuis toujours. Transmettre le ranch dans l'état où il l'avait reçu était à ses yeux une nécessité absolue. Être à la tête d'un troupeau de cette importance, produire une viande de cette qualité, était une fierté que Justin partageait avec lui. Depuis cinq ans, cette exploitation lui avait énormément manqué.

« Nous avons un rang à tenir », répétait toujours Bert Calhoun.

Et il tapotait Drew dans le dos pour lui faire passer le message.

Justin soupira, se demandant si revenir ici n'était pas une erreur. Il aperçut la maison, mais il se dit qu'il avait encore le temps de faire demi-tour et de repartir avant que son père ne le voie. Il pensa à Chloe et à sa volonté de faire ce qu'elle estimait juste, sans se soucier des conséquences.

Il avait espéré parvenir à la faire renoncer à son projet, à cette enquête. Mais au fond il admirait sa détermination sans faille. Il s'inquiétait cependant. Elle ne mesurait sans doute pas ce qu'elle était en train de faire.

Comme il s'arrêtait devant la demeure de son père, il fut surpris de reconnaître le pick-up garé devant. En principe, Bert changeait de véhicule tous les trois ans.

Coupant le moteur, il resta assis au volant pendant quelques instants. Il avait l'impression de s'apprêter à descendre dans la fosse aux lions, des lions qui n'avaient pas été nourris depuis longtemps. Il bondit sur le sol.

À la vue de la façade de la vieille maison, il eut sa deuxième surprise. Elle avait grand besoin d'être ravalée. Pendant un moment, il se demanda si son père vivait toujours là.

Mais la porte d'entrée s'ouvrit et Bert Calhoun en sortit, brandissant son fusil vers son fils.

— *Home, sweet home*, murmura Justin.

7

Chloe n'arrivait pas à sortir Justin de son esprit. Quelle était la véritable raison de son retour à Whitehorse ? Elle espérait qu'il n'avait pas l'intention de faire quelque chose d'insensé. Mais, au cours du déjeuner, elle avait deviné qu'il avait une idée en tête. Et, lorsqu'ils étaient sortis du restaurant, elle n'avait pas été surprise de le voir prendre la direction du ranch Calhoun. Comme elle savait que, depuis son arrivée, il s'était installé chez Dawson Rogers, elle s'inquiétait de ce qu'il comptait faire.

Et, de son côté, Justin se faisait du souci pour elle, et Chloe s'en étonnait. Il avait plus de raisons de s'en faire pour lui que pour elle. Depuis combien de temps n'avait-il pas revu son père ? Qu'espérait-il de leurs retrouvailles ? Elle doutait que Bert Calhoun se soit adouci au cours des cinq dernières années. Elle se demandait dans quel guêpier Justin allait se fourrer.

Elle ne connaissait qu'un moyen pour calmer ses angoisses : poursuivre son enquête. Peut-être était-ce aussi une façon de venir en aide à Justin. De plus, elle sentait qu'elle avait commencé quelque chose et qu'elle devait maintenant aller jusqu'au bout, quoi qu'elle découvre à la fin.

Pete Ferris possédait une petite compagnie d'assurances dont les bureaux se trouvaient dans le centre-ville de Whitehorse. Quand Chloe poussa la porte, elle s'aperçut que la réceptionniste n'était pas à son poste. Sans doute n'était-elle pas encore rentrée de sa pause déjeuner.

De là où elle se trouvait, Chloe voyait au fond de la salle une porte ouverte, ornée d'une plaque en laiton au nom de Peter Ferris. Ce dernier était assis à son bureau, un téléphone collé à l'oreille.

Ancienne star du football de l'université du Montana, Pete était à présent âgé d'une quarantaine d'années. Son bronzage laissait à penser qu'il travaillait beaucoup à l'extérieur.

Une petite cloche retentit quand Chloe entra dans l'agence, et Pete leva les yeux. En la voyant, il eut instantanément l'air méfiant. Monte avait-il fini par culpabiliser et par lui passer un coup de fil pour le prévenir ? Apparemment.

— Je dois te laisser, dit-il au téléphone avant de raccrocher à la hâte.

Il se leva pour s'approcher d'elle.

— En quoi puis-je vous être utile ?

Chloe entendit un bruit derrière elle et vit arriver une jeune femme au visage souriant qui n'avait pas vingt-cinq ans. Elle avait les bras chargés d'une pile d'enveloppes qu'elle laissa tomber sur son bureau avant de retirer son manteau.

Chloe reporta son attention sur Pete.

— Il me paraît préférable de vous exposer l'objet de ma visite en privé, dit-elle. Pas à vous ?

Visiblement, il regrettait surtout de ne pas avoir eu le temps de la jeter dehors avant le retour de sa réceptionniste. Mais il était trop tard et, à contrecœur, il lui fit signe d'entrer. Avant de la suivre à l'intérieur, il s'approcha de la jeune femme pour lui dire quelque chose à mi-voix.

Il rejoignit Chloe et ferma la porte.

— De quoi s'agit-il ? demanda-t-il d'un air impatient tout en se réinstallant dans son fauteuil.

— Vous le savez sans doute déjà. Je suis venue vous parler de Drew Calhoun.

Avec agressivité, il lança :

— Et en quoi cela vous intéresse-t-il ?

— Je suis journaliste. Et je ne pense pas que la mort de Drew ait été accidentelle.

— C'est ridicule, répliqua Pete. La shérif…

— Je me suis longuement entretenue avec elle à ce sujet et j'ai également lu le rapport du médecin légiste.

— La discussion est donc close, conclut-il en commençant à se lever.

— J'ai cru comprendre qu'il y a cinq ans vous aviez de bonnes raisons de vouloir tuer Drew.

Il retomba dans son fauteuil. Un masque de fureur sur le visage, il rétorqua d'un ton mordant, articulant chaque mot pour leur donner plus de poids :

— Cela ne vous concerne en rien. Mêlez-vous de vos affaires.

— Le meurtre est l'affaire de tous. Votre femme entretenait une liaison avec Drew. Depuis combien de temps le saviez-vous ?

De nouveau, il se redressa.

— Je refuse de répondre à vos questions.

— Comme vous voulez, dit Chloe en se levant. Votre épouse sera peut-être plus coopérative.

— Je vous interdis d'approcher ma femme, rugit-il entre ses dents. Si vous lui…

Chloe se contenta de le regarder fixement jusqu'à ce qu'il se rassoie. Elle avait interviewé des P-DG de grandes entreprises, des politiciens de haut niveau, des meurtriers de tout poil et divers criminels. Un assureur ne l'impressionnait pas.

— Les ragots qui circulaient à l'époque ne reflétaient pas la réalité, répondit finalement Pete.

— Comment ça ?

— Drew… Ma femme… Ils étaient amis… Seulement amis.

Il semblait à court de mots, et elle le plaignit. Personne n'aime étaler son linge sale. Et encore moins devant une journaliste.

— Combien de temps a duré cette… amitié ? demanda-t-elle.

Il détourna les yeux, serrant les mâchoires.

— Quelques mois.

Il avait dû vivre l'enfer, elle le savait. Être le dernier à apprendre – et par la rumeur publique – ce que tout le monde savait était humiliant. Cela faisait partie des inconvénients à vivre dans une petite ville. Mais la trahison faisait toujours mal, y compris dans les grandes métropoles, même si elle provoquait moins de commérages.

— Je suis désolée. Depuis combien d'années étiez-vous mariés ?

— Vingt-six ans. Nous sommes tombés amoureux au lycée.

— Le mariage a-t-il survécu à cette histoire ?

Il soutint son regard.

— Je n'ai pas divorcé si c'est la question. Il n'y a rien eu de physique entre eux, ils n'ont jamais eu de liaison. Par contre, ils étaient très proches. Drew était dans une sorte de dépendance affective. Il avait besoin de ma femme. Mais ils n'entretenaient pas de relations sexuelles. Sans doute n'en croirez-vous pas un mot, mais c'est la vérité.

C'était surtout lui qui avait du mal à y croire, pensa-t-elle. Il n'avait pas non plus pardonné à sa femme. Et il n'avait toujours pas digéré le manque de loyauté de Drew.

— Drew et vous étiez amis ?

— Ce n'est pas le mot. Nous jouions au poker ensemble.

— Je vois.

En effet, Nici lui avait dit qu'elle ne pensait pas que Drew avait des amis.

— D'accord. Mais si ce n'est pas vous qui lui avez tiré dessus, alors qui l'a tué ?

— Va-t'en immédiatement ! cria Bert Calhoun. Tu es sur mes terres, sur une propriété privée !

— La maison a besoin d'une bonne couche de peinture, répliqua Justin tout en continuant à avancer. J'ai remarqué aussi que les clôtures étaient dans un sale état. De nombreux poteaux sont à terre et doivent être remplacés.

— Tu ne manques pas de culot de venir ici pour me dire ce qui doit être réparé, tonna son père.

— Nous ne sommes pas vus depuis cinq ans. Je pense qu'il est temps que nous nous parlions.

Bert brandit son fusil.

— *Tu* penses ça ? Et qui es-tu pour m'imposer ton point de vue ?

— Ton fils.

Son père secoua la tête.

— Nous n'avons rien à nous dire. Tu es mort pour moi.

Justin s'arrêta au pied des marches du perron.

— Alors, tire-moi dessus, cela ne changera pas grand-chose pour toi, si je comprends bien. En tout cas, je ne partirai pas tant que tu ne m'auras pas écouté.

Les mains sur ses hanches, il leva les yeux vers son père.

De loin, Bert Calhoun lui avait paru aussi grand et fort que dans ses souvenirs. Mais, de près, son père semblait plus âgé qu'il ne l'était réellement et il était beaucoup plus maigre et voûté que par le passé.

La mort de Drew l'avait anéanti, et il ne s'en remettait pas. Cela sautait aux yeux. Justin aurait voulu avoir pitié de lui. Bert Calhoun avait tout donné à son fils aîné – y compris son amour. Et il avait tout perdu.

Mais sa propre colère comme les vieux ressentiments que Justin nourrissait depuis des années remontèrent à la surface comme de l'huile sur l'eau. Pourtant, il refusa de les exprimer à voix haute devant la maison où il avait été élevé.

Il était un Calhoun, le fils de Bert Calhoun, et que ce dernier le veuille ou non il avait son mot à dire.

En quittant les bureaux de la petite compagnie d'assurances, Chloe éprouvait une réelle pitié pour Pete Ferris. En tout cas, il n'avait pas été simple de lui tirer les vers du nez, de lui faire dire qui d'autre aurait pu tuer Drew.

Devant son refus, elle avait tenté d'insister.

— Combien de temps allez-vous continuer à couvrir Drew Calhoun ? Avez-vous vraiment le sentiment de lui devoir quelque chose ? À vous entendre, j'en jurerais.

Il avait nié, mais il avait fini par lui livrer un nom. Un nom qui l'avait surprise. Elle s'attendait à ce qu'il lui donne celui d'un autre homme avec qui Drew jouait au poker.

— Tina Thomas ? avait-elle répété sans chercher à masquer son étonnement

— Exactement, avait déclaré Pete Ferris avec un certain plaisir. L'ex-femme du maire.

— Est-elle devenue son ex avant ou après Drew ?

— Après. Le maire avait plusieurs fois menacé de massacrer Drew. Mais il n'aurait jamais eu le cran de passer à l'acte. Contrairement à Tina… qui avait de bonnes raisons de vouloir descendre Drew et qui, à mon avis, l'aurait fait sans hésiter.

Chloe songea aux griffures que Drew Calhoun avait

sur le visage et les bras au moment de sa mort, probablement provoquées par les ongles d'une femme.

L'hôtel de ville se trouvait dans un bâtiment en brique dans le centre, mais la maison du maire, elle, était située sur la colline qui surplombait la ville, non loin du terrain de golf et du nouvel hôpital, dans le quartier Snob Knob.

Tout en grimpant une petite route pour s'y rendre, Chloe appela sa sœur Annabelle.

— Que sais-tu de Tina Thomas ?

— Qui ?

— L'ex-femme du maire.

— Pas grand-chose. Laisse-moi passer un coup de fil et je te rappelle.

Annabelle la rappela presque aussitôt.

— Je viens de parler à Mary Sue qui est une vraie mine d'informations. Tina étant deux fois plus jeune que Ralph, personne n'a été surpris que le mariage n'ait pas duré. D'après les potins du coin, Tina est un peu snob et arrogante, elle se trouve supérieure à tout le monde. Cela dit, beaucoup de gens pensent la même chose de moi, ajouta Annabelle. Et Tina est probablement très belle et très gentille.

— Un peu comme toi, si je comprends bien ? dit Chloe en riant avant de remercier sa sœur et de raccrocher.

Elle avait l'impression de tourner en rond. Se plonger dans le passé de Drew lui donnait la nausée. Il avait multiplié les conquêtes, ciblant en particulier les femmes mariées. Que Drew ait été un tricheur ne la surprenait pas non plus. Mais Monte Decker n'avait pas le profil d'un tueur, même si elle savait que les tueurs n'avaient pas forcément des mines patibulaires.

En réalité, toutes les personnes qui connaissaient Drew auraient pu le tuer. La plupart en avaient sans doute eu envie. Pourtant, aucune d'entre elles n'avait été inquiétée, à l'époque. Par ailleurs, Chloe savait qu'il fallait souvent chercher un meurtrier au sein de la famille de la victime.

Jusqu'à présent, elle n'avait pas entendu parler de Drew en bien. Peut-être Tina aurait-elle quelque chose de positif à dire sur lui. Ou pas. Après tout, Pete estimait que Tina avait de bonnes raisons de souhaiter sa mort.

Après avoir traversé la véranda jusqu'à la porte d'entrée, Chloe pressa la sonnette. Elle l'entendit résonner à l'intérieur de la maison, mais personne ne vint lui ouvrir. Elle attendit et sonna de nouveau.

La femme qui finit par apparaître à la porte était grande, mince et proche de l'âge de Chloe. Ses longs cheveux bruns étaient noués en queue-de-cheval. Elle était habillée comme une jeune active, mais apparemment elle ne travaillait pas pour le moment. Et elle semblait essoufflée, comme si elle était descendue à la hâte de l'étage.

— Bonjour. En quoi puis-je vous aider ? demanda-t-elle en jetant un coup d'œil à Chloe puis sur le trottoir.

Chloe eut soudain l'intuition que Tina n'était pas seule.

— Je vous dérange peut-être. Préférez-vous que je repasse plus tard ?

— Non, je… Pas de problème. Que voulez-vous ?

Chloe hésita puis répondit en secouant la tête.

— Je suis désolée. J'ai dû me tromper d'adresse. Je cherchais… Peu importe. Excusez-moi.

Elle recula d'un pas et tourna les talons, laissant Tina la regarder s'éloigner d'un air perplexe.

Mais Chloe n'alla pas loin. Elle se rendit dans le parc voisin d'où, elle le savait, elle aurait une bonne vue sur l'arrière de la maison de Tina. Et elle attendit. Bâti au bout de la rue, le pavillon bénéficiait d'un jardin privé qui donnait sur le parc.

Elle balaya la neige de l'une des balançoires et s'assit. Apparemment, sa brève visite avait tout figé chez Tina. Mais elle n'eut pas longtemps à patienter avant de voir un jeune homme sortir par l'arrière de l'ancienne maison du maire.

Il gardait la tête baissée et il avait enfoncé une casquette de base-ball sur son crâne pour traverser la cour sans attirer l'attention. Il remonta l'allée à grands pas jusqu'à un pick-up garé derrière une clôture, le long du bois.

Il veillait à ne pas se faire remarquer, mais Chloe le reconnut. Elle l'aurait reconnu n'importe où.

L'adjoint du shérif, Kelly Locke.

— Tu perds ton temps, dit Bert Calhoun, pointant toujours son fusil sur son fils tandis que ce dernier montait les marches.

Justin n'aurait pas été surpris que son père presse la gâchette, mais il ne recula pas. Il l'avait trop fait par le passé. En atteignant le porche, il repoussa le canon du fusil et se dirigea vers la porte.

À chaque pas, il luttait contre les souvenirs qui l'assaillaient, certains bons, d'autres dramatiques. Quand il était petit garçon, son père posait à l'occasion une main affectueuse sur son épaule ou le laissait grimper sur ses genoux. Mais toujours quand Drew n'était pas là. Par contre, Justin n'avait jamais douté de l'amour de sa mère. Si elle n'était pas morte, les choses auraient peut-être tourné autrement.

Il jeta un coup d'œil autour de lui. Rien n'avait changé. Certes la belle demeure avait besoin d'un bon ravalement et de quelques réparations, mais elle était identique à celle qu'il avait quittée, cinq ans plus tôt, pensa-t-il alors qu'il s'arrêtait sur le seuil pour retirer la neige de ses bottes.

Il entra. Derrière lui, il sentit le froid s'engouffrer à l'intérieur. Il avait laissé la porte ouverte, sans être sûr que son père lui emboîterait le pas. Il s'approcha de la cheminée. Son père ne lui tirerait jamais une balle dans le dos et il ne le ferait pas dans la maison. Pour ne pas avoir cette image en tête chaque fois qu'il allumerait un feu dans le salon.

Il entendit la porte se fermer. En se retournant, il vit son père poser le fusil contre le mur et hésiter un instant avant de traverser le salon pour rejoindre le bar. Comme le vieillard se servait un scotch, Justin remarqua que ses mains maigres et ridées tremblaient.

Bert n'offrit pas un verre à Justin, se contentant d'avaler une gorgée de son whisky.

— Je savais que tu finirais par revenir, dit-il. Tu connais le dicton qui prétend que la mauvaise graine chasse toujours la bonne…

— Non, mais j'en connais un autre : « Tel père, tel fils », répliqua Justin en retirant son chapeau et en s'asseyant.

Il posa son stetson sur ses genoux et dévisagea son père.

— Quoi que tu en penses, je suis ton fils et tu ne pourras rien y changer. Ton sang coule dans mes veines. Cela ne me rend pas plus heureux que toi, mais c'est ainsi.

Bert finit son verre et le posa un peu trop fort.

— Dis ce que tu as à dire et va-t'en.

— Il est temps que tu cesses de me reprocher tes propres erreurs, déclara Justin. Je n'ai pas tué Drew. Je ne l'aimais pas, mais à part toi personne ne l'aimait.

Son père commença à protester, mais Justin l'interrompit.

— Toi et moi sommes pourtant d'accord sur un point. Il ne s'est pas suicidé. Il avait une trop haute idée de lui-même pour mettre fin à ses jours. Même soûl comme un Polonais et après s'être fait rosser par quelqu'un, il ne se serait jamais tué. Et il connaissait trop bien les armes à feu pour se tirer une balle accidentellement. Je l'avais déjà vu ivre mort et hors de lui. Quand je l'ai trouvé, il avait l'air… terrifié. Je partage ton avis : quelqu'un l'a assassiné.

— Oui, répondit Bert d'un ton cassant. Et je sais qui.

Il le regarda avec un mépris qui glaça Justin jusqu'à la moelle.

Pourquoi avait-il imaginé que les choses se passeraient autrement ? Rien n'avait changé depuis cinq ans. Son père était toujours convaincu qu'il avait tué Drew, et rien ne l'en ferait démordre. Drew n'avait pas été seulement son chouchou. Il était le fils prodigue. Depuis sa mort, Bert Calhoun se consumait de chagrin et de colère.

Avec un juron, Justin pensa à ce que Chloe lui avait dit. Qu'elle veuille mener cette enquête l'avait contrarié. Il était revenu ici pour remettre les pendules à l'heure, pas pour jouer les détectives privés.

— Franchement, papa, je me fous de savoir qui a tué Drew, dit Justin en promenant les yeux autour de lui. C'était l'une des raisons pour lesquelles j'étais parti. J'en avais assez de t'entendre parler de ton fils adoré, si parfait, et maintenant mort et enterré.

Il reporta son attention sur son père.

— J'étais venu t'annoncer que j'étais rentré et que je me moquais bien que tu me croies l'assassin de Drew jusqu'à ton dernier souffle. Mais en voyant l'état dans lequel tu es, en voyant l'état dans lequel se trouve ce ranch, j'ai changé mon fusil d'épaule. Tu ne me laisses pas le choix.

Comme Justin se levait pour partir, son père le retint.

— Que veux-tu dire ? Tu penses peut-être que tu as le droit de débarquer ici et…

— Et quoi ? cria Justin en se retournant pour lui faire face.

Il n'avait jamais tenu tête à son père auparavant. Cela ne lui fit pas du bien. Mais il en avait trop gros sur le cœur.

— Regarde-toi, papa ! Tu n'es plus qu'une épave, s'emporta Justin. Depuis cinq ans, tu es tellement occupé à pleurnicher sur ton sort que tu as laissé le ranch aller à vau-l'eau. Ta haine te consume de l'intérieur, tu es pathétique. Qui d'autre que moi peut te le dire ? Les autres s'en fichent. Moi pas.

Les poings serrés, son père marcha vers lui d'un air menaçant. Justin ne bougea pas. Son père s'arrêta.

— Ce ne sont pas tes affaires, Justin, dit-il, mais il y avait peu de conviction derrière ses paroles. Mêle-toi de ce qui te regarde.

— Tant que mon nom de famille sera Calhoun, cela me regardera, rétorqua Justin. Tu prétends que je suis mort pour toi, mais cela ne change rien. Et ne t'en fais pas, je ressens la même chose à ton égard et je n'en suis pas fier.

— Si tu es venu ici pour m'insulter…

— Je vais découvrir qui a tué ton fils chéri, déclara Justin avec un juron. Je n'ai aucune envie de le faire, mais je m'y sens obligé. Et, quand j'aurai démasqué son assassin, j'attends des excuses de ta part et tu auras intérêt à me les présenter.

Et, sur ces mots, il tourna les talons et quitta la maison.

Bert Calhoun retourna au bar pour se servir un autre verre, mais au dernier moment il changea d'avis. Il se sentait au bord du malaise. Les jambes faibles, il se laissa tomber dans un fauteuil. Son cœur battait à tout rompre dans sa poitrine

Il n'aurait jamais pensé qu'il reverrait Justin – encore moins le Justin qui venait de sortir du salon. Il en avait éprouvé un choc.

Quand son plus jeune fils avait sauté de son pick-up, Bert l'avait à peine reconnu…

Justin avait profondément changé au cours de ces cinq dernières années Il avait dû beaucoup travailler manuellement, physiquement. Il était plus musclé, plus fort, plus confiant et plus assuré qu'il ne l'avait jamais été.

Cinq ans plus tôt, c'est un adolescent qui avait quitté le ranch, tête basse. C'est un homme qui y était revenu.

Bert sentit une boule bloquer sa gorge. Justin ressemblait beaucoup à Mary avec ses cheveux blonds et ses prunelles myosotis, contrairement à Drew qui avait hérité des cheveux noirs des Calhoun.

Drew avait pris beaucoup de sa mère, mais pas physiquement. En vérité, il avait surtout hérité de ses défauts. Comme Mary, il manquait d'ambition et de dynamisme. Mary était douce comme un soleil de printemps. Mais aussi très fragile. Avant même de tomber malade, avant même d'être emportée par un cancer, elle était souvent souffrante.

Il prit soudain conscience qu'au-delà de la couleur de ses cheveux ou de ses yeux, Justin lui ressemblait davantage que Drew. Le reconnaître ne fit rien pour apaiser sa colère. Peut-être était-ce ce qui lui avait fait le plus mal. Il se voyait jeune en regardant Justin alors qu'il aurait aimé se voir dans Drew.

Secouant la tête, il se remémora tout ce que Justin lui avait dit. Des choses dures, violentes, douloureuses. Justin avait toujours été plus têtu qu'une mule. Il n'avait pas changé. Comment avait-il osé élever la voix sur son père ? Sur un vieil homme sans défense. Vrai ou pas, ce n'était pas bien.

Et maintenant il prétendait vouloir démasquer le tueur de Drew ? Quelle arrogance. Et exiger des excuses ? Jamais Bert ne s'abaisserait à lui en présenter.

Bert s'efforçait de reprendre son souffle. Son cœur galopait comme un étalon sauvage. Il appuya une main sur sa poitrine alors que quelqu'un frappait à la porte. Si c'était Justin…

Il sentit le sang lui monter à la tête. Il avait soudain du mal à respirer, sa vision se brouillait. Il voulut se lever mais il n'y parvint pas.

Il tenta de crier, mais il manquait d'air. La panique le saisit. Il ne pouvait pas se redresser. Ni parler. Que lui arrivait-il ?

Un de ses hommes passa la tête dans la porte.

— Monsieur Calhoun ?

Bert ouvrit la bouche, mais aucun son ne franchit ses lèvres. Il posa les deux mains sur son cœur qui semblait vouloir s'échapper de sa poitrine.

Revoir Justin l'avait tué, pensa-t-il alors que son ouvrier agricole se précipitait à ses côtés.

— Monsieur Calhoun ?

L'homme composait déjà le numéro des secours.

Dans un état second, Bert ne garda aucun souvenir du trajet jusqu'à l'hôpital. Il se rappela vaguement être passé dans un couloir blanc et avoir pensé qu'il ne voulait pas mourir.

Le visage de Mary lui apparut. Elle avait l'air déçue.

Puis un voile tomba sur ses yeux, et il perdit connaissance.

8

Justin retourna en ville, encore secoué par sa visite au ranch. Revoir son père après cinq ans d'absence l'avait profondément ébranlé. Il avait cru le retrouver tel qu'il avait toujours été – un homme fort et autoritaire qui gérait très bien ses affaires. Bert Calhoun manquait parfois de subtilité, mais il n'avait jamais reculé devant un défi ou un combat.

Au lieu de quoi, il avait vu un vieillard, faible, vulnérable, presque pitoyable. Bert Calhoun était aussi têtu et arrogant qu'autrefois, mais il n'impressionnait plus personne.

La mort de Drew l'avait anéanti, Justin le savait. Mais il s'attendait que, depuis cinq ans, son père ait surmonté son chagrin. Bert avait connu beaucoup d'épreuves au cours de son existence, mais il les avait toujours dépassées, animé par une volonté inébranlable de parvenir à ses fins et par le désir de poursuivre l'œuvre familiale à tout prix.

Or, cette fois, il n'en était rien. Bert Calhoun se laissait couler.

La mort de Drew n'explique qu'en partie son désespoir. D'une certaine façon, il a perdu ses deux fils.

Justin entendait presque la voix de sa mère dans sa tête. Mais il n'était pas d'humeur à accepter l'injonction maternelle.

S'il avait coupé les ponts avec son père, ce dernier

en portait l'entière responsabilité, pensa-t-il avec colère. Pour Bert, Drew avait été son seul fils, l'héritier, la chair de sa chair. À ses yeux, Justin ne comptait pas, il l'avait toujours traité comme quantité négligeable. Leur père avait mis tous ses espoirs sur Drew pour l'avenir. Mais maintenant que Drew était mort…

Justin se reprocha d'être resté si longtemps loin du ranch. La Calhoun Cattle Company était son héritage. Et surtout, en partant, il n'avait pas mesuré à quel point son père avait besoin de lui. Il y a cinq ans, il avait fui la violence de ses accusations. Bert ne l'avait pas jeté dehors mais, clairement, il ne supportait plus la vue de son fils cadet.

Justin était donc parti, mais à présent, il le regrettait. Au lieu de décamper, il aurait dû se battre. Il songea à Chloe et sourit. Il ne connaissait personne d'aussi déterminé qu'elle. Rien ne l'arrêtait. Mais cette volonté farouche, sans faille, l'inquiétait aussi. S'ils avaient raison et que Drew avait bien été assassiné, le meurtrier était probablement encore dans les parages.

Et Chloe ne cesserait pas ses investigations avant de l'avoir démasqué.

Voilà pourquoi Justin tenait à la retrouver sans attendre. Il n'était pas question de la laisser mener l'enquête toute seule. Il y a cinq ans, il aurait dû chercher l'assassin de son frère au lieu de s'en aller. Tant d'années après la tragédie, il serait plus difficile de remonter les pistes et d'aboutir.

La mort de Drew n'était que l'une des raisons pour lesquelles il était revenu. Chloe Clémentine en était une autre et pas des moindres. Le simple son de sa voix au téléphone l'avait profondément remué, l'autre jour. Il secoua la tête. Était-il vraiment rentré pour danser au bal costumé de la Saint-Sylvestre avec une femme qu'il avait embrassée, il y a des années ? Cela semblait insensé. Mais le baiser qu'ils avaient échangé était exceptionnel, pensa-t-il.

Perdait-il la tête ? Allait-il vraiment se lancer à la recherche d'un tueur ? Il se moquait de ce que les gens disaient de lui. Même les accusations de son père n'avaient pas suffi à lui donner envie de chercher l'assassin de Drew. Pourtant, même au moment du drame, il n'avait jamais cru que la mort de son frère était accidentelle.

Drew avait sans doute poussé à bout la personne qu'il ne fallait pas énerver. Justin n'avait pas voulu creuser le sujet, à l'époque, connaissant la vie dissolue de son frère aîné. Il n'avait toujours pas envie d'enquêter sur la mort de Drew. Mais, après avoir vu l'état de délabrement de Bert, il se sentait responsable. Il était parti sans un regard en arrière, se rappela-t-il, en proie à une sourde culpabilité. Pas étonnant que son père soit convaincu que Justin soit un moins que rien.

Il avait longtemps refusé d'y accorder de l'importance parce que Bert l'avait toujours méprisé. L'idée qu'il l'ait cru un jour, qu'il se soit persuadé d'une telle bêtise, lui donnait à présent envie de se gifler. Et maintenant il avait promis à son père de démasquer le meurtrier de son frère.

Comment allait-il y parvenir après cinq ans ? Et s'il se trompait ? Et si Chloe aussi se fourvoyait ? La shérif avait peut-être raison. Drew avait-il été victime d'un accident stupide ? S'était-il suicidé ?

Tout en roulant vers la maison des Clementine, Justin se sentait ravagé par une myriade d'émotions, des émotions qu'il avait enfouies au plus profond de lui-même toutes ces années. Il aimait Drew, même si celui-ci était dur avec lui. Après tout, ils étaient frères, du même sang. Il aurait été plus facile pour Justin de rester au loin et de mettre Whitehorse dans son rétroviseur pour toujours.

Mais, comme le père dont il avait gardé le souvenir, Justin refusait de fuir. Il avait un combat à mener et il n'était pas question de renoncer. Il ne pouvait pas laisser Bert Calhoun continuer à croire que Justin avait tué son frère. Comme Chloe l'avait dit, il était temps qu'il blanchisse son nom. Ensuite, il accompagnerait Chloe au bal masqué de la Saint-Sylvestre.

Et il l'embrasserait…

Lorsque Chloe frappa la porte à l'arrière du pavillon de Tina, cette dernière se précipita pour aller ouvrir mais elle se figea en la reconnaissant. Manifestement, elle s'attendait plutôt à voir revenir l'adjoint au shérif. Ce qui surprit Chloe fut de constater qu'elle semblait en colère. Kelly Locke et Tina s'étaient-ils disputés ? À cause de Chloe ?

Tina posa les mains sur ses hanches.

— Encore vous ? Que voulez-vous exactement ? Vous êtes l'une de ses amies ? Sa copine ? Ou une voisine trop curieuse ?

— Je ne suis pas ici pour vous parler de votre… amant qui vient de partir, dit Chloe. Mais de Drew Calhoun.

Tina eut l'air de tomber des nues.

— Drew ? Mais il est mort.

— Voilà pourquoi j'ai besoin de vous parler.

— Eh bien, entrez, dit Tina d'un ton sarcastique en reculant pour la laisser passer.

Chloe la suivit jusqu'à la cuisine, prit une chaise et s'assit. Elle n'aimait pas Tina et elle commençait à perdre patience.

Comme grimper la colline jusqu'ici l'avait assoiffée, elle reprit :

— Vous n'auriez pas quelque chose à boire ?

La jeune femme soupira.

— Je n'ai qu'un soda à vous proposer. Désolée, je ne m'attendais pas à votre visite.

— Un soda sera parfait. Je vous remercie.

Tina posa une canette sur la table.

— Aimeriez-vous des glaçons ?

— Non merci, dit-elle en remplissant son verre. Parlez-moi de vous et de Drew.

— C'est une vieille histoire.

— En effet, elle remonte au moins à cinq ans. Quand votre ex-mari a-t-il découvert cette liaison ?

— Vous écrivez un livre ? Pourquoi vous y intéressez-vous ?

— Je suis journaliste.

Tina écarquilla les yeux.

— Vous comptez donc faire un article sur…

— Mais non, bien sûr que non. J'enquête sur la mort de Drew pour d'autres raisons. Dites-moi quand votre ex-mari a découvert la liaison que vous entreteniez avec Drew ? Plusieurs mois, plusieurs semaines ou plusieurs jours avant sa mort ?

Tina tira une chaise avant de la repousser pour rester debout.

— Une semaine.

— Comment l'a-t-il pris ?

— À votre avis ?

— Il a menacé de divorcer, de vous tuer, de descendre Drew ?

— Je vois où vous voulez en venir, répondit Tina avec un soupir. Mais vous êtes à côté de la plaque. Avez-vous déjà rencontré mon ex-mari ? Il serait incapable de faire du mal à une mouche.

— Quelqu'un a infligé une bonne correction à Drew le soir de sa mort. S'agissait-il de votre ex ?

— Ralph ? dit-elle en riant. Il m'avait fait une scène, mais jamais il n'aurait levé la main sur Drew. De plus, Drew était plus jeune et en bien meilleure forme que lui.

Elle secoua la tête.

— Ralph n'aurait pas pu le rouer de coups. Il ne faisait pas le poids.

— Et le tuer d'une balle en pleine poitrine ? Il l'aurait pu ?

Tina écarquilla les yeux.

— Je pensais que Drew s'était tiré une balle accidentellement.

— Votre ex-mari possède-t-il une arme à feu ?

— Oui, mais je croyais que Drew s'était tué avec son propre pistolet…

— Où se trouvait votre ex-mari la nuit où Drew est mort ?

— Dans notre lit. À ronfler bruyamment à côté de moi.

— Vous auriez donc pu facilement sortir et descendre Drew.

Tina se mit à rire.

— Tuer Drew ? Pourquoi l'aurais-je tué ? Je l'aimais. J'aurais plaqué Ralph sans hésiter pour vivre avec lui s'il me l'avait demandé. Mais il ne me l'a jamais demandé. Il ne partageait pas mes sentiments…

Tina la regarda en face et ajouta, visiblement pressée d'en finir :

— Si c'est tout ce que vous…

— Vous saviez qu'il avait d'autres femmes dans sa vie et dans son lit, non ? demanda Chloe.

— Êtes-vous venue ici pour me faire du mal ? Ralph a demandé le divorce à cause de ma liaison avec Drew. N'est-ce pas suffisant ?

— Drew entretenait une relation parallèle avec l'épouse de Pete Ferris.

Tina jura.

— Et alors ? Vous ne comprenez pas… Drew a toujours fait ce qu'il voulait.

— Et ça l'a tué.

— Écoutez, je n'ai jamais tiré une balle de ma vie.

— Il n'est pas si difficile de presser une gâchette, répliqua Chloe.

Tina secoua la tête.

— Vous vous trompez. Drew avait été honnête avec moi. Dès le départ, il m'avait dit qu'il n'avait été amoureux qu'une fois. De Patsy Carter, son amour du lycée.

— Qu'est devenue Patsy ?

— Elle a épousé Blaine Simpson.

Chloe perçut quelque chose dans la voix de Tina et elle fronça les sourcils.

— Drew essayait-il de récupérer Patsy ?

Tina détourna les yeux.

— Il ne me l'a jamais avoué, mais j'ai entendu dire qu'il était monté la voir au ranch à plusieurs reprises et que Blaine Simpson avait juré de lui faire passer un sale quart d'heure s'il revenait lui tourner autour. Blaine est grand et fort. Dans un combat à la loyale avec Drew, Blaine aurait eu le dessus. Qu'allez-vous faire de tous ces éléments ? ajouta Tina, semblant soudain inquiète.

— Je ne fais qu'aider un ami à découvrir la vérité à propos des événements survenus lors de cette fameuse nuit, répondit Chloe. Depuis combien de temps fréquentez-vous Kelly Locke ?

Un instant, Tina parut déstabilisée par la question avant d'éclater de rire.

— Pas depuis cinq ans si c'est ce que vous vouliez savoir. Kelly est un gamin. Je n'aurais pas envoyé un gamin faire le travail d'un homme.

Elle soutint le regard de Chloe.

— Et comme je l'ai dit, j'étais folle amoureuse de Drew. Après le drame, je l'ai pleuré pendant des mois.

Avec un soupir, Tina baissa la tête. Cela faisait cinq ans que Drew était mort, et elle n'avait sans doute jamais eu personne avec qui parler de lui.

Tina poursuivit.

— Drew avait tendance à rendre les gens fous furieux, dit-elle. Il se comportait souvent comme un gamin irresponsable. Cet aspect de sa personnalité me plaisait, ajouta-t-elle avec un haussement d'épaules. Il savait ce qu'il voulait mais, quand il ne l'obtenait pas, il avait parfois des réactions excessives…

— Qu'aurait-il voulu qu'il n'ait pas eu ?

— À part Patsy ? De l'argent. Son père lui donnait une somme ridicule parce qu'il l'avait un jour surpris en train de prendre de l'argent du ranch. Drew avait hâte que son vieux prenne sa retraite pour pouvoir diriger l'exploitation. Et empocher les bénéfices générés par la Calhoun Cattle Company. Et, par ailleurs, je suis sûre que s'il avait pu récupérer Patsy il aurait voulu quelqu'un d'autre. Il avait été très gâté par la vie mais, au lieu de se réjouir de ce qu'il avait, il courait toujours après ce qu'il n'avait pas. Il n'était jamais heureux.

Chloe comprit que Tina avait espéré être la personne qui le rendrait heureux. Elle avait sans doute beaucoup souffert et quelque part elle avait dû détester Drew.

Mais au point de le tuer ?

Il était intéressant de noter que le chouchou de son papa n'avait pas pu obtenir de lui tout ce qu'il désirait. Bert Calhoun refusait de lui donner tout l'argent qu'il réclamait. Au moins, Bert avait été assez intelligent pour ne pas lui confier la direction du ranch. Mais le train de vie de Drew avait dû être un sujet sensible entre eux, une source de conflits. Même si Bert n'avait pas entendu parler des exploits de son fils aîné via les rumeurs du comté, il avait freiné les dépenses de Drew.

Elle finit son soda et se leva.

— Merci de vous être confiée à moi.

— Vous n'allez en parler à personne, n'est-ce pas ?

Chloe secoua la tête.

— Bien sûr que non. C'est votre secret.

Elle aurait pu souffler à Tina que les secrets se répandaient parfois sans qu'on sache comment, surtout dans une petite ville. Elle aurait aussi pu aussi mettre Tina en garde à propos de Kelly, la prévenir que l'adjoint du shérif était un vrai salaud.

Mais elle devait l'avoir déjà compris.

Chloe prit congé et redescendit la colline pour rejoindre le centre-ville. Sa liste de suspects s'allongeait. Tina avait entendu parler des relations de Drew avec l'épouse de Pete Ferris, avec Emily et avec Patsy Carter Simpson. Tina avait souffert d'avoir eu à partager Drew. Son amour pour lui lui avait coûté son mariage.

Cela dit, pensa Chloe, se rappelant que Kelly était sorti par la porte arrière de la maison de Tina, la jeune femme s'était manifestement consolée de la mort de Drew, à présent.

Elle cheminait le long du parc lorsqu'elle glissa sur le trottoir qui n'avait pas été pelleté et faillit s'étaler par terre. À certains endroits, la neige était si haute qu'elle s'y enfonçait jusqu'aux genoux.

Elle finit par descendre du trottoir pour marcher sur la route qui, elle, avait été déblayée. Elle s'interrogeait sur ce qu'elle devait faire maintenant quand elle entendit un bruit de moteur derrière elle. Elle se retourna, surprise de la vitesse à laquelle roulait le véhicule. Il était tout proche maintenant.

Elle n'eut qu'un instant pour décider de ce qu'elle devait faire. Avait-elle le temps de traverser en courant pour tenter de se réfugier sur l'autre côté de la route ? Ou valait-il mieux sauter dans le fossé rempli de neige ?

Comme elle jetait un coup d'œil par-dessus son épaule, elle se rendit compte que le pare-chocs du 4x4 était tout proche.

Elle plongea dans le fossé.

La neige était encore plus profonde que ce qu'elle n'avait imaginé. Elle se débattait dans la poudreuse glacée lorsqu'elle entendit rugir le véhicule. Il était si près d'elle que les gaz qui s'échappaient du pot d'échappement la firent tousser. Elle tenta de se redresser pour voir qui conduisait le bolide, quasi certaine que l'adjoint Kelly Locke était au volant.

Mais, lorsqu'elle parvint à se relever, le 4x4 avait disparu. Elle remonta sur la route, secouant la neige de son manteau et s'interrogeant sur ce véhicule. Le chauffard avait-il voulu lui faire peur ? Ou pire, avait-il essayé de la tuer ?

Et que serait-il arrivé si elle n'avait pas bondi de côté à temps ?

Il l'aurait écrasée et personne ne l'aurait vu, comprit-elle en regardant autour d'elle. En tout cas, celui qui conduisait ce 4x4 ne passait pas par là par hasard. Il l'avait attendue, guettée. Mais qui était-ce ?

L'adjoint au shérif Kelly Locke ?

9

Justin eut du mal à en croire ses yeux. Il s'était rendu chez les Clementine, mais Chloe ne s'y trouvait pas. Aussi s'était-il mis à sa recherche. Comme il croisait un 4x4 qui roulait trop vite, il avait soudain remarqué une femme qui émergeait non sans mal d'un fossé enneigé.

En approchant, il découvrit avec stupeur Chloe qui avait réussi à remonter sur la route et secouait son manteau. Sans doute avait-elle glissé sur une plaque de verglas et était-elle tombée, tête la première, dans le fossé, se dit-il.

Mais, comme il promenait les yeux autour de lui, il fronça les sourcils. Que faisait-elle dans cette partie de la ville ? Il sentit son cœur se serrer en comprenant qu'elle était forcément partie toute seule à la recherche du tueur de Drew. Avait-elle perdu l'esprit ?

Avec un juron, il la regarda tapoter son pantalon et frapper ses mains gantées l'une contre l'autre pour retirer la neige de ses vêtements.

Il s'arrêta à sa hauteur et descendit sa vitre :

— Ça va, Chloe ?

Elle sourit en le reconnaissant.

— Maintenant, oui, dit-elle.

— Grimpe !

— Avec plaisir.

Lorsqu'elle se hissa dans l'habitacle et s'assit sur le siège passager, il lui demanda :

— Que t'est-il arrivé ?

Elle hésita.

— Je viens d'échapper à une mort affreuse. Quelqu'un a tenté de m'écraser. Et il s'en est fallu d'un cheveu. Si je n'avais pas sauté au dernier moment dans le fossé…

Avec une angoisse croissante, il l'écouta lui raconter sa mésaventure.

— Si j'ignorais dans quoi tu t'étais embarquée, je t'aurais dit qu'il s'agissait sans doute d'un adolescent désireux de te jouer une sale blague, dit Justin. Mais, comme je le sais, je te conseille d'aller tout raconter à la shérif.

Elle secoua la tête.

— Cela ne servirait à rien. Je n'ai pas bien vu le véhicule. Je serais incapable de le décrire sauf pour dire qu'il était sombre et sale. De toute façon, je crois que le conducteur cherchait surtout à me faire comprendre que j'avais intérêt à cesser mon enquête.

Justin perçut l'émotion qui teintait sa voix. Chloe avait eu peur. Et il y avait de quoi. Il se remémora le regard paniqué de son frère la nuit où il avait été assassiné. Si le tueur avait provoqué une telle terreur chez Drew…

— Chloe, tu dois arrêter tout ça.

— Impossible. Je ne le peux plus, maintenant. Au départ, j'espérais découvrir la vérité, essentiellement pour toi. De plus, étant entre deux emplois, je craignais de me tourner les pouces, de m'ennuyer. À présent, il est clair que quelqu'un appréhende mes investigations. Il s'est passé quelque chose ce soir-là, j'en ai à présent la preuve et je tiens à découvrir quoi. C'est devenu personnel, ajouta-t-elle en époussetant la neige encore accrochée à ses vêtements.

Avec un gémissement, Justin accéléra.

— Que faisais-tu dans ce coin de la ville ?

— J'étais allée interroger l'ex-femme du maire, Tina Thomas. Savais-tu qu'elle avait eu une liaison avec Drew ?

— Pas du tout.

— Elle m'a dit qu'elle l'avait follement aimé mais que Drew refusait de s'engager. Elle m'a également confié qu'elle était incapable de se servir d'une arme à feu. Mais j'en doute un peu et je la laisse en bonne place sur ma liste de suspects.

— J'ai l'impression que cette enquête t'amuse, et cela m'ennuie. Tu viens quand même d'échapper à la mort.

— Ne t'inquiète pas. Je ne suis pas suicidaire, je n'ai aucune envie de mourir. Je veillerai à me montrer plus prudente la prochaine fois, je te le promets. Mais rien ne m'empêchera de continuer, Justin. J'irai jusqu'au bout.

— Si tu as l'intention de recenser toutes les femmes qui ont couché avec Drew, la liste de tes suspects va devenir terriblement longue.

— Je ne cherche que celles qui avaient de bonnes raisons de le tuer… ou leurs maris qui étaient sans doute encore plus motivés qu'elles, déclara Chloe.

— Peut-être avons-nous tort, toi et moi, d'imaginer qu'il a été assassiné. La shérif…

— Bien essayé, Justin, mais l'hypothèse d'une mort accidentelle ne tient plus. À peine avais-je commencé à poser quelques questions à droite à gauche que quelqu'un m'appelait en pleine nuit pour me menacer du pire si je ne cessais pas mon enquête. Et maintenant ce quelqu'un a essayé de m'écraser. Nous ne nous trompons pas, et tu le sais.

— Tu viens toi-même de dire que le chauffard essayait seulement de te faire passer un message, non ? Chloe, ce n'est pas parce que quelqu'un a quelque chose à cacher que cela signifie que Drew a été assassiné. Par contre, les réactions que tu as obtenues prouvent que continuer à creuser est dangereux. Que pourrais-je te dire pour te faire renoncer ?

Elle lui lança un regard agacé.

— Rien et tu me connais assez pour le savoir. Je

suis sur quelque chose, je le sens. Tôt ou tard, le tueur de Drew va commettre une erreur. Et en attendant, les langues vont se délier .

— Si nous avons raison, le meurtrier a échappé à la justice pendant cinq ans.

Chloe sourit.

— Exactement. Il se croyait en sécurité et maintenant il ne l'est plus. Il est plus que nerveux, il est aux abois. Et plus je secoue le cocotier, plus il panique…

Justin poussa un juron.

— Désormais, nous allons continuer l'enquête ensemble.

Chloe le dévisagea avec surprise.

— Qu'est-ce qui t'a fait changer d'avis ? L'autre jour, tu critiquais ma démarche et tu ne voulais pas entendre parler de mes investigations.

— Je ne le souhaite toujours pas, mais je n'ai plus le choix. Il n'est pas question de te laisser risquer ta vie toute seule.

Au regard qu'elle lui jeta, il comprit qu'elle avait deviné qu'il y avait une autre raison à son revirement.

Il soupira.

— J'ai revu mon père.

— Comment ça s'est passé ?

— Je n'avais pas mesuré jusqu'alors à quel point il avait besoin de connaître la vérité à propos de la mort de Drew. Je pensais qu'après toutes ces années il aurait fait son deuil… Mais cette histoire le mine, le bouffe de l'intérieur. Tu avais raison. Je ne peux pas le laisser croire plus longtemps que je suis l'assassin de mon frère. Et pour lui prouver mon innocence, il me faut démasquer le vrai coupable.

Il s'arrêta devant la maison des Clementine.

— Pourquoi tes sœurs m'ont-elles appelé, l'autre soir ? demanda-t-il soudain en se tournant vers elle.

Le brusque changement de sujet désarçonna Chloe. Mais ce fut la lueur qui brillait dans ses yeux myosotis qui la réduisit au silence. La gorge serrée, elle hésita à répondre, de peur de laisser échapper des mots qui trahiraient ses sentiments. En même temps, elle avait envie, besoin, de les exprimer. Annabelle et TJ avaient voulu lui donner une seconde chance, *leur* donner une seconde chance. Comment lui expliquer qu'elle n'avait jamais pu oublier ce baiser et que, depuis des années, elle rêvait de l'embrasser encore et encore ?

— Mes sœurs savaient que je t'aimais bien… avant mon départ pour l'université.

Il soutint son regard.

— Alors pourquoi n'as-tu pas gardé contact ? Pourquoi n'es-tu jamais revenue à Whitehorse pendant les vacances, par exemple ?

Elle passa la main dans ses cheveux blonds, hésitant à avouer la vérité, craignant de paraître stupide. Elle avait vécu toutes ces années avec le souvenir d'un baiser parfait, d'une étreinte parfaite.

— J'avais peur.

— Peur de quoi ?

— Peur que ce baiser n'ait rien voulu dire pour toi. Peur de lui avoir donné une importance qu'il n'avait pas…

Elle promena les yeux sur son beau visage. Justin hantait ses rêves depuis des années et maintenant il était là en chair et en os. La vraie vie pourrait-elle être à la hauteur de son fantasme ? Cela se pourrait bien.

— Te souviens-tu de ce baiser ? reprit-elle.

— À ton avis ?

— Nous étions si jeunes…

— Qu'est-ce que cela change ?

— Je ne sais pas. Qu'en penses-tu, toi ? ajouta-t-elle en se tournant vers lui.

— Je pense que nous devrions réessayer pour voir si la magie est toujours là.

Son téléphone portable bourdonna. Avec un sourire d'excuse, il sortit son téléphone et lut le SMS. Elle vit son expression changer en remettant l'appareil dans sa poche.

— Mon père est à l'hôpital, dit-il. Je dois y aller. Je suis désolé. Mais cette discussion n'est pas terminée, Chloe. Nous la poursuivrons plus tard.

— J'espère que ton père va se rétablir, dit-elle en sautant du camion.

— Je te tiendrai au courant.

Et il repartit.

Chloe regarda le pick-up de Justin disparaître au bout de l'allée. Son cœur battait la chamade. L'idée d'embrasser à nouveau Justin la faisait frissonner… Et s'ils ne ressentaient plus rien de ce qu'ils avaient ressenti autrefois ?

Ce serait comme apprendre que le Père Noël n'existait pas. Ou pire encore, se dit-elle.

Elle remarqua soudain que le 4x4 de sa sœur avait disparu. De plus, la maison était plongée dans le noir. Ses sœurs étaient probablement sorties avec leurs fiancés.

Chloe croisa les bras, se demandant ce qu'elle allait faire.

Au moment où Justin entra dans l'hôpital situé à la périphérie de la ville, il vit Nici, assise dans le hall, qui l'attendait. Il se précipita vers elle.

— J'ai reçu ton texto. Comment va-t-il ?

— Le médecin veut te parler, répondit-elle en l'embrassant. Quand ma sœur m'a appelée, je… Bref, j'ai préféré te prévenir.

Justin avait oublié que la sœur aînée de Nici était infirmière.

— Merci.

Nici l'entraîna dans une petite salle d'attente, mais Justin refusa de s'asseoir. Il était trop nerveux pour rester en place.

— Tout est ma faute. Je suis allé le voir au ranch tout à l'heure. Je lui ai dit ses quatre vérités, des choses que j'avais sur le cœur depuis longtemps mais qui l'ont…

Incapable de poursuivre, il poussa un juron.

Nici lui tapota affectueusement le dos.

— Ce n'est pas ta faute. Ton père ne va pas bien depuis des années et nous savons tous les deux pourquoi.

Il se tourna vers elle.

— À cause de moi.

— Non, pas à cause de toi, dit-elle. Mais de Drew.

— Pour mon père, perdre Drew a été une épreuve pire encore que de perdre ma mère. Mais le fait qu'il soit persuadé que je l'ai tué, que j'ai assassiné mon propre frère…

— Il cherche simplement quelqu'un pour porter le chapeau à sa place. Il a besoin de rendre quelqu'un d'autre responsable de la manière dont tout s'est terminé.

Justin ne le savait que trop bien. Il se revit se précipitant dans le chalet de son frère, il se remémora son choc à la vue de Drew tentant de brandir son arme, les mains couvertes de sang. Il pensait alors que Drew s'était tiré une balle et essayait de s'achever. D'instinct, il lui avait pris le pistolet. Drew le regardait avec tant de frayeur. Avait-il su qu'il était en train de mourir ? Ou avait-il eu peur que, quel qu'il soit, le tueur soit revenu finir le travail ?

Justin avait sorti son téléphone de sa poche avec sa main libre, l'autre tenant toujours ce pistolet. Il n'avait nulle part où le poser puisque son frère était assis au milieu de la pièce face à la porte…

Leur père avait alors surgi. Et, bien sûr, il avait pensé ce que toute personne sensée aurait pensé dans ces circonstances. Que l'homme qui tenait l'arme était le tueur.

— Alors as-tu revu Chloe ? demanda soudain Nici

tout en se laissant tomber sur l'une des chaises de la salle d'attente. La magie est-elle toujours là ?

Justin se tourna vers son amie, percevant la jalousie qui teintait sa voix. Il aspirait à parler de n'importe quoi pour ne plus penser à son père allongé sur un lit d'hôpital. Mais il n'avait aucune envie d'évoquer avec Nici le baiser que Chloe et lui avaient échangé autrefois.

— Avec qui sors-tu actuellement ? lança-t-il.

Nici ne fut pas dupe du stratagème et elle secoua la tête.

— Cela veut dire oui. Tu ne te souvenais pas de m'avoir parlé de ce baiser, ni de l'alchimie qu'il y avait entre Chloe et toi, n'est-ce pas ? Moi, je ne l'ai pas oublié. Je ne t'avais jamais vu aussi heureux.

— Je n'aurais pas dû t'en parler, mais tu étais ma meilleure amie.

Nici hocha la tête et lui décocha un sourire triste.

— Je le suis toujours.

L'arrivée du médecin les interrompit.

— Êtes-vous le fils de Bert Calhoun ?

Justin s'avança rapidement vers lui.

— Comment va-t-il ?

— Votre père a été victime d'un infarctus, mais il est stabilisé, maintenant. Et si vous souhaitez le voir…

— Non, répondit-il trop vite, s'attirant un regard surpris du médecin.

Justin n'avait pas envie d'expliquer qu'il était responsable de la crise cardiaque de son père. Il était intensément soulagé de ne pas l'avoir tué.

— Il doit se reposer, dit-il. Je le verrai plus tard.

10

Chloe se sentait trop nerveuse pour rester seule chez elle. Elle ne cessait de penser à Justin. Que leur baiser d'autrefois ait signifié quelque chose pour lui aussi la bouleversait.

Par ailleurs, elle avait envie de poursuivre ses investigations. Mais elle n'avait pas oublié le rugissement du moteur du 4x4 lorsqu'il avait foncé sur elle. Tout en se dirigeant vers la maison de Pete Ferris, elle se promit de faire preuve de davantage de prudence à l'avenir.

La femme de Pete, Emily, lui ouvrit. Un tablier blanc ceignait ses reins. En la voyant, Chloe s'étonna qu'elle soit si différente de l'ex-épouse du maire. Alors que Tina était une grande brune mince, Emily était une petite blonde un peu ronde. Bêtement, Chloe avait imaginé que les deux anciennes maîtresses de Drew se ressembleraient. Mais visiblement Drew n'avait pas un type de femme particulier.

— Entrez, lui dit Emily en s'essuyant les mains sur son tablier. J'étais en train de faire de la pâtisserie.

Chloe la suivit jusqu'à la grande cuisine de ferme.

— Asseyez-vous et servez-vous, proposa Emily, en désignant les cookies qui refroidissaient sur la table.

Comme elle sortait une autre fournée de biscuits, Chloe leva un sourcil étonné, se demandant pourquoi elle en avait confectionné une telle quantité.

— Je les apporte à la maison de retraite, précisa-t-elle, à la vue du regard interrogateur de Chloe. Les personnes âgées raffolent de mes petits gâteaux, ajouta-t-elle en riant.

Elle éteignit le four.

— Vous êtes sûrement Chloe Clementine. Pete m'avait prévenue que vous alliez passer.

Elle n'avait pas l'air particulièrement nerveuse ni agacée, remarqua Chloe.

— Il a dû vous dire aussi que j'enquêtais sur la mort de Drew Calhoun. Pardonnez-moi, mais vous ne semblez pas du genre à tomber amoureuse d'un homme comme lui.

— Et qui a dit que j'étais tombée amoureuse de lui ?

Elle prit un cookie qu'elle goûta comme pour juger de sa qualité.

— Il y avait quelque chose entre vous deux, insista Chloe.

Emily se mit à rire.

— Je n'ai jamais couché avec Drew, si c'est la question.

Chloe leva un sourcil.

— Votre mari le croit-il ?

— Mon mari l'a surpris ici plus d'une fois. Il en a bien sûr déduit que Drew était mon amant et d'autres personnes de Whitehorse en sont également persuadées. C'est leur problème.

Un peu perplexe Chloe poursuivit :

— J'essaie d'en apprendre plus sur Drew et sur ses relations avec les uns et les autres pour cerner qui aurait voulu le tuer.

Emily sembla y réfléchir.

— Je ne sais pas à qui vous avez parlé, mais j'imagine que vous avez entendu dire beaucoup de mal de lui. Ce n'était pas le Drew que je connaissais.

— Si vous ne couchiez pas avec lui…

— Non, je ne couchais pas avec lui, mais ne vous méprenez pas. Il me l'avait évidemment proposé, au début. Je ne ressemblais peut-être pas à ses autres maîtresses, mais Drew était attiré par toutes les femmes. Bref, j'avais repoussé ses avances et à la place je lui avais offert un cookie.

Chloe leva un sourcil étonné.

— Un cookie ?

Emily sourit.

— Il avait d'abord mal pris mon refus, il en avait été vexé, bien sûr, et il m'avait menacée des pires représailles. Mais, derrière cette façade de sale type impitoyable et cassant, j'avais deviné quelqu'un en grande souffrance. Par la suite, il avait pris l'habitude de s'arrêter ici pour discuter. Il savait quels jours je faisais de la pâtisserie. Il s'asseyait là où vous êtes et, tout en s'empiffrant de cookies, il se confiait à moi.

Sa voix se brisa sur ses derniers mots.

Chloe hocha la tête.

— Vous l'aimiez.

Emily soutint son regard.

— Il y avait un homme bon en lui. Malheureusement, peu de gens ont eu l'occasion de le voir.

— Mais à vous il montrait sa bonté… Son frère pense qu'il avait des problèmes.

— Drew s'efforçait de corriger ses défauts, assura Emily. Mais son père avait mis trop d'espoirs en lui. Avoir son destin tout tracé, un destin qu'il n'avait pas choisi, dont il ne voulait pas, était très dur pour lui. Il avait envie de ruer dans les brancards, de se rebeller.

— D'où son addiction au jeu ?

— Et aux femmes. Il cherchait inconsciemment quelqu'un pour le punir. Il se reprochait de n'être pas à la hauteur des attentes de son père et d'être son préféré au détriment de Justin.

— Savez-vous qui l'a roué de coups, le soir de sa mort ?

— Quelqu'un l'a roué de coups ? C'est la première fois que j'en entends parler.

— Pete ?

— J'en doute beaucoup. Pete l'avait peut-être menacé, mais je ne l'imagine pas se servir de ses poings, répondit-elle en secouant la tête. Drew et moi étions très proches, très liés. Pete le vivait mal. Il aurait sans doute préféré que je couche avec lui. J'ai essayé de lui expliquer ce qui m'unissait à Drew, mais…

— Aurait-il pu en vouloir à Drew au point de le tuer ?

Tout en réfléchissant, Emily se mit à disposer les cookies sur une assiette.

— Si vous me demandez si Pete avait un alibi pour cette nuit-là, je pourrais vous dire que j'étais avec lui.

— Mais il ne l'était pas, en réalité. Où était-il ?

Emily leva les yeux pour la regarder en face.

— Je n'en ai aucune idée. Il m'a dit qu'il avait roulé sans but pour réfléchir. Tenez, ajouta-t-elle en lui tendant un sac de cookies. Pour vos sœurs. J'en ai confectionné beaucoup trop.

Justin quitta l'hôpital, soulagé que son père aille mieux mais encore secoué qu'il ait été victime d'une crise cardiaque. Il se sentait responsable. Repensant aux paroles qu'il avait envoyées à la tête du vieil homme, il eut honte de lui. Comment avait-il pu laisser ses vieilles rancœurs passées le dominer à ce point ? Il regrettait profondément son emportement.

Il ne voyait qu'une seule façon d'arranger les choses. Découvrir la vérité sur la mort Drew. Mais si l'apprendre achevait son père au lieu de l'apaiser ?

En revenant dans le centre-ville, il se sentait déchiré. Un coup de klaxon le fit soudain sursauter. Il vit dans le rétroviseur une camionnette qu'il ne parvint pas à identifier. L'homme au volant portait un stetson, et Justin ne pouvait distinguer son visage. Mais il eut l'impression que le cow-boy lui demandait de s'arrêter.

Justin se gara le long du trottoir et sortit de son pick-up. Le conducteur de la camionnette ouvrit lui aussi sa portière.

Justin reconnut alors CJ Hanson qui avait été le meilleur ami de son frère. CJ repoussa son chapeau à l'approche de Justin.

— J'avais entendu dire que tu étais de retour, mais je ne pouvais pas le croire, lança-t-il. J'avais d'ailleurs répété à tout le monde que tu n'aurais jamais le cran de revenir, que tu n'oserais plus jamais te montrer à Whitehorse.

CJ avait joué au football pour les Bobcats de la Montana State University, mais il avait été viré à la fin de sa première année pour comportement inapproprié. Quand Justin était jeune, CJ l'impressionnait beaucoup, mais ce n'était plus le cas, d'autant qu'ils avaient à présent la même taille. De plus, alors que CJ s'était manifestement laissé aller ces dernières années, Justin, lui, avait travaillé dur dans les champs, ce qui l'avait musclé.

Comme Justin se rapprochait de CJ, il vit une lueur d'inquiétude passer dans les yeux de son interlocuteur. CJ était habitué à ce que Justin ait peur de lui. Voyant qu'il ne l'intimidait plus, il recula prudemment.

— Tu n'as manifestement pas changé, CJ. Tu racontes toujours n'importe quoi, répondit Justin en collant son visage au sien. Alors, écoute-moi bien : je suis de retour et j'ai l'intention de rester. Et, si cela te pose un problème, réglons-le tout de suite.

CJ s'humecta les lèvres et lui balança son poing, mais Justin para le coup sans difficulté. Il le frappa à son tour en pleine figure, espérant mettre un terme rapidement à leur différend. Il n'avait pas envie de se donner en spectacle en se battant en pleine rue.

Il entendit l'os du nez de CJ se briser. Le sang jaillit. Justin fit un pas en arrière, prêt à cogner de nouveau.

Mais, au lieu de se jeter sur lui comme un taureau furieux, CJ s'effondra contre son véhicule.

— Tu m'as cassé le nez !

Justin secoua la tête.

— Je comprends mieux pourquoi mon frère et toi étiez amis. Lui aussi était du genre pleurnichard. Quoi qu'il en soit, la prochaine fois que je croiserai ta route, je risque de me montrer moins gentil. Alors, un bon conseil : à l'avenir, évite-moi.

Sur ce, il tourna les talons et s'éloigna, s'attendant à moitié à ce que l'autre se jette sur lui par-derrière.

Non, pensa-t-il, comme tous les lâches, il attendrait d'être avec quelques amis pour s'en prendre à lui.

En tout cas, Justin était certain que CJ voudrait se venger et il se promit de rester sur ses gardes.

Tout en marchant dans les rues enneigées de Whitehorse, Chloe s'efforçait de lister tout ce qu'elle avait appris sur Drew Calhoun lorsque son téléphone sonna. Dès qu'elle vit le nom de Justin sur l'écran de son appareil, elle sourit et elle prit l'appel.

— Où es-tu ? demanda-t-il sans préambule.

— À quelques rues de chez moi. Comment va ton père ?

— Il a été victime d'une crise cardiaque, mais il est stabilisé maintenant. Je prendrais bien un verre, poursuivit-il.

Sans hésitation, elle répondit :

— Dis-moi où te retrouver. J'arrive.

Il avait pris une table près de la cheminée au Great Northern. La salle était encore déserte. Seuls quelques habitués sirotaient une bière au bar. Justin se leva pour offrir une chaise à Chloe et l'aider à retirer son manteau. Il semblait bouleversé, même si l'état de son père était stabilisé.

Chloe tentait de comprendre pourquoi quand elle remarqua les jointures de sa main droite.

— Ton après-midi a été mouvementé ?

Suivant son regard, il desserra ses poings avec une grimace penaude.

— Je suis tombé sur un vieil ami de mon frère, CJ Hanson.

— Il a l'air charmant.

— Il l'était davantage avant que je ne lui casse le nez, mais je n'ai pas très envie de parler de lui. Et de ton côté, qu'as-tu fait ?

Les coudes sur la table, Justin la dévorait des yeux. Les flammes qui dansaient dans la cheminée à côté d'eux semblaient moins brûlantes que son regard.

— J'ai rendu visite à Emily Ferris, répondit-elle. Elle m'a gavée de cookies et elle m'a parlé de sa relation avec ton frère.

Justin se pencha en arrière pendant que le barman leur apportait leurs boissons et il attendit que l'homme se soit éloigné pour reprendre la parole.

— Je suis content de voir que tu as écouté mon conseil, dit-il avec une grimace amère.

— Justin, je t'ai dit que je ne renoncerais pas à mener cette enquête.

Hochant la tête, il répliqua :

— Je sais, mais à partir de maintenant nous la mènerons ensemble, d'accord ? Que tu travailles seule sur cette affaire est trop dangereux.

— C'est toi qui vis dangereusement, Justin. Pour ma part, je n'ai eu à casser le nez de personne.

Il se mit à rire.

— Crois-moi, ça aurait pu être pire.

Tout en l'étudiant, il sirota sa bière.

— Je suis sérieux. Je m'inquiète pour toi, Chloe.

Elle sentit une douce chaleur empourprer son visage et dut détourner les yeux. Ce n'était pas l'endroit rêvé pour se sourire de façon trop insistante. À l'autre bout du bar, plusieurs habitants les avaient remarqués.

— Alors, quelle est notre prochaine étape ?

Il sourit.

— Tu me demandes ce que j'aimerais faire, là, maintenant, tout de suite ?

Elle rougit.

— Je voulais dire : pour démasquer le tueur de ton frère…

Justin aurait voulu se perdre dans les yeux de Chloe et oublier tout le reste. Il mourait d'envie de l'embrasser à nouveau pour lui prouver que la magie était toujours là, que l'alchimie était encore plus forte qu'autrefois. Mais quelque part il craignait de se tromper. Il n'était pas encore prêt à oser.

— Que proposes-tu ? demanda-t-il tout en avalant une autre gorgée de bière.

Chloe secoua la tête.

— Si nous arrivions à savoir qui a battu Drew le jour de sa mort, ce serait un bon début.

Elle lui raconta ce qu'elle avait appris sur Drew grâce à Tina et à Emily.

— Le récit de Tina me pousse à croire que Blaine Simpson pourrait être celui qui a roué Drew de coups, ce soir-là. Apparemment, ton frère essayait de récupérer son ancienne petite amie et Blaine n'appréciait pas qu'il tourne autour de sa femme…

— Patsy Carter, dit Justin avec un juron. Drew avait-il perdu la tête ? Blaine n'est pas le genre de type à qui il faut chercher des noises. Il est grand, fort et bagarreur. Et Drew était donc toujours amoureux de Patsy ? Je ne comprends pas. Il ne savait vraiment pas ce qu'il voulait. Elle avait rompu avec lui au lycée parce qu'il la trompait.

— En tout cas, la personne qui a rossé ton frère n'est sans doute pas celle qui lui a tiré dessus

— Si Blaine l'avait tabassé et qu'il avait eu l'intention

de tuer Drew, il aurait pu le faire. Il en avait le mobile et l'occasion. En tout cas, mon frère devait se douter qu'il était en danger. Pour quelle autre raison aurait-il pris son arme ?

D'accord avec son raisonnement, Chloe hocha la tête. Elle était belle à la lueur du feu. Il sentit son cœur s'accélérer dans sa poitrine.

— Alors qui ? demanda-t-elle. Le rapport du légiste mentionne des griffures sur son visage et ses bras. Cela fait penser à une femme.

Justin songea à Nici. Il n'aurait pas été surpris qu'elle se soit jetée sur Drew pour lui lacérer la figure de ses ongles, ce soir-là. Pour le moment, il préférait ne pas parler d'elle. Il était certain que Nici était un vrai chat sauvage quand elle était en colère, mais elle n'était pas une tueuse.

— Je parie sur Pete Ferris, dit-il. Ce type avait un sacré tempérament. J'ai été témoin d'une dispute entre Drew et lui, quelques jours avant la mort de mon frère. Cela ne rigolait pas.

— Emily jure qu'il n'y avait rien de sexuel entre Drew et elle, déclara-t-elle.

Justin se remémora la colère de Pete.

— Et tu l'as crue ?

— Ils étaient très proches, très liés. Qu'elle s'en rende compte ou non, elle l'aimait et l'aime sans doute toujours. Je suis sûre que son mari le vivait très mal. Parfois les liens affectifs sont plus forts que les liens physiques.

Justin partageait son avis. Il n'avait jamais oublié le baiser qu'il avait donné à Chloe, il y a dix ans. Contrairement à certaines coucheries qu'il avait connues par la suite avec des filles dont il n'était pas amoureux.

— Sincèrement, je ne sais pas par où commencer pour chercher le meurtrier de mon frère… dans l'hypothèse où nous avons raison et où il a bien été assassiné.

— De quoi te souviens-tu de l'époque ?

Il haussa les épaules.

— Drew et moi n'avions pas le même emploi du temps. Je passais mon temps à faire les corvées du ranch, corvées que mon frère ne voulait pas faire, et à éviter mon père.

— Mais tu avais entendu parler des bêtises de Drew. Savais-tu qu'il jouait, par exemple ?

Il hocha la tête

— J'avais eu vent des rumeurs qui couraient sur son compte. Je me doutais qu'il avait de gros problèmes financiers. Il était impliqué dans des combines plus que louches et il devait souvent quémander auprès de notre père de quoi se renflouer. Je sais qu'il devait de l'argent à quelqu'un avant sa mort. Notre père lui avait coupé les vivres, et Drew était vraiment furieux. Je voyais bien qu'il avait des ennuis, mais c'était fréquent.

— Mais cette fois il s'agit de savoir si quelqu'un l'aurait tué parce qu'il n'avait pas remboursé ses dettes…

— Je ne peux pas imaginer que nous ayons des créanciers de ce genre à Whitehorse, dit-il.

Mais, tout en l'affirmant, il se rendit compte qu'il connaissait peu les personnes avec qui son frère avait affaire autrefois.

Justin resta silencieux un moment avant de poursuivre :

— Tu sais, ce serait peut-être le bon moment de nous rendre au ranch de mon père. Avant que je ne quitte le Montana, il avait fait condamner le chalet de Drew, le laissant à l'intérieur comme il était la nuit de sa mort. Je n'y suis pas retourné depuis lors. Il y a peut-être quelque chose que la shérif a raté à l'époque parce qu'elle ne connaissait pas Drew comme moi.

11

Tout en roulant vers le ranch Calhoun, Justin semblait perdu dans ses pensées. Bien calée sur son siège, Chloe regardait défiler le paysage hivernal par les vitres embuées. Dans toutes les maisons et les fermes devant lesquelles ils passaient, elle voyait des décorations de Noël. Quelqu'un avait même accroché sur le toit de sa grange une immense étoile qui scintillait à des kilomètres à la ronde.

Quand Justin s'engagea sur la route qui menait à la Calhoun Cattle Company, Chloe se rendit compte qu'elle n'y était jamais venue. Il y a dix ans, leurs relations naissantes ne les avaient pas menés jusque-là. À présent, elle devinait que Justin ne voulait sans doute pas qu'elle fasse la connaissance de son père et de Drew. À l'époque, elle ne mesurait pas l'étendue de l'animosité entre les deux frères. Elle savait que Drew était le fils préféré de leur père et que cette préférence exacerbait les rivalités entre Justin et Drew. Depuis toujours, Justin se sentait méprisé. Son père le considérait comme quantité négligeable. Depuis cinq ans, la situation avait dramatiquement empiré puisque désormais Bert Calhoun était persuadé que son fils cadet était un meurtrier.

Sans s'y arrêter, Justin passa devant la maison principale et emprunta un chemin forestier qui menait à une petite cabane de rondins. Chloe ne put s'empêcher de se retourner pour voir leurs empreintes de pneus dans la neige.

Justin suivit son regard.

— Cela ne fera aucune différence. Dès que j'aurai retiré les planches qui condamnent la porte du chalet, mon père saura que j'y suis entré. Il avait lui-même fermé cette maison de manière à ce que personne n'y pénètre plus jamais. Il sera furieux contre moi, mais il l'est déjà. De toute façon, il ne sortira pas de l'hôpital avant plusieurs jours. Peut-être aurons-nous avancé dans notre enquête d'ici là.

Chloe l'espérait, devinant qu'autrement les relations de Justin avec son père se tendraient encore. Après s'être arrêté devant la maisonnette, Justin s'empara de sa boîte à outils rangée à l'arrière de son pick-up et en sortit un pied-de-biche. Il avait l'air déterminé. Une fois qu'ils auraient pénétré dans cette cabane de rondins, il n'y aurait plus de retour en arrière et ils le savaient tous les deux.

Plus tôt, la journée avait été agréable mais, maintenant que le soir tombait, les températures chutaient. Le ciel devenait nuageux et gris, plongeant les alentours dans une ambiance lugubre qui rendait Chloe encore plus nerveuse. Retourner dans ce chalet n'était certainement pas simple pour Justin. C'est là qu'il avait trouvé son frère mourant.

Pour ne rien arranger, ils risquaient à tout moment d'être surpris par l'un des employés du ranch ou, pire, par le régisseur, Thane Zimmerman. Annabelle avait parlé à Chloe de ce type. « Il est grand et fort, il est violent et il passe beaucoup de temps dans les bars à chercher la bagarre. »

Comment réagirait-il s'il les voyait ici ? Tout en regardant Justin s'activer, Chloe frissonna de froid et elle serra contre elle les pans de son manteau. Une grande feuille de contreplaqué avait été clouée devant la porte pour en bloquer l'accès. Dès que Justin commença à les retirer, les clous grincèrent en signe de protestation.

Chloe ne cessait de jeter des regards inquiets vers la maison principale et les autres bâtiments du ranch. Un vent glacé s'était levé et soufflait sans répit à travers le paysage enneigé. Non loin d'eux, une dizaine de chevaux trottinèrent jusqu'à la clôture pour les observer avec curiosité, leurs souffles sortant de leurs naseaux en petits nuages blancs.

Le contreplaqué céda bruyamment avant de tomber sur le sol. Justin l'écarta, jeta le pied-de-biche dans la boîte à outils, puis il posa les doigts sur la poignée.

En le voyant hésiter, Chloe sentit à quel point il était difficile pour lui de retourner dans ce chalet. Il n'y était sans doute pas revenu depuis cette terrible nuit. Il avait entendu des coups de feu et s'y était alors précipité. Retrouver les lieux du drame devait lui briser le cœur. Imaginant comme il avait dû être horrible pour lui d'assister à la mort de son aîné, elle mit la main sur son épaule. Même s'ils ne s'entendaient pas, Drew était son frère.

Justin lui embrassa brièvement la paume avant d'ouvrir la porte. Le chalet ayant été condamné il y a cinq ans, Chloe n'avait aucune idée de ce qu'ils découvriraient à l'intérieur après tout ce temps.

Justin alluma la lumière et resta un instant dans l'embrasure de la porte avant d'entrer. Elle le suivit. Il s'arrêta au centre de la pièce, près de la chaise où, selon le rapport du médecin légiste, son frère était assis quand il l'avait trouvé. Il y avait une tache dessus et une autre sur le sol. Avec le temps, elles ne ressemblaient plus à du sang. Mais tous deux savaient qu'il s'agissait de celui de Drew.

*
* *

Le chalet était glacé. Justin avait été terrifié à l'idée d'ouvrir cette porte, craignant de façon irrationnelle de voir son frère assis là, son pistolet à la main. Au lieu de quoi, lorsqu'il actionna l'interrupteur, il reconnut la vieille cabane de rondins où Drew venait faire ce qu'il cachait à leur père. C'est là qu'il amenait ses conquêtes féminines. C'est là qu'il se soûlait. C'est là qu'il regardait de temps en temps des matchs de football avec son ami CJ, sachant qu'ils pourraient boire et faire du bruit.

Le plus surprenant était le côté spartiate de l'endroit. Drew aurait pu vivre dans la maison principale, infiniment plus confortable. Pourtant, il passait le plus clair de son temps ici, sauf pour les repas qu'il prenait en général avec leur père.

L'ameublement du chalet se réduisait à l'essentiel : un lit, une commode, deux chaises et un poste de télévision. Un petit placard avait été aménagé entre la pièce principale et la salle de bains. Autrefois, cette cabane de rondins permettait à Drew d'aller et venir sans que leur père le sache. Bâtie à l'écart de la maison principale, au bout d'un chemin, elle était bien isolée et les visiteurs de Drew avaient la possibilité de se garer au-dessus, dans la colline, sans que personne ne se doute de leur présence sur le ranch.

Était-ce le cas du tueur, cette nuit-là ?

Une dizaine de canettes de bière vides traînaient à côté du lit près d'une bouteille de whisky ouverte. Il était difficile de dire combien Drew en avait bu. Au cours des années, une grande partie avait dû s'évaporer et il n'en restait plus qu'un fond. Justin s'efforça de ne pas regarder les autres taches sombres sur le sol.

Il s'avança vers la salle de bains. Du coin de l'œil, il vit Chloe ouvrir le placard et inspecter les vêtements qui s'y trouvaient. Comme elle en fouillait les poches, il inspecta l'armoire à pharmacie. Un rasoir, de la mousse à raser et une boîte d'antalgiques s'y trouvaient. Près des toilettes avait été installée une petite douche. Il tira le rideau, mais il n'y avait rien derrière.

La vie de son frère n'était pas là. Drew passait le moins de temps possible sur le ranch, même si leur père espérait qu'il dirigerait un jour l'exploitation. En tout cas, chaque fois que le sujet revenait dans la conversation, en général au moment d'un repas, Drew se refermait comme une huître, désemparé. Justin se remémora son frère baissant la tête et avalant le contenu de son assiette sans un mot avant de se lever pour partir sous un prétexte quelconque.

« Il faut que jeunesse se passe, disait leur père quand Drew quittait le ranch dans un nuage de poussière. Un de ces jours, il sera prêt à prendre les rênes. »

Justin sortit de la salle de bains, tentant de repousser les souvenirs qui l'envahissaient, menaçant de le noyer.

— Tu trouves quelque chose ?

Chloe secoua la tête puis elle promena les yeux autour d'elle.

— La porte était-elle ouverte cette nuit-là, quand tu es arrivé ?

Il acquiesça et jeta un coup d'œil vers la porte. Il faisait sombre dehors mais pas autant qu'il y a cinq ans. Le jour du drame, il n'y avait aucun clair de lune, se souvint-il. C'était une nuit d'hiver particulièrement noire et glacée.

— Tu as entendu des coups de feu. Étaient-ils rapprochés ?

Justin secoua la tête.

— Non. Il y en a d'abord eu un puis un autre, mais pas immédiatement après.

— Tu étais dans la maison ?

— Non, je travaillais dans l'écurie.

— Et tu as tout de suite compris d'où provenaient les coups de feu ?

Il fronça les sourcils. Elle avait raison. Pourquoi

n'avait-il pas couru vers la maison principale ou vers l'un des autres bâtiments du ranch ? Il ferma les paupières pour se remémorer le moment où il était sorti de l'écurie. Un peu avant, il avait vu Nici partir, il avait entendu son véhicule s'éloigner. Il savait qu'elle venait de passer un moment avec Drew dans le chalet, et voilà sans doute pourquoi il s'était tout de suite élancé dans cette direction.

— Je suppose que j'ai entendu que les coups de feu venaient de là, dit-il.

Il refusait toujours d'évoquer avec Chloe la présence de Nici sur le domaine, tout en se reprochant ce mensonge par omission.

Ce jour-là, il était passé devant le chalet de Drew plus tôt dans la journée. Il avait remarqué la poussière sur le pick-up de son frère et il avait entendu le souffle du moteur qui refroidissait.

Drew était-il seul à ce moment-là ? Ou Nici était-elle déjà avec lui ?

À moins que son frère n'ait été en compagnie de quelqu'un d'autre ?

Chloe vit la douleur briller dans le regard de Justin tandis qu'il lui racontait la scène – avec peut-être plus de détails que ce qu'il avait rapporté à l'époque à la shérif.

— J'ai contourné son pick-up en courant et je suis arrivé devant la cabane. La porte était ouverte. Drew était assis sur cette chaise.

— Face à la porte ouverte.

— Il essayait de s'emparer du pistolet. Il était couvert de sang. En fait, il y avait du sang partout.

Sa voix se brisa.

— Tentait-il de tirer à nouveau ?

Il hocha la tête.

— En tout cas, c'est ce que j'ai cru. Je me suis précipité vers lui, pensant qu'il cherchait à s'achever. Je lui ai arraché l'arme des mains.

— A-t-il dit quelque chose ? Essayé de parler ?

Justin regardait la chaise vide.

— Il… Il a ouvert la bouche, mais aucun son n'en est sorti… Uniquement un flot de sang. Puis ses yeux se sont tournés vers la porte. Je ne sais pas très bien ce qu'il s'attendait à voir, mais il avait l'air terrifié.

— Combien de temps s'est-il passé avant que ton père ne survienne ?

Il secoua la tête.

— Très peu de temps. J'étais en train de sortir mon téléphone pour contacter les secours, mais j'avais l'arme à la main et le sang la rendait poisseuse, glissante… Après ça…

Il leva les yeux vers elle.

— Tout s'est passé très vite. Je me souviens seulement d'avoir paniqué et de m'être senti complètement perdu. Je ne comprenais pas… je savais juste que c'était très grave.

— Qu'a fait ton père ?

— Cette partie est floue dans ma mémoire. Il s'est précipité à l'intérieur et il m'a vu, le pistolet à la main. Il a cru que j'avais tiré sur Drew. Il s'est jeté sur mon frère et il a essayé de juguler l'hémorragie tout en me criant d'appeler les secours. C'est tout ce que je me rappelle.

— Et qu'en est-il de l'arme ? Tu as dit que tu l'avais à la main quand ton père est entré ? Qu'en as-tu fait ensuite ?

— Je l'ai posée sur la table pour pouvoir téléphoner. Je me souviens que je tremblais comme une feuille. Il y avait du sang partout. Mon père pleurait. Il suppliait Drew de tenir bon, de s'accrocher, que les secours arrivaient, mais je voyais bien qu'il était trop tard. Il était mort. Une ambulance a surgi peu après, et la shérif nous a entraînés dehors. Le médecin légiste est venu un peu plus tard. Je me tenais près de cet arbre quand ils ont emporté le corps de Drew dans une housse mortuaire. Mon père est devenu hystérique à ce moment-là.

Justin prit une profonde inspiration et sortit du chalet comme s'il ne parvenait plus à respirer.

Chloe promena de nouveau les yeux autour d'elle. Il n'y avait plus aucune lumière dehors. La nuit était tombée, une nuit noire comme dans un four, même s'il n'était pas 5 heures de l'après-midi. Elle voyait Justin dehors, tête basse, dans le froid et la pénombre. Il semblait avoir du mal à respirer.

Voulant lui donner un moment de tranquillité, elle reporta son attention vers le chalet. Il y faisait encore plus froid qu'à l'extérieur. Elle n'avait pas très envie d'y passer plus de temps, mais elle devinait que Justin avait besoin d'être seul. Elle se laissa tomber sur le lit et se demanda à quoi Drew avait pensé, assis sur la chaise devant la porte ouverte.

Elle jeta un coup d'œil dans cette direction, s'interrogeant sur ce qu'il avait vu, sur ce qu'il avait eu peur de voir. Alors qu'elle commençait à se lever, elle aperçut quelque chose qui brillait contre la plinthe, entre le mur et la commode. Sans doute s'agissait-il d'un objet sans intérêt, peut-être de l'onglet métallique d'une canette de bière. Elle avait surtout hâte de partir avant que l'un des ouvriers agricoles ne les surprenne dans cette cabane.

Mais, par acquit de conscience, elle se pencha pour s'en assurer et elle découvrit une petite étoile en argent attachée à une chaîne qui brillait derrière le meuble.

Elle se mit à quatre pattes pour récupérer le bijou.

— Chloe ? lança Justin de la porte.

En se relevant, elle brandit le bracelet. Elle avait pensé qu'ils ne trouveraient rien. Il y a cinq ans, la shérif avait sans doute fouillé le chalet à fond. Chloe avait lu dans le rapport que ses adjoints avaient cherché des empreintes dans toute la maisonnette, y compris sur les canettes de bière et sur la bouteille de whisky mais qu'ils n'y avaient découvert que celles de Drew.

Si quelqu'un d'autre était venu lui rendre visite, ce soir-là, il n'avait rien bu.

Une fois la mort qualifiée d'accidentelle, la shérif et ses hommes n'avaient plus eu de raisons d'approfondir leurs investigations. Sinon, il est probable qu'ils auraient mis la main sur ce bracelet.

— Avais-tu déjà vu ce bijou auparavant ? demanda-t-elle en le brandissant.

Justin lui prit des mains la fine chaîne en argent. Une petite étoile y était accrochée ainsi qu'un fer à cheval miniature et un cœur. Il les examina à la lumière.

— Il y a quelque chose de gravé sur le cœur.

Il écarquilla les yeux en lisant le nom écrit sur la face de la breloque puis celui inscrit au dos.

Avec un juron, Justin se tourna vers Chloe.

— C'est le bracelet que Drew avait offert à Patsy Carter, dit-il. Elle était sa petite amie au lycée.

Fronçant les sourcils, il ajouta :

— Que faisait ce truc ici ? Drew s'est installé dans ce chalet bien après avoir quitté le lycée. Même si Patsy le lui avait rendu en rompant avec lui… Je ne comprends pas comment il a atterri ici.

— Il est de notoriété publique que ton frère essayait de récupérer Patsy. Peut-être avait-il tenté de le lui redonner. Ou peut-être l'avait-elle gardé après leur rupture.

Avec un gémissement, Justin secoua la tête.

— De toute façon, si son mari l'avait découvert… Mais ça n'explique pas comment ce bracelet a fini ici.

— Nous allons devoir parler à Patsy et Blaine. J'ai cru deviner que Blaine n'appréciait pas qu'on s'intéresse de trop près à sa femme, dit Chloe.

Justin hocha la tête, redoutant lui aussi, d'avoir à demander des explications à Blaine.

— En attendant, partons d'ici.

Il éteignit la lumière et referma la porte. S'il n'avait tenu qu'à lui, il aurait détruit cette cabane avant d'y mettre le feu. Il était persuadé que la garder comme une sorte de sanctuaire ne faisait aucun bien à son père. Et ne permettait en rien de racheter les fautes que son frère avait commises autrefois.

Avec cette enquête, Justin avait espéré apporter des réponses à son père. Et à lui-même. Mais remuer la boue qu'avait été la vie de son frère lui donnait la nausée. Drew avait fait du mal à beaucoup de gens et nourri beaucoup de haine. Frapper aux portes et demander à ces personnes si elles avaient détesté Drew au point de vouloir le tuer n'était pas simple, en particulier à cette époque de l'année, quelques jours après Noël.

Pire, maintenant, Chloe était totalement mêlée à cette histoire ; il aurait pourtant préféré qu'il en soit autrement. Il lui jeta un coup d'œil de biais alors qu'ils remontaient dans son camion. Après avoir démarré, il laissa le moteur tourner quelques instants pour réchauffer l'habitacle. Il savait qu'il cherchait à gagner du temps. Il avait eu sa dose de problèmes pour la journée.

— Il est tard. Je pense que nous devrions remettre ces visites à demain, dit-il. Je dois aller à l'hôpital prendre des nouvelles de mon père.

— Et, de mon côté, mes sœurs m'attendent. Elles organisent un double mariage pour le jour du nouvel an.

— Un double mariage ?

— Elles vont toutes les deux convoler en justes noces et débarrasser le plancher pour me laisser enfin tranquille, répondit-elle en riant.

Mais Justin sentit que la situation n'était pas si facile pour elle, d'autant qu'elle était l'aînée.

— As-tu déjà songé à te marier, Chloe ?

Elle lui lança un regard surpris.

— Pourquoi cette question ?

— Parce que j'ai toujours eu l'impression que ta priorité était ta carrière et non ta vie amoureuse.

Chloe détourna les yeux.

— Cela a longtemps été le cas, oui. Et j'éprouve toujours une véritable passion pour mon métier. Mais oui, j'aimerais aussi fonder une famille, avoir un mari, des enfants, un foyer… Confectionner des pâtisseries me manque.

Il sourit.

— Tu sais faire les gâteaux ?

— À une époque, j'adorais cuisiner, dit-elle en lui rendant son sourire.

— Tout cela semble si loin de ce que nous venons de faire, n'est-ce pas ?

Elle hocha la tête.

— Dès que notre enquête aura abouti…

— Bien sûr.

Il mit le pick-up en marche et sortit du ranch. Chloe resta silencieuse jusqu'à ce qu'ils regagnent la ville. Comme ils arrivaient près de la maison de sa grand-mère, ils virent qu'un 4x4 était garé devant et qu'il y avait de la lumière à l'intérieur.

— Apparemment, tes sœurs sont rentrées.

— Justin, je ne veux pas que tu ailles parler à Blaine sans moi, déclara-t-elle en ouvrant sa portière.

— Chloe…

— Non. Je tiens à t'accompagner. J'aimerais parler à Patsy pendant que tu interrogeras Blaine. Elle se confiera sans doute plus facilement à moi qu'à toi.

Elle avait raison.

— D'accord. Je passerai te prendre demain matin, à 9 heures.

— Nous irons au fond des choses, dit-elle.

Justin essaya en vain de sourire.

Tendrement, elle lui caressa la joue.

— Je sais à quel point la journée a été dure pour toi. Ça ira mieux demain.

— Je l'espère. Mais, Chloe, nous cherchons à démasquer un tueur. Et maintenant il le sait. La prochaine fois, le camion qui a tenté de t'écraser pourrait ne pas te manquer.

— Alors c'est une bonne chose que nous menions l'enquête ensemble. Quelle est la probabilité qu'il nous atteigne tous les deux ? À demain, ajouta-t-elle en sautant du pick-up.

Il la suivit des yeux jusqu'à ce qu'elle disparaisse à l'intérieur de la maison. Il n'aimait pas les probabilités. Ils n'avaient aucune idée de l'identité de celui qu'ils cherchaient alors que le meurtrier les avait probablement déjà dans son collimateur.

12

Bert crut d'abord qu'il était mort. Il se sentait si faible. Il avait si froid. Mais, peu à peu, il distingua des appareils et une pièce apparut. Il se trouvait dans une chambre d'hôpital.

Comme il battait péniblement des paupières, une infirmière s'approcha de son lit.

— Monsieur Calhoun, dit-elle en voyant qu'il essayait de parler. Vous avez été victime d'une crise cardiaque, mais vous allez bien maintenant.

Elle lui proposa un peu d'eau, glissant une paille entre ses lèvres. Il but. Il en aurait volontiers pris davantage, mais elle lui retira le verre en disant qu'il pourrait en avoir plus tard.

— Drew ?

— Essayez de vous reposer. Le médecin passera bientôt vous voir. Il répondra à toutes vos questions.

Il la regarda partir, les paupières lourdes, l'esprit engourdi. Où était Mary ? Il avait été victime d'un infarctus et sa femme n'était pas à son chevet. Pourquoi ? Il ferma les yeux.

Justin.

Un souvenir tentait de remonter à la surface, mais restait hors de sa portée. Il s'était passé quelque chose. De plus grave que cette crise cardiaque. Mais quoi ? Et où était sa famille ?

Il sombra dans l'inconscience.

*
* *

Lorsqu'il rouvrit les paupières, Justin dormait sur une chaise à côté de son lit. Il considéra son plus jeune fils avec surprise. Quand ce garçon était-il devenu un homme ? Il avait l'impression d'être dans ce lit depuis des années, des années dont il n'avait gardé aucun souvenir.

Pourquoi ne se rappelait-il pas la métamorphose de son cadet ? Était-il devenu gâteux ? Cette pensée lui fit mal.

En voyant Justin remuer, Bert referma les yeux et fit semblant de dormir. Il l'entendit se lever et s'approcher de lui.

Justin toucha sa main.

— Je suis désolé, papa. Sincèrement désolé.

Bert se demanda ce que Justin se reprochait, pourquoi il était désolé. Puis il l'entendit partir. Peut-être était-ce pour cette raison qu'il n'avait pas revu son fils depuis un moment et qu'il n'avait pas vu qu'il était devenu un homme.

Le sommeil le gagnait de nouveau mais, cette fois, il l'entraînait dans un endroit sombre et inquiétant.

Vers la mort ? se demanda Bert.

Il entendit des gens se presser autour de lui. Il sentit une main glacée sur sa poitrine et une terrible secousse.

Puis, plus rien.

13

Le lendemain matin, Justin se réveilla en proie à une épouvantable migraine. La journée était froide et claire, mais il avait entendu à la radio qu'une tempête s'annonçait.

La veille, alors qu'il arrivait au ranch Rogers après sa visite à l'hôpital, il avait reçu le coup de fil d'une infirmière. Elle lui avait appris que son père avait été victime d'un autre infarctus. Il avait hésité à retourner à son chevet, mais il craignait d'être à l'origine de cette seconde crise cardiaque. Le mieux était sans doute de rester à l'écart. L'infirmière lui avait assuré que son père était à nouveau stabilisé et que Justin pourrait le voir dans la matinée. Il s'était donc garé devant le ranch et il avait dîné avec Dawson. Tous deux avaient discuté, une bière à la main, jusqu'à tard dans la nuit.

Quand il récupéra Chloe devant la maison de sa grand-mère, elle semblait également avoir mal dormi.

— T'es-tu couchée tard, toi aussi ?

— Non, mais j'ai eu du mal à trouver le sommeil. Comment va ton père ?

— Il a été victime d'un deuxième infarctus, hier soir, mais il est de nouveau stabilisé.

Il avait le sentiment d'être engagé dans une course contre la montre. Cela dit, découvrir qui avait tué Drew aiderait-il son père à se rétablir ou l'achèverait-il, au contraire ? Il espérait que Bert Calhoun avait besoin de la vérité pour reprendre goût à la vie. Voilà pourquoi Justin devait trouver des réponses aux nombreuses questions laissées en suspens – et vite. La prochaine crise cardiaque pourrait être fatale.

Blaine et Patsy Simpson vivaient à une vingtaine de kilomètres de Whitehorse, dans un ranch situé non loin de la frontière canadienne. Cette propriété était dans la famille des Simpson depuis plusieurs générations, tout comme la Calhoun Cattle Company dans celle de Justin.

En arrivant, Justin repéra Blaine près de la grange. Il gara son pick-up et se tourna vers Chloe.

— Je préfère parler à Blaine en tête à tête. Veux-tu m'attendre ici ou…

— Je vais voir si Patsy est à la maison, répondit-elle. Fais attention à toi.

— Toi aussi.

Ils étaient restés silencieux pendant tout le trajet. Lorsque Justin s'était arrêté devant chez elle, Chloe était prête. Elle avait eu l'air soulagée de le voir arriver comme si elle avait peur qu'il ne vienne pas la chercher, finalement. Justin ne lui aurait jamais fait un coup pareil. D'abord parce qu'il n'avait qu'une parole. Mais surtout parce qu'il savait que Chloe mènerait alors les investigations toute seule. Il valait mieux enquêter ensemble pour limiter les risques. Mais peut-être avait-il tort. Peut-être permettaient-ils au contraire au tueur de faire d'une pierre deux coups.

Quand le pick-up entra dans sa cour, Blaine leva les yeux mais il ne bougea pas. Il resta devant la grange, laissant Justin s'approcher comme s'il s'attendait à cette visite. C'était le problème avec les petites communautés. Les nouvelles circulaient plus vite que le vent dans la prairie. Il avait suffi que Chloe commence à poser des questions pour que les gens se mettent parler.

— Bonjour, Blaine, dit Justin.

Son interlocuteur se contenta de hocher la tête et Justin poursuivit :

— J'espère ne pas vous offenser, mais j'aimerais vous demander si vous avez vu mon frère, le jour de sa mort.

L'homme fronça les sourcils.

— Pourquoi ?

— Permettez-moi de reformuler ma question, reprit Justin, prenant conscience qu'il n'avait aucune raison de tourner autour du pot. Je voudrais savoir si c'est vous qui l'avez tabassé, ce jour-là.

Lorsque Chloe frappa à la porte, Patsy Simpson lui ouvrit et sourit en la reconnaissant.

— J'ignorais que nous attendions des visiteurs, dit-elle en lançant un regard à Justin qui discutait avec Blaine.

Patsy avait quatre ans de plus que Chloe et elle avait grandi dans un ranch alors que Chloe avait vécu en ville. Voilà pourquoi elles ne se connaissaient pas.

— Justin avait besoin de parler à Blaine, alors je l'ai accompagné.

— Eh bien, venez avec moi. J'étais en train de mettre un rôti au four pour le déjeuner.

Chloe la suivit dans une grande cuisine. Une bonne odeur de bœuf et d'oignon flottait dans l'air.

— Prenez un tabouret. J'ai presque fini. Un café ?

Chloe accepta une tasse et promena les yeux dans la salle, immense et accueillante. Patsy semblait à l'aise et détendue. Si elle avait entendu dire que quelqu'un enquêtait sur le décès de Drew Calhoun, elle ne le montra pas.

— Peut-être êtes-vous au courant de notre démarche, dit Chloe en regardant Patsy glisser un énorme rôti de bœuf dans le four et fermer la porte. Justin et moi essayons de comprendre ce qui s'est passé avec Drew, le jour de sa mort.

La jeune femme parut se figer, un bref instant. Mais, quand elle se retourna, elle souriait. Jusqu'au moment où Chloe lui montra le bracelet. Le sang se retira alors de son joli visage.

— Justin et moi sommes persuadés que Drew ne s'est pas suicidé, lança Chloe. Je me disais que vous sauriez peut-être qui souhaitait le tuer.

Comme hypnotisée, Patsy regardait fixement le bijou qui brillait dans la lumière de la cuisine. Puis, sortant de sa transe, elle s'essuya les mains avec un torchon. Elle remplit deux tasses de café en tremblant, les posa sur la table avant de s'asseoir en face de Chloe.

— Quand Drew vous a-t-il donné ce bracelet ? demanda Chloe.

Patsy hésita.

— Au lycée lorsque nous sortions ensemble.

— Et vous l'avez gardé, toutes ces années ?

Patsy secoua sa tête.

— Je le lui ai rendu quand nous avons rompu.

Chloe l'observa pendant un moment puis tenta quelque chose, un peu au hasard.

— Mais il vous l'a redonné…

Patsy opina.

— Il essayait de détruire mon mariage, répondit-elle après avoir pris une gorgée de café chaud.

Son regard se perdit dans le vide comme si elle revivait un souvenir.

Puis elle se tourna vers Chloe.

— Je lui ai dit que je ne voulais pas de ce bracelet, que je ne voulais plus jamais le revoir, lui. Je pensais qu'il l'avait repris quand il avait quitté le ranch, ce jour-là, mais…

— Votre mari avait trouvé ce bijou chez vous ?

Patsy détourna un instant la tête.

— Pour ne pas faire d'histoires, je ne lui avais pas

raconté ce qui se passait, je lui avais caché que Drew venait parfois au ranch en son absence.

— J'imagine qu'apprendre ses visites a mis Blaine en colère.

Patsy semblait mal à l'aise.

— Où avez-vous découvert le bracelet ?

— Dans le chalet de Drew, là où il est mort.

Les yeux de Patsy se remplirent de larmes.

— Quand avez-vous vu ce bijou pour la dernière fois ? demanda Chloe.

— Lorsque Blaine l'a pris et est parti pour s'expliquer avec Drew.

Enfin, la vérité, pensa Chloe.

— Mais je connais mon mari. Il serait incapable de tuer qui que ce soit.

— Pas même Drew Calhoun, l'homme qui essayait de lui voler sa femme ?

Blaine se mâchouilla la joue pendant un moment avant de détourner la tête.

— Et que feriez-vous si vous appreniez que c'est moi qui ai donné une bonne correction à votre frère, ce jour-là ?

Justin se mit à rire.

— Rien, rien du tout. Je ne suis pas venu ici pour vous reprocher quoi que ce soit. J'essaie juste de comprendre ce qui s'est passé.

Le rancher repoussa son chapeau en arrière.

— Vous voulez comprendre ce qui a poussé Drew à se suicider, j'imagine. J'avoue que la question m'a longtemps torturé. C'est vrai, je lui ai donné une raclée. Il tournait autour de ma femme, cela me déplaisait. J'étais furieux contre lui, j'en avais assez. Mais si j'apprends qu'il s'est tué à cause de moi, je…

— Vous n'y êtes pour rien, lui assura Justin. Je ne crois pas que Drew se soit tué. Je pense qu'il a été assassiné.

Blaine écarquilla les yeux de surprise.

— Assassiné ?

— Et voilà pourquoi je voulais vous parler. Je comprends pourquoi vous l'avez tabassé. Mais je soupçonne qu'il y avait autre chose. Quelqu'un voulait le descendre. J'espérais que vous pourriez m'aider à découvrir qui et pourquoi.

Blaine retira son stetson et passa une main dans ses cheveux.

— Vous me demandez si je l'ai tué ?

— Me le diriez-vous ?

L'éleveur ricana avant de secouer la tête.

— Je lui avais déjà demandé de laisser Patsy tranquille, et il ne m'avait pas écouté. Je l'ai rossé et je lui ai promis de recommencer s'il continuait son manège. Votre frère était son pire ennemi. Il cherchait les ennuis. Si vous avez raison, s'il s'est fait buter, j'en déduis qu'il les a trouvés. Sincèrement, même si je l'avais roué de coups, je me sentais en même temps désolé pour lui. Il avait perdu Patsy… Elle est la meilleure chose qui me soit arrivée, alors je mesurais son désarroi.

Sur le chemin du retour, Chloe remarqua tout de suite le changement opéré chez Justin. Il semblait soulagé d'être venu au ranch des Simpson. Ils partagèrent ce qu'ils avaient appris.

— Je ne crois pas que Blaine ait tué Drew, dit-il. Il m'a donné l'impression d'être un gars sympa qui ne supportait pas le comportement de Drew avec sa femme. Il a reconnu lui avoir donné une bonne correction, ce jour-là.

— Et de mon côté j'en ai appris un peu plus à propos du bracelet. Patsy m'a dit que son mari l'avait trouvé et qu'il avait compris que Drew venait voir sa femme quand lui-même n'était pas là. Il en a évidemment été furieux et il a pris le bijou pour le rendre à Drew… et en profiter pour lui apprendre les bonnes manières.

Justin secoua la tête.

— Mon frère était quand même gonflé de s'attaquer à une femme mariée… Et, depuis cinq ans, le malheureux Blaine culpabilisait, craignant que Drew ne se soit suicidé à cause de lui et de leur petite explication.

— Mais tu lui as dit qu'il était peu probable que ce soit le cas ?

Justin hocha la tête.

— Blaine pense que quelque chose ne tournait pas rond chez mon frère. Qu'il cherchait toujours des ennuis.

— C'est intéressant parce que, d'après Emily Ferris, Drew estimait au contraire qu'il ne méritait pas d'être si bien traité par votre père. Il regrettait, d'après elle, d'être le fils préféré, le chouchou. Il culpabilisait à ce sujet.

Justin lui lança un coup d'œil puis se mit à rire.

— En lui servant ce genre de discours, Drew essayait seulement de fourrer Emily dans son lit. Il ne s'est jamais senti coupable de quoi que ce soit. Mais Blaine a raison. Mon frère cherchait les ennuis et il les a trouvés, cette nuit-là. Je ne peux pas oublier la peur qui brillait dans ses yeux. Drew avait l'air de penser que la personne qui lui avait tiré dessus allait revenir l'achever. Mais en réalité le tueur n'a pas eu besoin de tirer une autre balle. Une seule a suffi.

Chloe était sur le point de dire qu'ils devraient peut-être communiquer ce qu'ils savaient à la shérif quand elle remarqua des gyrophares derrière eux dans son rétroviseur.

— Dépassais-tu la vitesse autorisée ? demanda-t-elle à Justin.

— Non.

Il avait l'air inquiet tout en cherchant un endroit où

s'arrêter. Ils étaient presque arrivés en ville. Il roula jusqu'à la supérette et il se gara sur le parking. Puis il attendit que l'adjoint du shérif qui se trouvait dans la voiture de patrouille sorte pour venir à sa rencontre.

Chloe poussa un gémissement en voyant Kelly Locke se diriger vers eux.

— Tu le connais ? s'enquit Justin qui s'emparait déjà de son permis de conduire.

— C'est un ex et notre rupture s'est mal passée.

Elle n'eut pas le temps d'en dire davantage. Déjà Kelly arrivait à leur hauteur. Son regard se tourna vers Chloe tandis que Justin descendait sa vitre.

— Présentez-moi votre permis de conduire et les papiers du véhicule, ordonna sèchement Kelly à Justin. Vous faisiez un petit tour, tous les deux ? ajouta-t-il avant de reporter son attention sur Chloe.

— Y a-t-il un problème, monsieur l'adjoint ? demanda Justin en lui tendant les documents.

Kelly les examina avec soin et prit un moment pour répondre :

— Vous rouliez trop vite.

— Trop vite ? Excusez-moi de vous contredire, mais j'étais en dessous de la limite de vitesse autorisée.

Justin étudiait l'adjoint du coin de l'œil. Il était manifeste que l'homme était plus intéressé par Chloe que par lui.

Chloe se tendit. Elle savait mieux que quiconque comment se comportait Kelly quand il était énervé. Il était alors capable d'exploser. Elle ne comprenait même pas qu'il ait été autorisé à devenir adjoint du shérif. Le voir arborer une arme et un badge était angoissant.

Après un moment, il rendit son permis et les papiers à Justin.

— Je vous souhaite une bonne journée.

— Que te veut ce type ? lança Justin dès que Kelly se fut éloigné.

Chloe laissa échapper un gros soupir.

— C'est une longue histoire. Peut-être te la raconterais-je un jour. En tout cas, je suis sûre qu'il ne t'a arrêté que parce que j'étais avec toi.

— S'il te harcèle…

— Je mettrai la shérif au courant.

Justin secoua la tête, l'air inquiet, alors que la voiture de patrouille disparaissait derrière les arbres qui bordaient la rivière Milk.

Le téléphone de Chloe vibra.

— C'est Annabelle. Peux-tu me déposer chez moi ? Apparemment, une urgence vestimentaire m'attend à la maison. Les mariages à venir rendent mes deux sœurs hystériques. À plus tard ?

Justin opina.

— De mon côté, il faut que je m'occupe de quelque chose. Mais promets-moi de ne pas enquêter sans moi.

— Promis.

Il la laissa devant l'entrée de la propriété et il s'éloigna. Comme Chloe s'apprêtait à remonter l'allée, elle remarqua une voiture de patrouille garée au bout de la rue. Elle ne pouvait pas dire avec certitude qui était derrière le volant à cette distance, mais elle s'en doutait. Furieuse, elle sortit son téléphone pour appeler la shérif mais, comme si le conducteur avait deviné ses intentions, il s'éloigna.

14

En quittant la ville, Justin surveilla sa vitesse – et son rétroviseur. Sa petite altercation avec l'adjoint l'avait inquiété. Apparemment, l'adjoint Locke avait des comptes à régler avec Chloe. L'insistance avec laquelle il l'avait dévisagée après les avoir interpellés était bizarre. Justin voulait savoir ce qui s'était passé entre eux. Si, comme le pensait Chloe, Locke les avait arrêtés à cause d'elle, il s'agissait de harcèlement.

Comme il arrivait au ranch Calhoun, il appela l'hôpital pour prendre des nouvelles de son père. Ce dernier se reposait. En raccrochant, Justin sentait que le temps pressait. Maintenant, ils savaient qui avait tabassé Drew le jour de sa mort. Mais ils étaient loin d'avoir identifié son tueur. Ils ignoraient également la raison pour laquelle son frère avait été assassiné.

Avec Drew, les problèmes impliquaient souvent une femme. Mais manifestement, il avait aussi des problèmes financiers. Assez graves pour se faire descendre ?

Il songea à Nici, espérant ne pas se tromper à son sujet. Il était certain qu'elle était l'auteure des griffures infligées à Drew. Nici était au ranch ce soir-là. Il avait vu sa voiture s'en aller discrètement par l'arrière de la propriété. Mais il refusait de croire qu'elle avait tué Drew. Quelqu'un d'autre était venu au chalet. Il en était certain. D'ailleurs, il avait entendu un deuxième véhicule partir.

La maison principale du ranch, celle de son père,

apparut. Justin se gara devant et entra sans croiser personne. Il n'avait pas l'intention de s'attarder. Mais quelque chose le tracassait depuis qu'il avait découvert le délabrement du domaine et il tenait à en avoir le cœur net.

Il avait toujours une clé, mais il n'eut pas à l'utiliser. Dans cette partie du Montana, personne ne verrouillait sa porte, surtout à la campagne. Il se dirigea tout droit vers le bureau de son père.

Il voulait consulter les livres de comptes. Quelque chose n'allait pas. Il le sentait. Visiblement, Bert Calhoun ne s'investissait plus dans ses affaires comme autrefois. Et Justin craignait que quelqu'un n'ait abusé de sa faiblesse pour se servir dans la caisse, peut-être depuis des années.

Il inspectait les tiroirs à la recherche de ces documents quand il entendit des bruits de pas dans le hall.

— Que faites-vous ici ? tonna une voix masculine derrière lui.

Avant même de se retourner, Justin reconnut le régisseur du ranch, Thane Zimmerman. Il arborait un air menaçant qui n'avait rien d'inhabituel.

— Votre père sait-il que vous êtes ici ? poursuivit Thane.

Justin n'avait jamais apprécié Thane et réciproquement. Cela dit, Thane n'aimait personne. Justin se rappela le mépris du régisseur envers Drew. Même Thane avait compris que Drew ne s'intéressait pas au ranch et n'avait aucune envie de s'en occuper.

— Oui, mon père sait que je suis revenu.

— Cela m'étonnerait qu'il vous ait autorisé à fouiller dans ses affaires.

— Je veux voir les comptes du ranch.

Le régisseur du ranch se mit à rire et croisa les bras.

— Il n'en est pas question.

— Pourquoi donc ?

— Vous êtes parti il y a cinq ans et vous n'avez pas remis les pieds dans le domaine depuis lors. Et il faudrait vous mettre au courant de tout ? Personne n'ignore ce que votre père pense de vous. Après ce que vous avez fait, votre place est en prison. Et je suis certain que Bert serait furieux de vous savoir chez lui et qu'il s'opposerait à ce que vous mettiez le nez dans les chiffres du ranch.

— Mon père s'y opposerait, dites-vous ? Moi je pense plutôt que c'est *vous* qui le feriez.

Justin soupira. Thane l'impressionnait quand il était jeune, mais plus maintenant. Il fit un pas vers lui. Thane recula et son regard devint soudain méfiant.

— Si je suis un tueur comme vous le prétendez, vous auriez peut-être intérêt à ne pas trop me chercher, dit Justin d'un ton sec. Je consulterai les comptes du ranch, que cela vous plaise ou non. Et si j'y trouve quoi que ce soit de louche…

Il laissa volontairement sa phrase en suspens. À en juger l'expression du régisseur, il venait de marquer un point. Thane semblait inquiet. Il avait sans doute de bonnes raisons de l'être.

— Vous devriez partir avant que j'appelle la shérif, dit Thane.

— Très bien, je m'en vais. Mais j'ai contacté l'avocat de mon père. J'obtiendrai les comptes et je découvrirai ce qui se passe sur ce ranch. Et quand je l'aurai trouvé… je reviendrai.

Chloe regarda ses sœurs sortir l'une après l'autre de la chambre d'amis du rez-de-chaussée, transformée en salon d'essayage. Annabelle et TJ s'étaient fait livrer un assortiment de robes de mariée et elles défilaient devant elle, attendant son verdict.

— Comment avance ton enquête ? demanda TJ

après avoir enlevé la dernière robe et rejoint Chloe sur le canapé du salon.

— Nous avons un peu progressé.

— Et comment va Justin ?

Elle ne put s'empêcher de sourire.

— Il va bien. Nous avons été occupés. Et je vais vous raconter la meilleure : l'adjoint du shérif Kelly Locke nous a arrêtés tout à l'heure alors que nous revenions vers Whitehorse. Sous prétexte que Justin allait trop vite alors qu'en réalité il roulait bien en dessous des limites de vitesse.

— Il abuse ! s'écria TJ en se levant.

— Et ce n'est pas tout ! Quand Justin m'a déposée, j'ai vu une voiture de patrouille au bout de la rue. Dès que j'ai sorti mon téléphone pour appeler la shérif, elle s'est éloignée. Je ne suis pas complètement sûre que Kelly était au volant, mais…

— Cette histoire ne me plaît pas du tout, dit TJ. S'il tente autre chose, promets-moi d'aviser aussitôt McCall.

Chloe hocha la tête, mais provoquer des problèmes entre Kelly et sa supérieure hiérarchique ne ferait sans doute qu'envenimer la situation. Peut-être devait-elle plutôt faire mine de l'ignorer…

Annabelle apparut alors, vêtue d'une autre robe de mariée.

— Celle-ci te va à ravir ! s'exclama Chloe. C'est celle qu'il te faut.

TJ approuva, et toutes deux regardèrent Annabelle danser de joie dans un frou-frou de dentelle.

— Je suis tellement heureuse pour vous deux ! déclara Chloe en prenant la main de TJ. Quelle bonne idée nous avons eue de passer les fêtes de fin d'année ensemble.

— C'est vrai, dit TJ. Sans cette décision, je n'aurais pas rencontré Silas.

— Et Justin T. Calhoun et toi ne seriez pas en train de jouer les détectives, renchérit Annabelle.

— Chloe, s'il te plaît, fais attention à toi, reprit TJ. Je sais à quel point tu aimes enquêter, mais ce matin je me suis réveillée avec un mauvais pressentiment.

En revenant en ville, Justin trouva le cabinet de l'avocat de son père fermé à l'heure du déjeuner. Par association d'idées, il se rendit compte qu'il avait faim. Il se dirigea vers l'In-n-Out de Joe pour commander un hamburger, des frites et un milk-shake au chocolat, le tout à emporter. Comme il se réinstallait dans son pick-up, il vit Nici se garer et faire la même chose que lui. Il attendit, et bientôt elle le rejoignit avec son repas dans un sac en papier.

À peine assise, elle s'empara de son hamburger.

— Tu t'es fait des ennemis, dit-elle avant de mordre son sandwich.

Comme si Justin avait besoin de se mettre davantage de gens à dos !

Ouvrant à son tour son petit sac, il sortit son cornet de frites.

— Quelqu'un en particulier ? demanda-t-il en lui en proposant.

Nici secoua la tête.

— J'étais au Mint, hier soir. Tout le monde parlait de ton retour. CJ, l'ami de toujours de Drew, buvait une bière avec quelques copains. Thane Zimmerman aussi était là. Il avait trop bu. Tu as dû entendre tes oreilles siffler.

— Qu'ont-ils dit, par exemple ?

Elle hésita.

— Thane et CJ répétaient que tout le monde savait que tu avais tué Drew et qu'il était peut-être temps qu'ils rendent justice eux-mêmes puisque la shérif en était incapable.

Justin avait perdu un peu de son appétit, mais il

mordit dans son hamburger tout en regardant Nici engloutir le sien.

— Alors as-tu réfléchi à ce dont nous avons parlé, Nici ?

— Moi, aller à l'université ? Ne penses-tu pas que je suis un peu âgée pour ça ?

— Pas du tout. Et cela te plaira, j'en suis sûr. Si tu as besoin d'argent, je…

— J'ai des économies, merci. De plus, je me suis renseignée et je pense pouvoir bénéficier d'une bourse d'études.

Justin sourit, se sentant mieux, et il finit son déjeuner, l'esprit plus léger.

— As-tu une idée de la matière que tu aimerais étudier ?

— J'y réfléchis. Mais, dis-moi, ne serais-tu pas en train d'essayer de te débarrasser de moi ?

— Tu sais bien que non. Tu es ma meilleure amie.

En rougissant, elle tendit la main vers son cornet de frites pour lui en piquer une.

— Cela dit, à ta place je ferais attention à Zimmerman.

— Nous avons justement eu une petite conversation, lui et moi, tout à l'heure. Il n'y a pas de quoi s'inquiéter.

— Es-tu sur le point d'identifier le meurtrier de Drew ?

— Pas vraiment. Mais manifestement l'enquête que nous menons, Chloe et moi, rend beaucoup de gens nerveux.

Y compris sa meilleure amie, pensa-t-il en voyant Nici détourner les yeux.

— Puis-je t'emprunter de nouveau ta voiture, Annabelle ? demanda Chloe dans l'après-midi.

Ses deux sœurs attendaient que leurs fiancés passent les chercher.

— N'as-tu pas plutôt envie de venir avec nous ? dit

TJ. Cela ne dérangera pas Silas. Nous avons le reste de nos vies pour être ensemble.

Chloe secoua la tête.

— Absolument pas. Profitez de vos chéris et ne vous souciez pas de moi. Je vais très bien.

Chloe devinait que TJ se demandait où elle comptait se rendre.

— J'ai décidé d'aller à Sleeping Buffalo, profiter des sources thermales. La perspective de barboter dans une piscine d'eau naturellement chaude par ce froid après-midi d'hiver me semble divine.

Ses deux sœurs parurent rassurées. Chloe n'avait pas envie de leur avouer qu'elle avait, en réalité, une petite arrière-pensée. Tout à l'heure, après le défilé des robes de mariée, Annabelle lui avait conseillé d'envoyer son CV au *Milk River Courrier.*

— Certes, c'est un petit hebdomadaire local, mais…

Comme Annabelle avait fait allusion à la femme qui avait récemment racheté le journal, Chloe avait dressé l'oreille.

— Quinn Peterson, te souviens-tu d'elle ? avait demandé sa sœur. Elle a longtemps travaillé pour le *New York Times* avant de rencontrer son mari et de revenir vivre dans le Montana. Je crois qu'elle continue de collaborer avec le *Times* en free-lance.

Peterson.

— Je me souviens très bien d'elle. Autrefois, ils habitaient près du Nelson Reservoir, si ma mémoire est bonne.

— Ils y sont toujours. Ils ont construit une maison moderne à proximité du manoir des parents de Quinn.

Chloe avait souri. Ils vivaient donc près de Sleeping Buffalo. Elle se félicita d'avoir pensé à apporter son maillot de bain. Plus âgée qu'elle, Quinn Peterson avait longtemps été un modèle pour Chloe. Quinn avait fondé le journal du lycée de Whitehorse avant de se lancer dans le journalisme. Elle était surtout dotée d'un flair extraordinaire. Ses reportages étaient toujours passionnants et bien documentés. Quinn était exactement la personne à qui elle avait besoin de parler.

Après le départ de ses sœurs, Chloe appela Quinn. Elles discutèrent un long moment au téléphone avant que Chloe lui propose de la retrouver aux sources thermales.

Tout en préparant ses affaires, elle se remémora sa promesse à Justin. Mais elle n'allait pas vraiment enquêter et elle ne serait pas toute seule. Elle allait se baigner à la piscine avec une autre journaliste, voilà tout.

En revenant de son déjeuner avec Nici, Justin vit un panneau signalant que l'avocat était au tribunal jusqu'à 16 heures. Pour tuer le temps, il décida d'aller se balader dans les Little Rockies. Il avait gardé de très bons souvenirs des rares fois où, autrefois, il parvenait à s'échapper du ranch pour venir y camper.

Il y crapahutait souvent avec Billy Curtis, son meilleur ami de l'époque. Le père de Billy travaillait au service d'entretien de la ville. Mais Billy était mort, maintenant. Après le lycée, il s'était enrôlé dans l'armée et il avait été tué en Irak.

Justin avait eu aussi quelques amis ranchers, mais il n'avait gardé le contact avec aucun d'eux. Cela dit, là, il avait envie d'être seul. Il se gara près du terrain de camping, à l'extérieur de Zortman. Dès qu'il sauta de son pick-up, l'odeur des pins raviva aussitôt des images de son adolescence. Cela lui fit du bien.

Il grimpa dans la montagne, longeant des pistes de motoneige. Il parvint à un grand rocher plat qui surplombait la vallée. De là-haut, la vue était magnifique. Il mesura à quel point le Montana lui avait manqué. En particulier, ce petit coin de paradis. Mais pourrait-il rester ? Pas tant qu'il n'avait pas élucidé les mystères qui planaient autour de la mort de Drew.

Justin consulta sa montre. Il était temps de retourner en ville. En descendant la montagne, il aperçut des cerfs qui le toisaient d'un air indifférent.

Il pensa à Chloe, regrettant qu'elle ne soit pas là avec lui. Elle aurait adoré ce spectacle. Tirant son portable de sa poche, il composa son numéro, mais il tomba aussitôt sur messagerie vocale. Il espéra qu'elle ne prenait aucun risque. Bien sûr, elle lui avait promis de ne rien faire sans lui. Pourtant, il s'inquiétait. Il avait appris à la connaître.

Si elle avait trouvé une piste, elle la suivrait sans attendre, il en était sûr. Même si son impulsivité lui attirait des ennuis.

De retour en ville, Justin se rendit au cabinet de l'avocat de son père. Il était presque 16 h 30 et, en poussant la porte principale, il vit que Harry Johnston se trouvait dans son bureau. Il rangeait sa serviette pour rentrer chez lui et, quand il se tourna, il fronça les sourcils en disant :

— Je m'apprêtais à fermer.

Mais dès qu'il reconnut Justin il lui décocha un large sourire et il lui tendit la main. Ils échangèrent une poignée de main ferme. Harry avait une attitude décontractée, mais Justin savait que son père l'appréciait parce qu'il était féroce en affaires et défendait toujours bec et ongles les intérêts de ses clients.

— J'ai vu que vous aviez appelé, dit l'avocat en lui faisant signe d'entrer. J'ai entendu dire que votre père avait été victime d'un infarctus. Je suis vraiment désolé. Comment va-t-il ?

— La dernière fois que j'ai eu son médecin au bout du fil, son état était stabilisé.

Harry l'invita à s'asseoir et s'installa lui-même à son bureau.

— Bert est un battant. Il va s'accrocher, j'en suis sûr, et il s'en sortira.

Justin aurait souhaité le croire.

— La mort de Drew l'a anéanti. Et ses doutes concernant ma prétendue culpabilité dans cette tragédie n'ont rien arrangé. J'essaie de les dissiper, mais…

— C'est vrai. Les questions autour de la mort de votre frère n'ont pas facilité les choses, reconnut Harry. Alors, que puis-je faire pour vous ?

— Il s'agit du ranch. Il me paraît à l'abandon. Mon père semble se désintéresser de ce qu'il a pourtant toujours considéré comme l'œuvre de sa vie, répondit Justin. Je suis inquiet et, franchement, Thane Zimmerman ne m'a jamais inspiré confiance.

L'avocat opina, et Justin poursuivit :

— J'aimerais consulter les comptes du ranch. Zimmerman a refusé de me les présenter. Légalement, je ne suis peut-être pas en droit de les exiger, mais…

— Erreur. Rien ne s'oppose à ce que vous consultiez les livres. Ray Underwood est le comptable de votre père. Je lui passerai un coup de fil pour lui demander de tenir à votre disposition tout ce dont vous avez besoin.

— Attendez, dit Justin. Je croyais…

— Mon garçon, il a toujours été prévu que vous héritiez un jour de ce ranch – avec votre frère s'il avait vécu. Votre père n'a jamais changé les termes de son testament ni les noms de ses héritiers.

Sous le choc, Justin resta assis un moment. Il s'attendait à devoir insister, se battre. Un intense soulagement le submergea. Il n'avait jamais su que Bert avait souhaité léguer le ranch à ses deux fils. Toute sa vie, son père avait laissé entendre que Drew en hériterait.

— Je vous remercie.

Harry se leva.

— Je suis ravi que vous soyez revenu à la maison et que vous ayez décidé de reprendre les choses en main.

N'hésitez pas à m'appeler si je peux vous aider davantage. Je serai très heureux de le faire. En attendant, je vais tout de suite appeler Ray.

Chloe adorait Sleeping Buffalo. Au cours des dernières années, les sources thermales avaient été magnifiquement réaménagées. Elle barbotait dans la piscine la plus chaude avec un soupir d'aise quand Quinn arriva. Elle ressemblait exactement au souvenir que Chloe avait gardé d'elle, avec ses cheveux roux bouclés et ses yeux violets. Surtout, elle avait toujours son sourire éclatant, un sourire qui illuminait les pièces et qui, sans aucun doute, l'avait aidée en tant que journaliste.

Comme Quinn se glissait dans l'eau en face d'elle, elle lança :

— Alors, de quoi s'agit-il ? Je suis dévorée de curiosité.

Chloe se mit à rire

— Je pense que vous le savez déjà.

— Vous voulez m'interroger sur la mort de Drew Calhoun, non ? Vous menez ces investigations pour le journal pour lequel vous travaillez en Californie, j'imagine ?

Chloe secoua la tête.

— J'ai été licenciée, le titre perdait de l'argent depuis des années. Je m'intéresse à la mort de Drew parce que ce que j'ai découvert jusqu'ici m'a profondément troublée. Je crois qu'il a été assassiné.

Quinn leva un sourcil, mais elle ne semblait pas si surprise.

— J'avais suivi l'affaire pendant un petit moment, à l'époque, mais il n'était pas simple pour le journal local de sonder les gens…

Chloe le comprenait bien.

— Vous étiez plus proche de Drew par l'âge que moi. Que pouvez-vous me dire à son sujet ?

Quinn se mit à rire et s'allongea dans l'eau pendant un moment. La vapeur sortait de la piscine. Elles y étaient presque seules. À cette heure-ci, la plupart des gens étaient en train de rentrer du travail et de penser à leur dîner.

— Drew Calhoun… Beaucoup de gens ne l'aimaient pas.

— Dites-moi quelque chose que j'ignore, protesta Chloe en riant. Qui souhaitait sa mort ? Qui le détestait au point d'appuyer sur la gâchette ?

Quinn soupira.

— Des rumeurs circulaient au moment du drame mais je n'ai jamais pu les vérifier. Avez-vous entendu parler de l'ancienne mine d'or de Zortman ? Il y a cinq ans, des bruits couraient comme quoi elle allait être rouverte.

Chloe sentit une vague de découragement l'envahir. Cette nouvelle n'en était pas une. Voilà des années qu'elle nourrissait régulièrement les conversations sans jamais aboutir.

— Même si l'information était vraie, qu'aurait-elle à voir avec la mort de Drew ?

— Apparemment, quelques investisseurs secrets convoitaient cette mine et ils s'étaient associés pour multiplier leurs chances de l'obtenir. Drew Calhoun aurait été l'un d'eux.

Quinn haussa les épaules.

— Je l'ai interrogé à ce sujet avant sa mort. Il a nié, mais ma curiosité l'a contrarié, plus que je ne l'imaginais. Il a absolument voulu savoir qui m'en avait parlé. Cela m'a paru un peu étrange. Mais je n'ai pu trouver personne d'autre au courant de cette association secrète.

Chloe réfléchit à cette hypothèse pendant un moment, mais elle ne voyait toujours pas en quoi cette histoire aurait donné un prétexte à quelqu'un pour tuer Drew. Même s'il était l'un des investisseurs secrets. Beaucoup de gens auraient aimé que la mine rouvre à cause des emplois que cette activité aurait créés. Des emplois très bien rémunérés. À sa fermeture, de nombreux habitants avaient pensé que la ville de Whitehorse ne s'en relèverait pas.

— J'ai entendu dire que les filons d'or étaient épuisés là-bas, dit-elle à Quinn.

— Apparemment, il existe de nouvelles méthodes pour extraire le minerai. Mais elles sont chères… et dévastatrices pour l'environnement.

— Je ne vois rien là-dedans qui pourrait expliquer le meurtre de Drew.

— Si les rumeurs étaient fondées, il y avait autre chose. Le groupe d'investisseurs était pressé par le temps. Il leur fallait obtenir cette concession avant que l'Agence pour la protection de l'environnement ne sorte une étude évaluant les risques écologiques de l'entreprise. S'ils avaient dépassé la date limite, ils auraient dû s'engager à respecter des normes drastiques imposées par l'APE. Ce qui se serait traduit par des coûts exorbitants. Ils auraient sans doute été alors contraints de renoncer à leur projet. Voilà pourquoi, si l'un d'eux avait lâché l'affaire à la dernière minute, il les aurait tous mis dans la panade. À l'époque, j'avais effectué de petites recherches. S'ils avaient pu acheter cette mine, les investisseurs secrets auraient gagné beaucoup d'argent. À condition de l'acquérir avant la sortie du rapport de l'APE. J'avais abandonné mon enquête en découvrant que Drew n'avait pas un sou vaillant. Jamais il n'aurait eu les moyens d'investir dans cette histoire.

— Mais son père les avait, déclara Chloe. Et peut-être Drew avait-il espéré pouvoir lui emprunter cette somme. À tort.

— S'il leur a fait faux bond, les autres investisseurs ont été furieux. Peut-être certains d'entre eux ont-ils eu envie de le tuer…

*
* *

Harry tint parole. Justin reçut un coup de fil de Ray Underwood alors qu'il arrivait au ranch Rogers. Il fit demi-tour et retourna à Whitehorse. Ray Underwood vivait à la périphérie de la ville, près du nouvel hôpital.

Sa maison était bâtie au milieu d'un jardinet bien entretenu. Ray fit signe à Justin de descendre l'escalier jusqu'à son bureau. Il était âgé d'une cinquantaine d'années.

— J'espère que je n'interromps pas votre dîner, lui dit Justin en entrant.

— Pas de problème. Harry m'a dit que vous aviez besoin des comptes tout de suite alors je vous les ai sortis et j'en ai fait des copies.

Il tendit à Justin une pile de papiers.

— Voici les photocopies des liasses fiscales des cinq dernières années. Vous aurez ainsi le détail des chiffres. J'ai ajouté les synthèses des cinq années précédentes.

Justin ne put s'empêcher de sourire. L'homme était efficace.

— Merci beaucoup.

— De rien. J'aimais beaucoup travailler avec votre père.

Une pensée frappa soudain Justin.

— Et avec qui travailliez-vous ces derniers temps ? Avec mon père ? Ou avec Thane Zimmerman ?

— Zimmerman. Votre père n'était pas… bien.

— Laissez-moi deviner. Le ranch ne va pas bien non plus.

Ray hésita mais pas longtemps.

— Tout est là, dit-il en tapotant le dossier. Les chiffres parlent d'eux-mêmes, mais… non, en effet. La situation n'est pas brillante.

Le comptable détourna les yeux.

— Et vous verrez que les problèmes avaient commencé avant la mort de votre frère.

Justin s'en doutait, mais il ne voulait pas mettre Ray mal à l'aise. Quelque chose n'allait pas, et Ray le savait depuis longtemps.

Chloe quitta Sleeping Buffalo, plus détendue qu'elle ne l'avait été depuis longtemps. Passer deux heures dans les sources chaudes était à la fois relaxant et vivifiant. Elle se promit de revenir sous peu. Cela dit, dès le 1er janvier, elle devrait se mettre à la recherche d'un nouvel emploi.

Elle roulait depuis un moment quand la neige recommença à tomber. La tempête annoncée se déclencha soudain avec une telle fureur que Chloe ralentit. Après tout, elle n'était pas pressée. Elle se demanda ce que Justin était en train de faire. Plus tôt, il lui avait envoyé un texto disant qu'il espérait qu'elle passait une bonne soirée. Elle avait un peu culpabilisé. Certes, elle avait en quelque sorte enquêté mais sans prendre le moindre risque.

Chloe parvenait aux abords de la ville quand elle vit dans son rétroviseur des gyrophares s'approcher. Elle regarda aussitôt son compteur pour voir à combien elle roulait. Elle respectait les limites de vitesse, constata-t-elle.

Se remémorant l'épisode entre l'adjoint Kelly Locke et Justin, elle hésita sur la marche à suivre.

La voiture de patrouille lui fit des appels de phare et, comprenant le message, elle s'arrêta sur le bas-côté.

Elle ouvrit la boîte à gants pour y prendre les papiers du 4x4 et chercha son permis de conduire dans son sac. Par prudence, elle s'empara également de son téléphone.

Quand elle vit Kelly sortir de son véhicule, elle poussa un juron. Traversée par une idée subite, elle saisit son portable et pressa une touche pour enregistrer la suite.

L'adjoint du shérif, Kelly Locke, s'avança vers elle

alors qu'elle descendait sa vitre, s'assurant que son téléphone filmait correctement la scène. Ainsi elle aurait des preuves quand elle irait voir la shérif. Cette certitude la rassurait tandis qu'il se penchait pour inspecter l'intérieur de sa voiture d'un regard circulaire.

— Qu'ai-je fait de mal, monsieur l'adjoint ? demanda-t-elle.

— Que faites-vous de bien ? répliqua-t-il.

Il semblait en colère.

En considérant les lumières de Whitehorse dans le lointain, Chloe se rendit compte qu'elle se trouvait dans une zone très isolée. Pire, à cause de la tempête de neige, peu de voitures circulaient sur cette route. Si les choses tournaient mal, il n'y aurait personne pour l'aider.

Son pouls s'accéléra sous l'effet de l'appréhension.

— Je ne roulais pas trop vite, dit-elle. Alors quel est le problème ?

Kelly détourna la tête, et Chloe aperçut dans son rétroviseur des phares derrière elle au loin.

Quand l'adjoint reporta son attention sur elle, il serrait les mâchoires.

— Vous sortirez de votre voiture après le passage de ce véhicule.

Le rythme cardiaque de Chloe s'affola. Il n'était pas question pour elle de s'aventurer hors de l'habitacle et encore moins d'aller où que ce soit avec Kelly. Elle prit son téléphone et cliqua sur « envoyer » avant de recommencer un nouvel enregistrement vidéo.

— Que faites-vous ? s'enquit-il, prenant soudain conscience de son manège.

— Je viens d'envoyer la vidéo de nos échanges à mes sœurs.

Le véhicule qui était derrière eux passa très vite.

— Cela ne vous dérange pas que j'enregistre cette conversation, monsieur l'adjoint ? Je tiens à ce que tout le monde puisse entendre pourquoi vous m'avez arrêtée.

Et pourquoi vous me demandez de sortir de ma voiture et de vous suivre.

Le visage de Kelly se crispa de fureur.

— Vous rouliez trop vite.

— Avez-vous les moyens de le prouver, adjoint Locke ? Parce que, quand vous m'avez fait signe de me garer, j'ai tout de suite regardé mon compteur et j'étais en dessous des limites de vitesse.

Il semblait sur le point d'exploser de rage.

— Pour cette fois, je vais me contenter d'un rappel à la loi. Vous rouliez trop vite, vu la météo. Alors, à l'avenir, soyez plus prudente.

Il serra les mâchoires.

— Faites très attention, ajouta-t-il, menaçant.

Il se retourna et commença à s'éloigner. Tout en le regardant rejoindre sa voiture de patrouille dans son rétroviseur, elle posa son téléphone à côté d'elle.

Elle le vit soudain sortir sa matraque et revenir vers elle, l'air mauvais.

Paniquée, elle chercha d'une main fiévreuse le bouton commandant sa vitre latérale. Le cœur battant, elle la remonta et elle verrouilla les portières…

Elle sursauta au bruit du verre cassé. Kelly se tenait à l'arrière de la voiture.

— Vous feriez mieux de faire réparer sans délai ce feu arrière, lança-t-il. Cela m'ennuierait de vous verbaliser à ce sujet. La prochaine fois, vous ne vous en tirerez pas si facilement.

Tremblant de peur, elle attendit qu'il s'éloigne pour oser respirer.

Il avait cassé le feu arrière de la voiture d'Annabelle ! Et, malheureusement, elle n'avait pas filmé la scène.

15

Justin ne tarda pas à repérer de graves malversations dans les comptes du ranch. Mais le plus troublant fut de comprendre qu'elles ne dataient pas de la mort de Drew.

Son père n'avait manifestement rien remarqué mais, depuis cinq ans, Thane détournait à son profit une partie des bénéfices de l'exploitation.

Jusqu'à la tragédie, Bert Calhoun avait dirigé le ranch avec énergie, compétence et lucidité. Comment avait-il pu ne pas voir ce qui se passait ? Les combines avaient été mises en place deux ans avant la mort de son fils aîné.

Justin se plongea dans les liasses fiscales, il étudia les chiffres jusqu'à en avoir mal à la tête. Quand il finit par monter se coucher, il était certain de deux choses : deux ans avant la mort de Drew, quelqu'un avait commencé à se servir dans la caisse du ranch, et les vols avaient continué après le drame.

Cela n'avait aucun sens. Son père aurait dû s'apercevoir au moins des irrégularités datant *d'avant* la mort de Drew. Bert Calhoun était un homme d'affaires, un chef d'entreprise, avant d'être un éleveur. Il s'était toujours montré prudent et avisé dans sa façon de gérer son exploitation. Sans avoir besoin de consulter ses comptes, il avait toujours su au centime près ce que le ranch gagnait chaque année.

Alors que s'était-il passé ? Justin soupçonnait Drew d'être derrière ces vols. Leur père avait l'intention de lui léguer la propriété. Depuis toujours, il le formait dans ce but. Au fil des ans, il lui avait donné de plus en plus de responsabilités et de pouvoir. Or, manifestement, Drew en avait profité. Ce qui expliquait sans doute pourquoi leur père lui avait coupé les vivres quelque temps avant le drame.

Justin n'en revenait pas. Mais il avait les preuves sous les yeux. Deux ans avant sa mort, Drew avait commencé à empocher une bonne partie des bénéfices du ranch. Justin était certain que Drew n'avait jamais considéré son geste comme du vol. Sans doute pensait-il qu'il s'agissait de son argent, que ce ranch lui reviendrait un jour et qu'il ne faisait qu'exercer un droit naturel. Son frère n'avait sans doute pas vu ce qui lui interdisait de profiter de sa fortune pendant qu'il était jeune.

Mais les montants détournés étaient impressionnants. Drew ne s'était pas contenté de prendre de l'argent de poche. Il avait volé à leur père des milliers de dollars. Qu'avait-il fait de telles sommes ? s'interrogea Justin. Les avait-il jouées – et perdues – au poker ? Ou les avait-il mises de côté pour plus tard ? Et, en ce cas, où étaient-elles passées ?

Tout en se glissant sous sa couette, Justin se promit de se rendre à la banque dès le lendemain. Il devinait qu'il aurait du mal à trouver le sommeil. Son esprit s'emballait. L'argent avait continué à disparaître *après* la mort de Drew. Pas dans les mêmes proportions, certes, mais une seule personne avait eu la possibilité de s'en emparer.

Thane Zimmerman. C'était la seule explication à moins que Bert n'ait utilisé ces sommes pour une raison quelconque.

Justin comprit qu'il allait devoir en parler à son père. Il renâclait à le faire, craignant que ces révélations ne provoquent une nouvelle crise cardiaque qui pourrait être fatale.

*
* *

— Tu dois apporter ces enregistrements à la shérif, déclara TJ, le lendemain matin, au petit déjeuner.

Les trois sœurs étaient assises autour de la table.

Chloe s'était réveillée en sentant les délicieuses fragrances d'un gâteau aux myrtilles confectionné par Annabelle et elle en avait eu l'eau à la bouche. Elle s'était habillée en vitesse pour s'en régaler pendant qu'il était encore chaud.

Tout en se restaurant, elle avait raconté à ses sœurs ce qui s'était passé la veille sur la route, alors qu'elle rentrait à la maison. TJ et Annabelle auraient voulu qu'elle appelle immédiatement la shérif, mais Chloe hésitait.

— Si je dénonce Kelly, je risque d'aggraver la situation. Et imaginez que McCall le renvoie ? Ou qu'elle le suspende de ses fonctions ? Il vivra toujours à Whitehorse, il ne s'en ira pas et il se montrera encore plus vindicatif à mon égard.

— Peut-être, mais il ne portera plus ni arme ni badge, répliqua TJ. Cela fera toute la différence. Et il ne t'arrêtera plus sans raison.

— Tu devrais obtenir une injonction restrictive, renchérit Annabelle. Il lui sera alors interdit de t'approcher.

TJ secoua la tête.

— Elles ne valent rien si la personne pense être au-dessus des lois, et Kelly Locke en est persuadé. En tout cas, tu dois faire écouter cet enregistrement à la shérif et lui raconter ce qui s'est passé, Chloe. Cet homme a besoin d'être recadré.

La veille au soir, dans son lit, Chloe s'était demandé ce qu'elle devait faire. Kelly Locke était dangereux, cela ne faisait aucun doute.

— Je ne comprends pas pourquoi il s'acharne ainsi sur toi, reprit Annabelle.

— Parce que j'ai rompu avec lui au lycée et qu'il

ne me l'a jamais pardonné. Si je vous racontais tout ce qu'il m'a fait subir en représailles, à l'époque, vous ne le croiriez pas. Il s'est vengé au-delà du supportable et il continue.

— Je savais qu'il faisait de ta vie un enfer, répliqua TJ. J'avais eu vent des bruits de couloir au lycée, ajouta-t-elle en voyant la surprise de Chloe. J'ignorais comment t'aider. Je craignais en m'en mêlant de rendre les choses encore plus difficiles pour toi. Et aussi qu'il s'en prenne à moi. Il me terrifiait. Mais je n'ai plus quinze ans. J'ai appris à me défendre.

— D'accord, dit Chloe, je passerai voir la shérif tout à l'heure. J'espère ne pas le croiser là-bas. Cela dit, comme il croit que j'ai enregistré toute la scène, y compris le passage où il casse le phare arrière, il va peut-être faire profil bas, maintenant.

Ses sœurs secouèrent la tête.

— Ne te leurre pas, Chloe. Il est manifestement du genre rancunier. Il ne te lâchera pas, affirma Annabelle.

— C'est assez classique, poursuivit TJ, qui avait étudié les traits de caractère des criminels. Au lycée, Kelly était très populaire. Il était séduisant, il avait un corps d'athlète, et toutes les filles rêvaient de sortir avec lui. Il a certainement eu l'impression de te faire une faveur en te choisissant comme petite amie attitrée. Il n'a pas supporté que tu rompes. Et encore moins que tout le monde le sache au lycée. Désormais, le simple fait de te voir ou même de te savoir à Whitehorse ravive cette humiliation.

Chloe finit son café, hésita à prendre un autre morceau du gâteau aux myrtilles mais préféra finalement y renoncer.

— Vous avez raison. Il est temps pour moi de régler cette histoire, une bonne fois pour toutes.

— Veux-tu que nous venions avec toi ? demanda Annabelle.

— Non, vous avez deux mariages à organiser. Et le

grand jour approche, répondit Chloe. Ça ira. Lorsque j'étais journaliste, je me suis souvent heurtée à des gens qui n'appréciaient pas mes articles et qui me reprochaient d'y dénoncer leurs erreurs. Mais je n'avais jamais connu personne qui me déteste à ce point. Je dois avouer que Kelly me terrifie. Hier soir, seule sur cette route déserte avec lui, je n'étais pas fière…

Elle frissonna.

— Cela ne suffira peut-être pas à l'arrêter, dit TJ. Mais, quoi que décide la shérif à son sujet, Kelly saura qu'il est surveillé.

— Il se montera donc plus prudent la prochaine fois, déclara Chloe.

TJ hocha la tête.

— Veille à ne jamais te retrouver seule avec lui.

Bert Calhoun était assis dans son lit quand son fils frappa doucement la porte de la chambre d'hôpital. Justin sembla surpris de le voir en bien meilleure forme. Bert savait qu'il avait frôlé la mort plusieurs fois. Mais les médecins l'avaient ramené à la vie et, maintenant plus que jamais, il était déterminé à vivre.

Il lui fit signe d'entrer et lui désigna une chaise à côté de son lit, là où Justin s'était assis un peu plus tôt. Bert culpabilisait de ne pas l'avoir reconnu. Alors qu'il avait cru passer de l'autre côté du miroir, il avait vu Mary. Elle lui avait vertement reproché son comportement à l'égard de Justin et depuis lors Bert se sentait honteux.

Justin s'assit sur la chaise, son chapeau entre les doigts.

— Comment vas-tu, papa ?

— Mieux, répondit-il d'une voix rauque. Beaucoup mieux.

— Je vois ça. Mais les infirmières m'ont dit que tu avais été victime d'une autre crise cardiaque, l'autre jour.

Bert opina.

— J'ai vu ta mère à ce moment-là. Elle s'inquiétait pour toi.

Se rendant compte que Justin se demandait s'il ne perdait pas la tête, il ajouta :

— Je vais bien alors cesse de me regarder comme si j'étais fou.

— Je suis heureux qu'ils t'aient sorti de l'unité de soins intensifs, dit Justin. C'est bon signe.

— Ne te sens pas obligé de me traiter comme si j'étais en sucre, répliqua le vieil homme, regrettant aussitôt son agressivité. Je suis désolé pour l'autre jour. De la façon dont je t'ai accueilli au ranch.

Justin hocha la tête.

— Moi aussi, je suis désolé. Je t'ai mal parlé.

Bert s'aperçut soudain que son fils avait apporté de gros dossiers avec lui.

— Qu'est-ce que c'est ça ?

— Les comptes du ranch depuis sept ans, mais je ne veux pas t'en parler si cela doit te bouleverser, ajouta-t-il très vite.

Bert prit quelques profondes inspirations. Il sentait qu'il commençait à s'énerver. Quelque part, il avait envie de reprocher à son fils d'avoir mis le nez dans les livres du ranch sans son accord. Mais il se souvint à temps qu'un jour Justin hériterait de cette propriété et que Harry lui avait certainement fourni les documents.

Bert hocha la tête.

— Alors, maintenant, tu sais, dit-il en prenant un verre d'eau à côté de son lit.

Il faillit le renverser.

Justin se leva d'un bond et rattrapa le verre au vol.

— As-tu besoin d'une paille ?

Comme Justin l'aidait à boire, Bert poussa un gros soupir.

— Je déteste être à ce point dépendant.

— Je m'en doute, dit Justin en se rasseyant. Si tu ne souhaites pas m'en parler…

Bert aurait préféré n'en parler à personne. Le seul fait d'y penser ravivait sa fureur. Mais il inspira profondément avant d'expirer, comme le médecin le lui avait conseillé. Il était d'un naturel colérique mais, s'il ne voulait pas se retrouver très vite six pieds sous terre, il devait à tout prix apprendre à gérer son stress et sa colère.

— Drew se servait dans la caisse du ranch, mais tu l'avais sans doute déjà compris, dit-il.

Il avait honte d'avouer que son fils aîné l'avait volé, avait détourné à son profit une partie des bénéfices de l'exploitation que Bert avait prévu de lui léguer. Bien sûr, Drew avait commencé par nier. Mais, devant l'évidence, il avait fini par faire valoir qu'il s'agissait de son argent et qu'il ne voyait pas où était le problème.

— À quoi utilisait-il ces sommes ? s'enquit Justin.

— Dieu seul le sait. Au jeu, aux femmes ou à son train de vie. J'ai trop longtemps fermé les yeux.

— À mon avis, il devait beaucoup d'argent à quelqu'un. Comme il n'arrivait pas à rembourser ses dettes, son créancier l'a menacé et peut-être pire, déclara Justin avec précaution.

Bert mesura la portée des paroles de son fils.

— Tu penses toujours que quelqu'un l'a…

Il déglutit avec difficulté. Il était incapable de prononcer les mots « a tué Drew ». Il poursuivit :

— Drew m'exhortait à prendre ma retraite et à le laisser diriger le ranch. Mais contrairement à ce qu'il prétendait il n'était pas prêt. En vérité, je ne lui faisais pas confiance.

— Avait-il l'air aux abois ?

Bert laissa échapper un gros soupir.

— Il était toujours aux abois, ton frère courait toujours après l'argent. Il était mêlé à une combine qui me semblait louche. En fait, il aurait voulu que je lui donne cinq cent mille dollars qu'il aurait investis avec certains de ses amis.

— Dans quelle affaire les aurait-il investis ? T'a-t-il dit de quoi il s'agissait ? demanda Justin.

Son père secoua la tête.

— Non et je m'en foutais. De toute façon, je ne pouvais pas sortir une telle somme. La trésorerie était souvent tendue et servait exclusivement à l'exploitation. Ton frère m'avait supplié de cosigner un prêt, en utilisant le ranch comme garantie. Tu imagines ma réaction. Il n'était pas question de mettre l'entreprise en danger pour lui permettre de se livrer à ses petites combines frauduleuses. Nous nous sommes disputés. Violemment.

Il détestait se remémorer cette scène parce que c'était la dernière fois qu'il avait vu son fils aîné vivant.

— Il était hors de lui, il m'a tenu des propos haineux.

Bert ferma les paupières, ravagé par ces souvenirs douloureux. Drew l'avait tellement déçu. À ce moment-là, il avait déjà compris que son fils se servait dans la caisse du ranch. Ils ne s'étaient plus adressé la parole après cette prise de bec.

Il rouvrit soudain les yeux.

— Attends, tu disais que tu avais remarqué des malversations dans les comptes au cours des *sept dernières années* ? Comment cela a-t-il pu m'échapper ?

— Tu avais d'autres sujets de préoccupation, dit Justin.

— Ne me cherche pas d'excuses. Si l'argent a continué à disparaître, cela signifie que quelqu'un d'autre me vole, grommela Bert en s'asseyant.

— Je ne suis pas venu ici pour te pousser à t'énerver, mais oui. Pas autant que pendant les deux années qui ont précédé la mort de Drew, certes, mais quelqu'un se sert toujours dans la caisse.

— Zimmerman, gronda Bert. Cela ne peut être que lui.

Il ferma les paupières avec un juron. Il n'avait pas bien contrôlé les comptes du ranch à cause de la mort de

Drew et parce qu'il commençait à vieillir. Son régisseur en avait profité, comprit-il avec colère.

— Je vais m'en occuper, dit Justin en se levant. Enfin... Si tu es d'accord.

Bert ouvrit les yeux. Il sourit et hocha la tête.

— J'aurais aimé régler moi-même cette histoire et m'expliquer avec ce fumier. Mais le médecin m'a dit que je devais absolument me calmer.

— Repose-toi et ne t'inquiète de rien, dit Justin en se levant pour partir. Je m'en charge.

— Fiston... Je voulais te dire... Je suis désolé.

Il s'apprêtait à en dire plus, mais son fils l'arrêta d'un geste.

— Nous sommes tous les deux désolés mais inutile de s'appesantir sur nos erreurs passées. Je suis revenu, maintenant. Je t'aiderai autant que possible. Et tu seras bientôt debout.

Bert hocha la tête, les larmes aux yeux.

— Je suis content que tu sois rentré à la maison.

Justin retourna au ranch de son père. Thane Zimmerman ne serait sans doute pas surpris de ce qu'il allait lui annoncer. Lorsque le régisseur l'avait surpris dans le bureau de Bert à chercher les livres de comptes, il avait certainement senti le vent tourner et compris qu'il ne tarderait pas à avoir des ennuis. Justin lui ayant dit qu'il parlerait à l'avocat de la famille, Thane n'était pas bête au point de penser qu'il allait s'en tirer.

Comme Justin s'arrêtait devant le grand chalet dans lequel vivait Thane, il s'aperçut que ce dernier était déjà en train de plier bagage. Il avait chargé ses valises dans son camion.

Justin sauta de son pick-up et se dirigea vers la maisonnette. S'il avait été plus jeune, sans doute aurait-il rossé Zimmerman pour lui apprendre l'honnêteté.

Mais, depuis son retour, Justin avait compris qu'il devait épauler son père. Et ce n'était pas d'un fils qui passait ses nerfs sur leur ancien régisseur dont Bert avait besoin. Sans parler du fait qu'il connaissait assez Thane pour savoir que ce dernier n'hésiterait pas à intenter une action en justice contre lui.

Il frappa à la porte. Thane lui ouvrit. Une expression de surprise passa un instant sur son visage. Il avait sans doute cru pouvoir s'en aller avant que Justin n'ait épluché les comptes du ranch. Il s'était trompé.

— Je n'ai pas à vous expliquer pourquoi vous êtes viré, dit Justin. Pour faute grave.

— Vous ne pouvez pas me licencier. J'ai adressé une lettre de démission à Bert, répondit l'homme avec agressivité.

— Alors, bon vent. N'emportez que ce qui vous appartient. Quand mon père sortira de l'hôpital, il décidera s'il veut vous poursuivre en justice pour vol et abus de confiance. En attendant, n'espérez aucune recommandation de notre part pour un futur emploi.

— Vous vous trouvez sans doute malin, n'est-ce pas ? Il ne me serait pas difficile de vous étriller. Si j'étais vous…

— Vous n'êtes pas moi Vous ne serez jamais moi. Et si vous me menacez ou continuez de déblatérer sur mon compte dans les bars du coin, je veillerai à ce que vous attendiez derrière les barreaux le montant de ce que vous avez volé au ranch que le comptable aura évalué, dit Justin.

Sur ce, il tourna les talons et s'éloigna, se demandant si Thane allait lui sauter dessus par-derrière, espérant presque qu'il le ferait. Ce type lui donnait envie d'oublier de se comporter en adulte responsable.

Mais Thane n'était peut-être pas aussi stupide qu'il en avait l'air. Il se contenta de marmonner des obscénités avant de claquer la porte.

*
* *

En pénétrant dans le bâtiment qui abritait les bureaux du shérif, Chloe se sentait nerveuse. Elle craignait de tomber sur Kelly Locke.

Elle se dirigea directement vers celui de McCall Crawford. Elle entra et ferma la porte derrière elle, provoquant une expression étonnée sur le visage de la shérif.

— Venez-vous me parler des avancées de votre enquête personnelle ? demanda McCall.

Chloe secoua la tête.

— J'aimerais vous mettre au courant d'une tout autre affaire. Vous l'ignorez certainement mais, au lycée, je suis sortie avec l'un de vos adjoints. Cette histoire s'est mal terminée. Lorsque j'ai rompu nos relations, il est devenu vindicatif et il a tout fait pour me pourrir la vie en terminale. Bien sûr, je m'en suis remise et je suis passée à autre chose. Malheureusement, cela n'a manifestement pas été son cas.

Elle sortit son téléphone et le tendit à la shérif.

— Ce n'est pas la première fois qu'il se montre menaçant à mon égard depuis mon retour à Whitehorse, mais hier soir il m'a arrêtée. J'avais peur alors j'ai enregistré notre conversation.

Sans un mot, la shérif écouta la séquence, et Chloe poursuivit :

— Bêtement, j'ai ensuite stoppé l'enregistrement. L'adjoint Kelly Locke a fait mine de regagner sa voiture de patrouille, mais très vite il est revenu sur ses pas pour casser l'un des feux arrière du 4x4 de ma sœur avec sa matraque. Il m'a alors conseillé de faire réparer ce phare si je ne voulais pas qu'il me verbalise une prochaine fois.

McCall fronça les sourcils.

— Votre feu arrière est-il encore cassé ?

Chloe hocha la tête.

— Avec les fêtes, j'ai du mal à trouver un garagiste disponible…

— Je me charge de cette réparation. Vous laisserez votre voiture ici. Mais si vous avez d'autres problèmes avec Locke appelez-moi immédiatement.

— Merci.

Comme Chloe se levait pour partir, la shérif Crawford ajouta :

— Faites attention à vous, Chloe. Je crois toujours que la mort de Drew Calhoun était un accident, mais parfois poser des questions peut se révéler dangereux.

Alors que Chloe repartait à pied, elle reçut un coup de fil de Justin.

— Où es-tu ? lui demanda-t-il. Ne bouge pas. Je viens te prendre, dit-il quand elle lui donna son emplacement.

Lorsque Justin s'arrêta devant les bureaux du shérif, Chloe grimpa dans son pick-up, côté passager. Elle lui parut d'une beauté à couper le souffle. Le froid avait rosi ses joues et ses yeux bleus brillaient comme jamais.

— Tout va bien ? s'enquit-il en jetant un coup d'œil vers le bâtiment d'où elle était sortie.

— Je t'en parlerai plus tard. J'aimerais d'abord te raconter ce que j'ai appris hier.

Il lui glissa un regard de biais, un regard contrarié.

— Tu avais promis de ne rien faire sans moi…

— J'ai juste barboté dans les sources thermales de Sleeping Buffalo avec la nouvelle propriétaire du journal du coin.

Tout en se fondant dans la circulation, Justin l'écouta lui parler de la rumeur concernant la réouverture de la mine.

— Drew n'avait pas l'argent nécessaire pour investir dans cette affaire, dit-il.

— Mais peut-être a-t-il cru pouvoir l'obtenir de ton

père ? répliqua Chloe. Peut-être qu'il s'y est engagé et qu'il n'a pas pu tenir ses promesses ? Apparemment, le groupe devait conclure l'affaire avant la publication d'une étude de l'Agence pour la protection de l'environnement. Cette dernière aurait exigé l'application de normes strictes qui auraient multiplié les coûts, interdisant à la concession d'être rentable. Il y avait donc beaucoup d'argent à gagner à condition de respecter les délais. Mais si, à la dernière minute, Drew est revenu sur sa position et que l'affaire est tombée à l'eau…

Justin hocha la tête

— Tu as peut-être mis le doigt sur quelque chose. Je me suis procuré les livres du ranch et j'ai découvert que mon frère avait commencé à prendre de l'argent dans les caisses, deux ans avant sa mort. J'ai vu mon père, ce matin. Il est sorti de l'unité des soins intensifs. Il m'a dit qu'il y a cinq ans Drew était aux abois et l'avait supplié de lui donner cinq cent mille dollars. Il voulait investir cette somme dans une affaire, certain qu'elle le rendrait riche. Mais mon père n'y voyait qu'une combine, voire une escroquerie.

Chloe le dévisagea, les yeux écarquillés.

— Cinq cent mille dollars ? C'est énorme ! Il s'agit sans doute de sa participation pour l'acquisition de la mine. Si ton père a refusé de lui avancer cet argent et si Drew n'a pas pu payer sa quote-part dans les délais impartis, ses associés n'ont pas dû apprécier. À cause de lui, un investissement très prometteur leur est passé sous le nez…

— Qui étaient les autres investisseurs ? lança Justin. Et comment les retrouver ?

Elle réfléchit.

— Je sais où commencer à chercher. Allons interroger Monte Decker à la banque.

*
* *

— M. Decker est en vacances, déclara le caissier à Chloe.

L'unique agence bancaire de Whitehorse était toute petite. Dans une ville où tout le monde se connaissait, l'atmosphère qui régnait dans l'établissement était décontractée. À sa connaissance, la banque n'avait jamais été cambriolée.

— Quand revient-il ? demanda Chloe.

— Je ne sais pas, mais un autre chargé de clientèle va vous…

— Merci, mais je préfère attendre son retour.

Comme Chloe s'apprêtait à s'en aller, elle vit le bureau ouvert de Monte et, à l'intérieur, quelque chose qui la glaça.

La photo encadrée qui trônait l'autre fois sur sa table de travail – de lui brandissant un gros poisson – avait disparu. Il n'y avait plus rien de personnel dans la pièce.

— J'ai l'impression que Monte a quitté définitivement la banque, dit Chloe en regagnant le pick-up de Justin. Sais-tu où il habite ?

— Autrefois, sa famille vivait près de Dobson. Il doit avoir hérité la maison de ses parents… Une bicoque à moitié en ruine, si ma mémoire est bonne. Drew disait souvent que nous avions de la chance car notre père nous léguerait un jour une exploitation rentable alors que le pauvre Monte était obligé de travailler à la banque pour gagner sa vie.

— Et Monte, qui n'était pas riche, avait en plus compris que Drew lui avait soutiré beaucoup d'argent au poker en trichant.

Justin secoua la tête.

— Quelque chose ne tournait vraiment pas rond chez mon frère. Il n'était pas à plaindre, loin de là, mais il voulait toujours plus. À mon avis, il avait souhaité faire partie du groupe d'investisseurs parce que cette mine était à ses yeux le meilleur moyen de s'enrichir sans avoir à gérer le ranch. Pour lui, diriger l'exploitation familiale était une façon de se passer une corde au cou. Il voyait dans la mine d'or l'opportunité de ramasser de l'argent sans effort et surtout sans avoir besoin d'en réclamer à mon père. D'être libre.

Il ralentit en arrivant aux portes de Dobson. La petite ville était à l'abandon. Les activités avaient périclité depuis longtemps. L'école avait fermé comme la plupart des commerces. La maison de Monte Decker se trouvait sur une route de terre qui menait à la rivière Milk. Une vieille voiture grise était garée devant la bicoque dont Justin avait gardé le souvenir.

Comme ils arrivaient, Monte sortait de chez lui, chargé de deux grosses valises. Il s'arrêta quand il les vit avant de les mettre dans le coffre de sa voiture.

— Vous allez quelque part ? demanda Justin alors que Chloe et lui s'approchaient pour lui parler.

— Je pars en vacances, répondit Monte. Et ce ne sont pas vos affaires.

Ils ne pouvaient lui interdire de quitter la ville.

— Accepteriez-vous de nous parler du groupe d'investisseurs qui comptait rouvrir la mine d'or de Zortman, il y a cinq ans ?

Elle comprit à son expression qu'elle avait touché un point sensible. Monte blêmit et se tourna vers la route comme s'il attendait quelqu'un. La shérif ? Ou quelqu'un d'autre ?

— Nous savons que mon frère était l'un des investisseurs, poursuivit Justin. Ou, du moins, qu'il s'était engagé à investir de l'argent dans cette affaire, ajouta-t-il comme s'il en était certain.

Monte claqua le hayon de son coffre.

— J'ignore de quoi vous parlez, riposta-t-il, mentant manifestement. Je dois y aller.

— Nous connaissons la vérité, dit Justin. La shérif arrive.

— Il n'y avait rien d'illégal dans cette histoire.

— L'accord minier n'avait rien d'illégal, en effet, mais un assassinat l'est toujours, contra Justin.

Monte promena un œil affolé autour de lui comme s'il cherchait par où s'enfuir. En arrivant, Justin s'était arrêté en travers du chemin, bloquant le passage de la voiture de Monte. Pour espérer s'échapper, le chargé de clientèle bancaire devrait sauter par-dessus la barrière et partir en courant.

— À cause de Drew, vous avez tout perdu, n'est-ce pas ? poursuivit Chloe. D'abord, il a triché aux cartes pour vous soutirer de l'argent et ensuite il vous a empêché de réaliser l'investissement de votre vie.

Elle vit la réponse dans les yeux de Monte. Le banquier et les autres membres du groupe avaient rêvé d'un avenir radieux… que la défection de Drew avait réduit à néant.

— Combien aviez-vous mis dans l'affaire ? s'enquit Chloe. Aviez-vous utilisé vos économies ou aviez-vous emprunté la somme à la banque ?

Elle se demanda s'il allait répondre, mais il le fit.

— Toutes mes économies y étaient passées, indiqua-t-il avec indignation. Deux cent mille dollars. C'était beaucoup pour moi, mais cela ne m'avait permis d'acheter qu'une petite part.

— Cet investissement devait vous rapporter gros, déclara Justin. Et Drew a tout gâché…

Monte semblait piégé, comme s'il avait deviné qu'il ne s'en tirerait pas.

— Nous devions avoir réuni la somme, le montant total de l'investissement, dans les délais impartis. Et il fallait faire vite. Si nous n'avions pas signé à temps, tout tomberait à l'eau, nous en étions tous conscients.

Il semblait au bord des larmes.

— Je n'étais qu'un investisseur mineur. D'autres avaient mis bien davantage et avaient donc bien plus à perdre.

— Alors, ils vous ont demandé de tuer Drew ? lança Justin.

— Non ! s'exclama Monte, paniqué. Vous avez tout faux !

De nouveau, il regarda la route. Qui attendait-il ?

— Ce n'est pas moi ! cria-t-il.

— Je vous crois, affirma Chloe, presque désolée pour lui. Mais vous savez qui l'a tué.

— Tout est fini, Monte, ajouta Justin. Celui qui l'a descendu va s'en prendre à vous, à présent, vous l'avez compris, n'est-ce pas ? Maintenant que la shérif sait qu'il s'agissait d'un meurtre, le tueur est obligé d'éliminer tous ceux qui sont susceptibles de le dénoncer… À commencer par vous…

Monte fit un pas en arrière, levant les mains comme pour repousser un terrifiant destin.

— Je n'ai rien à voir avec l'assassinat de Drew. Je jure que j'ai essayé de le dissuader d'en arriver là. Je…

Chloe n'entendit pas le coup de fusil et, horrifiée, elle vit soudain la poitrine de Monte se couvrir de sang. Comme le malheureux s'écroulait, elle prit conscience que le tueur de Drew avait définitivement réduit Monte au silence. Elle se figea, trop choquée pour bouger, pour réagir.

Justin, quant à lui, comprit tout de suite ce qui se passait. Il attrapa Chloe et la tira derrière la voiture tout en composant le numéro des secours sur son téléphone.

Puis un silence de mort tomba sur eux.

16

— Les coups de feu semblaient provenir de là-haut, dit Justin en montrant du doigt les collines qui surplombaient la maison de Monte Decker.

La shérif hocha la tête et nota quelque chose sur son calepin. Un peu à l'écart, Chloe serrait les pans de son manteau contre elle pour essayer de se réchauffer. Elle ne cessait de frissonner.

Justin lui avait mis son caban sur les épaules. Ils avaient attendu dans son pick-up l'arrivée de la shérif et du médecin légiste. La scène du crime avait été photographiée sous tous les angles, la zone fouillée avec soin. Enfin, le corps de Monte fut glissé dans une housse et transporté jusqu'au fourgon du médecin légiste.

McCall avait autorisé Chloe à rester dans l'habitacle du pick-up, mais elle s'y sentait trop enfermée. Elle avait besoin d'air même s'il faisait très froid.

McCall s'approcha :

— Ça va, Chloe ? lança-t-elle.

Justin s'entretenait avec un adjoint, un peu plus loin.

— Vous devriez vous mettre à l'abri du froid, ajouta-t-elle.

Chloe opina mais ne bougea pas.

La shérif l'observa avec attention avant de poursuivre :

— Je vous l'ai déjà demandé tout à l'heure mais, maintenant que vous avez eu le temps d'y réfléchir, je vous repose la question… Avez-vous une idée de l'identité des autres personnes qui auraient pu faire partie de cette association d'investisseurs dont vous m'avez parlé ?

Chloe secoua la tête. Lorsqu'ils étaient venus interroger Monte à ce sujet, ils n'étaient même pas sûrs que cette rumeur soit avérée. Seul son regard terrifié leur avait confirmé qu'ils avaient vu juste.

— Peut-être certains des autres hommes qui jouaient au poker avec Drew.

Chloe ignorait combien ils étaient. Ils ne devaient pas être nombreux, pensa-t-elle. Sinon, il leur aurait été difficile de garder le secret si longtemps.

— En tout cas, quelqu'un en possession de plus de deux cent mille dollars et disposé à les investir, ajouta Chloe.

— Vous ne savez donc pas à combien s'élevait la part de Drew ? s'enquit la shérif.

— D'après le père de Justin, il lui avait réclamé cinq cent mille dollars. C'était en tout cas la somme qu'il voulait emprunter en utilisant le ranch comme garantie. Bert Calhoun ignorait de quel investissement il s'agissait.

McCall hocha la tête et referma son calepin.

— Par ailleurs, Kelly Locke a été suspendu de ses fonctions sans indemnité pendant deux semaines, ajouta-t-elle.

Cette nouvelle était-elle censée la réjouir ? se demanda Chloe.

— Si vous avez d'autres problèmes avec lui…

— Vous serez la première informée, assura Chloe.

Kelly était le moindre de ses soucis, en ce moment.

— De plus, je vous conseille vivement de mettre un terme à votre enquête parallèle concernant la mort de Drew Calhoun puisqu'elle implique maintenant un homicide, poursuivit la shérif. Si j'ai d'autres questions…

— Vous savez où me trouver, dit Chloe avant de se tourner vers Justin qui avait fini de parler à l'adjoint.

Elle s'excusa auprès de la shérif et elle le rejoignit.

Passant un bras sur ses épaules, il l'étreignit contre lui et déposa un petit baiser dans ses cheveux.

— Je suis désolé de t'avoir entraînée là-dedans, murmura-t-il.

Elle recula pour mieux le regarder.

— C'est moi qui suis désolée.

— Je vais te reconduire chez toi. Peux-tu appeler tes sœurs pour t'assurer qu'elles sont bien là ? Il n'est pas question que je te laisse seule où que ce soit et j'ai encore deux ou trois choses à régler.

Chloe s'inquiétait de ce que Justin avait l'intention de faire, mais peut-être était-ce lié au ranch ou à son père. Elle était certaine que la shérif lui avait demandé à lui aussi de se tenir désormais à l'écart de l'enquête.

Il planta les yeux dans les siens.

— Tu tiens le coup ?

Chloe hocha la tête. Mais en réalité cette fusillade l'avait profondément secouée. C'était la première fois de sa vie qu'elle voyait un homme se faire descendre sous ses yeux. Elle culpabilisait, se reprochant le drame. Cela dit, elle était certaine que Monte Decker aurait été abattu, même s'ils n'étaient pas venus lui parler. Le meurtrier de Drew se doutait que Monte était le maillon faible du complot. Monte n'aurait jamais réussi à fuir, le tueur l'en aurait empêché. Chloe et Justin avaient seulement débarqué au mauvais endroit au mauvais moment.

Heureusement, ils avaient eu la possibilité de parler à Monte avant qu'il ne meure. Sinon, ils n'auraient pas vu sa terreur et ils n'auraient pas compris que leurs hypothèses étaient justes. Drew avait fait partie du petit groupe secret désireux d'acquérir la mine d'or avant l'implication de l'Agence de la protection de l'environnement.

Drew avait été le premier à se faire tuer. Maintenant, Monte. D'autres connaîtraient-ils le même sort ? Qui les avait éliminés ? Et qu'allait faire l'assassin, à présent ?

Quel qu'il soit, il ne pouvait savoir ce que Monte leur avait confié avant de mourir.

Justin attendit que Chloe soit en sécurité dans la maison de sa grand-mère, s'assura que ses sœurs y étaient. Rassuré, il la laissa. Il avait deux petites haltes à faire avant de retourner voir son père à l'hôpital. Lorsqu'il appela la maison de Nici, sa sœur lui apprit qu'elle effectuait des travaux d'intérêt général au foyer pour personnes âgées.

Il s'y rendit et demanda à lui parler.

— Je suis si heureuse de te voir, dit-elle en le rejoignant. Fais-moi sortir d'ici, je t'en prie.

— As-tu fini ta journée ? s'enquit-il.

— Presque.

Elle sollicita l'autorisation de partir auprès de sa responsable. Celle-ci la lui accorda mais lui rappela qu'elle devait revenir le lendemain et être à l'heure.

Un grand sourire éclairait le visage de Nici tandis qu'ils quittaient le centre.

— Comment savais-tu que j'avais tant besoin de voir un visage amical ?

— Peut-être pas si amical, répondit Justin alors qu'ils montaient dans son pick-up. Il est arrivé quelque chose. Monte Decker a été abattu devant chez lui, cet après-midi.

— Monte était l'un des amis de Drew, il jouait au poker avec lui, dit Nici.

— Tout va sortir maintenant, poursuivit Justin. J'ai décidé de raconter la vérité à la shérif à propos de cette nuit, Nici…

— Je t'ai déjà dit que je n'avais pas tué Drew.

— Mais tu étais là, répliqua Justin, soutenant son regard. Si tu avais croisé l'assassin de Drew…

Elle secoua la tête et détourna les yeux.

Il jura dans sa barbe.

— Bon sang, Nici, cette histoire devient de plus en plus dangereuse. Si tu as vu le meurtrier, pourquoi ne me le dis-tu pas ?

Comme elle ouvrait sa portière et s'apprêtait à sortir, Justin la rattrapa par le bras.

— Tu as peur, Nici. Et tu as de bonnes raisons d'avoir peur. Si le tueur se doute que tu étais là-bas, ce soir-là... Certes, tu as gardé le silence jusqu'ici, mais il ne va pas prendre le risque que tu parles, maintenant.

— Cesse de me harceler. Je n'ai pas tué Drew. Et je n'ai rien vu, je te l'ai déjà dit.

Se dégageant de son emprise, elle sauta à terre et s'écarta de quelques pas.

Justin soupira.

— Je vais tout raconter à la shérif, Nici, répéta-t-il. J'aurais dû le faire cette nuit-là.

Elle hocha la tête et sourit.

— Merci d'avoir essayé de me protéger, Justin. Tu es un véritable ami.

Elle s'éloigna à grands pas, les mains enfouies dans les poches de son manteau.

Avec un juron, Justin la suivit des yeux avant de se rendre chez la shérif. Après l'avoir introduit dans son bureau, McCall l'invita à s'asseoir.

— Je ne vous prendrai pas beaucoup de votre temps, dit-il en tournant son stetson entre ses doigts. La nuit où mon frère a été tué, Nici, Nicole Kent, se trouvait au ranch. Je l'ai vue partir quelques instants après avoir entendu les coups de feu. Elle était garée plus haut, dans la colline. J'ai reconnu son véhicule au moment où elle s'en allait.

— Pourquoi ne pas me l'avoir dit, il y a cinq ans ? demanda la shérif.

— Parce que Nici avait déjà eu des problèmes avec la justice et qu'elle est une amie. De plus, je ne crois pas qu'elle l'ait tué. Par contre, j'ai bien peur qu'elle n'ait vu le meurtrier.

McCall poussa un gémissement.

— Et ne s'est-elle pas manifestée à l'époque ?

— Il y a une raison à son silence, j'en suis certain. Malheureusement, je ne la connais pas. Et je m'inquiète pour elle, vu ce qui s'est passé et ce que nous savons maintenant.

Il se leva.

— Je l'ai prévenue que j'avais l'intention de vous en parler.

La shérif grimaça

— En l'en informant, vous lui avez donné une longueur d'avance si elle a décidé de prendre la fuite…

— J'en suis désolé, dit-il. Mais Nici a besoin d'un ami en ce moment… plus que jamais.

— J'avais un mauvais pressentiment, je sentais que cette histoire allait mal finir, dit TJ alors que les trois sœurs entraient dans la cuisine.

Pendant que Chloe leur racontait ce qui s'était passé, Annabelle leur prépara un café. Elle posa sur la table une assiette de cookies.

Chloe sucra sa boisson avant de conclure :

— Monte savait qui avait tué Drew. Si nous avions eu un peu plus de temps pour l'interroger avant qu'il ne se fasse descendre…

— L'assassin ignore donc si Monte vous a révélé son nom, dit Annabelle. Il pourrait donc chercher à faire taire Chloe, à présent, non ? ajouta-t-elle en se tournant vers TJ.

— Nous ne sommes pas dans l'un de mes romans, répliqua sa sœur. Mais c'est en effet une possibilité. Qu'en pense Justin ?

Chloe haussa les épaules.

— Lorsque la shérif et le médecin légiste ont quitté la scène du crime, il m'a reconduite à la maison. Nous n'en avons pas beaucoup parlé.

En vérité, elle avait deviné que Justin avait une idée

derrière la tête. Pourquoi avait-elle l'intuition qu'il savait quelque chose – et ce, depuis le début – dont il ne lui avait pas soufflé mot ?

— J'espère que cet épisode marque la fin de ton enquête parallèle, dit TJ.

— La shérif m'a en effet ordonné de cesser mes investigations, mais de toute façon je n'avais aucune envie de les poursuivre. Si vous aviez vu... C'était horrible. Si Justin ne m'avait pas tirée derrière le véhicule de Monte...

Chloe posa les mains autour de sa tasse de café. Elle se sentait glacée, elle avait besoin de chaleur.

— Tu n'as donc aucune idée de l'identité des autres investisseurs ? s'enquit TJ.

Elle secoua la tête.

— Quels qu'ils soient, ils avaient dû réunir chacun une belle somme d'argent pour pouvoir participer à l'opération. Monte nous a dit qu'il avait mis deux cent mille dollars au pot et qu'il était l'un des plus petits investisseurs. Le père de Justin lui a confié que Drew lui avait réclamé cinq cent mille dollars.

— S'ils étaient cinq ou six investisseurs, ils étaient à la tête d'un fond de plusieurs millions, conclut TJ.

— Qui détient de telles sommes d'argent à Whitehorse ? demanda Annabelle.

TJ croisa le regard de Chloe.

— Il faut suivre l'argent, dirent-elles à l'unisson.

La sonnerie du téléphone de Chloe retentit. C'était Justin.

— Je dois passer voir mon père à l'hôpital, dit-il. Tu veux venir avec moi ?

— Euh... Crois-tu vraiment que ce soit une bonne idée ?

— J'adore ta compagnie et la visite d'une jolie jeune femme ne peut que lui faire du bien, assura Justin.

— Alors, d'accord. Je serai ravie de le rencontrer.
— J'ai encore quelque chose à faire et j'arrive.

Il sentait le piège se refermer sur lui, mais il s'efforçait de rester calme. Il se revit, au sommet de la colline surplombant le ranch de Decker, son fusil à l'épaule. Allongé sur le ventre, le doigt sur la gâchette, il avait attendu, guettant le bon moment. Il ne devait pas le rater. Il lui fallait le tuer dès la première balle parce qu'il n'aurait pas forcément la possibilité d'en tirer une autre.

Chasseur passionné, il avait appris à se servir d'une arme alors qu'il n'avait pas sept ans. Enfant, il avait passé des heures au ranch à cribler de plombs des boîtes de conserve. Le tir avait toujours été un jeu pour lui, un défi.

Monte avait eu de la chance. La première balle l'avait atteint en plein cœur.

Grâce à la lunette de son fusil, il avait constaté qu'il ne bougeait pas. Il ne bougerait plus jamais. L'imbécile avait tenté de s'enfuir. Pourtant, il avait essayé de l'en dissuader.

« Tout est sous contrôle, avait-il dit au banquier. En fuyant, vous vous désignez vous-même comme coupable. »

En mesurant à quel point Monte était nerveux et angoissé, il avait compris qu'il devait l'éliminer. Tôt ou tard, Monte parlerait. Il ne serait pas capable de tenir sa langue. Il avait trop peur.

Il ne se considérait pas comme un tueur. Sortir Monte du jeu était un peu comme abattre un chien enragé. Même si vous aimez votre animal, vous devez l'empêcher de nuire. C'est ce qu'il éprouvait pour Monte.

Malheureusement, Justin Calhoun et cette journaliste avançaient trop vite dans leur enquête. Il n'avait aucun moyen de deviner ce que Monte leur avait dit avant de mourir – et c'était un problème qu'il lui faudrait aussi régler. Si la shérif se présentait à sa porte, il saurait que Monte l'avait dénoncé. Sinon, il n'avait plus rien à craindre. À moins que Justin et Chloe ne continuent leurs investigations.

Tout était la faute de Drew, pensa-t-il tout en nettoyant son fusil. Ils n'auraient jamais dû laisser ce fils à papa entrer dans la combine. Mais, une fois qu'il avait eu vent de l'affaire, Drew avait fait des pieds et des mains pour participer à l'opération. S'il avait trouvé l'argent comme il l'avait assuré, rien de tout cela ne serait arrivé. Drew était seul responsable de tout.

Il avait toujours su qu'ils ne pouvaient pas lui faire confiance et à l'époque il s'était opposé à sa venue. Mais pour aboutir ils avaient besoin d'un partenaire de taille, d'argent, et Drew s'était engagé à apporter la somme dans les temps.

Il se remémora la nuit où il était allé au ranch Calhoun pour récupérer la part de Drew. Ils étaient tout près de conclure l'affaire, ils y croyaient tous. Pour la première fois de sa vie, il s'était senti à un tournant. Désormais, il serait libre, il pourrait faire tout ce qu'il voulait. Il était tellement sûr qu'il allait y arriver et comme, de tout le groupe, il avait été celui qui avait le plus investi, il espérait aussi en tirer le plus de bénéfices.

Dès qu'il avait vu le visage de Drew ce soir-là, il avait compris que ce minable n'avait pas l'argent. Il avait refusé d'écouter ses excuses. Il était fou de rage. Drew voulait qu'il s'assoie pour en parler. À quoi bon ? Pourquoi avaient-ils imaginé pouvoir faire confiance à ce pauvre type ?

« Prenez un verre, avait insisté Drew. Nous allons trouver une solution. Nous allons surmonter cette déception. Ce n'est pas la fin du monde… »

Il avait vu tous ses rêves partir en fumée à cause de ce fils à papa trop minable…

Drew avait son pistolet à portée de main. Rien d'étonnant. Il n'était pas stupide. Il devait se douter qu'il les avait mis dans la panade et qu'il était maintenant dans de sales draps. Il ne mesurait pas à quel point il avait raison.

Il avait atteint l'arme avant Drew. Sans réfléchir, d'instinct, il l'avait saisie et il avait tiré à bout portant dans sa poitrine. Puis il avait jeté le pistolet sur ses genoux, certain que Drew allait aussitôt succomber à ses blessures.

Pourtant, comme il se dirigeait vers la porte, une balle avait sifflé à ses oreilles mais elle avait fini sa course dans le mur.

Il ne s'était même pas retourné. Il avait continué à marcher, tellement en colère que, s'il était revenu sur ses pas, sans doute aurait-il vidé le chargeur sur le cadavre de Drew. Mais il s'était maîtrisé et avait recouvré son sang-froid habituel.

Ce soir-là, il s'était garé à bonne distance. Malheureusement, quelqu'un l'avait vu. À ce moment-là, il ne s'en était pas inquiété. Personne ne croirait Nici si elle se rendait aux autorités pour témoigner. Mais de toute façon elle ne le ferait pas. Elle détestait la police, la justice et tous ceux qui les servaient. Autant que lui.

Lorsque la mort de Drew Calhoun avait été jugée accidentelle et l'affaire classée sans suite, il s'était détendu. Il avait eu l'impression que la justice avait vraiment été rendue, même s'il devait abandonner son rêve d'être riche et libre. Il pensait que toute cette histoire était derrière lui. À part Nici Kent, la seule personne à savoir était le banquier – et ce dernier était le seul à perturber son sommeil. Monte Decker était un homme qui craquerait sous la pression.

Mais après cinq ans il avait recommencé à respirer, persuadé qu'il n'avait plus de raison de s'inquiéter.

Jusqu'au jour où Chloe Clementine avait décidé d'enquêter sur la mort de Drew, entraînant Justin dans son sillage. Monte était vite devenu nerveux.

Il finit de nettoyer le fusil et le remit à sa place dans

son coffre-fort. Avant d'en fermer la porte, il sortit un pistolet. Son travail n'était pas terminé, mais il espérait qu'il n'aurait pas à utiliser son arme. Il avait un autre plan en tête, moins compliqué.

Justin se sentait nerveux. Mais après avoir été pris pour cible quelques heures plus tôt, sa réaction n'avait sans doute rien de surprenant. Le tueur avait réussi à empêcher Monte de leur livrer son nom. Et à présent, il appartenait à la shérif de démasquer le coupable. Pour sa part, il avait fini d'enquêter, se dit-il. Et Chloe aussi, il l'espérait, même s'il ne le lui avait pas encore mis les points sur les *i*, pensa-t-il avec un juron.

Ces derniers jours, il en était venu à bien la connaître et pourtant… ils ne s'étaient même pas embrassés. Oh ! il y avait pensé à de nombreuses reprises mais, chaque fois, le moment ne lui avait pas paru opportun. Il craignait que la magie ne soit pas au rendez-vous. Ils n'avaient échangé qu'un simple baiser des années auparavant. Et s'ils se trompaient tous les deux ?

Le bal masqué de la Saint-Sylvestre se tiendrait dans moins de quarante-huit heures. Ce serait l'occasion idéale de vérifier le degré de leur alchimie. Peut-être que d'ici là la shérif aurait réussi à mettre le meurtrier de Drew et de Monte derrière les barreaux. Plus rien ne retiendrait alors Justin.

La simple idée d'embrasser Chloe le torturait de désir. Dès qu'il la prendrait dans ses bras pour s'élancer sur la piste de danse…

Il descendit la rue jusqu'à la maison que Nici partageait avec ses sœurs. La shérif l'avait sans doute déjà interrogée, maintenant. Ou peut-être pas. Si McCall avait raison, Nici avait pris la tangente. Si elle avait quitté Whitehorse, Justin aurait la preuve que, contrairement à ce qu'elle avait prétendu, elle savait qui était le tueur.

Il s'avança jusqu'à la porte et actionna la sonnette. Comme il n'entendit rien, il frappa le battant du poing. Un des sœurs de Nici finit par lui ouvrir, un bébé en pleurs dans ses bras, l'air pressée.

— Nici est-elle…

— Elle est partie et sans avoir payé sa part de loyer, dit-elle amèrement. Si elle vous doit de l'argent, bonne chance.

Elle referma la porte. Il l'entendit crier au bambin de se taire.

Avec un juron, Justin regagna son pick-up et se réinstalla au volant. La shérif ne s'était pas trompée. Nici s'était enfuie.

Bert allait mieux et ne cessait de harceler les infirmières et les médecins pour obtenir l'autorisation de quitter l'hôpital. Quand Justin arriva, il fut plus que content de le voir. Mais il se rendit compte avec surprise que son fils n'était pas seul.

— Qui est cette jeune femme qui t'accompagne ? lança-t-il alors qu'une blonde aux yeux bleus entrait à sa suite dans la chambre.

— Papa, laisse-moi te présenter Chloe. Chloe Clementine.

La dénommée Chloe lui tendit la main.

— Je suis très honorée de vous rencontrer, monsieur.

Il lui serra la main avec un petit rire.

— Très honorée ? On voit que vous ne me connaissez pas.

Jetant un coup d'œil à son fils, il vit l'expression peinte sur son visage.

Ce garçon est amoureux, comprit-il. *Il a des étoiles plein les yeux.*

— Depuis combien de temps êtes-vous ensemble ? demanda Bert.

— Chloe et moi, nous nous connaissons depuis le lycée, mais nous venons tout juste de nous retrouver, répondit Justin en se tournant vers la jeune femme. Je ne l'ai jamais oubliée.

Bert hocha la tête. Au moins son fils était-il sérieux.

— Chloe est journaliste, poursuivit Justin.

— Ou, plutôt, je l'étais jusqu'à récemment. J'ai été licenciée. J'ignore encore ce que je vais faire ensuite, dit-elle.

Bert savait reconnaître l'amour quand il le voyait. Il se souvenait de la façon dont il dévorait Mary des yeux et de la manière dont son regard à elle s'éclairait dès qu'il apparaissait. Il sut tout de suite que Mary aurait aimé cette jeune femme. La gorge serrée, il regretta qu'elle ne soit plus là pour voir leur fils heureux. Elle aurait été aux anges.

— C'est un plaisir de vous rencontrer, déclara Bert, prouvant qu'il avait toujours des manières. J'espère que nous aurons bientôt l'occasion de faire plus ample connaissance. À ce sujet, Justin, il y a quelque chose que je dois te demander de faire pour moi.

— Je vous laisse discuter tranquillement, tous les deux, prévint Chloe. J'ai été contente de faire votre connaissance, monsieur Calhoun.

— Bert, appelez-moi Bert, s'il vous plaît.

Aurait-il la possibilité de voir ses petits-enfants courir dans le ranch ? Ce n'était pas le rêve qu'il nourrissait autrefois. Mais il avait dû renoncer à ce dernier. Maintenant, il semblait y en avoir un nouveau. Était-il prêt à l'accepter ?

— Je serai dans la salle d'attente, dit la jeune femme à son fils avant de quitter la pièce.

— Ferme la porte et assieds-toi, Justin, ordonna Bert en désignant la chaise à côté de son lit. J'ai besoin de toi pour convaincre le médecin de me laisser rentrer à la maison. Si tu lui dis que tu seras là et que je serai certainement mieux chez moi, il…

Il s'interrompit comme s'il prenait soudain conscience de quelque chose.

— Mais tu es venu ici pour une raison bien précise, n'est-ce pas ? Et pas uniquement pour me présenter ton amie. Que s'est-il passé ?

Justin tira la chaise à côté du lit.

— Je dois te l'annoncer parce que tu en entendras forcément parler. Mais je ne veux pas que tu t'énerves.

Bert hocha la tête tout en se rallongeant entre les oreillers. Son seul espoir de sortir de cet hôpital était d'apprendre à maîtriser sa colère, le médecin le lui avait dit. Et pourtant il avait très envie de secouer son fils pour qu'il crache le morceau sans attendre. Il n'avait jamais eu de patience, et les années n'avaient fait qu'aggraver la situation.

— Monte Decker, le banquier, a été assassiné.

— Au cours d'un hold-up ?

Justin secoua la tête.

— Chloe et moi enquêtions sur la mort de Drew. Nous sommes allés chez lui après avoir découvert qu'il avait pris ce qui semblait être un congé pour une durée indéterminée.

— Monte ? Si tu veux me faire croire qu'il a avoué avoir tué Drew et qu'il s'est ensuite suicidé…

— Il a avoué, mais pas le meurtre de Drew. Puis il a été abattu. Apparemment, le tireur était posté dans les collines au-dessus de chez lui.

Bert en resta bouche bée.

— Quelqu'un lui a tiré dessus ? balbutia-t-il enfin.

Son fils acquiesça.

— Il est mort avant l'arrivée de la shérif.

— Et tu craignais que cette nouvelle ne me provoque une autre crise cardiaque ?

— Non, dit Justin. C'est ce que Monte a dit avant de

mourir qui risque de te remuer. Tu m'avais raconté que Drew t'avait demandé une grosse somme d'argent…

— Cinq cent mille dollars ! À croire qu'il pensait que les billets de banque poussaient dans les arbres…

— J'ai découvert qu'il y a cinq ans plusieurs types s'étaient associés pour essayer d'acheter une mine d'or dans les Little Rockies. Il leur fallait l'acquérir avant l'entrée en vigueur des nouvelles normes imposées par l'Agence de protection de l'environnement. S'ils avaient réussi leur coup, ils auraient gagné beaucoup d'argent ou du moins le croyaient-ils. Drew était l'un de ces investisseurs. Pour aboutir, ils devaient tous apporter leur quote-part dans les délais impartis. La défection d'un seul aurait suffi à compromettre leur projet…

Bert ferma les paupières. Il revoyait Drew presque à genoux, le suppliant de lui remettre cette somme. D'aller à la banque et de parler à Monte. À l'entendre, Bert n'avait qu'à signer quelques papiers, offrir le ranch en garantie et confier à son fils aîné un demi-million de dollars… qu'il aurait investi dans une combine à la limite de l'escroquerie.

— Ça va, papa ? fit Justin.

Il s'était levé et se tenait juste à côté du lit.

— Veux-tu que j'appelle le médecin ?

Bert entendait les machines réagir. Son rythme cardiaque s'accélérait. S'il avait donné cet argent à Drew…

— Inutile de le déranger, répondit-il en ouvrant les yeux. Je vais bien.

Il mentait. Il avait le cœur brisé.

Il avait tué son fils.

— Ton amie et toi pouvez cesser de chercher l'assassin de Drew, poursuivit-il, surpris par son calme. Nous savons maintenant qui l'a tué. C'est moi.

— Non, papa, ce n'est pas vrai. Tu le connaissais. Si tu lui avais remis la somme qu'il te réclamait, il l'aurait jouée et il l'aurait perdue. Il aurait fait échouer l'affaire d'une autre façon, et ces milliers de dollars auraient disparu.

— Et ton frère serait revenu m'en demander davantage, dit Bert en hochant la tête.

Il le savait, mais pour l'instant rien de tout cela ne l'aidait. En ce moment, il mesurait les conséquences de son refus, il aurait voulu réécrire l'histoire, changer le cours du destin.

— Je dois me reposer maintenant, dit-il en tapotant la main de Justin posée sur le bord du lit. Plus tard, tu parleras au médecin, n'est-ce pas ? Et j'espère bien que tu reviendras vivre au ranch. Pas pour t'occuper de moi. Mais cette terre est celle de tes ancêtres, et un jour tu en hériteras.

Justin hocha la tête, les yeux brillants.

— Repose-toi, papa. Je reviendrai te chercher.

— J'aime bien cette jeune femme, ajouta Bert. Ta mère l'aurait aimée aussi.

Justin chercha le médecin de son père dans tout l'hôpital pour lui demander si Bert pourrait bientôt sortir.

— Il donne beaucoup de fil à retordre aux infirmières, et nous serons soulagés de le voir partir, dit le médecin sur le ton de la plaisanterie.

— C'est mon père. Je suis désolé.

Le médecin sourit.

— Il m'a dit que vous alliez vivre avec lui. Je vous conseille d'engager également une aide-soignante pour être en permanence à ses côtés, à moins que vous ne prévoyiez d'être là au moins vingt-quatre heures par jour, sept jours par semaine.

Il remit à Justin une liste de noms et de numéros.

— Chacune de ces personnes est capable de s'occuper de lui.

— Alors, quand aura-t-il l'autorisation de partir ?

— Demain matin, en principe.

Justin hocha la tête en parcourant le papier des yeux.

— Je vais les contacter. Je voudrais tout mettre en place avant de le ramener à la maison.

— Bonne idée. Et bonne chance.

— J'en aurai besoin jusqu'à ce que mon père puisse de nouveau travailler au ranch, dit-il.

— Il ne doit pas en faire trop, mais je sais qu'il n'écoutera pas ce conseil. L'essentiel, en réalité, est qu'il apprenne à se calmer.

Justin n'imaginait pas Bert Calhoun changer de caractère, mais peut-être le surprendrait-il. Il remonta le couloir pour annoncer à son père la bonne nouvelle.

— Pas avant demain matin ? grommela Bert. Que vais-je faire en attendant ?

— Te reposer. Je vais aussi embaucher une aide-soignante qui vivra au ranch pendant un moment. Le médecin l'a exigé, dit-il pour empêcher son père de protester. Je serai là aussi, mais pas tout le temps.

— Et cette jeune femme que tu as amenée, poursuivit son père en fronçant les sourcils.

— Elle s'appelle Chloe, Chloe Clementine.

— Dis-lui qu'elle est la bienvenue chez moi.

— Chloe est journaliste. Pas infirmière.

Son père sourit.

— Que vas-tu imaginer, mon garçon ? Je ne lui demande pas de venir me soigner. Mais voilà longtemps qu'une femme n'a pas vécu au ranch. Il serait peut-être temps d'y remédier.

Justin hocha la tête avec une grimace gênée.

— Peut-être. On verra. À demain, papa.

Il retrouva Chloe dans le couloir, bavardant avec une amie qui travaillait à l'hôpital. En partant, Justin était la proie d'émotions contradictoires. Son père voulait qu'il revienne vivre au ranch. Il avait longtemps rêvé du jour où Bert Calhoun le lui proposerait. Il avait cru que cela n'arriverait jamais. Il en était touché et en même temps…

Il était surtout soulagé qu'il ait bien pris ce qu'il lui avait dit à propos de Drew.

— Je suis content d'avoir rencontré ton père, dit Chloe alors qu'il roulait vers la maison des Clementine.

Il lui sourit.

— Tu lui as plu. Et il m'a dit que ma mère t'aurait aimée aussi.

— C'est gentil.

— Et moi aussi, tu me plais, ajouta-t-il en lui glissant un regard de biais.

Elle sourit.

— C'est réciproque.

— J'ai hâte d'être au bal masqué.

Il avait décidé de l'embrasser le soir du réveillon, de patienter jusque-là. Mais maintenant il n'était pas sûr d'arriver à tenir.

— Moi aussi, dit-elle. Je voulais te dire qu'avant que tu m'appelles, mes sœurs et moi discutions de l'« affaire ». Nous avons dressé une liste de suspects.

Justin hésita à lui rappeler que leur enquête parallèle était terminée, qu'il serait trop dangereux de la poursuivre, mais il n'en eut pas le cœur. Et pourquoi ne pas jeter un œil à ce que Chloe et ses sœurs avaient trouvé ? Un tueur vivait dans le coin. S'il y avait un moyen de le démasquer avant qu'il ne tue encore… Il ne voulait pas que Chloe recommence à risquer sa vie.

— Il faut suivre l'argent, déclara Chloe alors qu'elle entrait avec Justin dans la maison.

TJ et Annabelle avaient laissé un mot. Elles passaient toutes deux la soirée avec leurs fiancés, laissant Chloe et Justin seuls.

Chloe mit de la musique, se servit un verre de vin et lui ouvrit une bière avant de le rejoindre sur le canapé du salon. Elle sentait une tension sexuelle entre eux et elle se demanda si Justin la percevait aussi. Il semblait nerveux comme un lycéen craignant le retour inopiné de ses parents.

Quand leurs regards se croisèrent et ne se quittèrent plus, une douce chaleur se propagea au creux de son ventre. Ils étaient devenus si proches. Justin avait-il autant peur qu'elle d'être déçu s'ils allaient plus loin ?

Comme s'il avait besoin de diversion, il reprit :

— Alors, voyons cette liste de suspects que tu as dressée avec tes sœurs.

— Parmi les personnes que Drew connaissait ou avec qui il traînait, qui avait de l'argent à investir ? demanda-t-elle alors que Justin sirotait sa bière.

— Ses copains de poker mais aussi son meilleur ami, CJ Hanson, répondit Justin en parcourant la liste qu'elles avaient écrite. Son grand-père lui avait légué une fortune, et CJ n'est pas bête au point de l'avoir dilapidée. Je ne serais pas surpris qu'il l'ait investie dans l'affaire.

Chloe ajouta son nom à la liste.

— Drew jouait régulièrement au poker avec Pete Ferris, Al Duncan et Monte Decker. D'autres personnes auraient pu avoir de l'argent et envie de faire partie du groupe d'investisseurs, mais ils n'évoluaient pas dans les mêmes cercles que Drew. Nous ne les avons donc pas retenues.

Justin opina.

— Tu peux rayer Al Duncan de la liste. Il n'aurait jamais pu réunir une telle somme. Par contre, ces trois hommes n'étaient pas les seuls à taper le carton avec Drew. CJ Hanson, son meilleur ami, jouait occasionnellement avec lui, mais il savait probablement que Drew trichait et il faisait attention à ne pas le laisser trop souvent gagner. Blaine Simpson participait également à ces parties de cartes ainsi que notre ancien régisseur de ranch, Thane Zimmerman.

— Blaine ? s'exclama Chloe, étonnée.

— C'était avant de découvrir que Drew essayait de lui voler sa femme.

Il étudia de nouveau la liste.

— Attends, il y en avait encore un autre. Ton vieux copain Kelly Locke. Il était plus jeune que le reste de la bande, alors ils l'ont probablement plumé.

— Je l'espère. Et, si tu cherches un tueur, je vote pour l'adjoint Kelly Locke, actuellement suspendu de ses fonctions.

Justin hocha la tête, les mâchoires serrées.

— Il semble en effet avoir le profil, mais pour ma part je miserais plutôt sur Thane Zimmerman. Je ne te l'ai pas encore dit, mais j'ai découvert qu'il se servait dans la caisse du ranch depuis des années, profitant de l'état de faiblesse de mon père. Je l'ai viré. Cela dit, même s'il volait le ranch, j'ai du mal à imaginer Thane disposant d'une telle somme d'argent à investir.

— Je doute que Locke en ait eu les moyens, lui aussi. Mais peut-être avait-il hérité d'un oncle millionnaire sans que nous le sachions, dit-elle.

Justin le mit sur la liste.

— Nous avons beaucoup de suspects mais aucune preuve. Si tous ceux qui figuraient sur la liste avaient un demi-million à mettre au pot, à l'exception de Monte qui ne disposait que de deux cent mille dollars, ils auraient réuni un total de près de quatre millions de dollars. Si la défection d'un membre à la dernière minute avait suffi à mettre fin à la transaction, cela signifie qu'ils n'avaient aucune marge de manœuvre.

Lorsque le sujet fut épuisé, Chloe demanda :

— As-tu appris à ton père ce que nous avions découvert ? Comment l'a-t-il pris ?

Justin sourit et secoua la tête.

— Mieux que ce que je ne le craignais. Il a hâte de sortir de l'hôpital. Il aimerait que je revienne vivre au ranch.

Elle sirota une gorgée de vin.

— Et toi ? Cela te plairait-il ?

— Ma place est là-bas, mais je ne suis pas sûr d'être prêt à y vivre de nouveau. Nous verrons.

Il prit la liste puis la posa de nouveau, plantant son regard dans le sien.

— Je dois y aller. J'ai un bal costumé demain et toujours pas de déguisement. Cela dit, la mère de Dawson m'a promis de m'aider à trouver une solution.

Elle sourit en posant son verre et se leva avec lui.

— Willie ? J'ai hâte de voir à quoi elle a pensé pour toi.

En riant, il se dirigea vers la porte, enfila son manteau et ses bottes, puis s'empara de son stetson pour l'enfoncer sur sa tête.

Son sourire s'estompa soudain.

— Es-tu sûre que tu ne risques rien, toute seule ici ?

Elle se tourna vers l'horloge sur le mur.

— Mes sœurs ne devraient plus tarder. Je verrouillerai la porte derrière toi. Ça ira.

Justin avait toujours l'air réticent à partir, et elle se demanda si savoir un tueur en liberté en était la cause ou s'il fallait chercher celle-ci dans cette vieille alchimie qui provoquait tant d'étincelles entre eux. Ils n'étaient plus des adolescents. Ils avaient faim de davantage qu'un baiser.

— Sans doute ne faut-il pas trop espérer que la shérif démasque le meurtrier de Drew et de Monte avant le nouvel an, dit-il. Si elle n'y parvient pas, nous danserons sans doute sans le savoir près d'un assassin.

Dans l'hypothèse où le tueur de Drew et de Monte ne s'en prendrait pas à quelqu'un d'autre d'ici là. C'était ce qui inquiétait Justin, elle le savait.

Comme elle lui ouvrait la porte, les sœurs de Chloe arrivèrent et elle vit Justin se détendre.

— À plus tard ? dit-il

Elle hocha la tête avec un grand sourire.

17

Chloe se rappela qu'elle devait absolument se trouver un déguisement pour le bal costumé. Elle se promit de faire les magasins le lendemain, dans la matinée.

Fatiguée par une journée éprouvante, elle monta tôt dans sa chambre, prit une douche et se coucha avec le dernier roman de TJ.

Elle arrivait au chapitre le plus effrayant quand Justin l'appela.

— J'espère que je ne te réveille pas, dit-il.

Elle posa son livre et s'allongea sur son lit.

— Pas du tout. J'étais en train de lire l'un des thrillers de ma sœur et j'en étais au moment le plus horrible. Alors je suis contente que tu m'aies appelée.

— Tu as peur d'un livre, mais tu ne crains pas d'entendre des balles voler autour de toi ? s'étonna-t-il en riant.

Chloe aimait la sensation d'intimité créée par le fait de se parler tard dans la nuit au téléphone. Ils s'exprimaient à voix douce et basse. Elle avait l'impression que Justin était étendu près d'elle sur le lit.

— J'ai eu très peur pendant la fusillade.

— Et maintenant tu te sens comment ?

— Merveilleusement bien. Le son de ta voix a cet effet sur moi.

Cela le fit rire.

— Tu ne mesures pas à quel point il m'a été difficile

de ne pas te prendre dans mes bras pour t'embrasser comme un fou, tout à l'heure.

Le cœur de Chloe s'accéléra dans sa poitrine. C'était un autre avantage des conversations nocturnes au téléphone. Il était plus facile d'aborder les sujets délicats.

— Pourquoi ne l'as-tu pas fait ?

— Tu vas trouver cela stupide, j'en suis sûr, mais j'ai envie de t'embrasser au bal masqué de la Saint-Sylvestre… À mes yeux, ce sera plus… romantique.

En souriant, elle répondit :

— Je suis contente de l'entendre. As-tu peur d'être déçu ?

— Je ne le serai pas, j'en suis certain. Aucune chance. Chaque fois que je suis près de toi, je sens un courant violent me traverser. Chaque fois que je te regarde, je crains que mon cœur n'explose dans ma poitrine.

Elle se mit à rire.

— Tu provoques les mêmes réactions chez moi.

Il resta quelques instants silencieux.

— Je voulais aussi prendre le temps, faire les choses bien. Avant toi, j'ai souvent précipité les événements avec les femmes et je n'ai réussi qu'à tout gâcher. Je n'ai pas envie qu'il se passe la même chose avec toi.

Elle pressa plus fort le téléphone contre son oreille.

— J'en suis heureuse.

— Je vais te laisser dormir. Demain matin, j'irai chercher mon père à l'hôpital pour le ramener à la maison. J'ai engagé une infirmière qui emménagera au ranch pour plusieurs semaines. Ensuite, je l'accompagnerai faire le tour du domaine pour voir avec lui ce qu'il faut faire. À un moment donné, je devrai aussi m'occuper d'engager un nouveau régisseur.

— Tu as beaucoup à faire, en ce moment. Si je peux t'aider…

— Tu le peux ! Commencer la nouvelle année avec

toi dans mes bras me donnera l'énergie nécessaire pour tout affronter.

— Compte sur moi.

— Ça va aller, demain ?

— Ça ira, assura-t-elle. Nous avons raconté à la police tout ce que nous savions. Le tueur n'a aucune raison de s'en prendre à nous.

— Je n'en mettrais pas ma main au feu, répondit-il. Il était bien tranquille et à cause de notre enquête il ne l'est plus. Il a peut-être envie de nous le faire payer.

— À mon avis, il cherche plus à dissimuler son implication dans les meurtres qu'il a commis qu'à nous faire regretter nos investigations.

Justin était d'accord.

— Il a réussi à s'en tirer avec le meurtre de Drew pendant cinq ans, dit-il. Ce qui prouve qu'il n'est pas stupide. Et il serait stupide de sa part de s'attaquer à nous, maintenant.

— Exactement. En tout cas, moi aussi j'ai à faire demain. Je dois me dénicher un costume pour le bal masqué, pour commencer.

— Trouve-toi quelque chose de sexy.

Elle sourit.

— Nous verrons.

Chloe mourait d'envie d'être dans les bras de Justin en ce moment, sous une couette épaisse. Et de l'embrasser. Elle était contente qu'il ait du mal à attendre la soirée du réveillon.

Une petite voix lui soufflait que la magie serait toujours là – plus puissante encore qu'autrefois parce qu'ils luttaient depuis des jours contre le désir qu'ils avaient l'un de l'autre.

— Je n'ai même pas eu le temps de penser à mon déguisement ni à une tenue pour le double mariage du lendemain. Veux-tu m'accompagner ?

— Avec plaisir.

Ils se turent tous les deux jusqu'à ce que Justin ne brise finalement le silence.

— Dors bien, Chloe. Tu seras dans mes rêves.

— Tu seras toi aussi dans les miens, n'en doute pas.

Après avoir raccroché, elle sourit dans le noir. Elle était de nouveau amoureuse de Justin T. Calhoun, et ils ne s'étaient même pas encore embrassés.

Elle reprit le livre de TJ mais le mit rapidement de côté. Au lieu de quoi, elle resta allongée sur le lit en regardant le plafond et en songeant au beau cow-boy qu'elle aimait. Le seul fait de penser à lui faisait battre son cœur plus vite. Le son de sa voix au téléphone ce soir l'avait réchauffée. Elle ne s'était pas sentie troublée à ce point depuis très longtemps.

Il s'interrogeait souvent sur les gens. Que certaines personnes se croient plus intelligentes que lui le stupéfiait. Il secoua la tête tout en traversant la ville au volant de son pick-up. Dès qu'il avait compris que Nici avait pris la poudre d'escampette, il avait su qu'il devait l'éliminer. Si elle avait été moins stupide, elle ne serait jamais partie. Tout comme Monte. En s'enfuyant, ils avaient signé leur crime, ils s'étaient eux-mêmes désignés comme coupables.

La fuite de Nici lui prouvait qu'elle l'avait vu ce soir-là au ranch Calhoun. Et maintenant elle tentait de disparaître parce qu'il avait descendu Monte et qu'elle craignait de ne plus pouvoir se taire. Ou qu'il s'en prenne à elle.

Peut-être n'était-elle pas si bête, après tout. Parce que en effet il allait la tuer. Et, si son intuition était bonne, il savait où elle était allée se réfugier. Ce qu'il ne comprenait pas, c'était la raison pour laquelle elle n'avait rien dit après la mort de Drew. Elle l'avait pourtant vu quitter le chalet de Drew et après coup elle avait forcément compris ce qu'il avait fait. En vérité, elle n'aimait pas plus les flics que lui – et, de plus, il y avait de fortes chances qu'ils ne l'aient pas écoutée si elle était venue tout leur raconter. Mais surtout elle avait dû culpabiliser, à l'époque. Il avait été témoin de son altercation avec Drew.

Si Nici s'était présentée immédiatement au bureau de la shérif pour révéler ce qu'elle savait, elle aurait été obligée d'avouer que c'était elle qui avait lacéré le visage de Drew avant sa mort.

Elle avait donc préféré se taire, il y a cinq ans. Mais peut-être son silence était-il moins justifié maintenant. Il s'était étonné qu'elle n'ait jamais essayé de le faire chanter. Nici en aurait été capable. Mais sans doute avait-elle eu peur de sa réaction, des représailles. À moins que… Était-il possible qu'elle ne se soit pas rendu compte qu'il l'avait vue la nuit où il avait tué Drew ?

Non, pensa-t-il en ralentissant pour s'engager sur le sentier forestier, elle le savait. Forcément. Et désormais, il en était certain parce qu'elle s'était enfuie. L'idiote.

Cette erreur allait lui coûter la vie.

18

Nici Kent se cachait dans un chalet bâti dans les Snowy Mountains. L'endroit appartenait à des vacanciers qui n'y venaient qu'en été et, à sa place, lui aussi aurait eu l'idée de s'y réfugier. Il se doutait qu'elle se méfierait. Voilà pourquoi il y était monté en pleine nuit. Il s'était garé en bas de la route et il avait grimpé à pied le sentier qui y menait.

À la vue de la vieille voiture de Nici dissimulée derrière un bosquet, il comprit que son intuition était bonne.

Comme il atteignait la cabane de rondins, il dut faire une halte pour recouvrer son souffle. Il avait perdu l'habitude de se dépenser physiquement.

Le chalet était plongé dans la pénombre. Il s'en approchait lorsque la sonnerie de son portable retentit. Il saisit son appareil en vitesse pour rejeter l'appel, surpris d'avoir oublié de le mettre en mode vibreur. Cette erreur aurait pu lui coûter cher. S'il avait été plus près de la cabane, la sonnerie aurait prévenu Nici de sa présence, quelque chose qu'il voulait à tout prix éviter.

Voyant qui cherchait à le joindre, il éteignit son téléphone avec un juron. Il n'avait aucune envie de lui parler pour le moment. Ni jamais.

Il longea le chalet. De la fumée s'échappait de la cheminée dans le crépuscule, lui confirmant que Nici était bien là. Il lui fallait faire vite. Il voulait en finir rapidement avec cette histoire pour retourner sans délai à Whitehorse.

Nici se sentait sans doute en sécurité ici. Pourtant,

il était peu probable qu'elle ait laissé la porte d'entrée ouverte. Cela dit, ces chalets dans les Snowy Mountains ne bénéficiaient pas d'eau courante, et elle devrait sortir par l'arrière pour utiliser les toilettes extérieures.

En constatant que la porte arrière était également fermée, il poussa un autre juron. Jamais il n'aurait imaginé que Nici serait à ce point sur ses gardes dans cette cabane de rondins, perdue en pleine montagne. Il pensa attendre. Tôt ou tard, elle aurait besoin de soulager sa vessie et donc de sortir…

Mais la patience n'avait jamais été son fort. Il avait déjà perdu beaucoup de temps pour grimper jusqu'ici. Il ne pouvait plus tergiverser davantage.

Il trouva le générateur électrique, installé à l'extérieur. Nici semblait être déjà couchée puisqu'il n'y avait pas de lumière. Au cas où, il coupa le courant. Travailler dans le noir ne l'avait jamais dérangé.

Il n'avait pas l'intention d'utiliser son pistolet. Mais, préférant être paré à tout, il le tira de sa ceinture. Tout en s'approchant, il tendit l'oreille. Il ne perçut aucun bruit à l'intérieur. Avec un peu de chance, il réglerait le problème en quelques instants et il pourrait rentrer chez lui avant que quiconque ne se soit rendu compte de son absence.

L'arme au poing, il défonça la porte arrière et entra dans le chalet.

Songeant à un détail qui pourrait devenir problématique, Justin appela tout de suite Chloe pour lui en parler.

— Ne serait-il pas mieux que nos costumes soient assortis pour le bal masqué ?

Elle se mit à rire.

— Je suis sûre que la tenue que Willie te trouvera sera incroyable. Et mon déguisement sera sexy. Alors, le reste n'a pas tant d'importance.

— Tu seras sexy, quoi que tu décides de porter. Au fait, que dois-je mettre au mariage de tes sœurs ?

— Nous sommes dans le Montana. As-tu un jean propre ?

— Bien sûr, mais peut-être vais-je m'y rendre avec des bottes neuves, histoire de t'épater.

— Ne te sens pas obligé de…

— Attends, donne-moi un instant. Je reçois un double appel.

Il mit Chloe en attente pour prendre son deuxième correspondant.

— Justin ! cria une voix paniquée.

Fronçant les sourcils, il se mit sur son séant.

— Nici ? Que se passe-t-il ?

Elle pleurait si fort qu'il ne comprenait pas un mot de ce qu'elle balbutiait.

— Où es-tu ? Nici, dis-moi où tu es. OK. Reste là, ne bouge pas. J'arrive. D'accord ? À tout de suite.

Il reprit Chloe.

— Je viens de recevoir un appel de Nici. Elle a manifestement des problèmes. Je vais la chercher.

— Passe me prendre. J'irai avec toi.

— Ça marche.

Chloe était habillée et l'attendait devant sa porte quand Justin s'y arrêta. Elle courut vers le pick-up et grimpa à l'intérieur.

— Nici t'a-t-elle dit ce qui se passait ?

— Elle pleurait si fort que je ne comprenais rien.

Il la regarda un instant avant d'ajouter :

— Il y a quelque chose que j'aurais dû te dire depuis longtemps. Nici et moi sommes de vieux amis mais, à une époque, nous avons été plus que des amis.

— J'étais au courant, oui.

— Et maintenant je ressens le besoin de la protéger.

Nici a toujours été son pire ennemi. Je me suis beaucoup inquiété pour elle ces cinq dernières années. Et quand Monte s'est fait descendre tout à l'heure…

Chloe entendit « cinq dernières années ». Puis « Monte ».

— Nici était-elle…

Elle ne savait pas très bien comment formuler sa question, mais il était clair que Nici avait quelque chose à voir avec Drew et avec sa mort.

Justin se concentrait sur sa conduite. Autour d'eux, les flocons de neige disputaient une course vertigineuse que les essuie-glaces avaient du mal à suivre.

— Nici était-elle sur les lieux du drame, la nuit où Drew a été tué ?

— Oui, mais elle ne l'a pas…

— Non, mais elle a sans doute vu le meurtrier. Et, plus ennuyeux encore, il l'a certainement vue, lui aussi. Ne t'a-t-elle pas dit de qui il s'agissait ?

Il secoua la tête.

— Et, crois-moi, j'ai essayé mille fois de lui tirer les vers du nez.

— Pourquoi n'a-t-elle rien dit à la shérif ?

— Il s'est passé une tragédie, il y a longtemps, bien avant ton arrivée à Whitehorse avec tes sœurs. Un jour, le père de Nici était ivre et il divaguait dans les rues en menaçant de tuer le shérif. Ce dernier s'est senti en état de légitime défense et l'a abattu. Et depuis lors Nici ne supporte pas les représentants de la loi, les forces de l'ordre et assimilés…

Chloe perçut son inquiétude.

— Tu penses que le tueur l'a retrouvée, non ? T'a-t-elle dit si elle était blessée ?

Il secoua la tête.

— Tout ce que j'ai compris est qu'elle nous attendait à la sortie de Hayes.

*
* *

Justin s'arrêta devant ce qui avait été autrefois un terrain de camping. À présent, il s'agissait d'une casse automobile. Si des épaves de véhicules se devinaient sous la neige, l'endroit était fermé et apparemment il n'y avait personne alentour.

La vieille voiture de Nici n'était nulle part en vue non plus. Justin s'arrêta, éteignit ses phares et sortit son téléphone. Il ne neigeait pas aussi fort que lorsqu'ils avaient quitté Whitehorse, mais il est encore difficile de voir si quelqu'un arrivait sur la route. Il s'apprêtait à appeler Nici lorsqu'il reçut un texto.

Je suis au lieu de rendez-vous. Approche-toi de l'entrée de la casse auto et coupe ton moteur.

Justin s'apprêtait à le faire quand Chloe posa la main sur son bras.

— Qui te dit que c'est bien Nici qui a écrit ce texto ? Et si quelqu'un lui avait pris son téléphone ?

Justin la dévisagea un moment avant d'envoyer un SMS.

Quelle est ta bière préférée, Nici ?

Très vite, un émoticône apparut avec les mots :

Toutes celles que tu achètes me conviennent.

Il sourit à Chloe puis s'approcha du terrain. Les ténèbres enveloppaient le paysage enneigé. Ils attendirent. Tout en scrutant l'obscurité à travers les flocons qui tombaient, il redoutait le pire. Peut-être Nici s'était-elle enfuie. Ou peut-être n'était-elle pas seule, comme Chloe le craignait.

Quand Nici surgit soudain devant la camionnette, Chloe laissa échapper un cri de surprise. Recouvrant ses esprits, elle ouvrit rapidement sa portière et se glissa sur la banquette vers Justin pour la laisser entrer.

Dès qu'elle fut dans l'habitacle, Nici cria :

— Vas-y, fonce, Justin ! Partons vite d'ici !

Il démarra en vitesse et se dirigea vers la voie express.

Chloe avait retiré son manteau et l'avait enroulé autour de Nici, qui n'était habillée que d'un simple pantalon et d'un malheureux pull.

— Es-tu blessée ? demanda Justin.

Il y avait du sang sur sa joue et son œil gauche était enflé. Mais elle avait surtout l'air effrayée.

Ils roulèrent un long moment en silence.

— Raconte-moi ce qui s'est passé, dit finalement Justin.

— À ton avis ? Il a voulu me tuer, à mon tour. Et ne me dis pas que tu m'avais prévenue, je t'en prie.

— Où est-il maintenant ? demanda Chloe.

— Je l'ai poignardé. Il est en train de se vider de son sang.

Justin jura.

— Tu aurais pu être tuée

— Vraiment ? ricana Nici. Je n'y avais pas pensé.

— Allons trouver la shérif.

— Non ! hurla Nici. Si tu fais ça, je suis morte.

— Et si je ne le fais pas tu mourras, répliqua Justin. Nici, tu ne peux pas continuer à fuir. Tu dois dénoncer le tueur à la shérif.

Nici se remit à rire, mais elle finit par exploser en sanglots.

— C'est tout le problème, Justin. Je ne l'avais pas identifié, ce soir-là. Il dissimulait son visage sous une casquette. Mais lui, il m'avait vue. J'espérais qu'il ne m'avait pas reconnue.

Justin la regarda un moment avant de reporter son attention sur la route.

— Mais tu l'as vu ce soir.

— Non. Il faisait très sombre. Il avait coupé le courant. Il est grand et fort, c'est tout ce que je peux dire. Si je ne l'avais pas poignardé…

Chloe mit son bras autour de la jeune femme.

— Vous allez venir chez moi. Vous y serez en sécurité jusqu'à ce que nous décidions quoi faire.

19

Le lendemain matin, Chloe se réveilla en entendant ses sœurs parler au rez-de-chaussée. Elle se doucha rapidement, s'habilla et descendit. En entrant dans la cuisine, une bonne odeur de café et de brioche à la cannelle lui mit l'eau à la bouche.

— Où est Nici ? demanda-t-elle.

— Nici ? répéta TJ. Que ferait Nici…

Mais, sans la laisser finir sa phrase, Chloe traversa le salon vers la chambre du bas, là où ils avaient installé la jeune femme, la veille au soir. Le lit était défait, la pièce vide.

Avec un juron, elle retourna dans la cuisine prendre son téléphone. Ses sœurs la dévisageaient d'un air interrogateur. D'un geste, elle leur promit une explication, mais la priorité était de prévenir Justin.

— Nici est partie, lui annonça-t-elle quand il prit l'appel.

— Je le craignais, répondit-il.

— Elle a dû filer au milieu de la nuit. Que devons-nous faire ?

— Je vais aller voir la shérif.

— Veux-tu que je t'accompagne ? demanda-t-elle.

— Non, je m'en débrouille, merci. Mais si tu as des nouvelles de Nici…

— Je t'appellerai immédiatement, bien sûr, affirma-t-elle avant de raccrocher.

Comme ses sœurs attendaient toujours d'apprendre ce qui se passait, elle leur donna une version abrégée des événements de la veille.

— Nici a poignardé ce type ? s'écria TJ. Mais pourquoi n'as-tu pas contacté tout de suite la shérif ?

— Elle était terrifiée. Nous avions peur qu'elle ne s'enfuie à nouveau.

— Eh bien, elle a filé de toute façon, constata Annabelle.

Chloe était malade d'angoisse. Nici était là quelque part et, si elle n'avait pas tué son agresseur, l'homme risquait de revenir finir ce qu'il avait commencé…

Annabelle se leva.

— Nous avons des essayages de robes à faire, dit-elle. Cela t'ennuie-t-il de rester toute seule ici ?

— Pas du tout. Aucun problème.

Comme elle regardait ses sœurs partir, Chloe se souvint qu'elle devait s'occuper de son déguisement. Le bal masqué aurait lieu ce soir. Elle avait été trop occupée pour s'en soucier plus tôt.

Dès l'ouverture des magasins, elle se dirigea vers le centre-ville pour faire les boutiques. Il neigeait de nouveau, mais la danse des flocons ne la dérangeait pas. Elle s'inquiétait pour Nici. Elle ne pouvait qu'espérer que pendant la nuit la jeune femme avait compris qu'elle devait se rendre aux autorités pour assurer sa survie.

Justin devait être avec la shérif maintenant, se dit-elle. Pour lui raconter tout ce qu'il savait, y compris ce qu'il lui avait tu, il y a cinq ans. Si le type que Nici avait poignardé était mort… Alors tout était fini. Nici serait désormais en sécurité. Ils seraient tous en sécurité.

La sonnerie de son téléphone portable retentit. C'était Justin.

— Alors ?

— Nici a été arrêtée dans la nuit. Apparemment, après être partie de chez toi, elle s'est rendue dans un bar de la ville. Elle était tellement ivre que le barman a appelé le bureau du shérif. Ils l'ont mise en cellule de dégrisement.

Chloe poussa un soupir de soulagement. Nici ne risquait plus rien, dorénavant. Mais pourquoi avait-elle eu envie de se soûler dans un bar ? Boire n'était pas le meilleur moyen de régler ses problèmes.

— As-tu révélé toute l'histoire à la shérif ?

— Oui. Nici va me détester, mais je devais le faire.

— Bien sûr. Tu es un véritable ami.

Il ne répondit rien.

— McCall va monter jeter un œil au chalet où s'était réfugiée Nici. Avec un peu de chance, cette affaire pourrait être finie ce soir, avant le bal masqué.

— Ce serait formidable. En attendant, je suis en route pour aller chercher un costume, dit-elle.

— Chloe, sois prudente. Tant que celui qui a essayé de tuer Nici n'a pas été attrapé, le danger est toujours là.

— J'espère que nous apprendrons bientôt qu'il a été mis hors d'état de nuire

Elle raccrocha, l'esprit réchauffé par le son de la voix de Justin. Nici était en sécurité. À présent, l'idéal serait que la shérif découvre le cadavre du tueur dans le chalet où Nici s'était réfugiée, la veille…

Chloe ne pouvait s'empêcher de penser à Justin. Le souvenir de leur conversation téléphonique de la veille au soir la troublait. Ces derniers jours, elle s'était souvent demandé pourquoi il n'avait pas encore essayé de l'embrasser. Maintenant elle le savait. Il en avait envie autant qu'elle.

Le bal masqué aurait lieu dans quelques heures, et Justin avait tellement hâte de la serrer dans ses bras qu'il avait du mal à attendre. Elle était dans le même état.

Le sourire aux lèvres, elle gagna le centre de la ville. Des chansons de Noël étaient diffusées dans tous les commerces. Elle se surprit à chantonner. Depuis quand n'avait-elle pas ressenti une telle allégresse ?

Dans une boutique, elle trouva plusieurs vêtements qui pourraient convenir. Elle les essaya et sourit dans le miroir. Justin lui avait recommandé de choisir un costume sexy. En considérant son reflet, elle se demanda si cette tenue le serait assez à ses yeux.

Les leggings noires lui allaient comme un gant, mettant ses longues jambes en valeur. Le haut en dentelle noire était plongeant, à la limite de l'indécence.

— Qui suis-je ? lança-t-elle à la vendeuse en sortant de la cabine d'essayage.

— Une chatte ? Ou une espionne ?

Chloe se mit à rire quand la vendeuse lui conseilla d'agrémenter l'ensemble d'une cape.

— Pourquoi pas ?

Elle prit également un loup orné de strass qui cachait la majeure partie de son visage.

Peut-être proposerait-elle à Justin de se rendre au bal costumé de son côté et d'essayer de la reconnaître…

Amusée par cette perspective et heureuse d'avoir trouvé un déguisement, elle sortit du magasin, le cœur en fête. Elle prenait le chemin de la maison lorsqu'elle passa devant un vieil immeuble en voie de démolition. Elle fut surprise de voir Kelly Locke en surgir.

Elle blêmit en comprenant qu'il l'avait attendue, guettée. Sans lui laisser le temps de réagir, il l'attrapa par le bras et la tira à l'intérieur.

— Je crois que nous avons des comptes à régler, tous les deux, dit Kelly en la plaquant contre le mur.

Chloe essaya de se libérer de son emprise, mais il la tenait fermement.

— À cause de toi, j'ai été mis à pied pendant deux semaines.

— Imaginais-tu vraiment pouvoir me menacer et casser un phare de la voiture de ma sœur sans avoir d'ennuis ? Tu dois assumer les conséquences de tes actes.

— Tu n'avais pas enregistré le moment où j'ai explosé ton feu arrière.

Elle ne répondit pas. La shérif l'avait crue, c'était l'essentiel.

— Tu ne mesures pas le mal que tu m'as fait, lança-t-il entre les dents.

— Je refuse d'en discuter avec toi. Tu dois me laisser tranquille et surmonter tes problèmes.

Il secoua la tête.

— Mes problèmes ? Mais tu es mon seul problème, Chloe. Tu as eu tort de fourrer ton nez dans les affaires des autres. J'ai essayé de te prévenir que ça te causerait des ennuis.

En proie à une colère croissante, Chloe redressa les épaules. Elle détestait se sentir vulnérable. Kelly était grand et musclé et il n'avait jamais hésité à se servir de sa force pour écraser les autres.

— Tu te trouves trop bien pour cette ville et pour moi, Chloe, reprit-il. Mais je me souviens qu'à une époque tu aurais fait n'importe quoi pour être vue avec moi.

Il avait raison. Avant lui, elle n'avait jamais eu de véritable petit ami. Et, pour épater ses copines, elle avait été fière de s'afficher au bras de Kelly Locke…

Elle se souvint comme son cœur battait la chamade quand il lui enlaçait la taille à l'école. Ou quand il passait dans le réfectoire au moment où elle finissait son repas pour l'embrasser dans le cou avec un clin d'œil complice. Un jour, sur le terrain de football, après avoir marqué un but, il s'était tourné vers elle en brandissant les poings en signe de victoire. Elle s'était sentie rougir de plaisir, sachant que tout le stade la regardait. Tout le monde avait conscience qu'elle était sa petite amie attitrée.

Jusqu'à ce jour d'hiver où elle avait embrassé Justin Calhoun…

Après ce baiser, tout avait changé. Elle avait soudain vu Kelly sous un jour différent. Il lui avait paru prétentieux et un peu ridicule à côté de Justin. Ce dernier avait quelques années de plus et il avait déjà quitté le lycée. Il était un homme.

Brutalement, Kelly avait perdu tous ses charmes à ses yeux. Elle le trouvait immature. Et banal. Elle avait l'impression d'avoir grandi, mûri, sous l'effet d'un simple baiser. Épater les copines ne lui disait plus rien. Elle avait eu envie de davantage.

Dire que Kelly l'avait mal pris serait un euphémisme.

— Tu plaisantes, j'imagine, avait-il répondu en riant quand elle lui avait annoncé qu'elle préférait en rester là. Espères-tu vraiment trouver mieux ? Allons, sois lucide, ma pauvre fille.

Elle avait essayé de lui expliquer qu'elle voulait juste passer à autre chose, mais il s'était montré si agressif qu'elle avait fini par lancer :

— Oui, je pense pouvoir trouver mieux que toi.

Elle l'avait vu blêmir de rage.

— Je te pourrirai la vie. Personne ne voudra plus sortir avec toi, Chloe. Je te détruirai.

Quand elle avait tourné les talons et s'était éloignée de lui, elle l'avait entendu hurler des obscénités dans son dos. Par la suite, il avait mis ses menaces à exécution. Il avait raconté des mensonges sur son compte à leurs amis. Il avait ruiné sa réputation. À cause de lui, elle avait été traitée en paria au lycée. Chloe en avait beaucoup souffert, mais elle avait caché sa douleur à tout le monde – y compris à ses sœurs.

À présent, le simple fait d'être près de Kelly lui donnait la chair de poule. Il avait été cruel envers elle parce qu'elle l'avait rejeté autrefois. Et maintenant elle le repoussait à nouveau. Cela dit, elle n'était plus la lycéenne naïve qui ne connaissait rien aux garçons et qui croyait aux contes de fées.

Elle savait à quel point il était dangereux de contrarier Kelly Locke.

Il était si proche qu'elle parvenait à peine à respirer. Elle espérait que quelqu'un passerait dans la rue, qu'elle pourrait appeler à l'aide et s'enfuir. Malheureusement, cette partie de la ville était peu fréquentée.

Elle comprit soudain comment se tirer de ce mauvais pas.

— En fait, je suis contente d'être tombée sur toi, Kelly.

Il parut surpris.

— Vraiment ?

— Je voulais t'interroger sur le groupe secret d'investisseurs qui projetaient d'acheter la mine d'or de Zortman avant que les nouvelles réglementations de l'Agence pour la protection de l'environnement ne soient appliquées.

Il recula. Il semblait terrifié. Il aurait certainement préféré qu'elle se félicite de l'avoir croisé pour une tout autre raison.

— Quoi ? s'exclama-t-il. De quoi parles-tu ?

Kelly Locke mentait mal. Chloe était prête à parier qu'il était parfaitement au courant de l'affaire. Elle décida de le piéger.

— C'est bien ce que je pensais. J'étais sûre que tu étais totalement étranger à cette histoire. J'avais dit à mes sœurs que tu n'avais pas un sou vaillant et que tu n'aurais pas pu réunir deux cent mille dollars, le minimum requis pour faire partie du groupe d'investisseurs.

— Qu'en sais-tu ? cria-t-il, manifestement piqué au vif. J'ai de l'argent, figure-toi. Beaucoup d'argent. Je n'étais pas l'un des investisseurs mineurs. Mais l'un des principaux. J'avais mis sept cent cinquante mille dollars au pot.

Elle lui jeta un regard incrédule.

— Où avais-tu trouvé une telle somme ?

— La famille du côté de ma mère est fortunée, et j'étais le préféré de ma tante. Elle m'avait confié ses économies pour que je les place pour elle. Cela t'en bouche un coin, non ?

— Pourtant, tu n'étais pas le plus gros investisseur, dit-elle.

Sa bêtise le perdit, une fois de plus.

— Peut-être pas le plus gros mais le second en ordre d'importance ! répondit-il en se redressant. Alors, que penses-tu de moi, maintenant ?

Profitant de son inattention, Chloe lui envoya un violent coup de genou dans l'entrejambe. Elle le repoussa et le fit tomber sur le sol. Avec un gémissement, il se recroquevilla sur lui-même, à l'agonie.

Elle partit en courant, devinant que cette altercation n'allait pas arranger les choses. Et ce qu'il lui avait appris devait l'inciter à redoubler de prudence à l'avenir.

20

Après avoir récupéré son costume, Justin s'arrêta au bureau de la shérif. Il avait prévu de se changer ensuite chez Chloe. Il était impatient de la retrouver. Il avait hâte de la prendre dans ses bras pour l'embrasser. Tous deux attendaient ce moment depuis des années. Ce soir, ils sauraient. Il fut surpris d'être si peu nerveux. Il ne doutait que de ses talents de danseur.

Mais il devait d'abord s'assurer que Nici allait bien. La shérif le fit entrer dans son bureau.

— Comment va Nici ? demanda-t-il.

— Elle va bénéficier d'une protection rapprochée.

Justin comprit immédiatement ce que cela signifiait.

— Vous n'avez pas retrouvé l'homme qu'elle dit avoir poignardé.

— Non, et nous avons par contre découvert du sang et des traces de lutte qui correspondent aux déclarations de Nici, répondit McCall. Nous essayons d'en extraire l'ADN en espérant qu'il sera dans nos banques de données. En attendant, nous interrogeons également les hôpitaux de la région au cas où ce type s'y ferait soigner.

— Pourvu que vos recherches aboutissent. Nici vous a-t-elle dit que son agresseur d'hier était certainement l'homme qu'elle avait surpris en train de quitter le chalet de Drew, le soir du meurtre ?

— Oui, mais elle ne l'a pas bien vu ni ce soir-là ni la nuit dernière, indiqua la shérif. Elle jure qu'elle n'est pas capable de l'identifier. Tout ce qu'elle sait est qu'il était grand et fort.

— Je suis soulagé que vous la protégiez.

— Nous le retrouverons S'il est gravement blessé, il ne…

— Et s'il ne l'est pas ?

— Nous avons la liste de suspects que vous aviez établie. Nous allons vérifier qu'aucune des personnes ayant fait partie du groupe acquéreur de la concession minière avec Drew n'a été blessée. Cela demandera un peu de temps, mais je suis tenace.

— Je suis désolé de ne pas vous avoir parlé de Nici plus tôt.

— Elle a de la chance d'être encore en vie. Et de vous avoir comme ami…

Justin se leva.

— Je dois me préparer pour le bal masqué, dit-il.

En quittant les bureaux de la shérif, il appela Chloe.

— Je suis en route. Pourrai-je me changer chez toi ?

— Bien sûr. Je pensais que nous nous retrouverions au bal, mais je suis incapable d'attendre si longtemps. Sais-tu si la shérif a identifié l'homme que Nici dit avoir poignardé ?

— Je sors des bureaux de McCall. Nici va bénéficier d'une protection. Ils n'ont pas retrouvé son agresseur. Mais du sang. Il n'a probablement pas été loin. Ils le retrouveront. À tout de suite.

En voyant Chloe sortir de la chambre d'amis, déguisée en Fantômas, ses sœurs sifflèrent et applaudirent.

— Ma tenue est-elle limite ? demanda-t-elle. Trop indécente ?

— En aucun cas, assura Annabelle. Tu es très sexy.

Chloe regarda TJ qui levait le pouce en souriant.

Ses sœurs étaient également costumées, Annabelle en mousquetaire et TJ en Sherlock Holmes.

— Dawson et Silas nous retrouvent au bal, dit TJ.

— Justin devrait arriver à tout moment, alors ne nous attendez pas. Nous vous rejoindrons dans un instant, leur dit-elle.

Elles hésitaient pourtant à la laisser.

— Après ce que tu nous as raconté… peut-être devrions-nous attendre.

— Même si Kelly s'est remis des coups que je lui ai infligés, il ne va pas venir ici. Il a été mis à pied. Il n'est assez stupide pour s'en prendre à moi et aggraver son cas.

— Mais tu ignores toujours qui a tué Drew et Monte, rappela TJ inutilement. Le tueur est toujours là, tapi dans l'ombre, prêt à frapper…

— Il a été poignardé, il est blessé, exsangue, contra Chloe.

— Et sans doute très en colère et convaincu de n'avoir plus rien à perdre, répliqua sa sœur. Justin et toi avez rouvert une affaire classée sans suite. L'assassin de Drew pensait s'en être tiré et maintenant il est peut-être mourant.

TJ avait raison mais Chloe refusait d'y songer, ce soir. Elle ne voulait penser qu'à Justin. Elle s'imaginait virevoltant dans ses bras sur la piste de danse. Elle avait envie de l'embrasser. Enfin.

Elle le dit à ses sœurs.

— Tu ne l'as pas encore embrassé ? s'écria Annabelle.

— Nous attendions ce soir… pour en profiter davantage.

— Vous serez sous pression, remarqua Annabelle. Ce sera le baiser du siècle.

— Merci de tes encouragements. Allez, partez, dit Chloe en ouvrant la porte. À plus tard, au bal.

Après leur départ, elle éteignit son téléphone et le laissa sur la table. Ce costume si moulant lui interdisait de prendre son portable, mais elle n'en aurait pas besoin. Tout le monde serait là-bas.

Elle consulta l'heure. Justin était en retard. Elle essaya de ne pas s'en inquiéter. Mais les paroles de TJ la tourmentaient.

Quelques instants plus tard, elle entendit des bruits de pas sous le porche et sourit, soulagée.

Elle se hâta vers la porte et l'ouvrit. Mais son sourire s'envola en constatant que ce n'était pas Justin.

Justin regagna son pick-up. Tout à l'heure, pressé par le temps, il avait préféré laisser son véhicule loin du centre et se rendre à pied au bureau du shérif. Avec tout ce monde dans les rues, rouler dans la ville lui aurait demandé une heure et il n'aurait sans doute pas trouvé de place pour se garer.

La neige tombait toujours, enveloppant la ville d'un manteau blanc. Il s'arrêta pour respirer l'air glacé. Il avait hâte de retrouver Chloe et que cette nuit commence.

Elle lui semblait déjà magique.

Il avait espéré que le tueur de Drew et de Monte aurait été arrêté et que toute cette histoire serait enfin terminée. Mais il n'allait pas laisser ce contretemps gâcher sa soirée, se dit-il.

Alors qu'il approchait de son pick-up, il s'aperçut que l'un de ses pneus était à plat. Il sortit son cric et sa roue de secours, furieux de cet incident qui allait le retarder. Avant de se mettre au travail, il composa le numéro de Chloe pour la prévenir, mais il tomba directement sur sa messagerie vocale.

Il remarqua alors des traces de pas dans la neige. Quelqu'un s'était agenouillé près de son camion. En se penchant pour inspecter son pneu, il constata qu'il avait été lacéré au couteau.

Le cœur serré, il s'élança vers la maison des Clementine, priant pour arriver à temps.

21

— Blaine ? s'exclama Chloe avec surprise.

Il était vêtu d'un uniforme de la marine américaine.

— Je pensais que c'était Justin, ajouta-t-elle.

Elle regarda derrière lui mais ne vit pas son véhicule. Il y avait de la neige sur sa casquette et sur ses épaulettes. Était-il venu à pied du bal masqué ?

— En fait, c'est justement Justin que je cherche, dit-il. J'espérais le trouver ici. À ce que je vois, vous vous apprêtiez à vous rendre à la soirée costumée de la Saint-Sylvestre. Je dois y rejoindre Patsy. Mais j'ai eu des soucis de moteur en chemin.

— Il va arriver d'un instant à l'autre, assura-t-elle.

— Cela vous ennuie-t-il que je l'attende ici ? demanda Blaine en enlevant sa casquette et en époussetant la neige de ses épaules.

— Bien sûr que non ! Entrez, ne restez pas dans le froid.

Elle recula pour le laisser passer.

Blaine consulta sa montre.

— Apparemment, votre cavalier est en retard.

— Il m'a appelée il y a peu pour me dire qu'il était en route. Peut-être a-t-il eu des problèmes.

Cette éventualité ne fit rien pour soulager l'anxiété croissante de Chloe. Elle proposa un fauteuil à Blaine mais il refusa, assurant qu'il préférait rester debout. Il semblait nerveux.

Peut-être voulait-il parler à Justin de quelque chose à propos de Drew et du groupe qui avait projeté d'acquérir la mine d'or. Si Blaine avait fait partie de cette association, il avait dû être secoué d'apprendre le meurtre de Monte. Sans doute avait-il peur que le tueur veuille à présent s'en prendre à lui.

— Puis-je vous offrir quelque chose à boire ? s'enquit-elle, éprouvant le besoin de faire quelque chose.

— Merci, mais j'ai surtout hâte de retourner au bal masqué. Ma femme risque de s'inquiéter.

Chloe pouvait le comprendre.

— Ce que vous voulez dire à Justin ne peut-il pas attendre ? Nous nous rendrons à ce bal de la Saint-Sylvestre dès qu'il arrivera.

— Non, répondit-il, en plantant son regard dans le sien. Je crains que non.

Comme il n'ajoutait rien, Chloe se rendit dans la cuisine pour sortir une bière du réfrigérateur. Elle hésitait à en prendre une pour elle aussi lorsqu'elle entendit avec soulagement des pas sous le porche.

— Pouvez-vous mettre ces trois bières sur la table basse ? demanda-t-elle à Blaine, s'apprêtant à les lui coller dans les bras.

Justin serait sans doute content d'en boire une avec eux, pensa-t-elle.

Mais, alors qu'elle se tournait vers le salon, elle fut très surprise d'y découvrir Kelly Locke. Elle fut encore plus sidérée d'entendre Blaine lui dire :

— Vous êtes en retard. Occupez-vous d'elle. De mon côté, je reste ici pour attendre Justin. Faites vite.

De stupeur, Chloe laissa tomber ce qu'elle portait tandis que Kelly se précipitait sur elle. Les bouteilles explosèrent sur le sol, la bière gicla partout. Chloe recula mais, avant d'avoir le temps de s'emparer de quoi que ce soit pour se défendre, elle sentit les mains de Kelly s'abattre sur elle.

— Tu vas avoir ce que tu mérites, murmura-t-il en lui collant un chiffon sur le nez.

Elle n'eut même pas la possibilité de crier, encore moins celle de se débattre. En quelques instants, sa vision se brouilla, ses jambes se dérobèrent sous elle.

Alors qu'elle perdait connaissance, elle entendit Blaine demander à Kelly :

— Avez-vous garé votre pick-up à proximité ? Parfait. Alors, emportez-la. Je vous rejoins là-bas dès que j'en ai fini ici.

Justin gravit d'un bond les marches du porche. Il ne prit pas la peine de frapper. Tous ses instincts lui soufflaient que Chloe avait des problèmes. Tout en courant vers la maison des Clementine, il avait tenté de se persuader que des gosses avaient peut-être tailladé son pneu pour s'amuser. Mais il ne s'agissait pas d'une mauvaise blague, il le sentait.

Comme il faisait irruption dans le salon, il se pétrifia à la vue de Blaine, vêtu d'un uniforme de marine, qui l'attendait, un revolver à la main. Chloe n'était nulle part en vue.

— Où est-elle ?

— En sécurité. Pour le moment. Vous avez eu tort de vous mêler de ce qui ne vous regardait pas, ajouta Blaine en secouant la tête. Rien ne serait arrivé si vous n'étiez pas venu déterrer ces vieilles histoires.

Il semblait triste.

Justin sentit son ventre se serrer.

— Je n'aurais jamais cru que vous étiez derrière ces meurtres. Je regrette que ce soit vous.

Blaine haussa les épaules.

— S'il y a une chose que j'ai apprise à l'armée, c'est que quelqu'un doit faire le sale boulot. Toujours. Depuis ma plus tendre enfance, je tue du gibier, des cochons, des moutons. Après un certain temps, la mort n'est plus un problème.

— Tuer des gens est un peu différent, non ?

— Pas tellement.

— Vous étiez sans doute le principal investisseur, dit Justin. Pourquoi ? Le ranch de votre famille est très prospère et vous en auriez hérité, tôt ou tard.

Blaine secoua la tête.

— Croyez-vous que j'avais envie de passer le reste de ma vie à travailler sur cette exploitation ? M'occuper du bétail, nourrir les vaches, faire les foins, parcourir des kilomètres sur un tracteur, ne m'a jamais fait rêver. Sans parler des nuits gâchées par les vêlages.

— Vous auriez pu vendre vos terres et partir.

— Mon père ne m'aurait jamais laissé céder la propriété de ses ancêtres. Il vit en Arizona avec sa nouvelle femme. Les bénéfices du ranch lui permettent de mener la belle vie. Et moi, je trime par tous les temps pour lui assurer une retraite de pacha. Il a cinq ans, une véritable opportunité de changer d'existence s'est présentée. J'avais enfin la possibilité de lâcher le ranch. Et votre frère…

Il poussa un gros soupir.

— Bref, tout ça c'est de l'histoire ancienne. Où est Nici ?

— En prison. Vous ne pourrez pas lui faire de mal là-bas. Elle ne risque rien.

— Elle a déjà tout balancé à la shérif, si je comprends bien.

Justin opina, préférant lui faire croire que la shérif le recherchait, maintenant. Peut-être fuirait-il au lieu d'aller au bout de sa folie meurtrière.

— C'est fini, Blaine.

— Mais non. Je viens de croiser McCall qui m'a salué avec un grand sourire. Nici n'a pas parlé. Et avec un peu de patience je finirai par la faire taire définitivement.

Mais pour vous deux il n'est pas question d'attendre, de prendre le moindre risque. Alors, allons-y.

De son arme, il lui montra la porte d'entrée. Mais Justin secoua la tête.

— Je ne vais nulle part tant que vous ne m'aurez pas dit où se trouve Chloe.

— Elle est avec l'adjoint Locke alors je suggère que nous bougions sans attendre. Vous ne voulez pas qu'il reste trop longtemps seul avec elle, j'imagine ?

Justin n'avait pas le choix.

— S'il touche un cheveu de sa tête…

— Peut-être vous laisserai-je alors lui botter les fesses avant de vous tuer.

— Allez, chérie, roucoula Kelly à l'oreille de Chloe. Réveille-toi. Nous avons le temps de nous amuser un peu avant que ton petit ami n'arrive.

Chloe gardait les yeux clos. Elle avait déjà senti Kelly glisser la main sous son pull pour lui caresser la poitrine. Heureusement, il ne semblait pas vouloir profiter du fait qu'elle était inconsciente pour la violer. Mais elle ne pouvait pas faire semblant de dormir plus longtemps. Il n'était pas stupide.

Comme il la pinçait, elle poussa un cri de douleur et elle tenta de le repousser.

Kelly laissa échapper un petit rire satisfait.

— Je savais bien que tu ne tarderais pas à recouvrer tes esprits. Blaine m'avait assuré que les effets de l'éther se dissipaient vite.

Chloe se redressa en bâillant. Elle s'efforça de paraître plus groggy qu'elle ne l'était en réalité.

— Où sommes-nous ?

Ils se trouvaient dans une petite grange. Entre les rondins qui en composaient les murs, elle pouvait voir l'extérieur. Il neigeait encore.

— Dans un abri perdu dans la montagne que Blaine garde pour ce genre de choses, répondit Kelly. J'espère qu'il ne va pas tarder. Je commence à avoir froid. Et toi, ma chérie ? Je serais ravi de te réchauffer. Qu'en dis-tu ?

Chloe était assise sur un banc, adossée contre le mur de bois. Elle sentait le vent glacé souffler entre les rondins derrière elle. Il faisait si froid que de la buée sortait de leur bouche.

Elle remarqua que Kelly veillait à garder ses distances. Il faisait preuve d'intelligence. Sans doute avait-il encore mal. La dernière fois qu'ils s'étaient croisés, elle n'y était pas allée de main morte.

— Dans quelle sale affaire t'es-tu fourré, Kelly ?

— Pourquoi faire semblant de t'y intéresser ? Tu te moques bien de moi et de ce qui peut m'arriver.

Elle promena les yeux dans la cabane à la recherche d'une arme de fortune. Un vieux collier d'attelage était accroché à une poutre. Il semblait très vieux, très poussiéreux. Mais il était orné d'une dizaine de boules de métal attachées à une cordelette qui pourraient se révéler utiles.

— Es-tu conscient que Blaine va me tuer ? poursuivit-elle.

— Justin et toi ne pourrez ne vous en prendre qu'à vous-même, répliqua-t-il. Nous ne pensions pas en arriver à cette extrémité, mais vous l'avez bien cherché, non ?

— Tu as la possibilité d'empêcher cet assassinat, Kelly. Tu es adjoint du shérif.

— Il n'y a pas si longtemps, tu m'as repoussé et frappé. Et maintenant tu aimerais que je te sauve la vie ?

— Et la tienne aussi, par la même occasion. Crois-tu qu'il t'épargnera avec ce que tu sais ? demanda-t-elle. Il serait fou.

Une lueur d'inquiétude traversa le regard de Kelly, mais très vite il se reprit.

— Blaine et moi faisons équipe. Quand il m'a appelé

pour me dire que Nici Kent l'avait poignardé et qu'il avait besoin d'aide, je suis immédiatement venu à son secours. Je l'ai soigné. Nous sommes amis.

Elle secoua la tête.

— Un homme comme Blaine n'a pas d'amis. De toute façon, cette histoire va bientôt éclater au grand jour. Ces meurtres ne resteront pas impunis. Et ta complicité avec l'assassin te coûtera cher. Pour le moment, tu n'es pas trop mouillé, tu as encore une chance de t'en sortir. Mais si tu vas plus loin…

Kelly avait l'air nerveux comme s'il pensait qu'elle n'avait sans doute pas tort.

Ils entendirent un véhicule approcher.

Chloe jura à voix basse. Au moins avait-elle réussi à tenir Kelly à distance. Mais cela ne voulait pas dire qu'ils étaient tirés d'affaire, loin de là. Maintenant, Justin et elle savaient qui était derrière les meurtres de Drew et de Monte. Du coup, Blaine voudrait les éliminer. Il n'avait plus le choix…

La porte s'ouvrit. Justin entra, suivi par Blaine, l'arme au poing.

— Tu vas bien ? demanda Justin, se dirigeant vers elle.

— Je vais bien.

— J'ai fait comme vous m'aviez dit, Blaine, balbutia Kelly.

Chloe devina qu'il avait peur de son soi-disant ami.

— Locke vous a-t-il touchée, Chloe ? s'enquit Blaine.

Elle jeta un coup d'œil à Kelly. Il avait l'air terrifié.

— Non.

— Alors vous n'aurez pas la possibilité de lui botter les fesses, dit Blaine à Justin.

Kelly sourit comme s'il pensait que Blaine plaisantait. Il semblait presque soulagé.

— Vous avez terminé, Locke, non ? dit Blaine. Vous pouvez donc disposer, nous laisser.

— Très bien. À plus tard.

Kelly se dirigeait vers la porte quand Chloe comprit à l'expression de Blaine que ce dernier allait exécuter l'adjoint du shérif. Un coup de feu claqua puis un second.

Kelly poussa un cri. Le regard surpris, il découvrit le sang qui coulait entre ses doigts. Terrifié, il tenta de hâter le pas, mais il trébucha et tomba, face contre terre.

Justin serra Chloe contre lui, tout cherchant désespérément le moyen de neutraliser Blaine. Comme il s'apprêtait à se jeter sur lui, elle le retint.

— Pas maintenant, murmura-t-elle.

Justin se rendit compte que son impulsivité aurait pu lui coûter la vie. Blaine l'aurait abattu sans hésiter comme il avait tué Kelly. Le plus terrifiant était le calme de Blaine. Depuis le début. Pas étonnant qu'il n'ait jamais été soupçonné. Tout le monde s'attendait à ce qu'un tueur soit nerveux par crainte d'être pris.

Justin s'efforça de trouver en lui le même calme. Il en avait besoin pour espérer sortir Chloe de ce guêpier. Il n'avait pas envie de mourir dans cette grange froide et humide. Et, surtout, il refusait de passer de vie à trépas avant d'avoir fait l'amour à cette femme merveilleuse. Il en rêvait depuis plus de dix ans.

— J'aurais dû t'embrasser plus tôt, dit-il à Chloe.

Elle était assise sur un banc en dessous duquel il remarqua soudain un vieux crochet à foin. Devinant aussitôt l'usage qu'il pourrait en faire, il s'approcha et s'accroupit devant elle.

Chloe lui sourit et elle lui caressa tendrement le visage.

Levant les yeux au ciel, Blaine s'avança vers eux.

— Vous êtes très mignons, les tourtereaux, mais je suis pressé. Je dois retourner au bal masqué avant que ma femme s'aperçoive de mon absence. Alors finissons-en.

— Cela ne vous ennuie pas de nous donner un instant pour que nous nous embrassions, n'est-ce pas ? demanda Chloe qui semblait au bord des larmes. Pour terminer l'année en beauté et pour ne pas avoir vécu pour rien ?

Sans attendre sa réponse, elle se jeta dans les bras de Justin.

Alors qu'elle se pendait à son cou, il se baissa pour ramasser le crochet à foin.

Repoussant Chloe, Justin se retourna brusquement pour le lancer sur Blaine.

La lame l'atteignit en plein ventre, provoquant une profonde entaille. Le sang jaillit, et Blaine laissa échapper un hurlement de douleur. Il colla les mains sur la plaie pour tenter de juguler l'hémorragie.

Justin profita de son inattention pour s'emparer de son pistolet.

Malgré la gravité de sa blessure, Blaine se rua sur Justin.

Justin tira trois coups avant que Blaine ne s'effondre à ses pieds. Toute la scène n'avait duré que quelques instants.

Un silence froid comme la neige tomba. Justin se précipita vers Chloe. Elle était allongée par terre, livide. Il craignait le pire.

Mais elle était en vie, et il la serra avec force en remerciant le ciel. Puis il appela la shérif.

22

Le soleil se levait quand la shérif déposa Chloe devant chez elle. Comme elle se dirigeait vers la véranda, elle vit ses sœurs sortir de la maison en courant pour la prendre dans leurs bras. Jusqu'à cet instant, Chloe avait plutôt bien encaissé les événements. Elle tenait le coup. Mais brusquement elle s'effondra. Submergée par une vague de soulagement et d'épuisement, elle explosa en sanglots.

— Nous ne t'avons jamais vue arriver au bal, dit Annabelle. Plus le temps passait, plus nous paniquions.

Chloe hocha la tête en se laissant entraîner à l'intérieur. Elle tomba sur le canapé. Ses deux sœurs étaient dans leur pyjama de flanelle de Noël – cadeaux de Willie, la mère de Dawson. Annabelle avait de minuscules rennes brodés sur le sien. D'adorables petits elfes ornaient celui de TJ.

— Raconte-nous ce qui s'est passé, demanda Annabelle.

— Ne vois-tu pas qu'elle n'est pas en état de parler ? Elle ne tient plus debout. Elle a besoin de dormir.

Chloe sourit à ses sœurs.

— Je suis exténuée, c'est vrai, mais si je vais me coucher sans vous avoir tout raconté, je sentirai votre impatience et cela m'empêchera de trouver le sommeil.

Son récit les glaça, les horrifia et les soulagea. De nouveau, elles la serrèrent dans leurs bras avant de lui conseiller d'aller se reposer. Elles n'eurent pas à insister beaucoup, Chloe était si fatiguée qu'elle avait du mal à garder les yeux ouverts. Elle monta dans sa chambre, enfila son pyjama et se glissa sous sa couette. À peine eut-elle posé la tête sur l'oreiller qu'elle s'endormit.

Plusieurs heures plus tard, une bonne odeur de bacon et de pancakes la réveilla. L'eau à la bouche, elle rejoignit ses sœurs autour de la table du petit déjeuner. Elle mourait de faim et elle engloutit son repas comme si elle n'avait rien mangé depuis une semaine.

Ce n'est qu'une fois rassasiée qu'elle se souvint quel jour elles étaient.

— Mon Dieu ! Vous devez vous marier aujourd'hui ! J'ai tout gâché.

— Tu ne vas quand même pas te reprocher d'avoir été retenue par un fou qui a failli te tuer ! s'exclama TJ.

— Mais vos noces ?

— Nous les avons repoussées, voilà tout, répondit Annabelle.

Chloe regarda l'horloge sur le mur.

— Non, il n'en est pas question. Il n'est pas trop tard. Il est encore temps pour vous de mettre vos belles robes et…

— Nous ne nous marierons pas, aujourd'hui, déclara TJ d'un ton sans réplique. Alors, arrête.

— Mais…

— Nous avons une autre raison pour laquelle nous avons préféré repousser la date, ajouta Annabelle, un sourire en coin.

TJ lui lança un regard d'avertissement, et elle se tut.

— Et laquelle ? Que se passe-t-il ? insista Chloe. Je ne comprends pas.

La sonnette retentit.

— Je me demande bien qui ça peut être, dit Annabelle en riant.

— Que manigancez-vous, toutes les deux ? lâcha Chloe.

— Tu devrais aller voir, conseilla TJ.

Lorsqu'elle ouvrit la porte, Chloe resta bouche bée en découvrant Justin en queue-de-pie, coiffé d'un chapeau haut de forme et une canne à la main.

— Voici le costume que j'avais prévu pour le bal masqué. Qu'en penses-tu ?

Elle ne l'avait jamais vu si beau.

— Où allons-nous ? s'enquit-elle comme il l'entraînait dehors.

La journée était claire et froide. Quelques flocons de neige virevoltaient dans l'air.

— Te souviens-tu de notre premier baiser ? demanda-t-il.

Chloe se mit à rire.

— De notre unique baiser, tu veux dire ?

— C'était un jour comme aujourd'hui.

— Oui.

— Je ne peux plus attendre.

Comme il se penchait vers elle, elle leva les yeux vers son beau visage et elle retint son souffle, soudain effrayée. Elle rêvait de ce moment depuis si longtemps.

Il captura ses lèvres tout en la serrant contre lui, l'enveloppant entre ses bras musclés, et il l'embrassa.

Elle avait toujours pensé que le baiser qu'ils avaient échangé dix ans plus tôt avait été parfait, mais elle comprit alors qu'elle s'était trompée. Celui-ci dépassa le premier. Il neigeait et un petit vent glacé s'était levé, mais ils ne sentaient pas le froid. Emportés par la passion, ils n'éprouvaient que l'ivresse de cette étreinte, le plaisir de ce baiser et l'amour infini qu'ils avaient l'un pour l'autre.

Lorsqu'ils se détachèrent enfin l'un de l'autre, Justin remarqua avec un petit rire.

— Manifestement, la magie est toujours là.

Elle hocha la tête, et il poursuivit avec gravité :

— Je t'aime Chloe. Je sais que cela semble soudain, mais en réalité je voulais te le dire depuis des années. Chloe, je suis revenu à Whitehorse pour toi.

Les jours qui suivirent parurent plongés dans le

brouillard. Ils finirent par comprendre l'organisation de l'accord minier qui était à l'origine de tout, à commencer par le meurtre de Drew Calhoun.

Le corps de Monte Decker fut incinéré et l'une de ses tantes éloignées vint chercher ses cendres. Kelly Locke fut enterré dans le cimetière municipal.

Mais ce fut le rôle joué par Blaine Simpson qui ébranla le plus les habitants de la ville.

— Il était si sympathique, disaient-ils. Comme sa pauvre femme.

Tout le monde se sentait mal pour Patsy. Ses voisins et amis auraient voulu l'entourer et lui témoigner leur sympathie, mais elle quitta le Montana le lendemain de la mort de son mari.

— Et que va devenir leur ranch ? demanda Chloe.

— Le père de Blaine va le vendre, dit Justin. Quelle ironie, quand même ! Blaine n'avait pas envie d'être rancher, mais son paternel l'y obligeait. Et finalement…

— Et toi ? Ressens-tu la même chose vis-à-vis du ranch Calhoun ?

— Pas du tout. J'ai toujours rêvé d'y travailler, voire de le diriger. Mais toi, qu'en penses-tu ? Aimerais-tu vivre dans un ranch du Montana ?

— J'adorerais ça.

— Écrire des articles de journaux ne te manquera pas ?

— La presse papier est en train de mourir. Mais grâce à Internet je peux utiliser d'autres supports. Et je trouverai toujours des sujets d'enquêtes et de reportages.

Justin sourit.

— Je te fais confiance.

Après ce baiser fabuleux, ils ne se quittèrent plus. Justin était accommodant, facile à vivre. Il avait le sens de l'humour. Et lui non plus n'était pas du matin.

Ils étaient vraiment faits l'un pour l'autre, comprit Chloe. Justin était son prince charmant.

Épilogue

— Jamais je n'aurais imaginé que nous allions nous marier toutes les trois le même jour, dit Chloe en regardant TJ et Annabelle. Ce triple mariage paraît une idée un peu folle, non ?

Toutes trois éclatèrent de rire. Chacune avait choisi la robe de ses rêves, très différente de celle de ses sœurs.

— Vous êtes ravissantes, toutes les deux, reprit-elle, sentant les larmes brouiller sa vision.

— Ne pleure pas. Tu vas gâcher ton maquillage, ordonna TJ, elle-même très émue.

— Alors, nous osons ? demanda Annabelle, toute excitée.

— Osons, répondit Chloe. Trois sœurs.

— Trois sœurs amoureuses, renchérit TJ.

— Trois sœurs amoureuses qui se marient ensemble, ajouta Annabelle en riant.

TJ sourit. Elle était enceinte, et cette future maternité la rendait plus belle que jamais. Chloe ne l'avait jamais vue plus épanouie.

TJ et Annabelle avaient décidé de reporter les noces au 14 février.

— À la Saint-Valentin ? s'était étonnée Chloe.

— C'est la fête des amoureux, avait expliqué Annabelle. Et ton anniversaire, TJ.

— Épouser Silas sera le beau des cadeaux, avait assuré TJ en riant. Et ces six semaines lui donneront le temps de finir notre chalet. Du coup, nous pourrons y emménager en revenant de notre lune de miel.

Elle avait caressé son ventre qui commençait à s'arrondir.

— Il faut tout préparer pour l'arrivée du bébé. Silas est aux anges.

— Contrairement à toi, avait plaisanté Chloe.

TJ serait une très bonne mère.

— Et ce délai donnera à Dawson le temps d'achever l'agrandissement du ranch, avait renchéri Annabelle. À l'origine, nous voulions construire une aile supplémentaire pour vous deux, pour vous accueillir dignement quand vous viendriez nous voir. Mais maintenant…

Son visage s'était éclairé.

— Maintenant, une des chambres au moins sera occupée par un bébé.

— Es-tu…

— Pas encore, avait-elle répondu. Mais j'ai hâte de tomber enceinte.

À présent, Annabelle se tourna vers le miroir.

— Cela ne se voit pas encore, n'est-ce pas ? demanda-t-elle avant d'éclater de rire. Comme si j'en avais quelque chose à faire. Je ne suis enceinte que de quelques semaines, mais je suis tellement heureuse que j'aimerais l'annoncer au monde entier. C'est drôle, lorsque j'étais mannequin, je me sentais toujours trop grosse. Maintenant, je suis un peu ronde et je ne me suis jamais trouvée plus belle.

— Vous êtes toutes les deux sublimes, déclara TJ avec conviction.

Elle sourit à Chloe.

— Et je suis heureuse pour nous tous, ajouta-t-elle.

Chloe hocha la tête. Elle avait l'impression d'être dans un rêve.

— Parfois, tu sais d'instinct que quelque chose est juste, que tout est en place, lui avait dit Justin quelques jours après leur deuxième baiser. Tout coule de source comme une évidence.

Il était revenu vivre au ranch Calhoun qu'il dirigeait maintenant avec Bert. Chloe était heureuse de voir à quel point le père et le fils s'entendaient bien. La vie leur avait donné une seconde chance, et ils le savaient tous les deux.

— Nous sommes faits l'un pour l'autre, Chloe, avait-il dit.

Elle n'avait pas protesté. Elle en était certaine.

Il avait mis un genou à terre.

— Épouse-moi, Chloe Clémentine, et fais de moi l'homme le plus heureux de l'univers.

Elle avait souri. Elle aimait Justin à la folie.

— Oui. Oh ! oui ! Je t'aime tant, mon amour.

Quand il avait glissé une bague à son doigt, elle avait fondu en larmes. Ils avaient traversé tant d'épreuves. Mais rien jamais ne les séparerait plus.

— Dans combien de temps pouvons-nous nous marier ? avait demandé Justin. Après tout ce que nous avons vécu, je n'ai pas envie d'attendre pour être heureux.

Et à présent elle était sur le point de monter vers l'autel avec ses sœurs. Justin avait adoré l'idée d'un triple mariage et elle aussi. Toutes trois allaient se marier le même jour. Chloe regrettait simplement que leur grand-mère Frannie ne soit pas là pour assister à la cérémonie.

Elle sourit à cette pensée. Frannie aurait été heureuse de les embrasser en ce grand jour. Chloe sentait pourtant la présence de leur aïeule, certaine que, de l'au-delà, elle se réjouissait du bonheur de ses petites-filles.

Chloe venait d'apprendre qu'elle attendait un enfant, elle aussi. La nouvelle était si récente que Chloe n'était pas encore prête à l'annoncer. Seul Justin était au courant et heureux au-delà de tout. Son père serait ravi de devenir grand-père.

Nici était passée l'autre jour pour leur dire qu'elle allait intégrer l'université de Miles City.

— Je ne sais pas encore très bien ce que je veux faire de ma vie. Mais il est temps que j'en fasse quelque chose. En attendant, invitez-moi aux mariages.

Et ils l'avaient conviée.

Chloe jeta un dernier regard dans le miroir en pensant qu'elle n'allait pas tarder à partager sa grossesse avec ses sœurs.

À ce moment-là, Willie passa la tête dans l'embrasure de la porte pour leur demander de se presser un peu. Leurs fiancés les attendaient. La cérémonie allait commencer.

— On y va ?

Comme les trois sœurs se souriaient dans le miroir, TJ lui fit un clin d'œil. Et Chloe comprit qu'elle avait deviné son secret. Entre sœurs, l'essentiel se savait, se devinait, sans qu'il soit besoin de le dire.

JENNA KERNAN

Un allié insaisissable

Traduction française de
VÉRONIQUE MINDER

BLACK ROSE

HARLEQUIN

Titre original :
BLACK ROCK GUARDIAN

1

Alerté par un bruit de moteur, Ty Redhorse leva les yeux du capot de la Cadillac Eldorado de 1976 qu'il était en train de réparer. À son plus vif déplaisir, il vit deux voitures de patrouille de la police tribale venir en direction de son atelier de réparation automobile et de carrosserie. Il se redressa et se concentra, vigilant comme lorsqu'il était encore dans le corps des marines et qu'un danger menaçait.

Les ennuis recommencent, se dit-il en soupirant.

Les forces de police de la réserve amérindienne de Turquoise Canyon où vivait sa tribu ne comprenaient que six hommes. Deux étaient maintenant chez lui dont l'un était son frère Jake.

Ty entretenait des relations épisodiques et relativement tumultueuses avec Jake. Cependant, pas plus tard qu'hier, ce dernier était passé prendre de ses nouvelles. Cette sollicitude pour le moins inattendue avait touché Ty qui, après les épreuves qu'il venait de traverser, n'était pas au mieux de sa forme.

Quelques jours plus tôt, en effet, il avait été affaibli par une blessure à l'épaule et l'abondante hémorragie qui en avait résulté, et n'avait regagné la réserve de Turquoise Canyon qu'au terme d'épuisantes pérégrinations à travers bois. Il n'y avait que là qu'il était en sécurité. Le FBI, qui n'intervenait dans les réserves des Amérindiens que sur autorisation ou invitation des autorités souveraines autochtones, ne pouvait l'y arrêter. Ainsi poussé par un sentiment d'urgence, il avait franchi, à pied et dans les affres, les trente kilomètres séparant Antelope Lake de sa réserve où il se savait hors d'atteinte du FBI.

Pour autant, sa position en son sein restait précaire car, si le conseil de sa tribu avait décidé de ne pas le remettre aux autorités fédérales, la police tribale le tenait à l'œil.

Dès son retour, Kee, son frère aîné qui était aussi médecin à la clinique de Turquoise Canyon, avait soigné et suturé la blessure.

Jake se gara, descendit de voiture, et le salua d'un mouvement de tête à la fois bref et énergique.

La lueur orangée du coucher de soleil de ce dernier samedi d'octobre tomba à cet instant sur le visage de Jake, exposant ses traits réguliers qui révélaient une nature paisible et une conscience tranquille. Ty sourit malgré lui. En dépit de la piètre opinion qu'il avait de la police, il était fier de son petit frère récemment devenu policier.

Un autre homme, de grande taille lui aussi, sortit de la seconde voiture de patrouille. C'était Jack Bear Den, le seul détective de la réserve depuis que la police tribale de Turquoise Canyon avait renoncé à embaucher le détective Ava Hood, au moment où elle avait été exclue de la police tribale de Saguaro Flats pour manquements relatifs aux devoirs et normes de conduite prévus par le code de déontologie policière.

Ty éprouvait la plus vive admiration pour Ava qui, certes, avait commis une infraction disciplinaire, mais dans un but honorable : retrouver sa nièce Louisa, enlevée par le réseau de mères porteuses et de nouveau-nés qui sévissait au sein de la réserve avec la complicité du Wolf Posse, le gang de la tribu. Ava avait atteint son objectif, mais aux dépens de sa carrière, fort prometteuse, qui avait volé en éclats. Ty était toutefois certain qu'elle ne regrettait rien.

Ava évincée, le détective Jack Bear Den restait le seul enquêteur de la réserve, et il était en ce moment devant chez lui avec Jake. Mauvais signe.

— Bonjour, Ty, commença Bear Den, la main tendue.

Ty tenait un vieux chiffon mais ne daigna pas en faire usage. Il lui tendit donc en retour une main noire de cambouis et d'huile de moteur. Impassible, Bear Den la lui serra. Ty contint un sourire et se dit que, tout compte fait, cette journée ne se terminait pas si mal.

— Quel bon vent ? lâcha-t-il. Vous avez besoin d'une vidange ?

Évidemment conscient de son ironie sous-jacente, Bear Den se contenta de secouer la tête.

— Vous voulez fouiller mon atelier ? enchaîna Ty en désignant l'endroit d'un geste ample.

Il ne plaisantait plus. Ce ne serait pas une première. Pour autant, il n'avait rien à se reprocher. Il entretenait et réparait des voitures, qu'elles soient de collection ou récentes. De particuliers et du gang de la tribu.

Par le passé, il en avait été membre à part entière. Cela avait été en désespoir de cause, à une époque où la police, les services de protection de l'enfance, en bref le système, leur avaient refusé, à ses frères, leur mère et lui, leur aide et leur soutien. L'adhésion au gang lui avait offert une alternative ou une échappatoire, disons, intéressantes et surtout servi un dessein ciblé. Peu après il avait pris du recul, dans tous les sens du terme, puisqu'il était parti en Irak. À son retour, il avait réussi à évoluer à la périphérie du gang, à rester en marge de ses activités délictueuses et criminelles. Ce statut de membre passif était admis par un accord tacite avec Faras Pike, le chef du Posse. Malheureusement, cette situation privilégiée avait connu un revirement récent lorsque ses trois frères avaient dû faire face à des dangers liés au Wolf Posse et à un réseau criminel de mères porteuses.

Fort de ses accointances avec le gang et de son accès

à des informations privilégiées, Ty avait aidé ses frères en sous-main et à l'insu de Faras. Pour parvenir à ses fins, il s'était néanmoins trouvé dans l'obligation de demander une faveur à ce dernier et avait mis le doigt dans l'engrenage du système d'échange de bons procédés. Il avait donc été obligé de rendre un « service » à Faras, mais avait-il eu le choix ? Non.

— Vous pouvez regarder, je ne dissimule rien, insista-t-il avec un mouvement de la tête vers la Cadillac et son atelier. Mon activité est déclarée, je peux le prouver.

Bear Den gardait sa main graisseuse écartée de son uniforme impeccable.

— Je te crois. On n'est pas venus pour ça, répondit-il. À propos, j'ai vu la voiture que tu as restaurée pour Gus, le fils du chef. J'ai été impressionné.

Étonné par ce compliment inattendu de la part de Bear Den qui le considérait comme un criminel en puissance, Ty fronça les sourcils puis porta un regard sur son frère.

À l'évidence, Jake aurait préféré être n'importe où ailleurs. Il se tenait un peu derrière Bear Den, montrant ainsi sans ambiguïté qu'il était sous ses ordres et du côté de la police.

Ty attendit que Bear Den en vienne à la raison de sa présence, mais le détective restait silencieux, comme s'il hésitait ou cherchait la bonne entrée en matière.

— Que puis-je faire pour vous ? demanda-t-il enfin, tout caressant machinalement du pouce le tatouage représentant l'emblème du gang sur son avant-bras.

Ce tatouage se trouvait en dessous d'un autre à l'emblème du corps des marines. Conscient que son geste pouvait être interprété comme une provocation, il écarta la main. Du coin de l'œil, il remarqua que le cambouis dont celle-ci était tachée avait maculé le tatouage.

— Nous venons au sujet des disparues de Turquoise Canyon, annonça Bear Den.

Voilà. Il s'y était attendu. La police avait une affaire

criminelle ; il lui fallait donc un suspect… voire un accusé. Il attendit la suite. Le silence persista.

— Quand vas-tu épouser ta fiancée du FBI, Jack ? demanda-t-il pour s'amuser un peu aux dépens de Bear Den, qu'il appela par son prénom.

Déstabilisé, Bear Den rougit.

— C'est une spécialiste des explosifs, non ? insista Ty. Elle devrait rendre ta vie explosive.

Il jubila en voyant Bear Den garder le silence.

Bear Den se retourna pour regarder Jake, toujours en retrait, mais à présent les mains sur les hanches, comme pour prouver son autorité et sa toute-puissance de policier. Cette pose ostentatoire résumait à elle seule Jake : un homme de certitudes, constata Ty.

Son frère avait étudié pendant deux ans dans un collège communautaire puis, son diplôme en poche, passé le concours pour entrer dans la police. Jake n'avait jamais fait partie des marines ni fait la guerre en Irak ou en Afghanistan, contrairement à lui ou à Colt, le benjamin.

C'était probablement pour cette raison que Jake n'avait aucun problème à être armé, songea ensuite Ty dont le regard glissa vite sur son holster de ceinture. Pour sa part il ne supportait pas la vue des armes.

Dans la vie de Jake, tout était noir ou blanc. Il n'y avait pas de juste milieu ; il ignorait l'infinie et troublante palette des gris entre ces extrêmes. Ce devait être confortable de ne pas douter et de partager l'humanité en deux parties tranchées. Son frère le considérait ainsi comme le mouton noir de la famille. Pourtant, qui avait-il appelé à la rescousse lorsqu'il avait craint pour la vie du nouveau-né qu'il avait récemment recueilli ? Pas la police tribale. Non. Son grand frère, le grand méchant Ty, lié au gang de la tribu.

— Hauser et Mills écartés, nous pensons que le Wolf Posse est désormais le seul responsable de la sélection des femmes qu'il livre à la branche du réseau russe de mères porteuses et de nouveau-nés qui sévit dans cette partie du pays, lâcha Bear Den d'un seul coup.

— Des femmes ? Non. De très jeunes filles, rectifia Ty. Elles auraient moins de dix-neuf ans. L'une d'elles, Maggie Kesselman, n'en a que quatorze.

Ty croisa les bras, tachant de cambouis ses biceps.

— Tu ne nies pas l'implication du Posse dans cette affaire ? demanda Bear Den.

— Qu'est-ce qui vous a mis la puce à l'oreille ? ironisa Ty. Minnie Cobb quand elle a attaqué la clinique de Turquoise Canyon, ou Earle Glass quand il a essayé de remettre la main sur l'une des victimes ? ajouta-t-il, prononçant les noms des deux membres du gang impliqués et maintenant en prison.

Le Posse les ayant déjà passés pour ainsi dire en pertes et profits, Ty ne risquait rien à citer leurs noms et les événements auxquels les deux étaient liés.

— Ou Kee, mon frère aîné, quand il a participé à l'opération de la police et du FBI pour retrouver et libérer Ava Hood ? poursuivit-il.

Ava, la petite amie de Kee désormais. Ex-détective et nouveau dispatcher au poste de police remplaçant Carol Dorset partie en retraite après avoir occupé le poste pendant des décennies.

Jake se mordilla la lèvre. À l'évidence, se trouver en porte-à-faux entre lui, le mouton noir de la famille, et le respectable Bear Den, qu'il adulait, le contrariait. Redoutait-il de devoir arrêter son propre frère et de lui passer les menottes ?

Si Jake avait l'assurance et l'autorité, Ty avait pour lui le cynisme et l'audace. Et si Jake se battait dans le cadre du Code de procédure pénale pour la justice qu'il voulait voir triompher, Colt et lui, en revanche, se battaient avec leurs poings et dans le seul but de remporter la victoire. Quant à Kee, il était hors concours : médecin, il avait foi en l'humanité et détestait la violence.

— Dites, vous savez ce qui va m'arriver si un des gars du Wolf Posse passe et voit deux voitures de police devant mon atelier, et surtout me voit tranquillement parler à deux policiers ? lança Ty.

— Tu préférerais que je te conduise au poste de la police tribale au motif que tu es cité comme témoin dans une affaire de kidnapping ? riposta Bear Den. Enfin, témoin, c'est beaucoup dire. Plutôt complice.

C'était une allusion transparente au fait que, deux semaines et demie plus tôt, Ty avait « transporté » Kacey, la petite amie de Colt, en dehors de la réserve de Turquoise Canyon pour la « livrer » aux criminels du réseau. Les guillemets étaient de mise, d'une part car le vocabulaire utilisé par le réseau et le gang était codé et imagé pour tromper la police et, d'autre part, parce que la situation était plus complexe.

Ty avait bien été le « chauffeur livreur » à la demande expresse de Faras, mais il avait, à l'insu de ce dernier, aidé Kacey et Colt amoureux d'elle. Et Kacey avait accepté que Ty la « transporte » : elle avait voulu appâter et piéger ses ravisseurs, auxquels elle venait d'échapper, pour les confondre et retrouver sa meilleure amie Marta, victime elle aussi du réseau.

Aucune violence, pas de brutalité, et une « victime » consentante : le « kidnapping » n'était donc pas avéré.

Les événements prêtaient à une double interprétation et à confusion, mais Ty s'en réjouissait, car il avait trahi la confiance de Faras et du réseau au nom de Kacey et Colt.

Face à l'équivoque de cette situation à leurs yeux incompréhensible, le conseil et la police de la tribu avaient hésité sur la conduite à adopter, et renoncé pour le moment à l'inculper et à le remettre à l'attorney général, donc à la justice fédérale. C'était pourtant la solution pour laquelle Bear Den inclinait.

— Vous ne devriez pas plutôt pourchasser les individus qui ont détruit le barrage ? répliqua Ty.

Bear Den pinça les lèvres.

— Je suis chargé de plusieurs enquêtes. Maintenant, tu préfères qu'on parle ici, ou au poste de police ?

— Qu'est-ce que vous voulez au juste ?

— De l'aide, intervint Jake, tendant les mains dans sa direction comme pour l'en prier. Les disparues sont des filles de notre tribu. Les nôtres. Nous voulons les retrouver.

— Moi aussi. Mais quel rapport avec moi ? lâcha Ty.

— Tu fais partie du Wolf Posse, reprit Bear Den, lui montrant le tatouage désormais maculé de cambouis sur son biceps.

Quatre plumes formant un W.

W pour Wolf. Wolf pour « Loup ».

Le gang était une branche amérindienne des Three Kings. Ses couleurs étaient le jaune et le noir. Ses symboles rappelaient la couronne portée par les Kings et illustraient la culture amérindienne.

— Non. Plus depuis longtemps.

— Faux, dit Bear Den.

Dans un sens, il avait raison.

Ty avait été en marge du gang, mais Faras l'avait récemment sollicité pour participer à ses activités criminelles. Endetté à son égard, il n'avait pas eu le choix.

Jusque-là, il s'était contenté d'entretenir la flotte des membres du gang, se cantonnant ainsi au strict nécessaire, même si c'était encore trop selon lui.

Mais quel autre moyen avait-il, pour protéger sa famille, que de plier, de faire mine de hurler avec les loups ?

— Nous voulons savoir comment le gang sélectionne les filles, et s'il en a choisi ces derniers jours. Nous voulons savoir aussi où sont séquestrées celles de notre tribu qui ont disparu au cours de l'année passée.

Vaste programme. Le réseau « passait commande », le gang se chargeait du « transport du paquet » ou de son « acheminement », selon le vocabulaire consacré, pour le « livrer » à ses « destinataires ». Autrement dit, l'organisation criminelle russe dirigée, dans le sud-ouest des États-Unis, par la famille Kuznetsov. L'organisation Kuznetsov appartenait à un immense réseau de traite d'êtres humains dont les ramifications, tentaculaires, s'étendaient un peu partout dans le monde.

Une fois la « livraison » effectuée, la métaphore postale disparaissait au profit de celle, plus sinistre, de l'élevage. Les victimes étaient considérées comme du bétail. Achat. Vente. Reproduction.

Mais, quelques jours plus tôt, deux maillons importants de la chaîne avaient disparu. Le Dr Hauser, qui inséminait les filles à leur insu, avait été tué, tandis que Betty Mills, sa complice et l'administratrice de la clinique, avait été arrêtée.

— C'est tout ? ironisa Ty.

— Ça suffira pour le moment, répliqua sèchement Bear Den.

Ty s'appuya à la calandre de sa Cadillac, croisa les bras et répondit point par point.

— Je ne sais pas comment le gang sélectionne les filles dorénavant, ni s'il a de nouvelles cibles. Je ne sais pas où les disparues sont détenues.

— Tu pourrais le découvrir, insinua Jake.

Pour seule réponse, Ty lui adressa un regard de regret.

— Coopère avec nos services, insista Jake. Aide-les comme tu m'as aidé.

— Toi, c'était différent. Tu es mon frère. Ma famille, riposta Ty.

Il soupira.

— Écoutez, les gars, je fais un boulot honnête. Faites le vôtre au lieu de vous décharger sur moi. Chacun chez soi et les vaches seront bien gardées, comme on dit.

Bear Den regarda avec insistance dans son atelier, vers la voiture garée derrière la Cadillac.

— Vous aurez beau chercher, vous ne trouverez rien

de suspect. Je répare, entretiens ou restaure des voitures. Mon affaire est irréprochable. Vous ne pouvez pas me forcer à coopérer contre mon gré ni faire pression sur moi.

— Si le gang remarquait que la police s'intéresse à toi et t'en demandait la raison, tu pourrais l'orienter dans une fausse direction ? proposa Jake avec espoir.

La réponse de Ty fusa.

— Les membres du Wolf Posse tuent pour moins que ça, Jakey !

Bear Den resta de marbre.

— Écoutez, Bear Den, poursuivit-il. Vous m'avez arrêté, vous avez insisté pour que le conseil de la tribu me remette au FBI et à la justice fédérale. Je ne vous dois rien. Au contraire.

— Des menaces ? gronda le policier.

— Ce serait illégal. Je vous demande poliment de passer votre chemin.

— Attends, Ty ! intervint Jake. Nous aimerions que tu rencontres quelqu'un. Un agent du FBI. Une femme.

Ty éclata de rire.

— Même pas en rêve !

2

L'agent de terrain Beth Hoosay était assis au côté de Jake Redhorse dans le pick-up Ford F-150 gris métallisé de celui-ci. Elle attendait avec impatience l'arrivée de Ty Redhorse au bar non loin duquel le pick-up était caché à la faveur de la nuit pour passer à l'action.

Ce bar était fréquenté par les motards et, à l'occasion, par des membres du Wolf Posse. Beth avait l'habitude de ce genre d'endroit car elle-même faisait de la moto. Pour les besoins de l'opération de ce soir, la sienne se trouvait sur le plateau du pick-up.

Des agents du FBI chargés de la surveillance des lieux étaient logés dans un van discret garé lui aussi à proximité et équipé d'une unité de surveillance mobile.

Plus tôt dans la journée, la police tribale de Turquoise Canyon avait demandé à Ty Redhorse de coopérer avec les forces de l'ordre pour mettre fin aux exactions du gang et du réseau mafieux qui sévissaient dans la région, et de la rencontrer. Ty Redhorse ayant refusé l'un et l'autre, la police tribale et le FBI, dont l'aide avait été requise par le conseil de la tribu pour démanteler le réseau dans la réserve, avaient décidé de lui forcer la main.

Elle n'arrivait pas à comprendre pourquoi le conseil avait voté contre la décision de remettre cet homme aux autorités fédérales afin qu'il soit jugé en bonne et due forme. Ce criminel circulait en toute liberté. C'était incroyable.

Mais ça allait changer ! Bientôt !

Parce qu'elle allait rencontrer Ty Redhorse sur son terrain dans quelques minutes, et le piéger, se dit-elle, jubilant à cette perspective. Redhorse ne savait pas qui elle était, ni quelle était son activité professionnelle. Les agents fédéraux en planque aux abords du bar pouvaient suivre ses faits et gestes tant qu'elle serait à l'extérieur, mais une fois entrée elle serait seule. Elle avait refusé que des agents se mêlent aux habitués du bar. C'était trop risqué.

Elle connaissait ce genre d'établissement et sa clientèle. Autrefois, quand elle était plus jeune et tête brûlée, elle les fréquentait sans arrêt. Et, après la mort de son père, elle avait eu un petit ami motard qui lui avait appris à faire de la moto – ce dont elle lui était infiniment reconnaissante. Pour autant, leur relation n'avait pas été très heureuse, parce qu'elle lui servait ni plus ni moins que de faire-valoir. C'est sa mère, qui détestait les motos, trop dangereuses, et les motards, tous des inconscients selon ses propres mots, qui lui avait fait remarquer sans ambages que son petit ami ne s'intéressait à elle que pour son allure et sa beauté, due à son métissage. Beth était d'origine amérindienne et caribéenne par ses parents. Rien de plus exotique aux yeux d'un fils de fermier des plaines d'Oklahoma spécialisé dans la culture du soja. Souvent elle aurait aimé pouvoir se fondre dans la masse, car elle détestait attirer l'attention par sa seule apparence.

Mais son physique serait son atout maître, ce soir. Ses supérieurs du FBI l'avaient choisie pour cette opération dans cette réserve apache de l'Arizona pour ses compétences en matière de crime organisé, mais aussi pour ses origines.

Elle était apache du côté de sa mère. Pas apache de l'Ouest, comme Ty ou Jake Redhorse, mais apache de l'Est. Ses ancêtres amérindiens faisaient partie des

Apaches qui avaient combattu aux côtés de Geronimo contre les soldats américains et qui, après l'ultime reddition de ce dernier, avaient subi plusieurs années d'exil pour ensuite gagner l'Oklahoma où ils étaient restés, même lorsque la possibilité de retourner en Arizona leur avait été offerte.

À vrai dire, Beth ne s'intéressait guère à l'histoire ou à la culture des Amérindiens. Elle avait les pieds sur terre, était ambitieuse, tournée vers l'avenir et voyait dans cette mission une occasion unique de démontrer ses talents d'agent de terrain. Ainsi était-elle impatiente de faire ses preuves et d'être récompensée par sa hiérarchie. La totale réussite de cette mission, dont elle ne doutait pas une seconde, lui vaudrait renommée, respect et admiration.

Elle s'arracha à ses pensées quand un pick-up se gara dans le parking. Son conducteur en descendit et remonta son jean avant de claquer sa portière. Le parking était désormais complet. La plupart des pick-up étaient noir et jaune ; les couleurs du Wolf Posse, le seul gang de cette tribu.

À n'en pas douter, le patron de ce bar faisait de bonnes affaires le samedi soir. Beth savait que l'établissement était bondé entre 17 et 20 heures, et fermait vers minuit, sauf le week-end, où il fermait à 2 heures du matin. Constatant qu'il était bientôt 20 heures, elle s'agita. Ty Redhorse n'était toujours pas arrivé.

— Il ne va plus tarder, l'informa Jake Redhorse d'une voix encourageante. Dites, vous ne voulez vraiment pas que je vous accompagne ? C'est assez rustique, vous savez.

— Surtout pas, officier, répartit Beth avec hauteur.

Entrer dans ce bar avec un policier connu de tous aurait un effet désastreux et anéantirait tant le succès de l'opération que ses espoirs de promotion.

En enquêtant sur les disparues de Turquoise Canyon et en résolvant cette affaire pour le moins complexe, elle attirerait l'attention de ses supérieurs, obtiendrait de l'avancement et pourrait enfin quitter l'Oklahoma. Elle détestait l'Oklahoma, et Oklahoma City, une ville surtout connue pour l'attentat qui, en 1995, avait ciblé le bâtiment du FBI. Elle aspirait à une affectation dans une antenne locale plus prestigieuse, et le plus loin possible de ces maudites plaines qui s'étendaient à perte de vue.

Son programme ? Clair et précis. Monter dans la hiérarchie, diriger un Bureau du FBI à DC ou New York, de préférence avant ses trente-cinq ans. Sa mission de ce soir était la clé de sa réussite.

L'exclamation de Jake l'arracha à ses perspectives d'avenir.

— Le voilà, dit-il en s'enfonçant dans son siège.

Beth sourit à part elle en voyant Ty Redhorse arriver sur une moto crème et café. Une magnifique Harley des années 1990, tout en puissance et en chrome, nota-t-elle en connaisseuse, et sincèrement admirative.

Ty avait été sous surveillance discrète pendant la journée et n'avait pas quitté son atelier où il avait travaillé sans discontinuer.

Tiens, il ne porte pas de casque, remarqua-t-elle incidemment. Il s'arrêta dans un espace libre juste à côté de l'entrée du bar, et elle se demanda si cette place lui était réservée. Il coupa le contact, et le silence tomba. Après en être descendu, il mit sa moto sur la béquille centrale sans le moindre effort, comme si elle n'avait pas pesé plus lourd qu'un fétu de paille.

Là-dessus, il retira ses gants et passa les mains dans ses cheveux, plutôt longs, que le vent avait ébouriffés. Enfin, il regarda autour de lui, et plus particulièrement dans leur direction.

À côté d'elle, Jake se recroquevilla davantage sur son siège.

— Il peut nous voir…, murmura-t-il.

— Impossible. Sauf s'il a des jumelles de vision nocturne, répliqua-t-elle à voix haute.

Pour les entendre, de là où il se trouvait, il aurait fallu qu'il ait une ouïe très fine. Elle, en revanche, pouvait l'entendre grâce au matériel d'écoute à distance fourni par les techniciens du FBI.

L'attention de Redhorse fut attirée par un adolescent qui arrivait juché sur un VTT noir à l'évidence flambant neuf. Le gamin portait une casquette jaune à visière plate, un blouson de sport noir en satin – de nouveau les couleurs du Wolf Posse. Au jugé, il devait avoir treize ou quatorze ans. Beth ne s'étonna pas qu'il fasse déjà partie du gang ; elle savait que le recrutement commençait tôt.

— Vous connaissez ce gamin ? demanda-t-elle à Jake en voyant Redhorse se diriger vers l'adolescent.

— C'est Randy Tasa. Il habite à Koun'ndé. Il est au collège avec ma sœur Abbie.

— Koun'ndé ? C'est loin quand même.

— Jewell, sa sœur, est sans doute au bar. C'est la petite amie de Faras.

Faras Pike. Le chef actuel du Wolf Posse. L'une de ses cibles.

Elle monta le son du récepteur posé devant elle pour écouter l'échange de Ty et Randy.

— Qu'est-ce que tu fais ici si tard, Randy ?

La voix de Ty était plus grave que celle de son frère, et plus menaçante aussi.

— Livraisons.

Des livraisons… Ce gamin vendait du cannabis ?

— Montre, ordonna Ty.

Le garçon sortit de la poche de son blouson un sachet Zip-lock qui devait être rempli de doses d'herbe.

— Ça a rapporté ? reprit Ty.

— Pas mal.

— Donne.

Il rackettait le gamin !

— Je suis censé refiler l'argent à Chino.

— Je t'ai demandé ce que tu étais censé faire ?

Le garçon lui tendit aussitôt une enveloppe. Ty la lui arracha des mains, lui confisqua le sachet d'herbe et sa casquette.

— L'enveloppe est vide, Randy, lâcha-t-il après y avoir jeté un coup d'œil. Tu as volé l'argent ?

— Non.

— Si. Je vais dire à Faras que tu es un voleur.

— Non !

Randy se mit à pleurer.

— Il va me tuer !

— Il ne tue pas les enfants. Maintenant, rentre chez toi, Randy. Tu ferais mieux de faire tes devoirs au lieu de traîner dans les parages. Et ne reviens plus par ici ou je te botte les fesses !

Randy se frotta le nez, Ty fit un pas menaçant dans sa direction et saisit le guidon de son nouveau vélo.

— Je t'ai dit de filer ! Et au pas de course !

Le gamin sauta de sa selle et détala aussi vite que le lui permettaient ses jambes maigres. Il était trop jeune pour rester à proximité d'un bar et vendre du cannabis. En fin de compte, Ty Redhorse lui avait peut-être rendu service en lui ordonnant de décamper, conclut Beth.

Là-dessus, elle tourna les yeux vers Jake dont elle perçut la gêne. Ma foi, elle le comprenait. À sa place, elle aussi aurait été très mal à l'aise. Mais elle n'avait ni frère ni sœur et était libre comme l'oiseau. Ce qu'elle possédait tenait dans les top-cases de sa moto, ce qui lui permettait à tout instant de prendre la route pour LA, DC ou NY.

Seulement, avant, elle devait promouvoir sa carrière. C'était son mantra.

Ty appuya le VTT au mur et se dirigea vers l'entrée du bar après avoir fourré le sachet d'herbe dans la poche intérieure de son blouson de cuir. Beth se récapitula ce que Jake lui avait appris.

Les responsabilités de Ty Redhorse au sein du gang n'étaient pas très claires. Selon Jake, il se limiterait à réparer et entretenir les véhicules du Wolf Posse. Fallait-il ajouter à cette activité le trafic de drogue ? Elle mourait d'envie de l'arrêter dès à présent pour possession et trafic de cannabis, mais ce n'était pas le but de l'opération de ce soir, qui était supervisée par son supérieur, le lieutenant Luke Forrest. C'est donc avec un soupir de frustration qu'elle le regarda entrer dans le bar. Ce n'était que partie remise. Tôt ou tard, elle l'arrêterait, et avec des motifs beaucoup plus sérieux.

Impatiente de passer à l'action, elle posa la main sur la poignée de la portière.

— N'intervenez en aucun cas, officier, ordonna-t-elle à Jake Redhorse. Rendez-vous demain au poste de police ! Comme convenu.

Pour cette opération qui allait décider de son avenir, elle avait choisi sa tenue, panoplie plutôt, avec le plus grand soin et afin de mettre en valeur sa plastique, très avantageuse : jean moulant, décolleté affriolant et maquillage de vamp. Elle n'en était pas moins munie de son arme de service, logée dans la poche intérieure de son blouson. De plus, elle portait à la main droite des bagues très jolies, mais très dangereuses, destinées à occasionner un maximum de dégâts, comme lacérer un visage, si d'aventure elle devait se battre à mains nues.

Le plan consistait à séduire ostensiblement Ty Redhorse devant ses amis du gang puis à quitter le bar en sa compagnie. Tous en déduiraient qu'ils allaient passer une nuit mémorable. Erreur. Une fois dehors, elle se déroberait et laisserait Redhorse en plan pour regagner sagement le casino de la tribu où elle avait une chambre.

Et, dès demain matin, Ty Redhorse serait convoqué au QG de sa tribu, où il découvrirait que la sensuelle inconnue était en fait un agent du FBI qui n'avait pas hésité à jouer de ses charmes pour l'appâter et le piéger. De là, le FBI et la police lui demanderaient son entière coopération à l'enquête en cours. Quitte à le faire chanter si de nouveau il refusait.

Le cas échéant, elle se ferait un plaisir de soulever quelques arguments imparables pour obtenir son assentiment. Par exemple, faire savoir à Faras Pike, le chef du Wolf Posse, qu'il avait passé une longue nuit avec un agent du FBI, l'ennemi juré. Ou qu'il avait trahi le gang en protégeant les intérêts de ses frères au détriment de ceux du Posse. Cette dernière assertion était hasardeuse ; il n'y avait pas de certitude, seulement de fortes présomptions. Qu'importe, l'essentiel était de déstabiliser Ty Redhorse dont la situation pourrait tout à coup se révéler très précaire. La manipulation et le chantage, il n'y avait pas de meilleur levier pour obtenir une adhésion aux opérations du FBI.

Elle sortit du pick-up.

— Vous m'aidez à faire descendre ma moto de la benne, officier ?

Jake sortit à son tour, ouvrit le hayon, et mit en place la rampe de chargement.

Comme Beth avait saboté le démarreur de sa moto pour les besoins de l'opération, il lui fallait prendre de l'élan pour la mettre en route. Elle défit les courroies qui retenaient son engin aux arceaux de la benne, l'enfourcha et utilisa l'inclinaison de la rampe pour démarrer.

Elle s'élança sur la route, imaginant avec délectation la tête que ferait Ty Redhorse quand demain, à 8 heures, il la verrait dans la salle d'interrogatoire du poste de police de Turquoise Canyon.

Et se trouverait aussi obligé de collaborer avec le FBI.

3

Ty entra dans le bar et, comme il le faisait toujours, observa les lieux avec attention, Il reconnut la plupart des clients, assis en rangs si serrés sur les tabourets de bar que le serveur avait peine à faire le service.

Non loin se trouvait la scène, surélevée, encore plongée dans l'obscurité. L'orchestre ne commençait à jouer qu'à partir de 21 heures. À cette heure-là, la plupart des clients, du moins les ouvriers et les employés, auraient regagné leurs pénates pour retrouver femme et enfants. Ils s'attardaient rarement ; ils avaient seulement besoin d'un sas de décompression d'une heure ou deux avant de rentrer chez eux.

Certains clients ne touchaient pas à l'alcool pour la bonne raison qu'ils étaient en service. Par exemple, Quinton Ford, le bras droit de Faras, juché sur un tabouret de bar face à l'entrée, devant une bière à laquelle il n'avait pas touché.

Grand et mince, avec des cheveux plaqués autour d'un visage taillé à coups de serpe, il aurait pu avoir du charme. Mais des cicatrices sur les joues le déparaient, souvenirs pas si lointains d'une acné à l'adolescence. Il jouait avec la fermeture Éclair de son blouson d'un air distrait. Faussement distrait. Ty savait que dans la poche intérieure droite se trouvait une arme. Leurs regards se croisèrent, et Ty le salua d'un mouvement du menton. Quinton l'imita, puis reporta son attention sur l'entrée.

Ty ne représentait aucune menace pour Faras.

Tous les habitués savaient que les box qui se trouvaient sur la gauche, sous un pan de mur décoré par des panneaux de signalisation d'autoroute volés dans tout l'État, étaient exclusivement réservés aux membres du Wolf Posse. L'un était occupé par Faras. Jewell Tasa, sa favorite du moment, était sur ses genoux.

Jewell portait un petit haut garni de sequins dorés et doté d'un profond décolleté qui dévoilait une bonne partie de ses seins bronzés. Son jean moulant et ses bottes de motard étaient aux couleurs du gang, noir et jaune. Bien entendu, elle était trop maquillée – lèvres écarlates, regard charbonneux, sourcils sculptés. Brune à l'origine, elle était devenue blonde et entretenait sa crinière léonine avec un soin jaloux.

En voyant Ty, Faras la chassa de ses genoux et, d'une petite tape sur les fesses, l'envoya rejoindre l'aréopage des filles du gang assises à l'écart. Elle toisa Ty en passant devant lui, roulant des hanches comme pour lui signifier qu'elle était une reine de beauté qu'il pouvait toujours convoiter mais qui était inaccessible.

Les autres filles lui adressèrent en revanche des sourires engageants, mais il ne s'intéressait ni à la favorite de Faras ni à ses comparses, si appétissantes fussent-elles dans leurs vêtements moulants.

Il n'avait d'attention que pour Faras.

Le chef du Wolf Posse était âgé de vingt-huit ans, de taille médiocre, avec un visage qu'on disait naguère séduisant, mais qui ne méritait plus que les termes de « vieilli prématurément ». Faras en effet fumait et buvait trop, à quoi s'ajoutaient ses responsabilités de chef de gang. C'est pourquoi il avait le regard d'un homme qui a beaucoup vécu mais qui inquiétait par son cruel éclat minéral. Ses cheveux étaient nattés, tirés en arrière, et il portait un sweat à capuche, un jean et des bottes de cow-boy noirs. À cela s'ajoutaient plusieurs chaînes en or autour du cou. Enfin, il avait des puces d'oreille en diamant.

En face de Faras se trouvait Chino Aria, son homme de main. Un vrai criminel et, de l'avis de Ty, un authentique psychopathe. Chino pouvait gérer la plupart des situations sans le moindre état d'âme tant qu'il n'avait pas à réfléchir ou à prendre de décisions. Il était immense, avec une musculature, impressionnante, des tatouages sur son cou épais et son crâne chauve. Sa présence à elle seule décourageait les fauteurs de troubles.

Ty se dirigea vers les deux hommes.

— Ça ne va pas, *bro* ? lui demanda Faras.

— Ce petit imbécile de Randy Tasa vend ta came, c'est ça qui ne va pas, *bro*, répliqua Ty.

Il prit place sur la banquette à côté de Faras. En chassant Randy, il avait pris un risque parce que non seulement Jewell, la sœur aînée du gamin, était membre du Wolf Posse mais aussi parce qu'elle était la petite amie de Faras. Chino parut quant à lui contrarié, à en juger par les commissures de sa bouche qui s'affaissèrent sur son visage enlaidi par des joues flasques.

— Randy Tasa ? Il ne travaille pas pour moi, dit Faras qui claqua ensuite des doigts devant le visage de Chino afin de rediriger son attention vers lui. Hé ! Chino ? C'est toi qui as recruté Randy ?

Sur ces mots, il leva un sourcil contrarié à l'intention de son homme de main. À de rares exceptions près, c'était à Faras seul que revenait la décision de recruter.

— Ouais, fit Chino.

— Tu avais l'intention de m'en parler ?

— C'est le premier soir. Je voulais qu'il fasse ses preuves.

Randy n'avait pas pu s'offrir un VTT neuf avec les gains d'une seule soirée, songea Ty. Impossible. Chino mentait. Pourquoi ?

Chino posa ses poings massifs sur la table, et le

défia du regard. Ty plaça le Zip-lock de cannabis sur la banquette entre lui et Faras.

— Pas ici ! s'exclama Faras en s'écartant vivement.

— Randy a essayé de m'en vendre pour cinquante billets, prétendit Ty. Je lui ai confisqué son vélo et lui ai ordonné de décamper.

— Il va m'entendre ! lâcha Chino qui sortit de son apathie et se leva brusquement.

Malheureusement, il avait oublié qu'il était assis dans un box ; la banquette ne recula pas. Il heurta donc la table et renversa leurs bières.

Faras jura.

— Désolé, boss, marmonna Chino.

Il essuya la bière du revers de sa manche pour éviter qu'elle coule sur les genoux de Faras. Ty jeta la casquette de Randy sur la table pour éponger.

Faras soupira et chercha des yeux Sancho, le serveur en chef, toujours attentif à son bien-être. Celui-ci tourna la tête dans leur direction. Faras lui fit signe, lui montra la bière qui coulait sur la table. L'un de ses serveurs se précipita avant que Chino, d'une lenteur proverbiale sauf pour dégainer et tirer, ait repris sa place.

Ty espérait que, après la scène devant le bar, Randy terrorisé éviterait le gang et ses membres. C'était un gamin intelligent. Vif. S'il avait un peu de plomb dans la cervelle et de la chance, il pourrait fuir la réserve de Turquoise Canyon et échapper au Wolf Posse. Un petit poisson s'échappant des mailles du filet… Ty soupira. Il aspirait à recouvrer sa liberté, à devenir quelqu'un et à sortir du rôle de mouton noir de la famille. Il savait qu'il valait mieux que ça.

À l'évidence, il était le seul à le savoir.

Son frère Kee avait été sollicité pour rejoindre les Turquoise Guardians, le cercle de Guérison de la tribu, après ses études de médecine dont c'était d'ailleurs l'aboutissement logique. Être adoubé par les « hommes médecine » était un véritable privilège que Ty lui avait envié. Rejoindre Tribal Thunder, son cercle de Guerriers sacrés pacifiques, était un honneur encore plus grand. Le mois dernier, c'est Jake que ses membres avaient sollicité.

— Chino, débarrasse-moi de *ça*, et va me chercher une autre bière, fit Faras.

Chino prit le sachet avec le cannabis que Faras lui passa par-dessous la table, le cacha sous son blouson et sortit du box pour se diriger vers le bar à la hâte.

Faras attendit que Chino et le serveur se soient éloignés pour reprendre.

— Écoute, Ty, c'est moi qui décide et personne d'autre. C'est la dernière fois que tu prends ce genre d'initiative. Compris ? fit Faras.

Ty croisant son regard y lut un avertissement. À l'évidence, Faras était sous pression. À cause des Russes d'un côté, et de la police tribale et du FBI de l'autre.

— Où étais-tu passé ? poursuivit Faras. Je te cherche depuis au moins trois jours. Tu ne réponds pas au téléphone, tu ne rappelles pas non plus.

De nouveau Ty garda le silence. Il aurait haussé les épaules s'il n'avait craint que sa blessure récente se rappelle à son souvenir et le fasse grimacer ; cela aurait éveillé la méfiance maladive de Faras. Ce dernier ignorait qu'il avait participé, à l'insu de la police tribale et du FBI, à la libération d'Ava Hood et de sa nièce Louisa, qu'il avait été blessé puis qu'il avait fui à travers bois pour rejoindre la réserve avant que le FBI lui mette la main dessus, l'arrête et l'enferme dans la même prison que Colton, son père – du moins « le père ». Il refusait d'attribuer un possessif à son géniteur qu'il appelait même par son prénom depuis qu'il l'avait vu lancer une bouteille de bière à la tête de sa mère.

Ni les forces de l'ordre ni Faras ne devaient savoir qu'il avait suivi son frère Kee jusqu'à la maison où avaient été détenues Ava et Louisa, où étaient momentanément « stockées » les filles destinées au réseau.

Si le gang apprenait qu'il avait trahi, il était un homme mort. Sa famille aussi serait en danger.

Kee et Ava avaient juré de garder le silence.

— J'ai dû livrer une Chevrolet Nova de 1978 à Phoenix, répondit Ty.

— Il faut six heures pour faire un aller-retour jusqu'à Phoenix. Pas trois jours et plus.

Ty soutint son regard méfiant sans ciller et ne donna pas davantage d'explications. Faras passa la main sur sa natte, la tira et la rejeta dans son dos.

— Tu m'as demandé une faveur il n'y a pas longtemps, Ty : mentir sur le sort d'un bébé à nos clients. La petite fille recueillie par ton frère.

— J'ai payé ma dette. Tu m'as demandé l'enlèvement et le transport de Kacey Doka.

— On n'est pas quittes. L'opération a échoué. Les deux gars qui devaient prendre livraison de la fille sont morts.

— Pas par ma faute.

— Par la faute de ton frère Colt ; il les a abattus.

— Je ne suis pas responsable des actes de Colt.

— Et moi, j'aimerais savoir comment Colt a su où les Russes attendaient la fille !

— Aucune idée. Il m'a peut-être suivi sans que je le remarque. J'ai exécuté tes ordres et, depuis, je suis dans le collimateur de la police. Je ne dois ma liberté qu'à la mansuétude du conseil tribal.

Faras le fixa.

— J'espère pour toi que tu n'as pas trahi, sinon…

Il n'acheva pas. Il se renversa contre le dossier de la banquette, le visage fermé, une ride profonde entre les yeux.

Ty comprit qu'il était en mauvaise posture.

— Tu m'en dois toujours une, pour le bébé de Jake, insista Faras, le regard glacé.

— Je t'ai déjà renvoyé l'ascenseur, répliqua Ty. J'ai transporté et livré Kacey Doka.

Un silence tomba.

— Tu sais que deux gars de Vitoli ont été tués dans la maison d'Antelope Lake, il y a quelques jours ?

— Je n'ai rien à voir avec cette histoire. Les gars de Vitoli n'ont pas eu de chance, c'est tout, rétorqua Ty froidement.

— Rien à voir ? Tu es sûr ?

Faras était en quête d'informations. Il essayait d'assembler des éléments disparates pour donner un sens à une situation qui lui échappait.

— Je te dis que non. Je t'ai dit où j'étais.

— À Phoenix. Pour livrer une Chevy Nova. Ce qui t'a pris trois jours au bas mot.

Faras marqua une pause et reprit, martelant :

— Si tu tiens à la vie du bébé que Jake a recueilli, tu vas de nouveau devoir me rendre un service.

Ty se sentit une fois encore piégé.

Un sentiment si familier…

Toute sa vie, il avait été piégé. Par sa situation familiale, par l'obligation de s'engager chez les marines, et enfin par le gang. Il aurait voulu avoir au moins une chance de faire quelque chose de sa vie. Quelque chose de *bien*. Comme Jakey, Kee et Colt. Marcher droit dans ses bottes au lieu de louvoyer. Mais il avait décidé de son sort à dix-huit ans et ne le regrettait pas. D'un autre côté, à cette époque, il n'avait pas non plus anticipé les conséquences de sa décision.

Ty voulait sortir de l'engrenage. Sortir du gang. Mais quitter la clique, c'était comme la trahir et ainsi se condamner à mort, voire condamner à mort sa propre famille qui subirait des représailles.

La police tribale ne pouvait protéger ses proches vingt-quatre heures sur vingt-quatre. Non seulement ce n'était pas son rôle, mais elle n'en avait pas non plus les moyens humains. Quant au FBI, ce n'était pas non plus sa mission, sans compter qu'il n'opérait dans la réserve que sur autorisation du conseil de la tribu. Ainsi, le plus souvent, les agents du FBI passaient dans la réserve telles des bernaches du Canada en transit. Et lui, pendant ce temps, il se débattait, seul, dans un nœud de vipères.

— Tu m'écoutes ? demanda Faras.

Comme il opinait, Faras reprit.

— J'ai un nouveau projet. Cristaux de meth. Labo clandestin. Methlab. Méthamphétamine, tu piges ?

Ty fronça les sourcils. Il détestait la drogue sous quelque forme que ce soit.

— De la meth ? Un methlab ? répéta-t-il pour gagner du temps.

— Exact, *man*. Le premier de la réserve. À Deer Kill Meadow Road. Dans un fenil abandonné.

— Le labo sera facile à repérer. À cause de la fumée.

— Il ne fonctionnera que la nuit. C'est toi qui assureras le transport des cristaux la semaine prochaine.

Certainement pas !

— OK, répondit néanmoins Ty.

— Après, on sera quittes, *man*.

À cet instant, Chino revint s'asseoir. Ty quitta la table, s'approcha du bar et prit place à côté de Quinton près des tireuses à bière. Il était absorbé par les pensées les plus moroses quand il vit Quinton, qui tournait le dos au comptoir pour surveiller les allées et venues, se pencher vers l'avant tandis que son pied glissait du tabouret sur lequel il était perché comme si quelque chose de surprenant mobilisait son attention et le déstabilisait. Pour autant, ce n'était pas dangereux car Quinton, qui avait les réflexes rapides, ne sortit pas son arme. Seulement, il ouvrit de grands yeux et se figea, comme si on venait de lui lancer un seau d'eau glacé à la figure.

Étonné, Ty se retourna.

Une femme venait d'entrer dans le bar. Campée au

milieu du tapis Budweiser, elle observait les lieux. Son regard s'arrêta sur lui. Mais peut-être s'illusionnait-il ?

— Bon sang ! fit Quinton. Pourquoi je suis encore en service quand une chose pareille se pointe ?

Une « chose » ? Non. Une femme et, qui plus est, une véritable beauté, corrigea Ty en pensée. Car la nouvelle venue était sublime. Grande, mince, féline…

Ty s'attendait que son compagnon entre à son tour mais constata vite qu'elle n'était pas accompagnée. La belle arrivait seule, de nulle part, dans cet endroit perdu, fréquenté par des motards et les membres d'un gang. Et elle arrivait en conquérante. Soit elle était complètement inconsciente et folle, soit elle était dotée d'une force et d'une assurance souveraines.

Beauté et forte personnalité, conclut-il. La combinaison gagnante chez une femme.

L'inclinaison de la tête de l'inconnue, son regard et sa façon de passer en revue les clients du bar, sans hâte, voilà qui concourait à prouver qu'elle savait à merveille ce qu'elle voulait et faisait. Aucune hésitation ou timidité dans ses mouvements.

Comme si ce bar, le monde, lui appartenait.

Les conversations peu à peu cessèrent, et le silence tomba tandis que les hommes évaluaient leurs chances auprès de la nouvelle venue. Puis presque tous reportèrent leur attention sur leur bière, se retirant d'emblée de la compétition, par fidélité envers leur épouse ou compagne, ou parce qu'ils s'estimaient hors concours.

Ty se pencha, fasciné, la buvant des yeux comme on boit de l'eau fraîche par un été torride. Elle portait des cuissardes en cuir seconde peau, un jean slim noir qui mettait en valeur ses jambes fines et, bon sang, interminables. Elle tenait son blouson d'une main négligente sur son épaule. Elle portait une ceinture de rodéo avec une boucle argentée. Et en plus, une spécialiste d'équitation western ? Il aurait donné cher pour la voir à cheval.

Son teint doré accrochait la lumière, et ses pommettes hautes donnaient à son visage un relief particulier, un air un peu hautain et en même temps rebelle. Elle avait des origines amérindiennes mais pas seulement, pensa-t-il, admirant ses yeux verts et ses cheveux bouclés qui retombaient en masse sur ses épaules.

Magnifique.

À sa vue, les filles du gang assises près de leur homme avaient posé une main possessive sur leur bras, tandis que la sublime inconnue balayait de nouveau la salle des yeux en avançant d'un pas tranquille. Son regard se posa sur lui et elle esquissa un petit sourire. Il s'en réjouit et, en même temps, vit poindre les ennuis. Seulement, cette fois, il n'avait d'autre envie que de courir à leur rencontre.

Justement, l'inconnue s'arrêta devant lui, planta ses yeux dans les siens et prit la parole à haute et intelligible voix pour se faire entendre par-dessus le juke-box.

— Je cherche Ty Redhorse.

4

De l'opinion de Beth, les nombreuses photos de Ty Redhorse et des siens qu'elle avait étudiées avec soin ne reflétaient pas la réalité. Elle n'y avait pas vu ce sourire en coin, un rien malicieux et cependant distant. Sur l'une, prise une dizaine d'années plus tôt, Ty avait dix-sept ou dix-huit ans, et l'apparence d'un adolescent farouche à l'air buté. Sur une autre, tout jeune homme, il posait avec sa famille et semblait mal dans sa peau, mal à l'aise.

Mal à l'aise en famille peut-être ? Ce cliché avait-il été pris à la fin d'un de ces interminables déjeuners ou dîners dominicaux ?

Quoi qu'il en soit, l'homme assis devant elle était bâti en athlète. Il avait le visage régulier, le front large et lisse, et un air juvénile qui le faisait paraître plus jeune que ses vingt-huit ans. Il avait aussi une fossette au menton. De son côté, il la dévisageait, un sourcil levé, signe d'étonnement et de perplexité. Il avait les yeux très noirs, très brillants. Elle n'aurait su dire si ce regard intense la troublait ou la séduisait. Dès qu'elle l'avait croisé, elle avait senti son cœur bondir. Ça avait été comme de s'élancer haut, très haut, jusqu'à toucher le ciel sur une balançoire.

Ty Redhorse ressemblait à un pirate, à Jack Sparrow, avec ces prunelles brûlantes et ce sourire.

Elle se ressaisit. Elle était en mission ; Ty Redhorse

était certes très séduisant, mais il était surtout le moyen d'approcher le gang du Wolf Posse et de renseigner la police et le FBI. Un moyen qui servait ses propres buts. Qu'il soit beau, musclé et attirant n'avait donc pas la moindre importance. Cela dit, quelle femme serait demeurée de marbre face à Ty ? Et elle avait un faible pour les *bad boys*.

C'est peut-être pour cette raison, d'ailleurs, qu'elle était restée insensible et indifférente au frère de Ty, l'officier Jake Redhorse. Les deux hommes se ressemblaient beaucoup, mais Jake n'avait pas le charme ambigu et le magnétisme troublant de Ty. Il avait le sérieux, la dignité et l'autorité que lui conférait son statut de policier. Quant à Kee, l'aîné des quatre frères, qu'elle avait croisé, il incarnait la stabilité, l'harmonie et la force tranquille que l'on aime voir chez un médecin. Il n'en était pas moins bel homme, dans le genre rassurant et résolument optimiste. Enfin, Colt, le plus jeune des quatre, avait, sur les photos, la même séduction troublante que Ty, mais ajoutée à une fragilité ou sensibilité à fleur de peau. Colt Redhorse, rapatrié d'Afghanistan, y avait vécu des événements traumatiques.

Beth soutenait toujours le regard inquisiteur de Ty.

— Ty Redhorse, c'est moi, dit-il enfin.

Le juke-box s'était tu. Elle prit soudain conscience du silence et de l'attention générale.

Elle n'avait pas anticipé l'assurance et la décontraction de Ty. Il n'était pas tendu, aux abois ou sur le qui-vive. Il la dévisageait comme si elle avait été une énigme dont il cherchait la solution, ou une distraction bienvenue. Avec le plus vif intérêt, et cependant avec un peu de distance.

Elle savait que l'homme à sa gauche s'appelait Quinton Ford et qu'il était le bras droit de Faras Pike, lequel était assis un peu plus loin.

Ty Redhorse se leva d'un mouvement souple. Il était grand, très grand. Et, si dans ses yeux noirs brillait une lueur indéfinissable – une espèce de mise en garde ? –, son sourire restait détendu.

— Que puis-je faire pour vous ?

— Eh bien j'ai des problèmes avec ma moto. Nathan, le gérant du *diner*, m'a dit que vous étiez l'homme de la situation et que je vous trouverais ici. Je m'appelle Beth, ajouta-t-elle en lui tendant la main.

Il baissa les yeux dessus sans la lui prendre, puis étudia sa main gauche qui retenait son blouson sur son épaule. Voulait-il vérifier si elle portait une alliance ? Ou si elle en avait porté une récemment ? Quoi qu'il en soit, il marqua une brève hésitation avant de s'emparer avec une étrange sensualité de sa main tendue pour la lui serrer. Sa paume était un peu calleuse, ses ongles avaient un léger cerne d'huile de moteur. Elle se sentit, et cela lui fut inexplicable, le souffle plus court.

— Ravi de faire votre connaissance, Beth, lâcha-t-il d'un ton cérémonieux.

Elle retira sa main mais garda l'impression d'avoir touché une clôture électrifiée.

— Si vous avez besoin que votre moto soit réparée, intervint Quinton Ford, vous devriez plutôt vous adresser à Chino.

Il lui montra le colosse à côté du chef de gang.

— Ah ? fit-elle.

Elle était contrariée par cette intervention intempestive, mais la cacha sous un sourire qu'elle espérait affable.

— Pourquoi ?

— C'est sa spécialité. Celle de Ty, ce sont les voitures.

— Un moteur est un moteur… Et je suis certaine que Nathan m'a bien informée. Qu'en dites-vous, Ty ?

— Allons regarder de plus près, répondit-il avec un peu d'impatience dans la voix.

Enfin satisfaite, Beth sourit de plus belle. Elle avait réussi à appâter Ty Redhorse. Il était prêt à tomber dans le piège qui se refermerait sur lui demain, lorsqu'il apprendrait qu'il avait quitté le bar, au vu et su du gang, avec un agent du FBI. Il n'aurait pas envie que la chose s'ébruite, de peur de conséquences fâcheuses.

Le dénommé Chino s'avança.

— C'est moi qui vais m'occuper de votre moto.

Beth refréna de nouveau sa contrariété.

Ty s'interposa.

— C'est à moi que la dame s'est adressée.

— Parce qu'elle ne me connaît pas, riposta Chino.

— De toute façon tu ne peux pas l'aider, tu es encore en service, répliqua Ty.

Chino leva les yeux au ciel avec une expression torve. Là-dessus, il reporta son attention vers Faras Pike qui lui fit signe de s'approcher de l'index et du majeur.

— Au pied, Chino ! Le maître t'appelle, ironisa Ty.

Les deux hommes s'affrontèrent du regard. Beth prit conscience de la tension, et surtout de l'animosité entre eux.

Ty adressa un petit sourire en coin cynique à Chino, et Beth se mordit la lèvre pour ne pas sourire aussi. À la vérité, elle ressentait une espèce de satisfaction à voir le colosse humilié et obligé de battre en retraite. Mais, avant de tourner les talons, Chino pointa l'index et le majeur vers Ty, comme s'il avait eu un pistolet en main. Puis, d'une onomatopée, imita le bruit d'un coup de feu.

— Plus tard, fit-il ensuite d'une voix basse et menaçante.

Ty ne répondit rien mais se gratta le coin de la bouche avec le majeur. Chino parut ne pas savoir à quoi s'en tenir sur son geste, insultant ou insignifiant. Perplexe, il fronça les sourcils et lui lança un regard furieux avant de rejoindre Faras Pike.

Ty reporta son attention sur elle et lui indiqua l'entrée d'un mouvement du menton.

— On y va ?

Exagérant sa démarche chaloupée, elle se dirigea vers la sortie du bar. Juste avant de sortir, elle fit volte-face. De sa main droite libre, la gauche crochetant toujours son blouson, elle saisit Ty par le devant de son T-shirt pour l'attirer à elle et l'embrassa.

Elle fut surprise par le naturel et l'impulsivité avec lesquels elle s'exécuta. Elle avait en effet redouté le moment de l'embrasser, le point culminant mais le plus délicat de l'opération. Or, ce baiser était proche de la perfection. Sentir les lèvres de cet inconnu sur les siennes, leur avidité, et ses mains frôlant sa taille, prêtes à la lui emprisonner, lui causait un choc sensuel.

C'était à peine si elle entendait les sifflets des clients, car elle était concentrée et avait même fermé les yeux pour mieux savourer le velouté de sa bouche. Cela faisait si longtemps qu'elle n'avait pas reçu de baiser, et surtout un tel baiser !

Quand la langue de Ty s'insinua entre ses lèvres, ses zones érogènes commencèrent à agréablement fourmiller. C'était si bon… Alors qu'elle s'abandonnait de plus en plus à ses sensations, une petite sonnette d'alarme la ramena brutalement à la réalité. Trop tard, elle prit conscience de son erreur ; elle était en mission et succombait à un inconnu comme une lycéenne !

À peine cette pensée l'eut-elle effleurée qu'elle recula, le dévisagea et constata que Ty avait cessé de sourire. Il l'observait maintenant avec un mélange d'avidité, d'impatience et un peu de surprise. Plutôt, il la jaugeait. Comme les grands prédateurs, il avait l'instinct, la capacité d'évaluer s'il faisait face à une opportunité ou à une menace.

Puis il passa devant elle et lui ouvrit la porte. Les clients sifflaient toujours et applaudissaient.

— Fais pas mentir ta réputation, Ty ! cria l'un d'eux.

Ty sourit et salua comme s'il venait de remporter une victoire. Beth sourit à part elle.

Patience.

Demain, dans la salle d'interrogatoire de la police tribale, il verrait la situation d'un autre œil et comprendrait que c'était elle qui l'avait vaincu.

Haut la main.

5

Dehors, il faisait nuit. L'unique lampadaire devant le bar éclairait mal le parking. Une publicité lumineuse pour une marque de bière colorait le pare-brise poussiéreux des pick-up garés en s'y reflétant.

— C'est par ici, signala Beth, le conduisant vers l'endroit le plus sombre du parking.

Mais Ty l'attira entre deux pick-up pour l'embrasser de nouveau. Elle se laissa faire, s'octroyant ce petit plaisir en dépit du fait qu'elle était en mission. Mais, quand la main de Ty glissa de sa taille à ses fesses, elle se ressaisit et se dégagea vite.

— La moto, lui rappela-t-elle en enfilant son blouson.

Elle n'avait plus à craindre qu'il repère l'arme logée dans sa poche intérieure.

— Je sais. Mais une fois que je l'aurai réparée, tu vas repartir. C'est dommage, non ? lâcha-t-il d'une voix caressante.

Beth ne put s'empêcher de sourire. Ty Redhorse était si attirant. Quel dommage qu'il fasse partie d'un gang et soit un petit délinquant !

Son regard sombre, étincelant, promettait un plaisir dont la seule pensée la soulevait. Sa bouche aux coins à peine retroussés la défiait. Et elle continua de le dévisager, incapable de détourner les yeux. Elle admira son menton volontaire, son nez droit et les cils plutôt longs qui ombraient ces pupilles noires tellement luisantes.

Ses cheveux étaient emmêlés à cause du vent, mais il y semblait indifférent, comme s'il avait compris d'instinct que cela ajoutait à son charme.

Elle avait conscience de le dévorer des yeux, de jouer avec le feu, mais elle avait une telle envie de céder... Elle était en effet certaine qu'il serait un amant exceptionnel et saurait lui donner du plaisir après de tels préambules.

— Tu piques. Tu dois te raser, dit-elle faute de mieux.

Et elle posa la main sur sa propre joue qu'elle frotta légèrement.

— Tu vas m'égratigner...

— J'ai un rasoir, chez moi, répliqua-t-il.

— Je ne peux pas aller chez toi. Ma moto...

Elle n'acheva pas et lui adressa seulement une moue de regret, baissant les paupières pour lui masquer son regard qui, sans doute avide, démentait ses propos.

— Allons voir.

— Suis-moi.

— C'est quoi, ta moto ? demanda-t-il alors qu'il la suivait à travers le parking poussiéreux.

— BMW F800GT, dit-elle en désignant l'engin garé à l'écart d'un geste.

Il siffla, admiratif, s'en approcha et passa la main sur la selle en cuir, en épousant la forme avec sensualité. Beth suivit sa main des yeux avec un frisson, comme si c'était elle qu'il caressait.

— Sublime..., conclut-il.

Il retira sa main et la posa sur son estomac plat. Beth réprima un nouveau frisson.

— Je l'ai achetée d'occasion et à un bon prix.

Lors d'une vente aux enchères organisée par la police. Cette moto avait appartenu à un escroc qui jouait l'argent de ses clients.

— Tu as réussi à venir au bar malgré la panne ?

— Oui. J'ai eu un problème de démarrage au *diner* et j'ai demandé de l'aide. Nathan m'a parlé de toi.

Là-dessus, j'ai démarré à la poussette, du haut de la pente où se trouve ce *diner*.

— Un problème de batterie ?

— J'en doute. Elle est neuve.

— Tu as peut-être laissé les phares allumés quand tu étais au *diner* ?

Pour seule réponse, elle les alluma.

Ty monta sur la moto.

— La bécane est bien au point mort…, dit-il ensuite.

Une mèche de ses cheveux retomba sur ses yeux alors qu'il essayait de faire démarrer la moto et y échouait.

— Ça peut être l'allumage, les bougies encrassées, ou l'antiparasite. Ou encore le contacteur d'embrayage…

— Les bougies sont neuves.

— Il faudrait aussi vérifier la carburation, elle est peut-être mauvaise, continua Ty. L'huile moteur est peut-être trop dense et ne permet pas au bloc-moteur de fonctionner correctement ? Il faudrait alors vidanger.

Puis il se tut et la fixa.

— J'ai un garage et j'habite au-dessus, reprit-il avec un regard entendu.

Bien sûr elle ne l'ignorait pas.

— Tu veux que je vienne demain matin ? lança-t-elle, l'air innocent.

— Et pourquoi pas maintenant ? Mais tu dois conduire. Moi, j'ai trop bu.

Il mentait. Elle savait par Jake qu'il ne buvait pas.

— Il n'est pas question que tu répares ma moto si tu es ivre.

— Je serais capable de la réparer ivre ou les yeux fermés.

— Tu es venu comment ?

— En moto.

— Et ta moto justement ? demanda-t-elle.

— Elle ne risque rien. Pas de problème.

Personne n'y toucherait. Il avait la protection du

Wolf Posse. Et de la police tribale, depuis que Jake en faisait partie.

— Juste par curiosité : comment envisageais-tu de rentrer chez toi puisque tu es ivre ?

— Je vis le moment présent.

— Tu ne sembles pas ivre. Tu ne sens pas l'alcool.

— Et si j'étais ivre du plaisir d'être avec toi ? À la pensée d'être derrière toi, sur une moto de 90 chevaux et des nombreuses possibilités suite à notre balade ?

— Ne te fais pas d'illusions, tu ne me mettras pas dans ton lit. Je veux seulement que tu répares ma moto.

— Si tu le dis…

Elle fut étonnée qu'il n'insiste pas. Pensait-il, à tort, qu'elle changerait d'avis ? Il semblait si sûr de lui. Elle ne doutait pas qu'il soit un excellent amant, mais elle ne devait pas se laisser distraire de son but qui consistait à le piéger, et non à se faire piéger par lui. Céder à Ty donnerait à ce dernier un pouvoir, un ascendant sur elle. Et elle ne voulait pas être en position de faiblesse lors de la réunion de demain dans les locaux de la police tribale.

— Tu as un casque ? demanda-t-elle en prenant le sien.

— Je n'en porte jamais.

Rebelle envers et contre tout, conclut-elle.

— On va démarrer à la poussette, dit Beth, saisissant le guidon. On y va ?

Elle monta sur sa moto, retira la béquille, débraya, engagea la deuxième vitesse et mit le contact. Ty poussa la moto. Une fois qu'elle eut pris suffisamment de vitesse, elle relâcha l'embrayage. L'engin démarra, et elle mit les gaz. Ty monta derrière elle.

— Où est ton garage ? lui cria-t-elle tandis qu'ils quittaient le parking.

Il posa les mains sur sa taille et lui indiqua l'itinéraire. C'était agréable de rouler avec Ty Redhorse derrière elle… En dépit de l'aversion de sa mère pour les deux-roues, elle aimait faire de la moto et, surtout, elle aimait la vitesse. Ty et elle avaient un point en commun : la passion des belles motos.

Réchauffée par la pression de son corps contre son dos, soulagée qu'il n'ait pas noué les bras autour d'elle – il aurait pu sentir son arme dans sa poche intérieure –, elle prit la direction de Koun'ndé, qui était l'une des trois communautés de la réserve de Turquoise Canyon.

Ils arrivèrent vite devant son atelier de réparation automobile. Le bâtiment isolé comprenait un étage et aurait été plongé dans la nuit la plus totale sans les deux projecteurs qui en éclairaient l'accès, à savoir une double porte vitrée. Elle leva les yeux et aperçut une rangée de fenêtres à l'étage. L'appartement de Ty.

Alors qu'elle coupait le contact, un mouvement sur sa gauche la fit sursauter.

— C'est ma chienne, Hemi, déclara Ty.

— Hemi comme le moteur ?

Ty lui adressa un sourire appréciateur.

— Exact, fit-il en descendant de la moto.

Elle retira son casque qu'elle posa sur le siège.

— Jolie balade, dit-il ensuite, caressant sa chienne. Hemi, ma belle, je te présente Beth.

Beth mit la béquille et descendit à son tour, tendant la main vers Hemi qui, à son avis, ressemblait plus à un loup qu'à un chien.

— Salut, Hemi.

Hemi fit deux pas dans sa direction mais aussitôt après se coucha et posa la tête entre ses pattes avant. Beth fronça les sourcils sans comprendre.

— Que se passe-t-il ? demanda-t-elle à Ty qui soudain la dévisageait d'un air hostile.

— Tu es armée.

— Quoi ?

— Selon Hemi, tu es armée Beth, martela-t-il glacial.

Stupéfaite, elle reporta son attention sur la chienne.

— Alors ? insista Ty.

Elle ouvrit son blouson et en sortit son arme de service.

L'expression de Ty, son regard, s'assombrirent davantage. Il la scrutait comme si elle venait de lui causer la plus terrible des déceptions. Comme si, en un instant, elle était devenue sa pire ennemie. Étrange retournement de situation, se dit-elle, déconcertée.

— Je ne veux pas d'armes chez moi, dit-il d'un ton sans réplique.

— J'ai le droit de me protéger.

— Manquement aux obligations de loyauté et de bonne foi : annulation du contrat.

— Pardon ? Un contrat ? demanda-t-elle, étourdie par ces derniers mots.

— Je ne répare pas ta moto. On s'arrête là.

Il la dévisagea avec froideur.

— Je vais t'aider à démarrer. Tu regagneras Piñon Forks, tu passeras la nuit au casino. Demain, appelle Ron de ma part.

Il sortit un stylo et lui fit signe de tendre la main. Elle obtempéra, il écrivit un numéro de téléphone sur sa paume.

Il la virait purement et simplement ? Elle était stupéfaite, sidérée d'être aussi déçue et vexée.

— Ron connaît bien les motos, conclut-il. Autant que moi.

— Où est son garage ?

— En face du QG de la tribu. Tu trouveras.

Déjà il se plaçait derrière sa moto comme s'il était pressé de se débarrasser d'elle.

Elle n'eut que le temps de remettre son casque.

6

Dimanche matin Ty travailla à un projet qui lui tenait à cœur ; la réparation d'une Pontiac Trans Am de 1978 qu'il avait sauvée de justesse de la casse. Mais ce n'était pas sa passion pour les vieilles voitures qui l'avait fait se lever à 5 heures. Il savait parfaitement quelle en était la raison. Ou plutôt qui.

Beth.

Il n'avait cessé de penser à elle.

Toute la nuit il avait été obsédé par sa beauté, son allure et sa passion pour les motos. Le nom de sa chienne lui avait aussitôt évoqué le moteur de la marque déposée du constructeur automobile Chrysler, et elle savait faire démarrer une moto à la poussette. Mais c'était surtout les baisers qu'ils avaient échangés qui lui occupaient l'esprit et avaient provoqué son insomnie.

Elle était trop belle, trop originale et captivante pour être vraie. De plus, ce genre de femme ne surgissait pas inopinément dans la vie d'un homme. À l'évidence, elle était venue dans ce bar et l'avait abordé dans un but précis. Lequel ?

Cette question à laquelle il ne trouvait pas de réponse le tourmentait.

— Bon sang ! s'exclama-t-il, si énervé qu'il lança au loin le chiffon qui lui servait à s'essuyer les mains.

Son portable sonna soudain dans le silence. L'horloge murale lui apprit qu'il était presque 8 heures. Il décrocha.

C'était Jake. Son frère lui demandait de venir toutes affaires cessantes au poste de police de la tribu.

Un dimanche matin ? Si tôt ?

Il sentit son estomac se nouer. Suite à son refus de coopérer d'hier, le conseil de la tribu était-il revenu sur sa décision de ne pas le remettre au FBI ?

Allait-on finalement l'inculper pour l'enlèvement et le transport de Kacey Doka en dépit des déclarations de Kacey qui le dédouanaient ?

À moins que la police de la tribu n'ait découvert que le sang, sur la scène de crime de la maison d'Antelope Lake, était aussi le sien ? Dans ce cas, la police allait l'accuser de complicité avec les Russes qui y avaient séquestré Ava, la petite amie de Kee, et la nièce de cette dernière…

Le café qu'il venait de boire lui pesa soudain sur l'estomac.

— OK. J'arrive, dit-il seulement à son frère.

Raccrochant, il pensa au sac militaire caché sous son lit et dans lequel il avait mis des affaires de première nécessité, pour le cas où il devrait prendre la fuite dans l'urgence.

Ce moment était-il venu ?

Il savait qu'il devrait tôt ou tard payer le prix de son opportunisme. À présent, il était acculé. Mais avait-il le droit de fuir pour éviter une arrestation, d'abandonner à leur sort, enfin au gang, sa mère, sa petite sœur et ses frères ? Non. D'autant que Colton Redhorse sortirait un jour ou l'autre de prison. Il avait été condamné à douze ans et venait d'en faire dix.

Sa famille redoutait une libération anticipée. Surtout Ty, parce qu'il avait l'absolue certitude que Colton reviendrait dans la réserve pour se venger de lui. La prison ne l'avait certainement pas apaisé mais au contraire endurci et rendu plus violent.

Il devait partir, car vingt minutes de route séparaient

Koun'nde de Piñon Forks, où se trouvait le QG de la tribu qui hébergeait le poste de la police tribale. Il retira son casque de soudeur, le suspendit au mur, puis éteignit son poste de soudure.

Hemi sur ses talons, il monta dans son appartement au-dessus de son atelier.

Après avoir pris une douche, il prépara quelques affaires, au cas où la police le garderait. Puis il sortit le sac de sous son lit, l'ouvrit et en passa le contenu en revue : matériel de camping, trousse de premiers secours, aliments lyophilisés, outils, clés de voiture et de moto, argent liquide. Le jour de la fuite était donc vraiment arrivé ? s'interrogea-t-il de nouveau.

Il mit ses sacs dans le coffre de sa Pontiac GTO de 1967. Il devait aussi penser à dire à Jake de récupérer sa moto, restée devant le bar.

Enfin, il nourrit à Hemi, la fit monter dans sa voiture puis se rendit chez sa mère pour la lui confier.

Sa mère habitait sur les hautes terres, à l'extérieur de Piñon Forks. Quand il arriva chez elle, sa mère houspillait Abbie et les trois sœurs Doka pour qu'elles cessent de lambiner et se préparent pour aller à l'église. Elle lui proposa une collation que, pressé et d'humeur sombre, il refusa. Il demanda à Burt Rope, son nouveau beau-père, de s'occuper de Hemi.

— Tu as des problèmes ? s'enquit Burt.

— Possible. La police tribale m'a convoqué.

— C'est la troisième fois, pas vrai ?

— La quatrième.

— On va s'occuper de Hemi, ne t'inquiète pas.

Burt lui posa la main sur l'épaule et la tapota.

Ty appréciait Burt, paisible et fiable, et qui, à la différence Colton Redhorse, rendait sa mère heureuse.

Il remonta en voiture et prit la direction du poste de police. Plus il y pensait, plus il se disait qu'on allait le remettre au FBI.

Avec précaution, il fit des mouvements d'épaule. Si la police tribale ou les Fédéraux lui ordonnaient de se dévêtir et le voyaient torse nu, ils le questionneraient sur l'origine et la cause de sa blessure récente et plutôt sérieuse. Ils feraient vite le rapprochement avec le sang qui avait été retrouvé dans la maison d'Antelope Lake où Ava et sa nièce avaient été séquestrées.

À sa demande, ni Kee ni Ava n'avaient mentionné sa présence sur les lieux, et le rôle pourtant glorieux qu'il y avait joué. Kee et Ava, éperdus de reconnaissance, n'avaient pas non plus cherché à savoir comment il avait réussi à parvenir à cette maison.

Ce jour-là, il n'avait pas perdu de vue Kee, pressenti pour participer à une opération destinée à libérer Ava Hood et sa nièce, et montée par le FBI et la police de la tribu. Le Dr Hauser, récemment arrêté pour complicité avec le réseau, avait révélé l'adresse du lieu – une maison au bord d'Antelope Lake – et, en échange d'un aménagement de peine, avait accepté de participer lui aussi à l'opération.

Ty était parvenu à les suivre avec plus d'habileté que les agents du FBI qui avaient en effet perdu leur trace suite à un imprévu. Kee et Hauser s'étaient bien rendus dans une maison d'Antelope Lake, mais les Russes qui les y attendaient leur avaient fait traverser le lac en hors-bord pour gagner une seconde maison, où étaient emprisonnées Ava et sa nièce Louisa.

Ty les y avait rejoints peu après. Pour y entrer et porter secours à son frère, il avait brisé une fenêtre, s'entaillant profondément l'épaule par la même occasion. Il y avait ensuite eu un échange de coups de feu entre Ava et les Russes, ce qui leur avait permis à tous de prendre la fuite avec le hors-bord. Le FBI était arrivé sur les lieux désertés beaucoup plus tard. Faras, le FBI et la police ignoraient qu'il y avait été présent. Mais son sang l'avait peut-être trahi.

Il arriva à Piñon Forks. Ses habitants, son administration et sa clinique étaient revenus s'installer en ville, quelques jours plus tôt, c'est-à-dire une fois que le barrage en amont avait été renforcé par l'USAC – corps du génie de l'armée de terre missionné par la FEMA, The Federal Emergency Management ou Agence fédérale des situations d'urgence. L'État de l'Arizona entreprenait maintenant les réparations du barrage de Skeleton Cliff, en amont de leur réserve dont la sécurité restait compromise,

En se garant près de la clinique, proche du poste de police et du QG de la tribu, il eut une pensée pour Kee, sans doute débordé maintenant qu'il était le seul médecin à y exercer.

Le Dr Hector Hauser avait en effet perdu la vie dans la maison d'Antelope Lake, mais Ty n'en concevait aucun regret.

Il fut de nouveau repris par ses inquiétudes, et se demanda si on allait l'emprisonner dès aujourd'hui, ou si on allait le laisser en liberté en lui enjoignant de rester à la disposition de la police et de la justice… ce qui lui permettrait de prendre la fuite. Autant se soustraire à la police et fuir maintenant, non ? Et abandonner sa famille ? Et fuir pour aller où ?

En Alaska ? Pourquoi pas… Il y retrouverait Colt, le plus jeune de ses frères. Et puis, en Alaska, sa réputation ne le suivrait pas. Mais, selon toute vraisemblance, il serait dès ce soir à la prison de Phoenix où était déjà incarcéré Colton Redhorse.

Résigné, il descendit de voiture et traversa la place entre la clinique et le QG de la tribu, y entra et se dirigea vers le poste de police. Jake le salua depuis le banc d'accueil.

— J'ai besoin d'un avocat ? s'enquit Ty.

Jake ne sourit pas et ne plaisanta pas. Il avait l'air sérieux comme jamais.

— Je doute que ça suffise.

— Je vais donc être arrêté…, poursuivit Ty, regardant au fond, vers le bureau du chef Wallace Tinnin.

Ce dernier, à sa vue, se leva et prit ses béquilles.

— C'est une possibilité, répondit Jake. Je te conseille donc d'être raisonnable, pour une fois.

Jake ne le comprenait pas. À sa décharge, il avait toujours été du bon côté de la loi. Ce qui ne l'avait pas empêché de lui demander d'intervenir pour que Faras informe ses associés que le bébé né de mère porteuse et chèrement payé par ses parents biologiques en mal d'enfant était mort à la naissance. Ty avait obtempéré. Cette intervention lui coûtait un prix que Jake ne pouvait imaginer.

Tinnin s'approcha en claudiquant sur ses béquilles. Il avait le pied cassé et dans le plâtre depuis la rupture de la digue.

— Merci d'être venu, lui dit-il avec son affabilité coutumière que Ty trouva cependant déplacée, vu le contexte. Si tu veux bien me suivre, je te prie.

Tinnin allait donc le conduire dans la salle d'interrogatoire, en déduisit Ty toujours résigné. Il ne savait plus s'il avait encore la carte de visite de son avocat dans son portefeuille.

Le chef le laissa seul dans la salle d'interrogatoire pendant une vingtaine de minutes durant lesquelles Ty se demanda de quels éléments concrets la police disposait pour l'inculper. De là, il songea au sort de Betty Mills, l'ex-administratrice de la clinique et complice du Dr Hauser, et de la mère de Kacey Doka. Les deux, liées au réseau, avaient été remises au FBI après un vote du conseil de la tribu.

Bien que Betty Mills ait accepté de coopérer avec la police et le FBI, l'accord avait été rompu, car elle avait omis de révéler qu'Ava Hood était en danger. Suite à cela, Ava avait été enlevée et avait failli perdre la vie.

Certain qu'on l'observait par le miroir sans tain, il s'exhorta au calme.

Enfin, la porte s'ouvrit sur Jack Bear Den qui tint la porte à Tinnin sur ses béquilles et à…

Beth !

Stupéfait, il se renversa contre le dossier de sa chaise. Il avait devant les yeux la sublime créature passionnée de moto dont les baisers lui avaient fait tourner la tête.

Aujourd'hui, elle était vêtue et maquillée avec un soin discret qui révélait mieux son piquant. Ses cheveux bouclés rassemblés en un chignon, elle portait un tailleur-pantalon et d'élégants escarpins. Sa veste cintrée ouverte laissait voir le holster à sa hanche, et sa plaque d'identification ainsi que son badge fixés à une lanière passée à son cou. Elle incarnait l'assurance que donnent l'autorité et la conviction d'être dans son droit et en accord avec le système.

Il surprit une lueur amusée au fond de ses yeux verts et un léger sourire au coin de ses lèvres.

Il soupira. Maintenant, il comprenait.

Le FBI, par le biais de Beth, l'avait piégé.

Faras l'avait vu embrasser Beth. Chino et Quinton aussi. Et d'autres membres du Wolf Posse. Son aréopage féminin. Les clients du bar…

Tous, sans exception, l'avaient vu s'en aller avec cette femme à son bras.

Si Faras apprenait qu'elle appartenait au FBI, il serait un homme mort.

Soudain, les charges que la police pouvait avoir contre lui et pour lesquelles il pensait avoir été convoqué lui parurent insignifiantes au regard du péril qui le guettait.

— Bonjour, Ty, fit Beth en posant un dossier sur la table. Contente de te revoir. Ça va ?

7

Ty restait muet. Il observait Beth qui, de vision de rêve, était devenue en l'espace d'un instant son pire cauchemar. Bon sang ! Comment avait-il pu être aussi bête ? Il était certain que la surprise qui l'avait réduit au silence lui donnait l'air stupide. Conscient de béer, il referma la bouche. Il était glacé, sous le choc à la pensée de son incommensurable imprudence d'hier soir et des conséquences qu'elle allait avoir.

Bien joué, Beth !

Il avait certes eu des soupçons sur les raisons de sa présence au bar, mais il avait été loin de penser que Beth, racée, sexy, sensuelle et transgressive était une représentante du puissant service fédéral. Elle ne correspondait pas à l'idée que l'on se faisait d'un agent.

Comme son regard descendait sur ses lèvres, il se souvint de leurs baisers et frémit malgré lui. Même accablé par ce nouveau coup du sort, et furieux, il restait troublé, sensible à sa beauté. Elle l'avait adroitement utilisé à des fins qu'elle n'allait pas tarder à lui révéler, mais qu'il devinait déjà.

— Qu'est-ce que tu veux ? lui demanda-t-il d'un ton froid.

Elle le fixa droit dans les yeux. Il s'attendait à ce qu'elle triomphe mais, contre toute attente, elle se rembrunit, étrécit le regard et inclina la tête, le dévisageant comme s'il était une énigme. Ou comme si elle anticipait une explosion de colère et de frustration.

En proie aux sentiments les plus extrêmes, il sentit sa fureur s'amoindrir, puis céder la place au fatalisme.

Comment son instinct, toujours très sûr, avait-il pu le tromper à ce point ?

La réponse bien sûr était simple : il n'avait vu en Beth qu'une femme sublime, sûre d'elle et libre. Si Hemi avait senti des résidus de poudre et de l'huile lubrifiante, il s'était quant à lui laissé griser par son parfum aux effluves d'orchidée et de gingembre.

Au bar, elle avait attiré les regards, mobilisé l'attention et attisé la curiosité générale. Celle de Faras en particulier. Toute personne évoluant dans le périmètre du gang l'intéressait, que ce soit en tant que danger possible ou, au contraire, en tant que membre potentiel.

Bear Den toussota, sans doute pour rompre le silence lourd et gêné qui régnait. Il s'était campé à la gauche de Beth, et Tinnin, cramponné à ses béquilles, à sa droite. Ty l'entendait mâchonner son chewing-gum, et ce bruit, pourtant à peine perceptible, était à peu près le seul dans la pièce. Les trois représentants de l'ordre debout devant lui, qui était assis, le dominaient et semblaient ainsi faire front.

Il savait que cette forme d'intimidation était en usage lors d'interrogatoires, aussi y demeura-t-il à peu près indifférent, préférant garder son attention concentrée sur Beth.

— Je suis l'agent Beth Hoosay, commença-t-elle. Apache de l'Oklahoma. Agent de terrain du FBI de l'équipe de lutte contre le crime organisé et le trafic d'êtres humains. Assignée à la Task Force – force spéciale – en Arizona pour l'enquête sur la branche russe du réseau de mères porteuses qui sévit dans le sud-ouest de notre pays.

— Et ta moto, elle roule ? coupa-t-il, s'efforçant de parler avec naturel alors qu'il était de plus en plus déstabilisé par l'aspect manifestement inextricable de sa situation.

— C'était seulement le démarreur. Fil d'alimentation débranché. Facile à réparer.

Sabotage effectué par ses soins, pour les besoins de sa mission de séduction, se dit-il.

— Ton boss approuve ta fréquentation des bars louches et des mauvais garçons ?

Il avait cru l'embarrasser, il y échoua. Elle sourit et parut satisfaite.

— Et ton boss, tu crois qu'il va approuver tes fréquentations, en particulier celle du FBI ?

Ty s'exhorta au calme.

— Un point pour toi, Beth.

— Après cet échange de politesses, venons-en au fait, reprit-elle en ouvrant son dossier.

Elle en sortit une feuille de papier, qu'elle posa sur la table et poussa dans sa direction.

— Voici la transcription d'un enregistrement effectué sur un téléphone portable que l'agent Forrest avait donné à Colt Redhorse et dont Kacey Doka s'est servi pour contacter nos services.

Ty était au courant, d'autant plus que c'était lui qui avait conseillé à Kacey d'appeler le FBI.

— Voilà le passage qui nous intéresse, poursuivit Beth.

Elle le lui montra de la pointe de son ongle parfaitement manucuré.

Ty lut.

Kacey Doka : *Les Russes ne sont pas encore là.*

Conducteur : *Regarde mieux.*

Pause.

Kacey Doka : *Où est Colt ?*

Conducteur : *Aucune idée. Embusqué, sans doute. C'est un bon tireur. Ne t'inquiète pas.*

Ty repoussa le feuillet. La police, le FBI l'avaient convoqué à cause du « pseudo-kidnapping » de Kacey Doka ?

— Où voulez-vous en venir ? demanda-t-il donc.

— Tu ne l'as pas encore compris ? lança Beth.

Il garda le silence.

— OK, reprit-elle en lui mettant sous les yeux un autre feuillet. Voici les résultats des analyses du sang qui a été retrouvé dans la maison d'Antelope Lake il y a quelques jours, suite à un échange de coups de feu qui a fait trois morts, dont le Dr Hauser.

— Continue, tu m'intéresses.

— Le Dr Kee Redhorse et le Dr Hauser ont participé à une opération montée par le FBI avec l'accord de la police tribale pour délivrer deux victimes du réseau séquestrées dans cette maison. Le Dr Hauser a été tué. Le Dr Kee Redhorse, qui n'était pas armé, et les deux femmes ont réussi à fuir deux Russes qui, eux, l'étaient. Le sang dont il est ici question a été retrouvé dans le salon, puis sur la jetée derrière la maison. Et aussi sur le hors-bord avec lequel le Dr Kee Redhorse, Ava Hood et Louisa Tah ont gagné la marina au nord-est du lac. Ce sang n'appartient à aucune des personnes que je viens de mentionner.

Ty ne daigna pas lire ce document. Il observait Beth, si forte de ses certitudes, avec le plus vif intérêt. Ne lui avait-on pas appris, au FBI, qu'il fallait se méfier des prédateurs piégés ? C'est acculés qu'ils sont le plus dangereux et imprévisibles.

— C'est ton sang, Ty, conclut-elle. Nous n'avons pas eu besoin d'en prélever parce que tu as un dossier médical à la clinique. La correspondance est parfaite : tu as été présent sur les lieux.

Ty appuya le coude sur la table et posa doucement le menton dans la paume de sa main pour la dévisager à son aise.

Il avait été frappé par sa beauté au premier regard.

Par son assurance, presque de l'imprudence voire de l'impudence. Elle aimait les motos, elle était conquérante, intelligente et lucide. Quelle serait sa réaction si, d'aventure, il posait la main sur la sienne, bien à plat sur la table ? se demanda-t-il tout à trac. Il se ressaisit. Beth Hoosay était à présent un adversaire ; au lieu de s'attarder sur l'éclat de ses yeux verts, il ferait mieux de s'en souvenir.

— Conclusion, vous avez aidé le Dr Redhorse à sauver Louisa Tah et Ava Hood, intervint Bear Den. Sans vous, ils étaient perdus.

— Vous voulez me donner une médaille ?

— Parlons du revers de la médaille, plutôt. Comment as-tu retrouvé la trace du Dr Redhorse et du Dr Hauser, que le FBI, qui pourtant les suivait, a perdue au cours de l'opération ? poursuivit Beth d'une voix douce comme le miel.

— Je ne suis pas obligé de répondre. Je ne suis pas en état d'arrestation.

Tinnin prit la parole.

— Écoute-moi, fils, je vais le formuler mieux. Tu aurais aidé Kacey et Colt. Puis Kee, Ava et Louisa à Antelope Lake. C'est à ton avantage. D'un autre côté, si tu les as aidés, c'est aussi parce que, en tant du membre du gang, tu es bien informé et complice de ses opérations.

Il se tut un instant avant de reprendre.

— Pour résumer, sans ces dernières accointances, ou disons circonstances défavorables, tu serais un héros.

Ty fit la grimace et se renversa contre le dossier de sa chaise.

— Circonstances défavorables… Comme vous dites. C'est l'histoire de ma vie.

— Non. N'as-tu pas été un héros à part entière chez les marines ? ajouta Tinnin.

— Permettez que je modère votre élan, Tinnin. Vous savez comme moi que Ty Redhorse est rentré dans l'armée à dix-huit ans dans le seul but d'échapper à une inculpation et une condamnation pour complicité dans un braquage, dit Bear Den avec froideur.

Bear Den connaissait-il son dossier par cœur ?

Tinnin ignora le commentaire.

— Tu as privilégié tes frères aux intérêts du gang, mais c'est parce que tu fais partie du gang que tu as pu les aider, insista-t-il.

Il marqua un silence.

— Nous voulons que tu aides la tribu à mettre fin au trafic d'être humains.

Ty pensa aussitôt laboratoire de meth sur Deer Kill Meadow, mais garda le silence.

— Hier, j'ai refusé d'être votre informateur. Vous m'avez donc piégé pour que je le devienne, dit-il enfin. Si de nouveau je refuse, vous ferez savoir dans toute la réserve que je suis de mèche avec le FBI, que je suis une balance. En clair, vous me jetterez en pâture au gang : je suis un homme mort, et vous le savez.

Sans compter les représailles que le Posse exercerait sur sa famille.

Beth s'assit et passa le bras sur le dossier de sa chaise. Elle affichait la même expression de défi que la veille au soir.

— Tu as peur ?

— Peur de devenir l'ennemi numéro un de Faras Pike et du gang, répliqua-t-il. De le payer de ma vie. Le Wolf Posse a plus d'armes et d'hommes que la police tribale. De meilleurs véhicules, aussi. Je le sais parce que je les ai réparés, entretenus. Enfin, le gang a des amis très puissants.

— Victor Vitoli et Leonard Usov qui dépendent de l'organisation criminelle Kuznetsov.

— Bingo !

— Écoute, fils, nous voulons démanteler le Wolf Posse, expliqua Tinnin. Et la branche de ce réseau qui sévit dans la réserve. Comprendre pourquoi la mafia russe y concentre ses opérations.

Bear Den se pencha.

— Nous voulons retrouver les quatre filles de notre tribu toujours portées disparues, conclut-il.

Ty aussi. Mais c'était aussi illusoire que de vouloir échapper au gang, laver sa réputation entachée, ou rejoindre Tribal Thunder, le cercle de Guerriers sacrés pacifiques des « hommes médecine ». Ty se savait maudit mais, résigné à son sort, il n'en éprouvait plus ni colère ni frustration.

— OK. C'est quoi le *deal* ? lança-t-il.

— Ton entière collaboration en échange de quoi on annule les poursuites contre toi pour complicité dans l'enlèvement de Kacey Doka, répondit Beth.

— Complicité non avérée, précisa-t-il. Qu'attendez-vous de moi, en échange ?

Beth sourit.

— Coopération. Information. Infiltration.

— Infiltration ?

— Oui. Je veux me faire passer pour ta petite amie et infiltrer le Wolf Posse.

— Pas question. C'est trop dangereux.

Elle avait perdu la tête ? Connaissait-elle les rites d'intégration des gangs ?

— Jouer la petite amie de Ty devrait suffire, agent Hoosay, n'est-ce pas ? intervint Tinnin. Cela vous donnera accès au bar où vous côtoierez les membres du Posse par son entremise.

Beth se mordilla la lèvre inférieure et pianota sur la table, de toute évidence contrariée par ce compromis pourtant raisonnable.

— OK, dit-elle enfin. Ty ? C'est bon ? Tu acceptes le marché ?

Ty se demanda jusqu'à quel point elle voulait que leur relation soit réaliste, et cette pensée fit battre le cœur plus vite.

— J'accepte.

[illegible]

— [illegible]

[illegible]

— Oh. [illegible]

— [illegible]

— [illegible]

[illegible]

— [illegible]

— [illegible]

— [illegible]

— [illegible]

[illegible]

— [illegible]

[illegible]

— [illegible]

[illegible]

— [illegible]

8

C'est seulement quand il se retrouva de nouveau à l'air libre que Ty comprit que c'était la perspective de passer du temps avec Beth, plus que le chantage ou le danger sous-jacents, qui l'avait engagé à accepter le *deal*.

En quittant le parking dans sa Pontiac avec à son côté l'agent Hoosay, il avisa soudain le pick-up RAM noir métallisé de Chino Aria dont il avait réalisé la customisation avec une peinture couleur or. Il connaissait ce véhicule par cœur car il avait dû s'y reprendre à deux fois, le premier résultat n'étant pas au goût de Chino. Celui-ci voulait que son pick-up étincelle, « en mette plein la vue ». Ty avait obtempéré sans discuter et recommencé avec cette fois une peinture or pailletée. Chino était un enquiquineur qui aimait asseoir son autorité par tous les moyens possibles, mais c'était surtout un homme dangereux. Un psychopathe doublé d'un sadique.

Le pick-up était donc stationné à proximité du poste de police, mais sans son conducteur. Où était-il ? Chino était-il un informateur de la police de la tribu ? Ty ne doutait pas une seconde que la police ou le FBI aient de quoi obliger Chino à devenir indic. Il se chargeait du sale boulot pour Faras et avait une liste impressionnante de crimes et de délits à son actif.

— Vous avez un *deal* avec Chino ? demanda-t-il à Beth.

— Pardon ? fit-elle sans comprendre.

— C'est le pick-up de Chino. Là. Garé devant le poste de police au vu et au su de tous.

— C'est bien son pick-up, mais ce n'est pas lui qui le conduisait.

Ty fronça les sourcils, perplexe. Qui aurait eu l'audace d'emprunter le précieux véhicule de Chino ? Faras ? Ce fut la seule réponse qui lui vint à l'esprit. Pour autant, il en doutait.

— Qui, alors ?

— Ne t'inquiète pas, personne ne t'a vu, continua Beth, ignorant sa question. Un policier a surveillé le parking pendant notre entretien. De plus, tu t'es garé dans le parking de la clinique. C'était habile.

— Mon frère Kee y est médecin. Passer lui dire bonjour peut me servir de prétexte.

— Et ton frère Jake travaille au poste de police. C'est un bon prétexte pour venir au poste.

— Ce que Faras apprécie, chez moi, ce sont mes connexions familiales justement, ironisa-t-il.

Il n'ajouta pas que Faras utilisait ses proches pour le manipuler.

— Et maintenant ? Où allons-nous ? demanda-t-il.

— Chez toi, Ty. J'emménage !

Il lui sourit et lui adressa ce regard qui, il le savait, intimidait et ravissait la plupart des femmes. Mais, au lieu de battre des paupières en rougissant, Beth lui lança un coup d'œil froid et hautain. Il se sentit à la fois impressionné et sous le charme.

— Je doute que Hemi apprécie d'avoir une rivale, lâcha-t-il.

— Hemi s'habituera.

— Pas moi.

— Tant que tu ne mords pas…

Elle rit et regarda par la vitre de portière. Il aima son rire et regretta lorsqu'il cessa.

— Si j'ai bien compris, tu es née dans une des tribus apaches de l'Oklahoma ?

— Non.

— Et cependant tu es apache ?

— Oui. Ma tribu demande à la fois un certain degré de sang et la descendance directe d'une personne inscrite sur le recensement tribal. Ma mère a les deux. Du coup je suis automatiquement membre de la tribu.

Sur ces mots, elle pinça les lèvres et fronça les sourcils. Elle semblait contrariée soudain. Pourquoi ? s'interrogea Ty, curieux.

— Quel degré de sang ?

Elle lui lança un regard glacé. Parce que sa question impliquait qu'elle n'avait peut-être pas un huitième d'ascendance amérindienne, soit l'équivalent d'un arrière-grand-parent, pour être d'ascendance amérindienne ? Si elle était aussi sensible à son ascendance apache, c'était peut-être une faille qu'il pourrait exploiter à ses propres fins…

— Dans ma tribu, le prérequis est un degré de sang d'un seizième, à moins d'avoir un parent inscrit dans les rouleaux de la tribu. Encore une fois j'ai les deux, dit-elle d'un ton sec.

Aussi piquante qu'un cactus cholla, songea Ty en glissant un regard vers son visage tendu.

— Moi j'ai toujours vécu ici, dit-il pour poursuivre la conversation.

— Non. Tu as quitté la réserve pour t'engager chez les marines.

Manifestement, elle avait lu son dossier avec application et connaissait donc les raisons de son engagement chez les marines. Du moins, certaines raisons. À cette pensée, et au souvenir de ces raisons, il se rembrunit.

Sa mère avait refusé avec obstination de porter plainte contre Colton, « le père », pour violences conjugales. À l'époque, Ty était trop jeune pour gérer une situation familiale aussi complexe. Il n'en avait pas moins alerté les services de protection de l'enfance suite à quoi des travailleurs sociaux étaient venus chez eux. Leur présence avait terrorisé Jake et Colt, alors adolescents, et il avait compris que sa démarche, bien que pleine de bonnes intentions, avait surtout été malheureuse. Certes il voulait que Colton cesse de frapper sa mère, mais il ne voulait en aucun cas que la fratrie soit séparée, placée dans des familles d'accueil et traumatisée. Quelques années plus tard, Jake était entré dans la police, confiant en un système qui les avait pourtant abandonnés.

Et puis il y avait eu cette nuit terrible où Ty avait affronté Colton et y avait échoué. Il avait au moins eu la satisfaction de voir Tinnin l'arrêter et l'embarquer dans sa voiture de patrouille. Malheureusement, Colton avait été relâché vingt-quatre heures plus tard. Ty avait appris et retenu une leçon : il fallait un mois à une victime pour guérir d'une fracture et d'hématomes, mais une seule journée à un homme coupable de violences conjugales pour sortir de prison.

— Je crois me souvenir que tu t'es distingué en Irak, reprit Beth.

— Oui.

Après avoir été forcé de s'engager, il avait envisagé de rempiler chez les marines, puis y avait renoncé. Sa famille ayant besoin de lui, il était revenu au pays lorsque Colt avait dû quitter l'armée après un déploiement tragique en Afghanistan. Son frère, qui y avait été, était durement éprouvé, il souffrait de stress post-traumatique.

— Tu as déjà pensé à quitter définitivement la réserve ? demanda Beth.

— J'en ai rêvé.

Sa réponse parut la décontenancer. N'avait-elle jamais rêvé d'évasion ?

— Pourquoi as-tu choisi le FBI ? reprit-il alors qu'ils prenaient la route de Koun'ndé.

— Je vais te donner la version officielle.

Elle toussota pour s'éclaircir la voix et leva le menton d'un air de défi.

— J'ai grandi en Oklahoma. J'avais à peine dix ans au moment de l'attentat qui a touché le bâtiment fédéral d'Oklahoma City. C'était en 1995. J'ai ressenti le besoin de protéger mon pays de la menace intérieure et extérieure.

Ces propos éveillèrent sa curiosité. Sans blague, son fantasme, c'était de sauver le monde ?

Elle le jaugea comme pour savoir s'il accordait crédit à sa version des faits.

— Et la version officieuse ? lança-t-il.

Ils franchirent la rivière et longèrent le site de reconstruction de la digue détruite. Regardant droit devant elle, les lèvres pincées, Beth gardait le silence.

Pas de réponse ? C'était une réponse en soi… Qu'est-ce qui, dans son passé, la tourmentait ?

— Je dois passer chercher Hemi, lâcha-t-il.

— Chez ta mère ? May ?

Elle en savait plus sur lui qu'il n'en savait sur elle, conclut-il, contrarié. L'agent Hoosay avait plusieurs coups d'avance sur lui, ce qui lui déplaisait. Et s'il demandait à Jake de se renseigner sur elle par le biais des bases de données de la police ? Ou, ce qui serait mieux, son frère avait-il, à Oklahoma City, un collègue ou une connaissance susceptible de l'informer ? Mais les Apaches de l'Oklahoma étaient nombreux, répartis dans de multiples tribus. Oklahoma City était immense. Or, il était pressé par le temps et, pour en apprendre davantage sur elle, le plus simple était de la questionner.

Beth l'intriguait et le fascinait, mais elle lui semblait plus dangereuse que les EEI, ces engins explosifs improvisés enfouis dans le sable. Et il n'avait jamais aimé manipuler les explosifs, quels qu'ils soient. Concrètement, si Beth commettait la moindre erreur, cela aurait l'effet d'une explosion dont l'impact le toucherait et toucherait sa famille par répercussion. En fin de compte non seulement Beth et lui seraient menacés de mort, mais aussi Jake et Kee. Sans oublier sa mère et Burt, son second mari, ainsi qu'Abbie, sa petite sœur. Le gang les utiliserait pour se venger.

L'estomac noué à cette pensée, il accéléra et arriva bientôt chez sa mère. Dans le jardin, Burt passait au jet l'accès au garage. Il les salua en agitant la main.

— Quelle bonne surprise ! Tu as été relâché ! s'exclama-t-il avec un large sourire. Mais tu as manqué le déjeuner dominical !

C'était la grande affaire de la semaine. Jake et Kee y assistaient avec Lori et Ava. En un sens, il était presque soulagé d'avoir été retenu dans la salle d'interrogatoire du poste de police, car la perspective de se joindre à sa famille pour ce repas, de surcroît avec Beth dans le rôle de sa petite amie, lui aurait répugné.

— Déjà partis ? demanda-t-il, étonné de ne plus voir les pick-up de ses frères.

— Oui. Jake devait conduire Jackie, Winnie et Shirley chez Hazel Tran, expliqua Burt.

Sans doute pour qu'elles voient Jeffrey et Hewett, leurs deux petits frères qui habitaient chez Hazel Tran, du conseil tribal, parce que sa mère manquait de place pour héberger l'ensemble de la fratrie Doka.

— Et Abbie ? s'enquit-il en descendant de voiture.

— Abbie aussi.

Là-dessus, Burt tourna un regard interrogateur vers Beth qui était descendue de la Pontiac et attendait près de sa portière.

Ty s'empressa de faire les présentations. Beth, déjà, jouait son rôle de nouvelle petite amie, modeste et intimidée, et semblait plus venir de l'église que du poste de police où elle avait officié à ce qu'il appelait, en son for intérieur, son enterrement. Un enterrement de première classe avec les honneurs de la police…, songea-t-il sombrement.

— Je ne savais pas que Ty avait plusieurs sœurs, dit-elle, l'air innocent.

— Il n'en a qu'une, lui apprit Burt, affable. Abbie. Mais nous hébergeons trois fillettes dans une situation difficile.

Jackie, seize ans, Winnie, treize ans et Shirley, onze ans, ainsi qu'Abbie, qui avait l'âge de Winnie, étaient des cibles de choix pour le réseau de mères porteuses des Russes. Mais, tant qu'il se soumettrait aux ordres de Faras, elles seraient en sécurité, se récapitula Ty. Avant l'opération à la maison d'Antelope Lake, c'était Faras et le Dr Hauser qui sélectionnaient les filles. Depuis la mort de ce dernier, sélection, acheminement et livraisons s'étaient interrompus net. Malheureusement, ce répit serait temporaire.

Devait-il ajouter Beth à la liste croissante des personnes qu'il lui fallait protéger ?

Beth était heureuse de faire la connaissance de May et Burt Rope. Elle savait à peu près tout sur eux, mais cette rencontre les lui rendit plus que sympathiques. May avait eu une vie difficile. Mariée très jeune à un homme violent qui avait souvent été appréhendé par la police jusqu'à ce qu'il soit condamné à une peine de douze ans de prison, elle avait réussi à élever ses quatre garçons et à leur faire effectuer une scolarité complète jusqu'à leurs dix-huit ans.

De là, deux avaient poursuivi une formation, l'un pour devenir policier, et l'autre médecin. Les quatre frères ayant désormais quitté la maison, May, généreuse, avait décidé d'héberger les trois sœurs Doka, bien qu'elle ne soit pas riche et que sa maison soit de taille modeste.

Jackie, Shirley et Winnie avaient de la chance… Grâce à May, elles avaient une vie meilleure.

Comme convenu, Ty la présenta comme sa petite amie. Beth ressentit un peu de culpabilité à la vue de la joie sans mélange qui éclaira le visage de May. Espérait-elle voir Ty à son tour casé ? Ce n'était pas la première fois que Beth agissait sous couverture et jouait un rôle, mais tromper May lui fut difficile et lui donna même mauvaise conscience. Aussi fut-elle soulagée de prendre congé après une collation – les restes du déjeuner dominical.

Une heure s'était écoulée lorsque Ty et elle reprirent la route avec Hemi sur le siège arrière.

— Ta mère est une excellente cuisinière, dit-elle. Et quelle femme généreuse !

Et cependant en mauvaise santé, acheva-t-elle en pensée. May souffrait de diabète et ne se conformait pas toujours à son régime.

— Je ne veux plus que tu la revoies, lança Ty.

— Pourquoi ?

— C'est la première fois que j'amène une femme chez ma mère et la lui présente. Je ne veux pas te distinguer, lui donner de faux espoirs.

Il avait raison, bien sûr, mais elle se sentit inexplicablement humiliée, d'autant qu'elle appréciait vraiment May. En d'autres circonstances, elles auraient pu devenir amies.

— Tu te soucies de son bien-être, je t'en félicite, dit-elle faute de mieux.

Il soupira.

— C'est heureux que tu n'aies pas été condamné pour complicité lors du dernier cambriolage de ton père, il y a une dizaine d'années, ajouta-t-elle.

Il eut un rire sans joie.

— On peut dire ça comme ça.

— Tu étais jeune. On t'a donné une seconde chance.

— Si tu le dis…

— Avec le recul, comment interprètes-tu ces… événements ?

— Ces événements ? Tu veux dire le cambriolage, le braquage de Colton Redhorse et ma complicité ? Je ne les interprète pas. Colton a eu ce qu'il méritait.

Il se rembrunit et se gara devant son garage atelier dans la lumière dorée qui baignait cette fin d'après-midi. Le paysage était très beau, remarqua Beth en observant les alentours, séduite.

La rivière longeait la route, et la vue sur les montagnes était magnifique. Elle avait envie de découvrir les anciennes mines de turquoise dont la tribu de Ty tirait son nom. Cette région accidentée était si différente des vastes plaines de l'Oklahoma…

À leur arrivée, Hemi se leva et s'étira. Ty la fit descendre de voiture et s'éloigna. Comme il semblait avoir décidé de l'ignorer, Beth prit ses affaires et le suivit.

— L'appartement est à l'étage, annonça-t-il sans la regarder en indiquant de la main l'escalier extérieur. C'est ouvert. Fais comme chez toi.

Sur ce, il entra dans son atelier où elle entrevit une Ford Impala à la carrosserie rouillée.

Elle monta dans l'appartement, posa son sac de voyage près du canapé. La grande pièce où elle se trouvait tenait lieu de cuisine et de salon-salle de séjour. Le canapé adossé au mur était recouvert d'un large plaid aux formes géométriques et aux teintes vives typiques des Indiens Navajo. Au-dessus se trouvait un poster encadré d'une Indian Model 101. Cette moto était un classique du genre.

Sur la table basse en érable s'élevait une pile du mensuel *Popular Mechanics*, consacré à la science, aux techniques et technologies, ainsi qu'aux ventes aux enchères de motos. Un fauteuil inclinable et un grand panier circulaire pour Hemi faisaient face à un téléviseur de taille modeste.

Des baies vitrées occupaient un pan de mur. À croire que cet appartement avait autrefois été un atelier. Une bibliothèque garnie de romans policiers et à suspense ainsi que de biographies occupait un autre pan. Elle y vit également des photos de famille encadrées : ses frères à différents âges, sa sœur, encore bébé, sur ses genoux. Sa mère, dans toute la splendeur de sa jeunesse. Kee une jambe dans le plâtre sur un lit d'hôpital et entouré des siens. Il ne manquait qu'une seule personne à cet impressionnant tableau de famille. Son père. Ty semblait n'avoir aucune photo de Colton Redhorse.

La seule photo de famille qu'elle-même possédait se trouvait dans son portefeuille. Le cliché avait été pris lorsque ses parents et elle étaient encore ensemble, et heureux. Les autres photos étaient dans des cartons.

Un couloir conduisait d'un côté à une salle de bains immaculée et à un petit bureau et, de l'autre, à la chambre à coucher, elle aussi blanche et immaculée avec un lit *queen size*, un fauteuil, une commode et une armoire. Encore une fois il n'y avait qu'une seule tache de couleur : le couvre-lit, un imprimé navajo aux couleurs vives dans les rouges et jaunes et avec des formes géométriques, triangles et carrés superposés.

Elle ne s'était pas attendue à ce que l'intérieur de Ty soit aussi impeccable, spartiate et bien rangé. Murs blancs, plancher, mobilier restreint, en somme le strict minimum. Il vivait en ascète. Sa passion pour les belles motos clinquantes et les voitures, anciennes de préférence, semblait en contradiction avec l'austérité de son lieu de vie.

Elle jeta un coup d'œil dans la commode et l'armoire. Ty ne possédait que des vêtements pratiques. Jeans de coupe classique, T-shirts de différentes couleurs. Vestes, bottes, et ceintures en cuir. Elle ne trouva ni drogue ni armes. Au fait, pourquoi avait-il une telle aversion pour les armes ?

Et comment réussissait-il à s'en passer alors qu'il évoluait au sein d'un gang ? Comment avait-il survécu aux actes de violence qui caractérisaient le Wolf Posse ? Bénéficiait-il d'un régime de faveur ? Elle aimait les énigmes, et Ty en représentait une de taille.

Sous le lit elle vit un écureuil en peluche. Sans doute un jouet pour Hemi, déduisit-elle en y voyant les marques de ses dents. Elle aperçut, dans un coin, un vieux gant de base-ball au creux duquel se trouvait une balle de tennis. Sur la table de nuit il y avait un briquet à côté d'une bougie dans un verre. Elle la huma. Une odeur de pin et de bois s'en dégageait. Le tiroir renfermait des préservatifs et une lampe de poche.

Son inspection du bureau fut vaine ; elle n'y vit rien de compromettant. Idem dans la salle de bains où elle ne découvrit ni drogue ni aucune autre substance illicite, seulement un analgésique, le BC Powder. A priori Ty ne prenait pas de drogue et souffrait parfois de migraines. À chacun ses bobos. De son côté, elle avait toujours des comprimés anti-acidité qu'elle mâchait à longueur de journée comme des chewing-gums. Ses brûlures d'estomac étaient dues au stress.

— Qu'est-ce qui te donne des migraines, Ty ? monologua-t-elle en se regardant dans le miroir de l'armoire à pharmacie. Ta famille ? Le gang ? La police ? Ta conscience ?

Elle remit l'analgésique à sa place.

Qui était cet homme qu'elle ne réussissait pas à cerner, malgré le dossier, très complet, qu'elle avait lu sur lui ? Selon le chef Tinnin, Ty avait le destin d'un héros de tragédie grecque, pris entre deux feux. Pour Bear Den, c'était un criminel impunément en liberté. Lequel des deux avait raison ?

Ty Redhorse ou les deux faces d'une même pièce ?

Peu après, elle rejoignit Ty dans son garage en espérant en découvrir davantage sur lui.

À son arrivée, il leva la tête.

— Tu as fait des découvertes ? lui demanda-t-il.

— Une sélection de préservatifs intéressante, répondit-elle, souriant malgré elle et regrettant sa remarque.

— Je suis empressé à plaire, répliqua-t-il avant de se remettre au travail.

Elle se sentit rougir et se jucha sur un tabouret à côté de l'établi où était posé son ordinateur. Hemi vint s'allonger à ses pieds et la regarda. Beth l'observa à son tour. Était-ce l'odeur de résidu de poudre, ou de l'huile, voire du solvant, dont elle se servait pour entretenir son arme qui avait alerté la chienne ? Hemi avait-elle d'autres talents ?

Ce soir, Ty et elle iraient au bar. Sa prise de contact de la veille lui avait fourni le moyen de pression nécessaire pour l'obliger à collaborer. Elle se félicitait de la totale réussite de la manœuvre. Sa mission pouvait enfin commencer.

À 18 heures, Ty cessa de travailler et se lava les mains et les bras avec une substance visqueuse pour se débarrasser du cambouis. Ses gestes étaient lents, presque sensuels, et Beth, fascinée, ne put en détacher ses yeux d'autant qu'elle aimait ses tatouages, en particulier celui du corps des marines. En revanche, elle n'appréciait pas celui qui indiquait, sans ambiguïté, son appartenance au gang de sa tribu.

Là-dessus, Ty monta à son appartement et prit une douche. Pendant ce temps, Beth revêtit sa tenue de vamp et se maquilla outrageusement de façon à attirer les regards, surtout masculins. Elle aimait cet attirail de femme fatale, qui l'aidait à se mettre dans la peau de son personnage, et la sorte de pouvoir que lui donnaient son mascara et son bâton de rouge à lèvres. Mais elle aimait plus encore le pouvoir que lui conféraient son grade de *captain* dans l'armée américaine et son badge d'agent du FBI. Pour finir, elle laissa ses cheveux boucler sur ses épaules et croqua un comprimé contre les brûlures d'estomac.

Ty revint, vêtu d'un jean et d'un T-shirt noirs, ainsi que d'un bomber marron. Et, bien entendu, il portait des bottes de motard. Il émanait de sa personne quelque chose de dangereux et pourtant de si attirant… D'irrésistible, ne put-elle s'empêcher de penser, humant l'odeur de son après-rasage.

En revanche, il ne portait pas les couleurs du gang. Mais quel rôle y jouait-il ? De quel côté était-il ? Qui était le vrai Ty Redhorse ? se demanda-t-elle de nouveau.

— Tu as déjà évolué dans des gangs ? lança-t-il pendant qu'ils roulaient vers le bar dans sa Pontiac.

— Non.

Il fronça les sourcils, comme si sa réponse lui confirmait qu'elle n'était pas destinée à ce genre de mission.

— Mais j'en connais bien le fonctionnement, reprit-elle à la hâte. De plus, j'ai été briefée par nos experts du FBI.

— Des experts qui ont déjà été membres de gangs ? insista Ty.

— Non. Bien sûr.

— Si je puis me permettre, vous n'avez aucune idée de ce qui vous attend, agent Hoosay.

— Commence par m'appeler Beth, répliqua-t-elle, agacée.

— Volontiers, Beth chérie.

— Et, pour répondre à ta question, on m'a demandé de participer à cette enquête parce que j'ai une excellente connaissance des organisations criminelles.

— Et surtout parce que tu es apache, souligna-t-il.

Elle ne put s'empêcher de lever les yeux au ciel.

— À cause de mes compétences avant tout.

— Le FBI aurait donc pu envoyer n'importe qui à ta place ?

Non.

— On t'a choisie parce que tu es sexy, jeune et

apache, insista-t-il. Parce que tu es assez ambitieuse, ou stupide, pour prendre des risques démesurés. Qu'est-ce que tu cherches au juste, Beth ? Une promotion ? Des félicitations ? À rendre ta mère fière de toi ?

— À quitter Oklahoma City.

— Rien de plus facile, avec ta moto.

— C'est toi qui dis ça ? Dans ces conditions, pourquoi n'as-tu toujours pas quitté ta réserve pour avoir une meilleure vie ailleurs ?

— Touché.

Elle le dévisagea, admira son visage éclairé par le tableau de bord.

Il était vraiment beau.

— J'ai été stationnée à DC, commença-t-elle.

— Stationnée ?

— Oui. J'ai le grade de *captain* dans l'armée.

Elle ignora le soupir de Ty.

— Après ça, j'ai postulé au Bureau. J'étais qualifiée, j'ai été sélectionnée.

— Et, de là, tu as été assignée au Bureau d'Oklahoma City ?

— Oui. Parce que j'étais de la région. Retour à la case départ

— Ironie du sort. Et pour être mutée il te faut une grosse affaire. Un succès. Je me trompe ? Qu'as-tu fait de spécial à l'antenne d'Oklahoma City ?

— Au cours de ces cinq dernières années ? J'ai enquêté sur le crime organisé. Je connais ce réseau-là par cœur. J'en connais chaque membre.

— Bravo. N'empêche, il sévit toujours.

— Plus pour longtemps si tu nous aides à le démanteler.

— Le *deal*, c'est de t'informer. De te faire approcher le gang. Point.

— Pour démanteler ces organisations criminelles.

— Au prix de ma vie ?

Il changea de sujet.

— Pourquoi tiens-tu tant à quitter l'Oklahoma ?

— Trop plat à mon goût.

— Sans blague ! C'est seulement à cause de son relief que tu veux en partir ?

Elle garda le silence. Les questions de Ty devenaient trop personnelles.

— Bon, tu es prêt ? reprit-elle alors qu'ils arrivaient en vue du bar.

— Oui.

Il s'engagea dans le parking, déjà occupé par de nombreux pick-up et motos. Beth remarqua que la plupart étaient aux couleurs du gang. Jaune et noir.

Quand il coupa le contact de sa Pontiac, il y eut quelques instants de silence puis la porte du bar s'ouvrit, et le brouhaha qui s'en échappa leur parvint. Beth sentit son cœur battre plus fort et des frémissements courir sur sa peau. Elle allait pénétrer dans l'antre des fauves et ne pouvait compter que sur elle-même… et sur Ty pour couvrir ses arrières.

Il lui sourit.

— Prête à rencontrer mes amis, mon amour ?

9

Ty admirait la tenue de Beth. Jean bleu moulant, hautes bottes lacées, blouson aux poches assez profondes pour cacher son pistolet mais ouvert sur son top rouge cerise de la même couleur que son rouge à lèvres. Son décolleté était suffisamment suggestif pour retenir l'attention.

Dans le bar, la télévision allumée diffusait le match de soccer du dimanche soir. Quand ils entrèrent, les clients acclamaient les Houston Texans qui venaient de marquer.

Il passa un bras possessif autour de sa taille pour la conduire vers Faras.

De là, il la laissa prendre la direction des opérations. Du moins faire son opération de séduction. Elle lia ainsi la conversation avec Faras qui devint rapidement entreprenant et l'invita à prendre un verre au QG du gang. Ty intervint alors, annonçant qu'ils avaient déjà des projets pour la soirée, et adressant un regard d'avertissement à Beth.

À son grand soulagement, elle déclina l'invitation de Faras avec tout le charme possible, et continua de lui parler de choses et d'autres.

Tout en prêtant l'oreille à leur échange, Ty observait les clients. Il y avait là les habitués ainsi que des membres du gang. Les cinq filles qui occupaient une table faisaient également partie du Posse et dévisageaient Beth avec un mélange d'hostilité, de méfiance et de jalousie. Surtout

Jewell, la favorite de Faras. Jewell n'avait que vingt ans. Elle était jeune, belle, et redoutable. La version féminine du mâle alpha, en quelque sorte.

Autrefois, Minnie et Trey étaient le couple par excellence du Wolf Posse. Mais Trey avait été arrêté, et Minnie avait jeté son dévolu sur Earle Glass. Maintenant, les deux attendaient leur procès. Ty sourit à la pensée qu'il avait contribué, certes modestement, à leur arrestation. Avec le concours de Hemi. Par chance, Hemi n'était pas douée de parole et le FBI avait mis le couple à l'isolement, l'empêchant ainsi de faire savoir à Faras que c'était lui, Ty Redhorse en personne, qui avait veillé sur son frère Jake et le bébé qu'il avait recueilli.

Il revint au présent en voyant Jewell échanger quelques mots avec Chino et eut un mauvais pressentiment. À l'évidence, elle n'appréciait pas de voir Faras subjugué par Beth et ne pouvait rester sans agir. Ty hésita à revendiquer ses droits sur Beth, car il lui était impossible de s'interposer sans contrarier, donc humilier, Faras le tout-puissant.

Jewell se leva, les rejoignit et se cramponna au bras de Faras pendant que Chino attirait Beth à lui.

— Tu aimerais rester à Turquoise Canyon ? Rejoindre notre groupe ? lui demanda-t-il. Si oui, c'est l'affaire d'une soirée.

Il voulut l'enlacer, mais elle recula. Pas parce qu'elle avait peur ; parce qu'elle redoutait qu'il sente son arme dans sa poche, subodora Ty qui s'approcha d'elle.

C'était le moment de filer. Agent du FBI, spécialiste du crime organisé, savait-elle quelles épreuves étaient réservées aux femmes qui voulaient entrer dans un gang ?

— Une initiation, et tu en es, insista Chino, sans cacher son impatience.

— Pas question, intervint Ty.

Chino reprit la parole avec insolence.

— Pourquoi tu ne laisses pas la demoiselle décider ?

Ty consulta Faras du regard.

— Allez régler vos affaires dehors, lâcha celui-ci avec ennui.

Sans se faire prier, Chino se dirigea vers la porte, donnant à Ty un coup d'épaule au passage. Ty ne broncha pas et entraîna Beth vers la sortie arrière du bar.

— Qu'est-ce que tu fais ? demanda-t-elle, surprise et contrariée.

— Je te sors de ce guêpier. Tu vas filer par cette porte.

— Je ne partirai pas sans toi !

— La seule façon de m'en tirer à bon compte, c'est d'affronter Chino.

Il jeta un coup d'œil vers le colosse qui sortait, suivi par des clients et les filles du gang.

— Non. N'y va pas ! s'exclama Beth.

— C'est la procédure, Beth. Si tu veux être ma petite amie pour approcher le gang, je dois me battre pour te revendiquer comme mienne, comme « ma femme ».

— Un combat de coqs, en somme ?

— Exact.

— C'est barbare !

— C'est comme ça.

— C'est dangereux. Ce type est une brute !

Ty soupira. Elle avait évalué Chino et le risque.

— Mais si je viens à la rescousse, je me trahis, lâcha-t-elle.

— Personne ne t'a demandé de venir à ma rescousse, répliqua-t-il en se dirigeant vers la sortie.

Elle le retint.

— À propos, sais-tu comment se déroule le processus pour intégrer un gang ? ajouta-t-il d'une voix froide et métallique.

Elle baissa les yeux sur le tapis publicitaire Budweiser.

— En bref, pour l'homme, c'est le crime. Pour les femmes, c'est le sexe.

— Très juste.

Il se passa la main sur le front.

— Je ne vous aime pas, agent Hoosay. Je ne vous apprécie pas non plus, mais je vous protégerai.

Il vit l'inquiétude surgir dans ses yeux. Elle plongea la main dans sa poche, sans doute pour y prendre son pistolet, mais il lui saisit le poignet et l'attira à lui.

— Je te l'interdis, lui souffla-t-il à l'oreille.

Elle agrippa l'encolure de son T-shirt de sa main restée libre.

— Je n'ai pas le choix, Ty.

— Si. Tu peux filer. Mais ne sors surtout pas ton arme. Ce serait mon arrêt de mort, tu comprends ? Parce que j'aurais introduit une femme armée dans le cercle. Une ennemie ? Une taupe ? Un indic ? Je préfère ne pas penser au sort qu'on te réserverait. Suis-je assez clair ?

— Et si…

— Tu as compris ? répéta-t-il d'une voix dure.

— Oui, fit-elle, le souffle plus court.

— Pendant que je me bats contre Chino, tu vas rester à l'écart. Mieux, tu vas m'attendre dans ma voiture. Ensuite, on filera.

Il lui tendit les clés de la Pontiac. Elle les prit.

Puis il posa les lèvres sur son front et ferma les yeux.

— Tu n'es pas obligé de te battre pour moi, Ty.

— Si. Que ce soit pour la galerie ou pas, d'ailleurs.

— Vanité masculine ?

— Question d'honneur.

Sur ces mots, il sortit dans le parking où tout le monde attendait. Un cercle s'était déjà formé autour de Chino.

— Je pensais que tu avais filé par-derrière, lâcha Chino.

— Excuse, je devais aller pisser.

— Quand j'en aurai fini avec toi, c'est le sang que tu pisseras, Redhorse !

Des rires s'élevèrent. Chino parut ravi de son petit effet. Il était sûr de remporter la victoire, et son trophée. Beth.

Sur ces entrefaites, Faras et Quinton arrivèrent à leur tour.

— Allez ! Go ! s'écria Chino qui déjà se mettait en position de boxeur.

Ty consulta Faras du regard. Ce dernier soupira et lui adressa un signe de la tête.

— Beth en vaut la peine ? lui demanda-t-il.

Ty acquiesça.

— Alors prouve-le, *man*.

— Tu ne viendras pas te plaindre quand je l'aurai démoli, répliqua Ty en montrant Chino du pouce.

Des membres du Wolf Posse éclatèrent de rire. Pas Faras. Faras savait de quoi il était capable.

Chino poussa un rugissement et chargea, le torse bombé, les épaules rejetées en arrière. La plupart des bagarres commençaient en général par des coups du ventre ou du torse, mais Ty avait sa propre tactique pour défaire les types dans le genre de Chino, tout en puissance et en muscles. Il misait sur l'agilité et la rapidité.

Il lança un regard furtif en direction de Beth, restée proche. Elle semblait convaincue que Chino allait gagner, car elle avait la main dans sa poche.

Crispée sans doute sur la crosse de son arme.

10

Beth serrait la main sur la crosse de son arme. De l'index, elle retira le cran de sûreté sans lâcher Chino et Ty des yeux.

Pour avoir déjà participé à des opérations d'infiltration, et forte de cette expérience, elle avait cru être capable de remplir cette nouvelle mission. Ses certitudes venaient de s'effondrer. En l'espace de quelques minutes, elle avait réussi non seulement à se mettre en danger, mais aussi à mettre la sécurité de Ty en péril.

Elle vit Chino lever la main pour saisir Ty qui réagit à la vitesse de l'éclair et lui fit une clé de bras. Ce fut si rapide qu'elle parvint à peine à distinguer le mouvement. Chino fut contraint de se pencher vers l'avant. Les deux combattants tournèrent sur eux-mêmes pendant un moment, les spectateurs s'écartant au fur et à mesure de leur progression, jusqu'à ce que la tête de Chino heurte la portière d'un pick-up garé sur l'emplacement réservé aux handicapés. L'impact fut si violent que la carrosserie s'enfonça.

Ty lâcha alors Chino. Même si ce dernier avait le visage en sang et semblait groggy, Beth se dit que c'était complètement stupide.

Et en effet Chino se redressa, se passa la main sur les yeux en poussant un grognement de fureur. Il avait l'air d'un ours kodiak prêt à charger.

Ty regarda en direction de Faras puis leva les mains,

comme s'il le consultait sur la suite à donner à la bagarre, ou peut-être dans l'espoir qu'il leur signifie que l'affrontement était terminé. Mais Faras se borna à hocher légèrement la tête. Beth vit Ty soupirer. Là-dessus, il reporta son attention sur Chino qui écumait de rage. Ty devrait boire le calice jusqu'à la lie…, conclut-elle. Mais quelles étaient les règles de cette lutte ?

Se battre jusqu'à la mort ?

Ty fit rouler ses épaules, Chino surprit son mouvement et, sans le moindre doute, perçut une faiblesse comme un requin sent le sang de sa victime.

Sous le bomber ouvert, le T-shirt noir de Ty avait pris un aspect satiné, comme s'il était humide. Il saignait ! Il avait été blessé dans la maison d'Antelope Lake et, si elle en croyait les traces sur la scène de crime dont elle avait vu les photos, avait perdu beaucoup de sang. Mais elle ne savait pas où il s'était blessé. Et elle n'arrivait pas à comprendre comment, après avoir perdu autant de sang, il avait réussi à parcourir une bonne trentaine de kilomètres à pied, à travers bois, pour regagner la réserve de Turquoise Canyon.

Elle porta son regard sur Chino. Elle avait lu, dans son dossier, qu'il avait été exclu de son collège pour y avoir apporté une arme et qu'il avait été arrêté deux fois, pour vol à l'étalage et pour recel et trafic de drogue. À cette époque, Ty Redhorse était déjà chez les marines où il s'illustrait par sa bravoure dans les combats. Il avait quitté l'armée avec les honneurs.

Chino était plus massif et plus puissant, mais elle pariait sur Ty, plus vif et plus rusé. Elle en était là de ses réflexions quand Quinton, le bras droit de Faras si elle se souvenait bien, s'approcha d'elle.

Quinton avait terminé le lycée à grand-peine et été condamné à trois mois de prison après une bagarre dans un bar de Flagstaff. Il avait été défait par son adversaire qui avait décampé, l'abandonnant à moitié conscient.

C'est pourquoi la police l'avait arrêté sans mal pour trouble à l'ordre public.

Beth posa la main gauche sur sa hanche, la droite, désormais moite toujours crispée sur la crosse de son arme. Quinton croisa les bras et s'adossa avec décontraction au pick-up qui se trouvait derrière eux.

— J'aimerais moi aussi défier Chino, un de ces quatre, mais il me briserait en deux comme une brindille, lui confia-t-il, faisant suivre son commentaire d'un « crac » évocateur.

Elle détourna son regard de lui pour le reporter sur Ty.

— Moi c'est Quinton.

— Et moi Beth, dit-elle, lâchant à regret son pistolet pour lui serrer la main.

— Ça devait finir par arriver. Chino hait Ty. Il est capable de le tuer.

— Pourquoi ?

Elle espérait qu'elle n'allait pas devoir sortir son arme. Elle ne voulait pas trahir sa couverture, mais elle ne laisserait pas non plus Chino tuer Ty, d'autant qu'il se battait pour la protéger.

— Chino se méfie de Ty car il bénéficie d'un régime de faveur incompréhensible au sein du gang. Il est exempté des opérations, il a le respect de Faras. Alors que Faras ne respecte rien ni personne. Ils ont un passé commun… Ça remonte au lycée. C'est comme si Faras devait quelque chose à Ty. Enfin, c'est mon opinion.

Au même moment, Chino porta un coup à Ty qui esquiva.

— De toute façon, ça couvait, entre ces deux-là, conclut Quinton. Autant qu'ils crèvent l'abcès une bonne fois pour toutes.

Il fit un geste vers les filles qui, assises sur le plateau d'un pick-up, la fixaient sans aménité.

— Elles te détestent.

Beth ne dit mot. Elle regardait Ty. Il passa sous le

bras de Chino, lui donna un coup dans les reins, ce qui le fit tomber à genoux.

— KO, lâcha Quinton qui les suivait des yeux avec intérêt. Tu aimes les bagarres ?

— Non.

— Tu as un favori ?

— Le cheval que j'ai choisi de monter. Je suis fidèle à mon homme.

Elle croisa le regard de Ty qui lui montra sa voiture d'un mouvement de la tête. Il voulait qu'elle prenne la fuite ? Sans lui ? Pas question !

— Moi j'aimerais voir Chino vaincu, lança Quinton, décontracté.

— Pourquoi ?

Il haussa les épaules.

— Le beau gosse qu'on aime détester contre le bon chien à son maître qu'on déteste. Ça me ferait plaisir.

A priori, Ty n'avait pas beaucoup d'amis au sein du gang. Sauf peut-être Faras Pike. Et encore, « ami » n'était pas non plus le mot qui convenait.

Chino entreprit de se relever. Ty lui envoya son pied botté en pleine tête. Le gorille s'abattit face contre terre. Ty le plaqua au sol et lui fit une nouvelle clé de bras. Chino hurla et se débattit, mais Ty accrut la pression sur son bras, ce qui le fit s'immobiliser.

Ty avait remporté la victoire.

— Rends-toi, Chino, ordonna-t-il.

Les yeux luisant de haine dans son visage en sang, Chino opina.

— OK, je me rends, dit-il ensuite d'une voix mauvaise.

Ty se leva tandis que Chino roulait sur le dos. Ty lui tendit la main. Chino hésita, regarda insidieusement dans la direction de Faras qui acquiesça d'une légère inclination du menton. Chino grogna et accepta l'aide de Ty pour se relever.

Beth sortit sa main de sa poche, en détendit les doigts

et, au même moment, croisa le regard de Faras. Méfiant. La soupçonnait-il d'avoir une arme ou, pire, de ne pas être celle qu'elle prétendait être ?

Ty resta immobile pendant que Chino s'approchait de Faras. Puis il se tourna vers elle.

— Tu es toujours là, dit-il entre ses dents.

— Je ne voulais pas manquer ta victoire.

— Victoire ? J'ai seulement réussi à augmenter la haine de Chino à mon égard.

Elle lui prit le coude et fendit la foule qui les observa s'éloigner.

— Vous êtes tous les deux bienvenus au QG quand vous voulez, lâcha Faras.

Avec coquetterie, elle leva les mains et agita les doigts en signe d'au revoir. À son côté, Ty respirait lourdement ; il était blême et son T-shirt était humide de sang.

Elle fit sauter les clés de la Pontiac dans sa main.

— C'est moi qui conduis.

— Quelle chance j'ai…

— On va à la clinique ?

— Non.

Beth serra les dents et ne le contredit pas, refoulant l'inquiétude qui l'envahissait. Après tout, Ty Redhorse était son informateur, pas son petit ami. Bien qu'il ait lutté comme s'il l'avait été… Et aussi pour l'honneur. L'honneur, qui ne s'achetait ni ne se vendait et ne s'obtenait pas non plus par le chantage ou les menaces…

Ty Redhorse un homme d'honneur ?

Elle écarta cette pensée troublante.

— Tu savais que ça pouvait arriver ? lui demanda-t-elle.

— Plus ou moins.

— Sois plus précis.

— Ça n'est pas la première fois que Chino me provoque.

— Il a déjà eu le dessus ?

— Non. Mais tôt ou tard, il y réussira.

Elle l'avait mis en danger ; il s'était battu en son nom. Chapeau bas.

— Merci, dit-elle pour conclure.

Il la dévisagea un moment avant de reprendre la parole.

— Ravi de te l'entendre dire. J'imagine que ça n'a pas été facile.

Elle ne put s'empêcher de sourire.

— Je ne t'imaginais pas comme ça, Ty.

— Comme quoi ?

— En preux chevalier, répondit-elle après une hésitation. En homme d'honneur.

Il regarda par la vitre de la portière.

— Parce que personne ne s'attend à ce que je sois ce genre d'individu, dit-il dans un murmure, comme s'il soliloquait.

Beth gara la Pontiac devant l'atelier puis s'engagea dans l'escalier à la suite de Ty. Elle ne put s'empêcher de poser la main sur son dos, comme pour le soutenir, et fut vite consciente de la sensation de ses muscles qui jouaient sous sa paume. En haut, Ty introduisit la clé dans la serrure, déverrouilla et ouvrit la porte. Hemi courut vers eux puis s'arrêta tout à coup, s'aplatit au sol et se mit à geindre.

— Oui, Hemi, je sais que Beth a une arme, lui dit Ty en tendant la main pour la caresser. Je suis blessé, mais pas par elle.

Il lui fit signe de sortir, mais la chienne refusa d'obtempérer. Beth admira la loyauté et l'affection que Hemi lui témoignait.

Elle tira une chaise de cuisine.

— Assieds-toi !

Il obéit. Elle ôta son blouson puis lui retira son bomber. Son T-shirt était si poisseux de sang qu'elle se tacha les mains en le lui enlevant. Enfin, elle voyait ce que Hemi avait senti, le sang qui coulait sur son torse. Il avait à l'épaule une plaie de presque quinze centimètres qui avait été recousue avec soin, sans doute par le Dr Kee Redhorse, se dit-elle. Mais les points de suture s'étaient déchirés au cours de sa lutte avec Chino.

— Appelle Kee, dit-il en fermant les yeux.

Il était toujours livide.

— Tu te sens mal ?

— Non. Fatigué. Fatigué de me battre, de tergiverser et de mentir.

Il soupira.

— C'est la blessure que tu t'es faite à la maison d'Antelope Lake, n'est-ce pas ?

En aidant Kee à libérer Ava Hood et Louisa Tah avec l'aide de son mentor, Hector Hauser, dont la responsabilité et la culpabilité dans les disparitions étaient avérées. Hauser avait accepté de collaborer avec les forces de l'ordre en échange d'un allégement des charges qui pesaient sur lui. Les captives avaient été délivrées. Kee avait pris la fuite avec Ty blessé. Hauser avait quant à lui été tué en s'interposant entre Kee et l'un des ravisseurs.

L'intervention de Ty à la maison d'Antelope Lake avait sauvé Kee, Ava et Louisa d'une mort certaine. Mais comment avait-il retrouvé Kee et Hauser alors que le FBI, qui pourtant les suivait, avait perdu leur trace ? Parce qu'il était complice des Russes ? Du gang ? Ni des uns ni de l'autre ? Parce qu'il avait suivi son frère, de sa seule initiative et plus habilement que le FBI ?

— Comment as-tu retrouvé Kee et Hauser à Antelope Lake ? lui demanda-t-elle, utilisant son T-shirt pour comprimer la blessure.

Ty posa la main sur la sienne et la dévisagea. Elle resta immobile, comme hypnotisée par Ty, toujours très pâle, tendu. Il baissa les yeux sur ses lèvres qu'elle sentit parcourues par une sorte de picotement.

— Pas maintenant, Beth. Appelle plutôt Kee avant que je me vide de mon sang.

Elle s'arracha à son immobilité pour sortir son portable

et contacter Kee Redhorse, s'identifiant au passage comme la nouvelle petite amie de Ty. Elle lui expliqua rapidement la situation.

— Il est en route, indiqua-t-elle quand elle eut raccroché. En l'attendant, tu veux que je nettoie le sang ?

— C'est un moyen pour faire un prélèvement à mon insu ? ironisa-t-il.

— On n'en a plus besoin, tu sais bien.

— Vas-y.

Elle alla à l'évier, prit un torchon propre, remplit une cuvette d'eau tiède. Après avoir mouillé le torchon, elle l'essora avant de le passer sur son torse. Elle sentit ses muscles se contracter sous ses effleurements d'abord timides et lents. Puis leurs yeux se croisèrent, et elle lut dans les siens une étrange et déconcertante intensité. Il semblait sensible à la charge émotionnelle de l'instant, songea-t-elle tandis qu'elle voyait sa propre main trembler.

— Je te fais mal ?

— Plus que tu ne peux l'imaginer, Beth…

Sa voix était rauque. Le sourire qu'elle lui adressa, en guise de réponse, ressemblait sans doute à une grimace, car elle sentait la peau de son visage tendue.

Alors qu'elle continuait à essuyer le sang sur sa peau tiède toujours parcourue de frémissements, elle se complut dans la sensualité du moment. Elle prit donc son temps, enregistra le grain de sa peau, une petite cicatrice sur les côtes. Elle s'offrit le plaisir, coupable, de laisser la pulpe de ses doigts toucher sa peau, savourant l'étonnante et électrisante excitation qui naissait de cet attouchement et se transmettait à elle. Elle voyait une tempête se lever dans les yeux de Ty, chaque fois qu'il la regardait sans cesser de comprimer sa blessure avec son T-shirt. Son autre main reposait sur son genou. Il y avait crispé les doigts, comme s'il redoutait de bouger et de rompre le charme.

Beth essuya le sang sur son bras, y remarquant de

nouveau le W stylisé, les quatre plumes du gang et, plus bas, le tatouage familier du corps des marines.

— Pourquoi n'es-tu pas resté ? lui demanda-t-elle en passant le doigt sur ce dernier tatouage.

— Où ?

— Chez les marines.

Il soupira.

— Il fallait que je rentre. Ma famille avait besoin de moi, ici.

— Pourquoi ? Ta mère s'était remariée. Kee faisait son internat. Colt était en Afghanistan.

— Exempté.

— Qui ?

— Colt. Exempté.

À présent, elle comprenait. Elle savait que Colt Redhorse avait été soigné au Walter Reed Army Medical Center, hôpital militaire à Bethesda, Maryland. Capturé et séquestré par des rebelles afghans, il souffrait d'un syndrome de stress post-traumatique et avait dû être rapatrié.

— Tu as quitté l'armée pour aider Colt ? Le ramener dans la réserve de Turquoise Canyon ?

Il acquiesça.

Ty Redhorse, un homme d'honneur…

— Puis tu as porté secours à Kee au péril de ta vie.

Elle hésita avant d'ajouter :

— Et ce soir tu t'es battu contre Chino. Pour moi.

— Pas pour toi, Beth.

Le regard de Ty se perdit au loin. Puis il baissa les yeux sur Hemi qui fixait sa main libre. Elle pressa son museau contre son genou et leva la tête vers lui lorsqu'il la caressa.

— Alors pour qui ? s'enquit-elle en passant lentement le torchon sur son dos.

Ty la considéra par-dessus l'épaule.

— Pour protéger ta couverture. Donc me protéger. Et

de là protéger ma famille du gang. C'est pour assurer la sécurité de mes proches que je ne voulais pas collaborer avec la police et le FBI, Beth.

Elle avait pensé qu'il s'y refusait parce que les membres du gang, des criminels, étaient ses amis. À l'évidence, ces hommes ne l'étaient pas. Le gang l'avait-il piégé ? Si dans cette mission elle recherchait les félicitations et la promotion. Ty, lui, cherchait à protéger ceux qu'il aimait.

— Je comprends, dit-elle.

Elle commençait à l'admirer, ce qui était inquiétant. Il était son informateur, un moyen d'infiltrer le Wolf Posse, un point c'est tout. Toute relation, quelle qu'elle soit, était non seulement impossible mais exclue.

Bien qu'il n'y ait plus trace de sang, elle continuait à passer le torchon humide sur son torse et son dos, sans se hâter et sans qu'il élève la moindre objection. Elle sourit à part elle en voyant de nouveaux frissons courir sur sa peau. La fièvre ? Peut-être. L'émotion et le trouble ? Elle se plaisait à le croire.

— Tu vas enfin te décider à m'embrasser au lieu de flirter ? lâcha-t-il soudain dans le silence.

Elle laissa tomber le linge dans la cuvette.

— C'est ce que tu veux ?

— Ce que je veux, tu ne peux me le donner.

— Que veux-tu ?

— Une solution pour rester en vie. Et pour que ma famille soit épargnée.

— Je te protégerai !

— Toi, Beth ? Toi qui incarnes le pire danger !

Un danger ?

De sa main libre, il la saisit par la nuque et l'attira à lui.

— Le pire danger pour un homme. Le danger de la séduction.

Il se tut.

— Tu me tourmentes… À flirter sans m'embrasser.

Était-ce l'espoir qui rendait sa voix rauque et son souffle court ? La douleur ?

Elle posa la main sur son torse et perçut les battements rapides de son cœur.

— Je t'ai embrassé pour les besoins de ma mission, Ty.

Il soutint son regard et, cette fois, sourit.

— Tu crois ça ?

— Je sais me contrôler. Je suis une pro.

Il continuait à la défier. Vaincue, elle se pencha vers lui. Sa bouche s'ajusta à la sienne avec une précision et une perfection confondantes. Ce fut un baiser lent et très sensuel. Brûlant, déjà. Un vrai départ d'incendie. La langue de Ty rencontra la sienne, et elle sentit son pouls s'accélérer.

Il ne faut pas…

En dépit de cette exhortation, elle ferma les yeux pour s'abandonner à cet assaut sensuel.

Hemi se leva tout à coup. L'échine hérissée, elle se mit à gronder.

Beth se redressa et porta la main à son arme en entendant une voiture s'arrêter.

11

— C'est Kee, dit aussitôt Ty.

Beth s'approcha de la fenêtre et regarda dehors, son arme à la main. Un pick-up sombre était garé près de la Pontiac.

— Comment tu le sais ?

— Déduction logique. Et aussi au bruit. Je n'ai pas pu réparer le trou sur le silencieux d'échappement. C'est un Dodge RAM bleu de 2004, non ?

Exact. Elle vit le Dr Kee Redhorse descendre de son véhicule, prendre son sac médical et le mettre en bandoulière. Puis il leva les yeux vers l'appartement, lui fit un petit signe de la main et se dirigea vers l'escalier.

— Souviens-toi, je suis ta dernière copine en date.

— Comme si je collectionnais les conquêtes.

— Ce n'est pas le cas ?

Il était tellement séduisant.

— Je suis exigeant et très sélectif.

Son portable sonna au même instant. Il le sortit de sa poche, et Beth, qui s'était rapprochée, constata que c'était Jake Redhorse qui appelait.

Ty prit la communication. Elle put entendre la voix de Jake et ainsi suivit la conversation.

— Où es-tu en ce moment, Ty ?

— Chez moi. Pourquoi ? Que se passe-t-il ?

— Rien. J'appelais pour voir…

Jake hésita un instant avant de poursuivre.

— On se prépare pour une opération.

— Où ?

Deux rides apparurent entre les sourcils de Ty comme Jake tardait à répondre.

— Il faut que je te laisse, dit-il enfin.

— Non, attends ! coupa Ty sèchement.

Il se leva, sans cesser de presser son T-shirt sur sa blessure.

— Jakey ? répéta-t-il, plus fort.

Beth comprit que Jake avait raccroché. Elle n'eut pas le temps de demander à Ty la raison de sa contrariété, car Kee frappait.

Perplexe, elle alla ouvrir. L'officier Jake Redhorse avait téléphoné avant une intervention. Un coup de filet ? Que se passait-il ? Pourquoi n'était-elle pas au courant ?

— Ton frère a peut-être été appelé au bar, suite à la bagarre, hasarda-t-elle en ouvrant à Kee.

— Impossible. Il n'y a pas eu de blessés. J'ai bien arrangé Chino, mais il est reparti sur ses deux jambes.

Ty sourit. Toujours perplexe, elle fit entrer Kee.

Moins grand que son frère, le Dr Redhorse n'en atteignait pas moins le mètre quatre-vingts. Il était moins sportif et musclé, et paraissait beaucoup plus serein. Les deux avaient la même forme de visage et le même menton, mais le nez de Kee était plus fin, et ses cheveux, coupés court. Enfin, Kee portait des mocassins, un pantalon à pli, une chemise et un blouson en daim, style vestimentaire radicalement différent de celui de Ty.

— Kee, je te présente Beth. Ma nouvelle amie.

Kee la salua d'un petit hochement de tête tout en se dirigeant vers son frère.

— Ta *petite* amie selon maman, le corrigea-t-il.

— Tu es déjà au courant ?

— Tu n'avais même pas démarré qu'elle me téléphonait.

Il fouilla dans son sac médical, qui évoquait une espèce de glacière en nylon.

— Fais voir.

Ty écarta le T-shirt ensanglanté pour découvrir sa blessure.

— Tu as déchiré des sutures, constata Kee avec un soupir résigné.

Il ajouta à l'intention de Beth :

— Comment il a fait son compte ?

Elle regarda Ty qui hocha la tête.

— Bagarre.

— Vous en auriez dû l'en empêcher, lui dit Kee.

— Je ne suis pas sa nounou, répliqua-t-elle.

— Il en aurait pourtant besoin ! rétorqua Kee à son tour.

Il prépara le matériel nécessaire et, pour commencer, appliqua de la Bétadine sur la blessure.

— Je te fais une injection de Novocaïne, pour les sutures ? demanda-t-il à Ty.

— Pas de Novocaïne. Ça ne sert à rien.

Kee haussa les épaules et, le visage sombre, recousit la plaie. Quand il eut terminé, il fit un bandage et rédigea une ordonnance pour des antibiotiques.

— Contre la douleur, prends de l'acétaminophène.

Ty se leva alors que Kee rangeait ses affaires.

— Quoi ?

— Du Tylenol, précisa Kee en lui donnant un flacon de comprimés.

Suivi par Hemi, Ty raccompagna son frère jusqu'à son pick-up. Beth les observa discuter pendant plusieurs minutes, puis Kee monta dans son véhicule et s'en alla.

Quand Ty revint, elle se campa résolument devant lui.

— Tu te souviens : personne ne doit savoir qui je suis. Tu n'as rien dit à ton frère, j'espère ?

Il se pinça le nez entre le pouce et l'index.

— Non. Il a eu assez de problèmes ces derniers temps.

En effet. Avant d'être innocenté, Kee Redhorse avait été l'un des deux principaux suspects dans l'affaire des disparitions des filles de la tribu. Le Dr Hauser et sa maîtresse, Betty Mills, étaient en réalité les responsables de la sélection des filles et, ensuite, de leur insémination à leur insu.

Lorsque la vérité avait éclaté, toute cette communauté avait été sous le choc. Et la tribu continuait à rechercher les quatre jeunes filles toujours portées disparues. Elsie Weaver avait été la première de la série, en novembre de l'année dernière. Puis Marta Garcia et Kacey Doka en février, Brenda Espinoza en mai, et enfin Maggie Kesselman en septembre. Kacey Doka avait été séquestrée avec Marta, Brenda et Maggie, mais elle était la seule à avoir pu échapper à leurs ravisseurs.

Beth savait qu'en démantelant ce réseau et en retrouvant ces très jeunes filles, elle obtiendrait sa promotion et pourrait enfin quitter Oklahoma City.

Ty avait compris les raisons pour lesquelles elle avait été choisie pour cette opération. Le FBI avait eu besoin d'une femme apache pour une meilleure infiltration au sein d'une réserve. Sans ce coup de chance, elle aurait dû patienter encore au bas mot cinq ou six ans pour avoir une affaire de cette envergure et, surtout, l'avancement auquel elle aspirait si ardemment.

D'un autre côté, pour que sa mission soit couronnée de succès, elle devait rester professionnelle, ce qui impliquait d'ignorer l'ambiance, pour le moins électrique, entre Ty Redhorse et elle.

Elle était indéniablement sous le charme, mais elle n'allait tout de même pas gâcher la chance de sa vie, la perspective d'une belle carrière au FBI, à cause d'un coup de cœur. Aucun homme ne valait la peine qu'on lui sacrifie autant !

À cet instant, Ty leva les yeux vers elle et lui adressa un petit sourire en coin. Elle se figea. Conquise.

Il se leva, toujours torse nu, l'élastique de son boxer dépassant la ceinture de son jean.

— Je vais chercher un T-shirt, annonça-t-il. Tu es prête à aller au lit ?

Ty n'avait jamais éprouvé autant de sensations en même temps. La douleur à son épaule, les frissons là où Beth l'avait lavé, des picotements sur les lèvres suite à leur baiser, son érection que, espérait-il, elle n'avait pas remarquée, la sécheresse dans sa bouche à la pensée de dormir avec elle, de lui faire l'amour. Enfin, la violence des battements de son cœur.

— Je te préviens, je n'ai qu'une chambre, lui dit-il.

Elle lui montra le canapé.

— Pas de problème, je dormirai là.

Il fronça les sourcils.

— Je n'ai jamais laissé une femme dormir sur mon canapé.

— Il faut un début à tout.

Il secoua la tête.

— Et je parie qu'un agent du FBI n'a encore jamais dormi chez toi, ajouta-t-elle, taquine.

— Un agent du FBI occuperait le canapé. Mais tu es censée être ma petite amie. Et en tant que telle, tu dors dans ma chambre.

— Personne ne saura que nous faisons chambre à part.

Il haussa les épaules, et cilla.

— Sauf si quelqu'un vient à l'improviste.

Elle regarda vers la porte d'entrée demi-vitrée et sans rideau.

— Tu as souvent de la visite à l'improviste ? demanda-t-elle sans en détacher les yeux.

— Ma famille. Parfois. Le Wolf Posse. Parfois aussi.

— Dans ce cas, pourquoi n'as-tu pas de rideau devant ta porte d'entrée ?

— Parce que je n'ai encore jamais eu besoin de protéger ma vie privée. De toute façon, je n'ai rien, et rien à cacher non plus. Par conséquent, il n'y a rien à voir.

Pendant qu'il parlait, il se sentait la proie d'émotions incontrôlables et n'était même pas sûr de tenir un discours cohérent. Il avait l'impression d'être sur le point de faire un saut à l'élastique au lieu de seulement se laisser tomber sur son lit. À quoi bon anticiper une nuit où il ne se passerait rien ? Car ce n'était pas ce soir qu'il ferait l'amour à Beth, il le savait. Pourtant, le désir, l'espoir, l'illusion, combattaient sa raison.

Beth l'enveloppa d'un long regard pensif.

— On pourrait punaiser un rideau sur le montant de la porte.

— Fais ce que tu veux, ça m'est égal. Moi, je vais me coucher, dit-il en s'engageant dans le couloir.

Puis il se retourna. Beth était restée immobile, les sourcils froncés.

— Que se passe-t-il encore ?

— Ce sont les détails qui font échouer les opérations sous couverture en mettant la puce à l'oreille des criminels, déclara-t-elle. Par exemple une voiture inconnue avec une immatriculation dans un autre État. Une tension ou une agitation sans raison…

— Ou un rideau là où il n'y en a jamais eu…

— Oui. Un rideau.

Elle soupira.

— OK. Ton lit est assez grand pour deux, conclut-elle.

Bien sûr, elle avait eu tout le temps pour inspecter son intérieur, songea-t-il, résigné.

— Je n'en ai jamais douté.

Il lui adressa un sourire taquin auquel elle répondit par un regard sévère.

L'agent Hoosay n'était pas content.

— Je dormirai par terre, lança-t-elle avec hauteur.

— Hemi dort par terre. Du moins, avant de sauter sur le lit. Allez, viens. Il est tard.

Il lui montra le couloir. Elle l'y précéda avec son sac et s'arrêta sur le seuil de sa chambre. Il savait ce qu'elle voyait : une pièce austère aux murs blancs, un lit *queen size* encadré par deux tables de nuit. Un fauteuil et un lampadaire avec, en face, une commode et une armoire.

Hemi passa devant elle et bondit sur le lit. Elle serait comme une barrière vivante entre eux, se dit Ty. Lorsqu'il avait de la compagnie la nuit, Hemi restait dans le salon-salle de séjour. Ce soir, sa présence serait nécessaire.

— Tu prends le côté fenêtre, dit Beth comme si elle était chez elle.

— Si ça peut te faire plaisir…

Son sac à la main, elle se rendit à la salle de bains. Peu après, il entendit l'eau couler et se demanda si elle avait trouvé des serviettes de toilette. Il s'assit sur son lit, à côté de Hemi, et imagina Beth nue sous le pommeau de la douche, l'eau ruisselant sur son corps qu'il savait parfait. Hemi posa la tête sur sa cuisse et soupira. Il soupira aussi.

La porte de la salle de bains s'ouvrit enfin. À la vapeur qui envahit le couloir se mêla une odeur d'orchidée et de gingembre.

Beth revint dans la chambre. Hemi leva la tête en même temps que lui pour la suivre des yeux. Elle portait un T-shirt rose avec une encolure ronde et un pantalon de yoga noir qui mettait en valeur ses hanches minces et ses longues jambes fuselées. Il constata que les ongles de ses pieds étaient vernis de rose fuchsia.

— Quoi ? Tu n'aimes pas le rose ? demanda-t-elle, surprenant son regard.

— Oh si ! J'adore le rose. Surtout quand c'est toi qui le portes.

Elle sourit.

— Merci. Bon, à ton tour maintenant. Je te préviens, j'ai réglé la température du mitigeur. L'eau sera froide. Glacée. Ça te fera du bien. Si je puis me permettre…, dit-elle avec un petit sourire, baissant les yeux au niveau de sa ceinture.

Elle avait donc remarqué son excitation. Il essuya ses

paumes moites sur son jean. Son mouvement réveilla la douleur dans son épaule et le fit grimacer. Le sourire de Beth laissa place à une expression inquiète. Il s'en émut. Avoir une femme dans sa vie, ce serait avoir de la sollicitude, de la compréhension et du soutien, pensa-t-il fugitivement.

Tous les choix, bons ou mauvais, qu'il avait faits au cours de sa vie l'avaient mené à cette situation, à ce moment : il y avait, dans sa chambre, une femme inquiète pour lui.

Non. Un agent du FBI sous couverture qui ne s'intéressait à lui que sur le plan professionnel.

Et cependant, à l'instant, elle semblait ressentir plus qu'une sympathie de bon aloi à son égard.

Parce qu'il était son informateur, un outil dont elle devait prendre soin afin d'atteindre ses buts.

— Tu as besoin d'aide, pour ta douche ? proposa-t-elle.

— Non. Je me débrouillerai.

— Tu as pris l'analgésique que ton frère t'a laissé ?

— Non.

— Tu préfères le BC Powder, dans la salle de bains, au Tylenol de Kee ? demanda-t-elle en repoussant ses cheveux dans son dos.

Ce mouvement mit en évidence le fait qu'elle ne portait rien sous son T-shirt. Il baissa les yeux sur ses seins aux pointes dressées.

— Le Tylenol ne me fait aucun effet, marmonna-t-il en se levant.

Leurs regards se croisèrent. Il y eut comme de l'électricité entre eux, et des picotements lui parcoururent la peau.

— Je vais te chercher ton analgésique.

— Inutile. Il faut que j'aille à la salle de bains, de toute façon.

Joignant le geste à la parole, elle s'était retournée au

moment où il passait devant elle. Dans son élan, elle heurta son épaule blessée.

Il contint un cri de douleur.

— Oh ! Pardon ! s'exclama-t-elle.

Elle posa la main sur son autre bras avec une adorable expression désolée.

Il en oublia la douleur et son épaule blessée.

Beth le rendait fou. Fou de désir.

Il la suivit du regard tandis qu'elle se hâtait vers la salle de bains, laissant dans son sillage cette odeur exquise d'orchidée et de gingembre qu'il inhala à pleins poumons.

Serrant les dents, il se rendit à la cuisine, Hemi sur ses talons, pour prendre un verre d'eau. Beth l'y rejoignit avec son analgésique miracle alors qu'il laissait sortir Hemi. Elle lui tendit un sachet de BC Powder. Comme il lui effleurait les doigts en le prenant, il vit sa main trembler. Lorsqu'il chercha son regard, elle le lui déroba.

Il ouvrit le sachet et versa la poudre amère dans l'eau.

Puis, les yeux rivés sur Beth qui se mordillait la lèvre inférieure, il vida son verre d'un trait. Malgré la fraîcheur de l'eau, il garda l'impression d'avoir la bouche sèche.

— Je ne peux te regarder sans avoir envie de t'embrasser, lâcha-t-il.

Surprise, elle recula.

— Ne te fais pas d'illusions, Ty. Je t'ai embrassée tout à l'heure, mais maintenant je vais partager ton lit et c'est tout.

— Mais demain…

— Il ne se passera rien entre nous. Ni ce soir, ni demain, ni jamais. Ma mission terminée, je partirai. Toi, tu resteras à Turquoise Canyon. C'est ta réserve. Tu y as toujours vécu avec ta famille.

— Entre ma famille et le Wolf Posse, plus précisément.

Après un silence, il ajouta :

— Pour protéger les premiers des seconds.

Il soupira et se rendit à la salle de bains en repensant aux dernières révélations de Faras à propos du laboratoire de méthamphétamine. Ça lui déplaisait d'en cacher l'existence à Beth, mais leur accord ne portait que sur les rapports du gang avec le réseau russe de mères porteuses.

Au fait pourquoi Faras avait-il un methlab ? Pourquoi changeait-il tout à coup son fusil d'épaule ? Parce que, pour les Russes, l'attention grandissante de la police tribale et des fédéraux allait mettre un terme au trafic de filles de la réserve ? S'agissait-il d'une solution de rechange, avec de juteux profits à la clé ?

Au départ, le gang et les Russes avaient parié sur le fait que ni les parents ni la police ne s'inquiéteraient de la disparition des filles. Et ils avaient eu raison. C'est Jake et Lori, infirmière et désormais son épouse, qui, les premiers, s'étaient interrogés sur ces mystérieuses disparitions. Ils avaient fait le rapprochement avec la clinique que les disparues avaient fréquentée par deux fois avant de se volatiliser. Avant eux, personne ne s'en était soucié. On pensait que ces jeunes filles avaient fugué pour échapper à leur famille, à la réserve, ou tout simplement à leur destin.

Il se doucha en prenant soin de ne pas mouiller son bandage. Ensuite, il enfila un pantalon de pyjama et retourna dans la chambre. Beth était déjà au lit, la couette tirée jusqu'au menton. Hemi s'était étendue au milieu, délimitant l'espace de chacun, et ainsi les séparant. Pour autant, Ty y resta indifférent. Il était trop fatigué pour être contrarié ou déçu par cet obstacle ou pour se montrer entreprenant. Il se contenta du modeste plaisir que lui procurait la présence d'une si belle femme à ses côtés. Hemi s'endormit la première et ronfla, comme à son habitude. Puis Beth s'assoupit.

La journée avait été une longue suite de surprises et de rebondissements. L'analgésique fut long à agir. Lorsque la douleur s'atténua enfin, il ferma les yeux et sombra à son tour dans un sommeil agité. Des rêves désagréables le réveillèrent, en sueur et inquiet, à plusieurs reprises. À un moment, il craignit même d'avoir de la fièvre. Hemi se réveilla et posa la tête sur son ventre. Ty la caressa et remarqua, malgré la quasi-obscurité, que Beth avait changé de position. Elle lui faisait maintenant face, le visage serein et détendu, une main sur le pelage de Hemi et non loin de la sienne. Il résista au désir d'effleurer ses doigts et referma les yeux, attentif aux battements de son cœur qui se répercutaient dans son épaule douloureuse.

Une sonnerie de téléphone inconnue le réveilla. Il se redressa au moment où Beth se levait pour aller chercher son portable, portable qu'elle avait mis en charge sur la commode. Il prit le sien sur la table de nuit et constata qu'il n'était pas encore 6 heures. Il n'avait dormi que quatre heures.

En grognant, il se laissa retomber sur son oreiller et posa son bras valide sur ses yeux pour éviter le jour qui pointait déjà et filtrait par les persiennes. La douleur se réveilla dans son épaule et pulsa dans son bras au rythme de ses battements cardiaques.

Il entendit Beth dire à son interlocuteur qu'elle arriverait sur les lieux dans vingt minutes. Puis elle raccrocha et sortit des vêtements de son sac.

— Où ? demanda-t-il.

— Rendors-toi. On se voit plus tard. Agis comme à ton habitude.

Les bras chargés de vêtements, elle fila vers la salle de bains et revint peu après, vêtue d'un jean, d'un blouson qui cachait son holster d'épaule et d'un pull noir à col roulé sous lequel, sans doute, elle portait sa plaque du FBI et sa carte d'identification.

— Contacte-moi si tu as des nouvelles de Faras, dit-elle.

— À vos ordres, agent Hoosay.

Hemi se posta devant elle et remua la queue.

— Je la laisse sortir ?

— Si ça ne te dérange pas.

Beth et Hemi disparurent dans le couloir. Ty se leva à son tour. Il buvait sa deuxième tasse de café lorsque Hemi revint. Il lui ouvrit, la nourrit puis descendit dans son atelier où il passa la matinée. L'après-midi, il se rendit avec Hemi chez sa mère pour déboucher le lavabo de la salle de bains.

Comme à son habitude, sa mère le remercia en lui préparant une collation. Mais, contrairement à son habitude, elle s'attabla avec lui et attendit qu'il ait fini de se restaurer pour lui tendre un feuillet, en lui recommandant de ne surtout pas s'énerver.

En proie à un mauvais pressentiment, il déplia le papier et vit immédiatement l'en-tête de la prison de Phoenix. Son cœur se mit à battre plus fort.

Quand sa mère prit la parole, ce fut d'une voix tendue et tremblante qu'il ne lui avait plus entendue depuis longtemps.

— Il va être libéré, Ty.

12

Colton Redhorse avait été condamné à douze ans de prison. Il en avait fait dix. Et Ty, comme sa mère et ses frères, savait qu'il serait libéré avant terme. Mais, face à cette éventualité lointaine et floue, il s'était dit que le moment venu ses frères et lui, adultes, feraient front pour protéger leur sœur et leur mère.

Or, Colt avait intégré un WITSEC – United States Federal Witness Protection Program ou programme fédéral de protection des témoins – et quitté la réserve pour l'Alaska. Quant à Kee et Jake, ils avaient leur propre vie de famille.

— Quand ? demanda-t-il.

— Je ne sais pas… J'ai fait part de mon souhait d'être tenue informée de sa libération quinze jours avant la date prévue : j'ai rempli le formulaire. Mais tu sais à quel point ces procédures administratives sont lentes.

Ty baissa de nouveau les yeux sur la lettre et se rendit compte qu'elle datait d'un bon mois.

— Tu l'as reçue quand ?

Sa mère rougit.

— Ça fait un petit moment…

— Et tu ne m'en parles que maintenant ?

— Je savais que tu ne serais pas content.

« Pas content » ? C'était le moins que l'on puisse dire !

Il n'avait revu Colton qu'une seule fois après son incarcération car il n'avait pu résister à l'envie de le voir derrière les barreaux. Il avait aussitôt pris conscience de la vanité de sa démarche, et surtout de son imprudence. Au premier regard, Colton Redhorse avait compris à qui il devait son arrestation, donc sa condamnation.

À son propre fils.

De nature violente et emportée, Colton avait alors été pris d'une rage telle que les gardiens avaient dû se mettre à plusieurs pour le neutraliser. Après cela, Ty ne l'avait jamais revu. Dix ans plus tard, sans doute endurci par la prison, il serait encore plus imprévisible, dangereux et destructeur. Et bientôt, de nouveau, ses proches en feraient les frais.

— Jake et Kee sont au courant ?

— Non. Je ne sais pas comment leur annoncer la nouvelle. Je ne l'ai même pas encore dit à Burt.

Ty prit une grande inspiration. Jake et Kee demandaient régulièrement le permis de visite nécessaire avant la prise de rendez-vous pour un parloir. C'est Kee qui avait annoncé à Ty que Colton avait découvert le remariage de May, et très mal pris cette nouvelle.

L'emprisonnement de Colton avait en effet impliqué la séparation de fait qui mettait fin à la cohabitation – au même titre que l'absence ou l'abandon –, consacrant ainsi l'échec du mariage. Et Colton, condamné à un emprisonnement de douze ans, était resté en prison pendant les deux ans au moins qui précédaient la présentation de la requête en divorce.

— Colton ne reviendra pas dans la réserve, dit May en secouant la tête, comme si elle essayait de s'en convaincre.

Ty n'abonda pas dans son sens. Dans un premier temps, « le père » observerait peut-être ses obligations afin que sa libération conditionnelle ne soit pas suspendue, révisée ou révoquée. Mais il ne résisterait pas au désir de revenir dans la réserve pour défier Burt et May, que malgré tout il considérait toujours comme son épouse, et pour se venger. À sa manière sournoise et violente.

— Ton père n'est pas stupide ! insista sa mère face à son silence. Non. Il ne reviendra pas !

— Ça ne signifie pas pour autant qu'il ne cherchera pas à t'atteindre d'une façon ou d'une autre, riposta Ty. Il sait que tu ne porteras pas plainte contre lui.

— À quoi bon ? Ça aggraverait les choses, insista de nouveau sa mère qui, comme autrefois, campait sur ses positions avec obstination.

Ty eut l'impression de revivre la même situation que dix ans plus tôt et se sentit accablé, découragé.

Avertir la police que Colton constituait un danger pour autrui ne servirait à rien. La police ne pouvait l'arrêter avant le délit, la récidive. Après, ce serait trop tard.

Il fallait qu'il parle à Faras de toute urgence. Bon sang !

Avant de reprendre la route, il apprit la nouvelle à Burt qui devint blême, car cet homme pacifique et très doux redoutait la violence. Ty lui demanda de le contacter s'il recevait des informations sur la date de libération de Colton. Ensuite, il siffla Hemi et ouvrit sa portière passager pour la faire monter, après quoi il se rendit au QG du Posse.

Depuis son association avec le réseau russe qui l'avait considérablement enrichi, le gang avait un nouveau QG. Faras avait acheté un ranch à l'extérieur de Koun'ndé. La propriété, fort belle, était protégée ; son accès s'effectuait par un portail électrique automatique. Le seul de la réserve, pour autant que sache Ty. Une fois qu'il l'eut franchi, il dut passer encore deux check-points. Quand il arriva enfin à la hauteur de la maison proprement dite, Henry Lavender, posté dans la galerie, l'accueillit, levant la main à son intention. Ty baissa sa vitre de portière.

— Salut, Ty, lança Henry. J'ai entendu parler de ta bagarre avec Chino. Bon sang ! Tu l'as abîmé : il a dû se rendre chez le dentiste à Darabee. Ça va durer des heures !

— Avec un peu de chance, le dentiste lui immobilisera la mâchoire, et on ne l'entendra plus, répliqua Ty.

Henry gloussa et porta la main devant la bouche pour contenir son hilarité, regardant par-dessus l'épaule vers la porte fermée comme s'il craignait qu'on l'ait entendu.

Ty sortit de sa Pontiac.

— Faras est là ?

— Oui. En réunion. Je crois qu'il est question de Quinton. Ça a l'air de barder.

— Ah bon ? Que s'est-il passé ?

— Je n'en sais rien. Mais à mon avis il y a eu du grabuge.

— Dis-lui que je suis là.

Henry opina et rentra. Ty évalua du regard les pick-up et voitures garés là. Il les connaissait presque tous, pour avoir travaillé dessus.

Il reconnut la Mustang noir flambant neuve de Faras et étudia les véhicules qui lui étaient inconnus. Appartenaient-ils aux Russes ?

Il était venu pour une affaire qui ne concernait que lui et Faras, mais si l'occasion se présentait d'en apprendre davantage sur les disparues de la tribu, et ainsi de renseigner Beth, il ne la négligerait pas.

Henry revint au bout de quelques minutes et le fit entrer dans le salon. Norleena Caddo et Autumn Tay, avachies sur le canapé, suivaient un *reality show* à la télévision. Sur l'écran, des femmes aussi apprêtées et maquillées qu'elles s'invectivaient. Ty ralentit le pas pour leur lancer en tonto un salut qu'elles lui retournèrent sans quitter l'écran des yeux. Âgées d'à peine vingt ans, toutes deux avaient rejoint le gang alors qu'elles étaient encore lycéennes. Si elles n'avaient été aussi fardées, elles auraient été vraiment jolies. Elles lui rappelaient les geishas, destinées à distraire et servir les hommes.

Il ne put s'empêcher de comparer leurs visages trop poudrés et maquillés, leur regard torve et charbonneux au teint frais de Beth et à ses yeux pétillants d'intelligence.

Lorsqu'il entra dans la salle à manger, il vit Faras au bout d'une table rectangulaire. Ce dernier fit signe à Andre Napualani de se lever pour lui laisser sa place. Deoma Quintero et Eldon Kahn, deux autres membres du Wolf Posse étaient présents à cette réunion. Quinton Ford, en revanche, était absent. Chino Aria aussi, bien entendu. À la pensée qu'il était chez le dentiste, il se sentit de nouveau rempli d'une immense satisfaction.

Il prit la place d'Andre.

— Tu veux boire quelque chose ? lui demanda Faras.

Ty opina. Il connaissait Faras depuis le lycée, avait entretenu avec lui une espèce de relation symbiotique forgée par la nécessité, le respect mutuel, et une histoire commune. Avec le temps, ils étaient peu à peu devenus deux frères ennemis

— Oui. Un Dr Pepper.

Faras appela Norleena Caddo pour qu'elle le lui apporte. Cette dernière s'empressa, juchée sur des talons ridiculement hauts et aussi peu pratiques que son mini-short et son petit débardeur moulants. Les hommes la regardèrent se rendre dans la cuisine ouverte, se pencher ostensiblement pour prendre le Dr Pepper dans le réfrigérateur car elle se savait observée, et utiliser le bord du plan de travail pour le décapsuler. Enfin elle s'approcha, toujours ondulant des hanches, et posa la boisson devant Ty. Sa mission achevée, elle mit la main sur l'épaule de Faras et lui demanda d'une voix caressante s'il avait besoin d'autre chose.

Ty contint son écœurement. Il ne supportait pas la soumission complaisante imposée aux filles du gang. D'un autre côté, leurs prises de bec étaient célèbres par leur ahurissante violence, et leurs affrontements pour la domination épiques. L'arrestation récente de Minnie

Cobb avait laissé le pouvoir féminin vacant, et Noreen visait à la remplacer. Mais Jewell Tasa était la meilleure candidate, la seule vraiment prête à chausser les talons aiguilles vertigineux et de surcroît très coûteux, de Minnie.

Faras donna une tape sur le postérieur de Noreen et la renvoya dans le salon. Il la suivit des yeux, et c'est seulement quand elle eut disparu qu'il reprit la parole.

— Content de te voir, *bro*, dit-il.

— Désolé pour Chino, répondit Ty.

— C'était prévisible. Elle n'est pas des nôtres et elle est ta copine. Écoute, on a de gros problèmes. Je dois terminer avec les gars. Tu as quelque chose de spécial à me dire ?

Ty appréciait que Faras accepte de le voir sans rendez-vous, voire qu'il interrompe une réunion. C'était une marque de respect qu'il ne réservait qu'aux boss de la drogue ou du réseau russe.

— Colton va sortir de prison, annonça-t-il.

Faras pâlit.

— Ah ?

Tout en opinant, Ty soutint son regard inquiet. Faras se sentait menacé. À raison.

— OK. Rendez-vous devant le brasero dans dix minutes.

Ty se leva et quitta la table.

— Tu veux de la compagnie, en attendant ? ajouta Faras avec un geste éloquent vers le salon.

Ty secoua la tête en masquant son dédain.

— Pas la peine. Pas aujourd'hui.

Ni jamais. Il n'avait pas besoin d'une de ces filles complaisantes pour lui faire passer le temps. Cette pratique en vigueur dans le gang l'écœurait, au même titre que les rites d'initiation destinés aux impétrants.

Faras avait la mainmise sur le Wolf Posse et sur ses activités criminelles. C'était lui qui, avec le Dr Hauser, avait sélectionné les victimes du réseau de mères porteuses. Faras et Hauser connaissaient en effet le pedigree des membres de la tribu par cœur, le premier parce qu'il savait tout ce qui se passait dans la réserve, et le second parce qu'il y soignait tout le monde.

Faras savait quelles familles étaient vulnérables ou dysfonctionnelles et, par conséquent, susceptibles de ne pas s'inquiéter d'une éventuelle disparition d'un de leurs rejetons. C'était d'autant plus facile que, dans la réserve, les filles étaient réputées souvent fuguer.

Doté d'une intelligence redoutable, c'était un homme dénué d'empathie qui avait toujours bien choisi ses cibles. Cependant, si rusé fût-il, il n'avait pas compté avec les ressources et l'ingéniosité de deux d'entre elles.

La première, Zella Colelay, avait réussi à échapper à ses ravisseurs et, enceinte, après avoir été inséminée à son insu comme les autres victimes, elle avait donné naissance à son bébé, qu'elle avait abandonné dans le pick-up de Jake. La seconde, Kacey Doka, avait échappé au réseau et révélé à la police qu'elle n'avait jamais fugué mais qu'elle avait été enlevée. De là, la police avait commencé à s'intéresser de près aux autres disparues considérées jusque-là comme fugueuses, et à enquêter.

Ty s'installa dans la pergola, près du brasero où le gang festoyait. Il ne participait jamais à leurs fêtes. À la vérité, il évitait le QG du Wolf Posse autant que possible et s'arrangeait pour ne rencontrer Faras qu'au bar. Mais aujourd'hui il avait fait exception à cause de la prochaine libération de Colton, qui concernait Faras au premier chef.

Vingt bonnes minutes s'écoulèrent avant que ce dernier arrive, une bière à la main, et s'asseye à côté de lui.

Au sein du gang, il était d'usage de parler de choses et d'autres avant d'en venir au cœur d'un problème. Mais Faras était un homme d'affaires et n'avait pas de temps à perdre.

— Avant qu'on parle de ton père, j'ai quelque chose d'important à te dire. C'est à propos de Quinton.

— Que se passe-t-il ?

Tenant le col de sa bouteille de bière entre le pouce et l'index, Faras appuya ses avant-bras sur ses cuisses et observa le sol poussiéreux entre ses pieds. Puis il secoua la tête, ses lèvres ne formant plus qu'une mince ligne. Ty se pencha lui aussi vers l'avant, bien que ce mouvement lui fasse mal à l'épaule.

— Qu'est-ce qu'il y a ? insista-t-il.

Contrairement à son habitude, Faras hésita. Soudain, il se redressa, leva sa bouteille de bière et la jeta de toutes ses forces. La bouteille décrivit un arc élégant, expulsant son contenu avant de retomber et de voler en éclats.

Ty se rejeta en arrière et attendit.

— Il y a eu un raid sur notre labo de meth, dit enfin Faras.

— Deer Kill Meadow ? lança Ty, se souvenant que Faras voulait le charger de livrer la meth.

Comment éviter cette nouvelle corvée ? En demandant une nouvelle faveur à Faras et en continuant à s'endetter ? Il se savait en situation de faiblesse.

— Non. Et c'est le problème, justement. Il n'y a pas de methlab sur Deer Kill Meadow. Pas plus qu'il n'y en a un sur Canyon Ridge Road.

— Quoi ?

Ty n'y comprenait plus rien.

— Nous n'avons pas de methlab, *bro*, lâcha Faras. Rien. *Nada*. C'est de l'enfumage. Un piège.

Ty frémit en songeant qu'il avait failli en révéler l'existence à Beth. Il y avait renoncé parce que l'information, bien que pertinente, n'était pas liée à l'affaire du réseau de mères porteuses pour laquelle le FBI avait obtenu sa collaboration. Tout à coup, il se souvint du coup de téléphone que Beth avait reçu, tôt ce matin, et de son départ rapide.

Pour une intervention du FBI sur Canyon Ridge Road suite à l'information que Quinton lui avait révélée ?

— Un piège ? Pourquoi ? demanda-t-il avec un calme qu'il était loin de ressentir.

— Il y avait une taupe dans le gang. Il y avait des fuites, répondit Faras en le dévisageant.

Il marqua une pause et reprit :

— Quelqu'un de chez nous a saboté la livraison de Kacey et renseigné le FBI. Comme tu étais chargé du transport, et que c'est la petite amie de Colt, je t'ai soupçonné. De plus, quelqu'un de chez nous a manifestement soutenu les efforts du FBI, lors de l'opération qui s'est terminée par un raid sur la maison d'Antelope Lake. Avec un succès complet pour les fédéraux. Ton frère Kee y a participé, avec le Dr Hauser, mais Kee n'aurait jamais pu neutraliser les Russes qui surveillaient les paquets avant leur transfert, et les libérer. À la vérité, je ne sais toujours pas ce qui s'est passé. Ce que je sais, c'est que Hauser et les deux Russes sur place ont été tués, et les filles libérées. Ça nous fait deux paquets en moins. Trois avec la petite Doka qui s'est volatilisée avec Colt. C'est beaucoup.

Ty détestait entendre parler des victimes comme de vulgaires « paquets ». Sa sœur avait à peu près l'âge de Maggie Kesselman, et l'idée qu'elle aurait pu faire partie des disparues le rendait malade.

— Pour en avoir le cœur net, je vous ai piégés, Quinton et toi, continua Faras. Toi, parce que tu n'as jamais apprécié notre association avec les Russes. Et parce que tu as changé depuis que Jake a recueilli ce nouveau-né. Tu es devenu plus distant. Réticent. Comme Quinton. Je vous ai donné une information fausse, à savoir l'ouverture d'un methlab, mais à chacun un lieu différent. Et ce matin le FBI a fait un raid dans une maison de Canyon Ridge Road.

Ty contint son agitation. Il devait contacter Beth,

l'informer de la situation. Mais ne s'agissait-il pas encore d'un piège ? Si Faras découvrait que Beth était un agent du FBI, elle était en danger de mort, et lui aussi.

Il n'avait plus qu'une hâte, sortir son téléphone et l'appeler. Entendre le son de sa voix. Avoir la certitude qu'elle était saine et sauve. Il en ressentait une telle nécessité qu'il croisa les mains avec effort, s'exhortant à masquer sa nervosité croissante.

— C'est donc Quinton qui a trahi depuis le début ?

— Oui. J'aurais dû savoir que ça ne pouvait pas être toi, Ty, mais je voulais en avoir la certitude. Quinton va le payer très cher.

Le cœur battant, Ty attendit la suite.

— Chino est en train de s'en occuper.

Chino n'était donc pas chez le dentiste. Faras l'avait envoyé lui régler son compte, en conclut Ty qui réfléchissait à toute vitesse. Il appréciait Quinton. Un type intelligent qui avait fait le mauvais choix au mauvais moment. Qui, en renseignant la police et le FBI, avait peut-être essayé de sortir du gang.

— Désolé, fit-il, la gorge trop serrée pour en dire davantage.

— Il me faut un nouveau second.

— Chino. Il a toujours voulu l'être.

— Non, Chino veut être le premier. Le loup alpha, riposta Faras avec un ricanement. Et ce n'est pas tout. Non seulement Quinton a trahi, mais notre association avec les Russes va prendre fin. Plus de transports et d'acheminements, donc plus d'argent. Le problème, c'est que nos gars ont pris l'habitude d'avoir de la dope, de la bonne nourriture, et des belles caisses. Il va falloir trouver une autre source de revenus.

— Les Russes se retirent ? demanda Ty, s'efforçant de modérer son exaltation.

Parce qu'ils se sentaient menacés par l'enquête de la police tribale et du FBI ?

— Et les filles qu'on leur a livrées ?

— C'est plus notre problème, coupa Faras. Les Russes ont payé. Ils peuvent les réutiliser ou les mettre en service autrement. Si tu veux savoir, ça m'est égal.

— Mais ce sont nos femmes, objecta Ty.

Faras haussa les épaules.

— Ces filles sont comme les garçons perdus de Peter Pan qui tombent de leur landau et qui, six jours plus tard, disparaissent dans le pays imaginaire parce que personne ne les réclame. Tu te souviens ? C'est toi qui m'avais lu l'histoire, ajouta-t-il en souriant.

Ty fut pris de nausée à la pensée que Faras, le garçon triste et perdu, soit devenu un pirate et se serve de cette histoire pour justifier des opérations qui relevaient de la traite d'être humains.

— On devrait demander aux Russes de nous les rendre, hasarda-t-il.

— Impossible. On a d'autres problèmes, avec le retour de ton père. On va devoir s'organiser parce qu'il va vouloir sa revanche. En attendant, je veux que tu deviennes mon second, Ty. Que tu reviennes parmi nous. Une bonne fois pour toutes.

13

Quand Beth rentra à la nuit tombée, Ty était dans son atelier. Hemi vint à sa rencontre en aboyant joyeusement, sans toutefois s'approcher de sa moto. Ty sortit de son garage, s'essuyant les mains dans un chiffon, alors qu'elle coupait le contact.

Elle retira son casque avec un gros soupir. La journée avait été épouvantable. L'information communiquée par Quinton s'était révélée fausse. Aux aurores, quinze agents du FBI lourdement armés avaient tiré un charmant vieux couple de son lit. Le FBI s'était ensuite répandu en excuses et lancé à la recherche de Quinton Ford. En vain. L'homme s'était volatilisé.

Ce n'était pas tout. L'affaire des disparues de la réserve avait connu un rebondissement. La police de Santa Fe, au Nouveau-Mexique, avait en effet retrouvé Elsie Weaver, la première disparue de la tribu. Luke Forrest s'était rendu sur place séance tenante et avait découvert que, pour le coup, Elsie avait vraiment fugué.

En novembre de l'année dernière, la jeune fille, alors âgée de seize ans, s'était rendue à la clinique de la réserve comme les autres disparues de la tribu. Mais toute comparaison s'arrêtait là, car elle n'y avait pas subi le sort des autres disparues – à savoir une insémination à son insu. Elsie avait tout simplement décidé de prendre le large avec un garçon de presque vingt-trois ans qui avait par la suite été arrêté et se trouvait emprisonné à Santa Fe pour de nombreuses charges, et pas des moindres.

Suite à ce rebondissement, Beth était allée à la prison de Darabee interroger l'ancienne administratrice de la clinique de Turquoise Canyon et complice du Dr Hauser dans la sélection et l'insémination des disparues de la tribu. Betty Mills ne s'était pas montrée très coopérative.

Arrêtée quelques jours plus tôt, elle avait reconnu sa culpabilité dans le but de bénéficier d'une procédure différente, à savoir le « plaider coupable », qui lui évitait le procès. Son avocat avait donc négocié un accord sur la peine à subir avec le *district attorney*. La peine étant inférieure à celle qu'elle aurait encourue dans le cadre d'une procédure classique, elle avait accepté l'accord signé par le DA.

Mais cet accord avait été rompu à peine homologué. Betty Mills avait d'emblée manqué à ses engagements de collaboration avec la police et le FBI en omettant de les avertir qu'Ava Hood avait été démasquée. Hood avait failli perdre la vie.

Mills se faisait maintenant tirer les vers du nez en attendant un nouvel accord avec le *district attorney*. Mais elle avait confirmé, quoique avec réticence, qu'Elsie Weaver n'avait jamais été une cible du réseau. En revanche, sa disparition, dont personne ne s'était inquiété, avait inspiré l'idée de s'intéresser à des filles potentiellement fugueuses, issues de familles à problèmes et a priori indifférentes à leur sort.

La disparition d'Elsie, signalée et enregistrée, avait en effet été vite oubliée. Et le Dr Hector Hauser, qui voulait transformer sa clinique en une structure high-tech digne du XXIe siècle, avait vu là un moyen de réunir les fonds nécessaires. Après avoir approché un collègue de Phoenix qui dirigeait une clinique de la fertilité, il avait pris contact avec un proche du réseau Kuznetsov. Hauser se chargeait de l'étape de l'insémination, à leur insu, des « cibles ». Une fois la grossesse avérée, le gang enlevait et livrait la victime au réseau.

Beth mit sa moto sur la béquille et en descendit. Elle n'arrivait toujours pas à comprendre quelle était la place de Ty dans cette configuration pour le moins complexe. Le fils cadet de May Redhorse ne cessait de la surprendre et l'intriguait. Il avait sauvé la vie d'Ava Hood, la fiancée de Kee, et le nouveau-né que l'officier Jake Redhorse avait adopté avec sa femme Lori. Ces faits étaient incontestables. Son rôle dans l'affaire Kacey Doka demeurait cependant ambigu : il avait transporté la jeune fille mais, en même temps, il avait assuré sa sécurité. Une chose était sûre, Ty Redhorse tenait ses informations du Wolf Posse.

De quel côté était-il ?

À cet instant, il entra dans le cercle de l'un des projecteurs dont la lumière vive révéla son visage avec une netteté frappante. Elle vit ses biceps gonflés tandis qu'il continuait de s'essuyer les mains. Le plaisir, inattendu, de le revoir après cette longue journée chassa sa lassitude.

— Où est Quinton ? lui demanda-t-il.

Sa voix était calme, mais sa posture raide.

Hemi s'approcha de lui, s'assit et gémit comme si elle percevait sa tension.

— Comment es-tu au courant ?

— Canyon Ridge Road. Methlab, répondit-il. C'est ça ?

Elle le dévisagea, méfiante.

— Quelqu'un t'a vue pendant l'opération ? reprit-il.

— Si quelqu'un m'a vue ?

— Tu étais sur Canyon Ridge Road, oui ou non ? insista-t-il, agacé.

Il s'approcha, le regard rivé au sien. Elle se sentit parcourue de frissons.

— Je n'ai pas le droit de t'en parler, dit-elle enfin. Et d'abord comment tu es au courant ?

— On m'avait parlé d'un methlab sur Deer Kill Meadow.

— « On » ? Qui ? Précise

— Faras soupçonnait la présence d'une taupe au sein du gang. Moi ou Quinton. Il nous a donc donné une fausse information : l'ouverture d'un methlab avec, pour chacun de nous, un lieu différent. Pour Quinton, Canyon Ridge Road. Pour moi, Deer Kill Meadow. Quinton confondu, Faras est certain d'avoir trouvé sa taupe. Il a envoyé Chino lui régler son compte.

Beth grimaça. Son informateur introuvable, le FBI avait déduit que celui-ci leur avait donné une adresse bidon afin d'empocher la récompense promise avant de se volatiliser.

La réalité était pire.

— Nous avions un accord. Tu devais nous révéler tout ce que tu savais ! s'exclama-t-elle.

— Tout ? Non. Seulement ce qui concernait le réseau.

Il avait raison.

— Écoute-moi, Beth ! Pour l'instant, ce n'est pas le problème. Si jamais on t'a vue, tu es démasquée et en danger.

— Je n'ai pas quitté la voiture. Vitres teintées.

— Tu en es certaine ?

Elle opina et vit le soulagement se peindre sur ses traits. Là-dessus, elle retourna en hâte vers sa moto, son portable déjà à l'oreille. Dès qu'elle eut raccroché, elle repartit à Koun'ndé : la police et le FBI devaient trouver Quinton avant Chino.

Beth ne revint pas cette nuit-là. Le lendemain, mardi, Ty contacta Kee et Jake en vue d'un dîner entre frères, mais ces derniers, en ce moment débordés, lui proposèrent plutôt de prendre un verre. Il leur donna donc rendez-vous au bar du casino.

La serveuse portait une perruque violette, une tiare en plastique et des ailes irisées en tulle. Elle prit leur commande de boisson et leur laissa trois bonbons avec les menus.

— À quoi elle joue ? marmonna Ty étonné lorsqu'elle se fut éloignée.

— C'est Halloween, expliqua Kee souriant. J'ai promis à maman d'être à la maison pour conduire Abbie, Shirley et ses frères pour un *trick or treat.*

Halloween. Ty l'avait oublié. Il tourna les yeux vers la serveuse déguisée en fée Clochette.

— Et Jackie et Winnie ? lança-t-il, citant les deux sœurs Doka.

Kee fit le décompte sur ses doigts.

— Winnie reste à la maison pour distribuer les sucreries, Jackie va à une fête, et Ava sort avec les filles.

Il faisait référence aux nièces d'Ava, à savoir Margarita et Alexandra, cinq ans, et Olivia, trois. Kee et Ava s'en occupaient pendant que la sœur d'Ava suivait une cure de désintoxication de six semaines.

— Quels sont leurs déguisements ? s'enquit Jake avec intérêt.

— Princesse pour les jumelles. Bleu pour Olivia.

— Quoi en bleu ?

— Aucune idée. Je sais juste qu'elle aime le bleu.

Cette petite fille âgée de seulement trois ans avait des idées bien arrêtées, songea Ty. Il attendit que la serveuse leur ait servi leurs boissons pour annoncer à ses frères la prochaine libération conditionnelle du père.

— Papa se tiendra à carreau, bien sûr, pour que sa conditionnelle ne soit pas suspendue et qu'il ne soit pas réincarcéré jusqu'à l'expiration légale de sa peine, dit Kee, rationnel et optimiste comme toujours. Dans le cas contraire, maman appellera la police.

— Elle ne l'a jamais fait, lui rappela Ty.

— Je vais demander une ordonnance restrictive ! intervint Jake avec autorité.

— Ça ne l'empêchera pas de la harceler, coupa Ty.

Jake croyait aveuglément en la loi. C'était à la fois admirable et naïf.

Il leva le menton et regarda Ty droit dans les yeux.

— Une ordonnance restrictive me permettra de l'arrêter s'il s'approche de notre mère.

Ty siffla entre ses dents.

— Bravo. Mais il arrivera toujours à ses fins, rétorqua-t-il. Tu ne pourras pas veiller au grain en permanence. Et vous avez pensé à Abbie ? Si notre sœur s'interposait entre maman et lui ?

Jake pinça les lèvres, son regard devint dur.

Ty soupira. Il n'était pas présent, le jour où Colton avait cassé le bras de leur mère. Seuls Abbie et Colt avaient été témoins de ce énième drame. Affolé, Colt avait téléphoné à Jake, âgé alors de quatorze ans, qui était à son entraînement de basket. De retour à la maison, Jake avait appelé la police. Celle-ci était venue, avait emmené Colton qui, le lendemain, était revenu. Un éternel recommencement, songea Ty. Lui, ce jour-là, traînait avec Faras, sans doute à recherche d'un mauvais coup et de gros ennuis. À cette époque, Kee était déjà en deuxième année de médecine.

— Une ordonnance restrictive n'a d'effet que sur les gens qui respectent la loi, reprit-il.

— Dans ce cas, que proposes-tu ? demanda Kee.

— Une présence constante auprès de notre mère. Vingt-quatre heures sur vingt-quatre, sept jours sur sept. Nous trois à tour de rôle.

Manifestement réticents, ses deux frères ne dirent mot. Ils avaient leur vie, une compagne, des enfants, et surtout une confiance inébranlable en la police, la loi et l'humanité.

— La prison l'a peut-être changé, hasarda Kee.

— Elle l'a changé, à coup sûr, riposta Ty. Plus menaçant. Plus dangereux et plus violent.

— Tant qu'il ne se passe rien, on ne bouge pas, dit Jake d'une voix ferme. Mais, pour assurer nos arrières, je vais contacter l'officier de probation et demander à être averti du jour de sortie de papa. Et je vais aider maman pour faire une demande d'ordonnance restrictive.

— Bonne chance, ironisa Ty.

— Peut-être pourrais-je aussi aller chercher papa à sa sortie de prison, reprit Jake en se massant la nuque. Et m'enquérir de ses projets. C'est le meilleur moyen pour l'avoir à l'œil. Et puis, après tout, il n'a peut-être pas l'intention de revenir dans la réserve.

Oh que si ! songea Ty. Colton avait un compte à régler avec Faras et lui.

— Il reviendra, lâcha-t-il du bout des lèvres.

— Eh bien on avisera le moment venu ! conclut Jake.

Puis, considérant le sujet clos, il s'adressa à Kee.

— Alors comme ça, il paraît qu'Ava va partir en formation ?

Ava Hood, ex-détective devenue dispatcher au poste de police de Turquoise Canyon avait, avec Kee, la charge de ses nièces pendant que sa sœur luttait contre son addiction à l'alcool. Lori et Ava étaient toutes deux des femmes exceptionnelles. Jake et Kee étaient quant à eux des hommes heureux et comblés.

— Exact, répondit Kee. Elle veut devenir enquêteur post-incendie.

— Je savais qu'on ne la garderait pas longtemps au poste de dispatcher ! remarqua Jake en riant. À propos, Bear Den m'a appris qu'on a retrouvé la trace d'Elsie Weaver.

Elsie, considérée comme fugueuse. Disparue dans l'indifférence totale de ses parents, qui avaient d'autres chats à fouetter, et de la police, en sous-effectifs. Une disparition qui avait donné à Hector Hauser l'idée de cibler, pour ses actes criminels, les filles de familles à problèmes dont le sort n'intéressait personne.

— Où ça ? demanda Ty.

— À Santa Fe.

— Elle va bien ?

— Oui. Personne ne l'a enlevée. Elle a fugué par amour. Pour s'éloigner de sa famille.

— Qui le lui reprocherait ? lâcha Ty.

Jake fit la grimace et continua, sachant mieux que personne ce qui se passait dans la famille Weaver.

— Elsie a dit à la police qu'elle n'était au courant de rien, pour les autres disparues.

— Elle va revenir dans la réserve ? reprit Kee.

Jake soupira.

— Elle est mineure, donc oui. Mais elle en repartira vite.

— Il reste donc trois filles de la tribu toujours portées disparues, intervint Ty.

— Oui. Marta Garcia, Brenda Espinoza et Maggie Kesselman, énuméra Jake.

Kee consulta sa montre, déjà prêt à partir. Ty soupira. Il avait échoué à faire admettre à ses frères l'ampleur de la menace que représentait Colton. D'un autre côté, il ne leur avait pas non plus donné la vraie raison pour laquelle Colton Redhorse reviendrait dans la réserve.

Pour se venger.

14

Ce furent deux kayakistes qui découvrirent le corps de Quinton Ford sur la rive sud de Hakathi River, entre Red Rock Dam et Antelope Lake, dans la matinée du mardi 31 octobre.

Beth n'en fut informée que dans le courant de l'après-midi, une fois que l'Arizona Highway Patrol eut notifié à la police tribale de Turquoise Canyon qu'un individu de type amérindien avait été retrouvé mort. L'identité de la victime avait ensuite été établie grâce aux photos prises sur les lieux.

La scène de crime se trouvant à l'extérieur de la réserve, l'enquête incombait à l'Arizona Highway Patrol. Au moment où Beth apprit la nouvelle, le corps de Quinton avait déjà été transféré à la morgue de l'hôpital de Darabee. Elle s'y rendit et s'entretint avec le médecin légiste qui n'avait pour le moment procédé qu'à un examen préliminaire.

Ce dernier lui expliqua que, selon la coloration des lividités cadavériques, Quinton ne s'était pas noyé. En cas de noyade, soit la victime était cyanosée – signe de noyade par submersion, la mort étant consécutive à l'entrée d'eau dans les voies aériennes –, soit elle était blanche et cireuse – signe d'hydrocution et de mort réflexe au contact de l'eau, sans inhalation et due à un arrêt cardio-respiratoire instantané. Selon le légiste, il s'agissait plutôt d'une immersion, donc de la mise à l'eau de la victime dans le but de camoufler un homicide.

L'autopsie à proprement parler aurait pour objectif d'examiner l'ensemble des blessures et de déterminer si elles étaient la conséquence d'une chute, ou si certaines étaient antérieures à cette chute. Toutes les traces, qu'elles soient de violence ou de défense, susceptibles d'apporter des informations sur les circonstances de la mort seraient recherchées.

Beth effectua les formalités nécessaires et attendit jusqu'à 21 heures qu'un agent du Bureau de Phoenix vienne monter la garde devant la chambre froide.

Non seulement leur informateur avait été tué, mais il n'y avait personne à avertir de son décès. Sa mère était morte, et il était né de père inconnu. Le gang était sa seule famille, mais il l'avait trahie et venait de le payer de sa vie. Encore fallait-il le prouver.

La mort de Quinton compliquait l'enquête.

Il était très tard quand elle retourna chez Ty. Alors qu'elle s'attendait à trouver l'atelier fermé, la porte en était ouverte et la lumière allumée.

Hemi se précipita à sa rencontre en aboyant, mais attendit qu'elle ait coupé le contact de sa moto et en soit descendue pour lui faire la fête. Amusée, elle caressa la chienne qui, comblée, se mit sur le dos.

Puis, Hemi sur ses talons, elle entra ensuite dans le garage. Ty était en jean et portait un T-shirt gris sous lequel on devinait, sur l'épaule, le renflement du bandage. La sueur et la graisse faisaient luire ses muscles. Les bras levés il réparait une voiture sur le pont élévateur, la Ford de May. Une baladeuse dotée d'une grille de protection était accrochée à son châssis.

— Tu vas de nouveau faire éclater les sutures de ta blessure, lui dit-elle en guise de salutation.

Il ignora son avertissement.

— Grosse journée ? demanda-t-il.

— Oui.

Tu as faim ?

— Oui.

Jusqu'à ce qu'il en parle, elle n'avait pas pris conscience du fait qu'elle était affamée.

— Steaks, frites façon *wedge* et mini-Snickers, annonça-t-il.

Étonnée qu'il mentionne des barres chocolatées, un dessert qui détonnait avec le reste du menu, elle leva les sourcils.

— C'est Halloween, lui expliqua-t-il.

Elle se souvint alors de la cravate du médecin légiste, recouverte de squelettes. Ce détail pour le moins original ne lui avait pas mis la puce à l'oreille. Après tout, il pouvait en porter de ce genre-là tous les jours…

— Des enfants sont passés ce soir ? demanda-t-elle en regardant de part et d'autre de l'unique route, pour l'heure plongée dans l'obscurité, qui reliait Koun'ndé et Piñon Forks.

Il fallait être inconscient pour s'aventurer de nuit dans ce lieu perdu. Surtout le soir de Halloween.

— Je m'en suis procuré pour toi, répondit-il.

Elle lui adressa un sourire las.

— Et toi, tu as dîné ?

— Non.

L'avait-y attendue ? Cette pensée lui plut parce que cela lui donnait l'impression qu'ils formaient un vrai couple. Ce sentiment étrange et pour le moins inattendu, mais dérangeant, estompait les frontières entre vie privée et vie professionnelle. Elle cessa de sourire. Ty n'était plus seulement un informateur, un moyen d'infiltrer le Wolf Posse et de promouvoir sa carrière…

— J'ai été trop occupé, dit-il en guise d'excuse. Tu viens ?

Suivis par Hemi, ils montèrent à son appartement.

Ty alluma le four pour le préchauffer, puis alla prendre

une douche et se changer. Pendant ce temps, elle mit la table. Lorsqu'il revint, elle lui proposa de préparer une salade, mais il avait déjà tout prévu : de la laitue iceberg qu'il assaisonna avec une vinaigrette au bleu et saupoudra de bacon croustillant. Bien qu'elle ait l'eau à la bouche rien qu'à la regarder, elle allait devoir patienter jusqu'à ce que les pommes de terre qu'il avait mises au four soient cuites. Heureusement, la cuisson des steaks serait rapide, se dit-elle pour modérer son impatience.

Comme Ty voulait les faire cuire sur le gril, ils redescendirent. Sentant sa tension retomber après cette journée riche en émotions, elle prit ses aises sur une chaise longue. Peu après, le grésillement de la viande et son appétissante odeur la firent de nouveau saliver. Quand ils regagnèrent l'appartement, la cuisine embaumait les pommes de terre. Elle soupira de plaisir.

— Bière ou eau ? lui demanda Ty.

Elle aurait volontiers choisi la bière si, malgré tout, elle n'avait été en service.

— De l'eau.

Ty ouvrit le réfrigérateur.

— Je peux aussi te proposer du thé glacé.

— Vendu ! dit-elle en levant le doigt comme si elle avait participé à une vente aux enchères.

Hemi se lova dans son panier près de l'entrée. Elle ne mendiait donc pas de nourriture pendant les repas, et c'était tant mieux, car Beth doutait qu'il reste quelque chose dans son assiette.

Ty lui tendit une bouteille de thé glacé et posa un verre d'eau devant sa propre assiette. Enfin, il servit leurs steaks cuits à point avec de la sauce Worcestershire et les pommes de terre *wedge* avec du ketchup. Pendant les minutes qui suivirent, Beth se concentra sur le contenu de son assiette. Cependant, frappée par le silence après quelques bouchées, elle releva les yeux et se figea en remarquant que Ty n'avait pas commencé à manger. Il souriait.

— C'est bon ?

— Génial…, répondit-elle un peu gênée. C'est le meilleur steak que j'aie jamais mangé.

Il inclina la tête et leva les sourcils en signe de scepticisme.

— Si ! se récria-t-elle.

— La faim rend tout meilleur, convint-il.

Il leva sa fourchette et regarda dans son assiette.

— Je crois comprendre pourquoi ma mère aime tant nous recevoir pour le déjeuner, le dimanche. Il y a un vrai plaisir à préparer un repas pour quelqu'un…

Il parut sur le point d'ajouter quelque chose, mais n'en fit rien.

Pour quelqu'un qu'on aime… ? acheva Beth en pensée. En d'autres circonstances, moins équivoques, elle aurait trouvé ce demi-aveu romantique.

Qui était exactement Ty Redhorse ?

Un homme qui aimait sa famille et travaillait dur. Qui prenait des risques insensés pour protéger ses proches, récapitula-t-elle. Mais qui avait aussi été complice d'un vol à main armée à dix-huit ans. Un homme qui était le fils d'un escroc et voleur, d'un homme coupable de violences conjugales.

Dans quelle mesure tenait-il de son père ?

— En tout cas, merci pour cet excellent dîner.

Elle reporta son attention sur son assiette, termina son steak et ses pommes de terre. Ty attendit qu'elle ait reposé sa fourchette et son couteau pour parler.

— Snickers ?

— Plus de place, dit-elle en souriant, une main posée sur l'estomac.

Elle but ce qui restait de son thé glacé.

— Et Quinton ? demanda Ty.

— Retrouvé.

Il ne lui demanda pas s'il était vivant ; la réponse allait de soi… Après un long moment de silence, il reprit, tête baissée.

— Où ?

— Sous Red Rock Dam.

Il leva vers elle un regard qui lui parut accusateur.

— Tu peux témoigner que Faras vous a donné une fausse information pour vous piéger, dit-elle en tendant la main vers lui sur la table.

Pour seule réponse, il leva les yeux au ciel.

— Tu n'es pas allée à Deer Kill Meadow, j'espère ? lança-t-il.

— Non. Après tes révélations, nous n'avons pas voulu te compromettre.

La mort de Quinton Ford relevait de la responsabilité du FBI. Le FBI qui était intervenu alors que le renseignement fourni par Quinton ne concernait même pas directement l'affaire pour laquelle ses agents étaient présents dans la réserve. Le FBI qui, par son action intempestive et sans discrétion, avait en quelque sorte trahi son informateur.

Elle était soulagée que Ty ait gardé pour lui ce que Faras lui avait confié.

— Je suis désolée pour ton ami, dit-elle enfin.

— Quinton n'était pas, mon ami. Aucun membre du gang ne l'est.

— Mais…

Elle n'acheva pas parce qu'elle ne savait que dire.

À moment donné, Ty était entré dans le gang, se faisant tatouer son emblème sur le bras, songea-t-elle alors qu'elle regardait les quatre plumes d'aigle qui formaient le W de Wolf.

Elle croisa son regard intense et dur.

— Tu fais partie du Wolf Posse, reprit-elle.

— J'y suis entré à dix-huit ans. Peu après, je suis parti en Irak. À mon retour, j'ai pris mes distances.

— On est dans un gang ou on n'y est pas. Il n'y a pas de milieu.

Ty hésita.

— Si je te révèle quelque chose sur le jour où Colton Redhorse a été arrêté et où j'ai été accusé de complicité, tu l'utiliseras contre moi ?

— Non. Sauf si c'est lié à un crime qui n'est pas prescriptible, comme un meurtre. Et de toute façon nous avons un accord.

Il opina et elle attendit, espérant que ce qu'il allait lui dire ne l'incriminerait pas, qu'il n'avait tué personne. Elle connaissait la nature des rituels d'initiation dans les gangs. En général, pour les garçons, c'était le crime et pour les filles, le sexe. Quel genre de crime Ty avait-il commis pour devenir membre du Posse ? Non, elle ne voulait surtout pas se trouver dans l'obligation de l'arrêter.

Ty leva le menton et plissa le regard, ce qui le fit paraître plus inquiétant.

— Je suis entré dans le gang à cause de lui.

— Tu veux dire, à cause de ton père ?

— Oui, de Colton.

— Pourquoi ?

— À l'époque, il était pressenti pour diriger le Wolf Posse. Il avait trente-neuf ans et était le bras droit de Gerome Hessay. Puis Gerome a été tué lors d'un deal avec des fournisseurs qu'il n'a pas payés. Plus de chef de gang, plus de fournisseurs, donc plus de produit. Colton a voulu succéder à Gerome. Faras était aussi sur les rangs, mais il n'avait que vingt ans. Les membres du gang étaient plus favorables à la candidature de Colton.

— Faras avait vingt ans et toi dix-huit à l'époque. Et vous étiez dans la même classe.

De plus en plus intéressée, elle se redressa sur sa chaise.

— En fait, il a d'abord été dans celle de Kee. Mais il a redoublé et s'est retrouvé dans la mienne suite à quoi il a abandonné le lycée et m'a encouragé pour que je l'imite.

— Continue. Comment s'est déroulée la lutte pour la succession ?

— Le gang était à sec à cause de cette affaire de drogue. Pour Colton, faire un casse c'était récolter un maximum d'argent très vite, établir sa domination, et régler le problème avec les fournisseurs. Eux, peu leur importait qu'on vende leur drogue, qu'on la jette ou qu'on la consomme, du moment qu'ils étaient payés. J'ai proposé à Colton d'être son chauffeur, de conduire la voiture pour lui faciliter la fuite. Ce qui me permettait d'être adoubé par le gang. Là-dessus, j'ai contacté Faras.

— Tu as piégé ton père en demandant l'aide de Faras ? Et Faras a accepté, pour devenir chef du Posse ?

Ty acquiesça. Elle ne fit aucun commentaire. Dans un sens, elle le comprenait. Son père était un criminel, membre d'un gang et, selon tous les rapports qu'elle avait lus, un homme brutal.

— Faras l'a dénoncé à la police qui l'a piégé, poursuivit-il.

— Et toi, tu as saboté l'opération en provoquant un accident, conclut-elle.

Ty aimait trop les voitures et était trop bon conducteur pour avoir un accident de la circulation.

— Tu n'en as pas moins été arrêté, lâcha-t-elle cependant.

— Ça en valait la peine. J'enrageais contre Colton depuis des années. L'impuissance et la frustration étaient devenues insupportables. Il avait cassé le bras de ma mère au mois de janvier et, malgré tout, elle refusait toujours de porter plainte. La police, avertie par Jake, avait arrêté Colton mais, dès le lendemain, il était de retour. Je ne voyais qu'une solution pour en finir : le piéger. C'est pourquoi je suis allé trouver Faras et ai passé un accord avec lui. Le stratagème a fonctionné. Deux mois après le casse le plus minable du siècle, Colton a été jugé et condamné. Les juges lui ont reproché d'avoir impliqué son propre fils dans ses actes criminels…

Il sourit.

— S'ils avaient su… Quoi qu'il en soit, Faras est devenu le chef du Wolf Posse.

Soudain, elle éprouvait du respect pour lui.

— Pourquoi ta mère n'a-t-elle jamais voulu porter plainte contre ton père ?

Il se massa les tempes en soupirant comme s'il avait la migraine.

— Parce qu'il la menaçait de représailles. De nous prendre pour cibles, mes frères et moi. Colton est violent. Agressif. Colérique. Tu ne peux même pas imaginer.

— Tu l'as donc obligé à la quitter. Et tu as gardé ta liberté.

— Disons qu'on m'a laissé intégrer le corps des marines…

— Tu t'es ensuite illustré en Irak, tu t'es distingué au combat.

Elle vit la tristesse envahir son regard qui devint lointain.

— Après quoi, ton but, c'était rester à l'écart du Posse, n'est-ce pas, Ty ?

Il resta silencieux. Elle tendit le bras et posa la main sur la sienne.

— Qu'est-ce que ça peut faire ? lâcha-t-il enfin.

— C'est important.

Ty noua ses doigts aux siens et, avec le pouce, lui caressa l'index. Elle perçut la sensualité de son geste, les battements plus rapides de son cœur.

— Tous les gars à l'armée voulaient rentrer au pays, reprit-il. Pour revoir leur copine, leur famille. J'étais un des rares à vouloir rester alors même que je m'étais engagé avec des réticences. Je voulais être loin.

— Loin du gang.

— Oui.

Il retira sa main, recula et se redressa, puis posa les paumes à plat sur la table. Un nouveau soupir lui échappa et une expression de lassitude mêlée de frustration marqua son visage.

— Mon frère Colt s'est engagé et est parti en Afghanistan. Pour m'imiter.

Capturé par des rebelles et torturé, Colt était le seul survivant de son unité, se remémora Beth. Ty s'était à l'évidence senti responsable de son jeune frère qui s'était comme lui engagé et avait failli perdre la vie.

— C'est Jake qui m'a averti de la situation de Colt. Il m'a appris qu'il était hospitalisé à Bethesba, dans le Maryland.

— Au Walter Reed National Military Medical Center.

— Oui. Je suis allé le chercher. Seigneur, quel gâchis… Mon frère n'était plus que l'ombre de lui-même. Incapable de monter dans une voiture. Mutique. Il a fait la route de Phoenix à la réserve à pied. Il voulait vivre dans l'isolement. Je l'ai aidé à s'installer dans la cabane de mineur qui appartient à ma famille sur Dead Horse Road.

— Tu es donc revenu au pays, dans la réserve, pour t'occuper de ton frère.

— En quelque sorte, oui.

Il se passa la main dans les cheveux.

— Mais j'ai commis une erreur : je suis passé voir Colton à la prison de Phoenix. Ça a été plus fort que moi.

— Une erreur ? Pourquoi ?

Il lui lança un regard douloureux.

— Parce que tu lui as tout dit ? demanda-t-elle.

— Inutile. Il a deviné que je l'avais piégé. Mais moi, j'avais besoin de le voir derrière les barreaux et…

Il repoussa son assiette d'un geste rageur.

— Oui, il a deviné, répéta-t-il. Au premier regard.

Je ne sais pas comment. Personne dans le gang ne s'est jamais douté de rien.

— Ton père ne peut plus t'atteindre.

— Je ne m'inquiète pas pour moi, Beth, mais pour ma mère. Parce qu'il sait que la meilleure façon de se venger, et de m'atteindre, c'est de s'attaquer à elle.

— Il est en prison, insista-t-elle.

— Plus pour longtemps. Il va être libéré.

15

En alerte, Beth se renversa sur sa chaise. Colton Redhorse avait bénéficié de la liberté conditionnelle et savait que Ty l'avait piégé pour que Faras obtienne le leadership du Wolf Posse. Ty avait de bonnes raisons d'être inquiet pour lui et les siens.

— Quand doit-il sortir ?

— Je ne sais pas. Bientôt.

— Je vais me renseigner. Je vais en parler à Forrest. On va trouver un moyen de protéger ta famille.

Ty soupira lourdement.

— Colt a intégré un WITSEC, il est en sécurité. Il ne reviendra dans la réserve que lorsque le réseau aura été démantelé.

— Nous progressons dans notre enquête sur ce réseau, Ty. Nous avons retrouvé des éléments dans la maison d'Antelope Lake où Ava Hood et sa nièce Louisa Tah ont été séquestrées. Nous avons identifié leurs ravisseurs, du moins leurs corps, et avons établi de façon indiscutable leurs liens avec Kuznetsov.

Quant à Yury Churkin, le tueur à gages qui avait enlevé Ava Hood, il avait été arrêté à Flagstaff. Malheureusement, Churkin avait été tué avant que la police puisse lui arracher des aveux. Churkin était le meurtrier, entre autres, du Dr Richard Day, un médecin détaché à la clinique de Turquoise Canyon par la FEMA qui avait des doutes sur les activités du Dr Hauser au sein de la clinique. Le

FBI n'avait plus qu'un suspect sous la main, un certain Anton Igoshin, impliqué dans l'enlèvement de Kacey Doka et désormais paraplégique.

Restait à prouver les liens entre Churkin et Leonard Usov, le chef du réseau dans la région et la cible de Beth. Si elle y parvenait, la branche de ce réseau qui sévissait dans le sud-ouest des États-Unis serait démantelée.

Ty croisa les mains sur la table.

— Quinton éliminé, Faras veut que je revienne à part entière dans le gang. En clair, que je devienne son bras droit. Il a trouvé la taupe, aucun soupçon ne pèse plus sur moi. J'ai passé le test haut la main…

Il leva le menton.

— Bravo, agent Hoosay ! ironisa-t-il. Ton informateur accède au pouvoir au sein du Wolf Posse.

Beth ne dit mot. Ty, son informateur ? Non, plus maintenant…

Elle avait souvent entendu parler des liens qui se nouaient entre agents du FBI sous couverture et leurs informateurs. Ces agents, disait-on, finissaient par perdre toute objectivité. Beth constatait avec effroi qu'elle était dans cette situation et se sentait piégée. Impuissante. Elle éprouvait pour Ty des sentiments sur lesquels elle ne pouvait, n'osait, mettre un nom. Quoi qu'il en soit, elle supportait mal l'idée de l'utiliser ou, pire, de le mettre en danger.

— Il faut démanteler le gang, le réseau, et évincer ton père.

— Et comment on va faire tout ça ?

Beth se passa la main sur le front.

— Je n'en sais rien… Mais il faut agir. Et vite.

Ty se leva, débarrassa la table et commença à faire la vaisselle. Beth se leva à son tour.

— Et si tu jouais le rôle du semeur de zizanie au sein du gang ? dit-elle, pensive, prenant un torchon pour essuyer la vaisselle au fur et à mesure qu'il la plaçait dans l'égouttoir.

— Ah ? Comment ? lâcha-t-il, sceptique.

— Je m'explique : le FBI peut neutraliser Faras, mais un autre le remplacera de toute façon à la tête du gang. Et nous reviendrons au point de départ. C'est comme l'hydre de Lerne.

— Le monstre qui possédait plusieurs têtes qui se régénéraient doublement lorsqu'elles étaient tranchées...

— Exact.

— Chino Aria ambitionne de prendre la place de Faras. C'est une brute, un compétiteur sérieux, reprit Ty. Chino, c'est l'homme de main de Faras, façon chien fidèle et voix de son maître. Mais j'ai cru comprendre qu'il agit aussi dans le dos de Faras.

— Intéressant. Précise.

— Il a recruté Randy Tasa, un gamin, sans en avertir Faras.

— Le gamin au VTT ? demanda Beth.

— Comment es-tu au courant ?

— Nous te surveillions, Ty. Je t'ai vu harceler ce garçon devant le bar, le soir de notre première rencontre.

Ty secoua l'eau de ses mains et ferma le robinet.

— Le « harceler » ? C'est ce que tu as conclu ? Randy est un brave gosse qui n'a pas de père, et une grande sœur déjà dans le gang. A priori une bonne recrue pour le Wolf Posse. À mes yeux, une victime, façon lapin face à un serpent. Ce soir-là, je lui ai ordonné de décamper. Dans l'espoir qu'il prenne la bonne direction. Il n'a que quatorze ans.

— Le Posse recrute ses membres aussi jeunes ?

— Oui, mais là n'est pas le problème. Du moins, en ce qui concerne la lutte de pouvoir au sein du gang. Faras ne savait pas que Randy bossait déjà pour lui, que Chino lui faisait vendre du cannabis.

— Conclusion ?

— Faras est toujours au courant de tout. Pas cette fois. Chino a des projets. Faras s'en méfie, mais il a d'autres priorités : le réseau et ses accords juteux avec les Russes.

Beth s'appuya contre le plan de travail et croisa les bras.

— Donc ?

— Chino en profite pour avancer ses pions.

— Telles sont tes déductions parce qu'un gamin qui n'a pas été recruté par le leader vend de surcroît du cannabis sans qu'il soit au courant ?

— Exact.

— Je vois. Dans ce cas, il faudrait révéler et amplifier les luttes intestines. Monter les membres du Wolf Posse les uns contre les autres, lâcha-t-elle.

De là, ils se mirent à parler stratégie. Beth proposa des scénarios, Ty en débusqua parfois les faiblesses et souvent en souligna les forces. Dans le feu de la discussion, ils prirent place sur le canapé, assis face à face, chacun avec une jambe repliée sur les coussins. Elle était consciente du fait que la lucidité de Ty et sa parfaite connaissance du Wolf Posse épargnaient des mois de travail au FBI.

Puis Ty lui raconta la raison pour laquelle il avait demandé une faveur à Faras.

— Tu as donc demandé à Faras de mentir aux Russes, de leur dire que le bébé de Zella Colelay était mort-né afin que ton frère Jake puisse l'adopter, résuma-t-elle.

— Oui. Zella en fuite a accouché d'une petite fille que Jake et sa femme Lori ont retrouvée, recueillie, et décidé d'adopter. Mais les Russes voulaient récupérer ce bébé parce que les parents biologiques, qui avaient payé, l'attendaient avec l'impatience que tu peux imaginer.

— Ils étaient au courant de la situation ? Je veux dire, savaient-ils qui était la mère porteuse ? Dans quelles conditions elle l'était devenue ?

— Non à toutes les questions, Beth.

Beth se tut. Ty avait réussi à contraindre un chef de gang à donner de fausses informations à ses contacts. Il n'en tirait aucune gloire ; au contraire, il semblait accablé.

— Faras ne rend jamais un service désintéressé, reprit-il d'un air sombre. Avec lui, il y a toujours une contrepartie. Il m'a donc demandé de devenir « chauffeur livreur ». Jusque-là, je me contentais de réparer les véhicules des membres du Posse.

— « Chauffeur livreur » ?

— Transport et acheminement d'un « paquet ». De Kacey Doka, en l'occurrence. La petite amie de mon frère.

— Qui avait échappé aux Russes mais que ces derniers voulaient bien entendu récupérer, enchaîna Beth.

— Exact. Et je ne pouvais refuser sans mettre en danger le bébé que Jake et Lori avaient recueilli.

— Tu aurais pu dénoncer Faras à la police.

— Bien sûr, ironisa Ty.

— Donc tu as accepté le contrat, enchaîna Beth passant sur sa réaction.

— C'est plus compliqué que ça. Kacey a voulu jouer les appâts et se livrer spontanément. Donc elle est montée dans mon véhicule de son plein gré, et je l'ai transportée jusqu'au lieu de rendez-vous. Après avoir prévenu Colt.

— De nouveau, tu aurais dû contacter la police.

— Le gang l'aurait appris, et je ne serais plus de ce monde. Kacey aurait derechef été capturée, et le bébé de Jake récupéré par les Russes.

— Tu n'as pas confiance en nous ? Je veux dire, en la police, le FBI ?

Sa réponse fut nette.

— Non.

Il marqua une pause.

— Quand Colton sévissait encore, nous avons contacté la police je ne sais combien de fois. Les voisins aussi ont fait des signalements. La police arrivait, l'emmenait, mais il revenait chez nous à la vitesse d'un boomerang.

May ayant refusé de porter plainte contre son époux, la police ne pouvait pas faire grand-chose.

— La police n'a pas pu ni su nous protéger, lâcha-t-il.

— C'est donc toi qui as pris le problème à bras-le-corps. Pour protéger ta mère, tes frères. Et encore maintenant tu les protèges en demandant à Faras des faveurs que tu payes cher. Ou en sabotant ses opérations à son insu. Il faut en finir ! Tôt ou tard Faras finira par comprendre que tu joues sur les deux tableaux, et ça te sera fatal.

— Je sais que je suis sur le fil du rasoir. La preuve en est que Faras me soupçonnait aussi d'être la taupe. Pour le bébé de Jake, personne n'est au courant. Sinon, pour ce qui concerne Kacey, il n'y a qu'un survivant et il est en prison.

— À l'écart tant que le dossier, l'enquête ne seront pas bouclés.

— Un « dossier » ? Une « enquête à boucler » ?

— On a une énorme affaire, avec de multiples ramifications. Mais nous finirons par retrouver les dernières disparues de la tribu, par démanteler ce réseau qui sévit dans la réserve et dans cette partie du pays. Par inculper Leonard Usov, et prouver ses liens avec Kostya Kuznetsov à Atlanta. C'est le dossier. C'est l'enquête, Ty.

Elle se tut un instant puis reprit.

— Betty Mills est une vraie mine d'informations, mais elle les distille au compte-gouttes. Son avocat est très habile, il veut un maximum de garanties avant de nous assurer son entière collaboration. Dès que Mills parlera, la police arrêtera Faras et les membres du Wolf Posse.

— N'oublie pas que la police tribale est en sous-effectifs, Beth.

— Elle ne le sera plus une fois que j'aurai les preuves nécessaires ; j'obtiendrai des renforts. Nous en finirons.

— « Nous » ?

— Oui. Nous deux, Ty. Toi et moi.

Elle lui prit la main et la lui serra. Ce geste était seulement destiné à lui montrer qu'ils formaient désormais une équipe, mais il se passa quelque chose d'inattendu. Elle se sentit comme électrisée. Surprise, elle tressaillit et croisa le regard de Ty. De nouveau, une espèce d'étincelle jaillit, et son cœur s'emballa.

— Ty ? fit-elle à mi-voix, étonnée, un peu effrayée.

Il se rapprochait, fixant sa bouche.

Elle aurait pu l'arrêter d'un geste, d'un mot, et il aurait sans doute reculé. Mais elle resta muette, immobile, parce qu'elle avait envie de ses lèvres sur les siennes, de son corps sur le sien.

C'est à cet instant que Ty l'embrassa. Ce fut intense. Étincelant. Et de ces étincelles jaillirent les flammes qui couvaient depuis leur premier baiser. Ses reins et son bas-ventre s'inondèrent d'un délicieux flot de chaleur. Dès le début, elle avait ressenti cette attirance à laquelle elle avait eu du mal à résister en dépit de sa méfiance à son égard. Ty n'était-il pas habile manipulateur ? Un petit délinquant, un individu douteux que quelques pages dans un dossier de police suffisaient à résumer ?

En réalité, Ty Redhorse était un être complexe. Passionnant.

Pendant que ces pensées lui agitaient l'esprit, Beth se prêtait de plus en plus volontiers à ses caresses. Sur sa nuque, sa joue. Puis Ty plongea les mains dans sa chevelure, et bientôt la piégea entre le dossier du canapé et sa bouche toujours plus avide.

Elle passa les mains sous son T-shirt, fit courir ses ongles sur sa peau. Quand elle atteignit ses omoplates, elle se redressa de façon à mieux le serrer contre elle. Ils retombèrent sur les coussins, Ty sur elle. Le poids de son corps vigoureux, ses hanches pressées contre les siennes lui arrachèrent un petit soupir de contentement. Elle continua de le caresser et de l'embrasser, consciente des battements de son cœur, de l'éveil ardent de ses sens.

Mais elle fut surprise, et plus encore déçue, quand

il interrompit leur baiser et s'écarta pour la dévisager avec un regard à la fois étonné et inquiet.

— Tu sais ce que tu fais, Beth ?

— Le mieux, c'est de le faire et de ne pas penser.

— Faire l'amour avec moi ?

Le sourire de Ty était d'autant plus irrésistible que son regard étincelait. Elle lui dégagea le visage, lui remit une mèche derrière l'oreille.

— Oui, faire l'amour avec toi, Ty.

— Sans penser aux conséquences ?

— Ne crains rien, je prends la pilule. Et je crois savoir que tu as des préservatifs à portée de main.

— Je ne parle pas de ces conséquences-là. Je suis ton informateur, Beth. Tu es un agent sous couverture. Je ne veux pas que tu regrettes ce que nous allons faire, et que tu aies des ennuis avec ta hiérarchie.

— Ou des problèmes avec ma conscience ? L'éthique professionnelle ?

— Exactement.

— Et toi ? Pense à ce que toi tu veux, pour une fois. Toi qui as toujours donné la priorité aux besoins de ta famille, au point de prendre des risques et de mettre ta vie en jeu.

— Dis-moi seulement que ton boss ne te virera pas s'il découvre ce que nous allons faire.

Elle ne répondit pas. Au pire, elle recevrait un blâme… Mais, face à son silence, Ty s'écarta et reprit sa place sur le canapé. Elle l'imita.

— Le FBI ne le découvrira que si je parle, ou si tu parles. Pourquoi parlerions-nous de ce que nous voulons faire ? C'est notre histoire. On fait ce qu'on veut.

Elle soutint son regard. Il se leva alors et lui tendit la main.

16

Beth n'aurait su dire comment elle gagna la chambre de Ty, ni comment elle se dévêtit et se débarrassa de son holster sans cesser de l'embrasser. Hemi les ayant suivis, elle avait entendu Ty lui ordonner de rester dans la salle de séjour. Toujours est-il que, une fois nue, elle avait entrepris de déshabiller Ty.

Elle ne songeait pas aux éventuelles conséquences de ses actes, le désir ayant désormais balayé toute raison et annihilé la notion de temps. Elle avait envie de faire l'amour avec Ty. En fait, elle en avait envie depuis qu'elle avait posé les yeux sur lui, et plus encore depuis leur premier baiser.

Lorsqu'il l'étendit sur son lit, ils étaient nus et offerts l'un à l'autre. Rien ne faisait plus obstacle. Ils restèrent un moment immobiles, les yeux dans les yeux. Frémissant sous son regard brûlant, et au contact de son corps nu contre le sien, elle battit des paupières. Puis les mains calleuses de Ty se modelèrent à ses courbes, chaque caresse nourrissant et accroissant son désir.

— J'ai envie de toi, murmura-t-il.

Elle replia les jambes et se trémoussa en lui adressant une œillade coquette. L'expression de Ty se fit plus avide. Il se pencha sur elle et lui mordilla le lobe de l'oreille avant de glisser vers son cou, plus de plus en plus bas.

Enfin il la posséda, ils s'unirent. Il entrelaça ses doigts aux siens comme pour sceller cette fusion intime, et rejeta leurs mains jointes au-dessus de sa tête. De nouveau il s'immobilisa pour la regarder au fond des yeux. Ses prunelles noires si brillantes étaient cette fois voilées par une expression de cette douleur si étrange qui coexiste avec le plaisir charnel. Elle le fixa tandis qu'il se mouvait en elle.

C'est parfait… , songea-t-elle avec volupté. Ce n'était pas une surprise ; elle savait d'instinct que Ty serait un amant exceptionnel.

L'orgasme balaya cette dernière pensée. Un cri jaillit sur ses lèvres tandis que sa jouissance se dispersait dans son corps. Ty prit ses lèvres, puis s'abandonna à son tour. Ce moment d'éternité passé, il l'enlaça et la garda serrée contre lui.

Beth avait le souffle court, les yeux embués. Elle venait de vivre une expérience exceptionnelle, encore que ces mots ne convenaient pas… Réalisant avec effroi que Ty était celui qu'elle avait toujours attendu, elle ferma les yeux.

L'homme de ses rêves avait les traits de son informateur !

Une relation maudite dès le départ.

Elle repoussa cette pensée. Demain, elle réfléchirait aux conséquences de cette découverte, décida-t-elle. Cette nuit, elle se blottirait dans ses bras comme si elle avait un avenir avec Ty qui avait si vite gagné son cœur.

Toujours haletant, Ty retomba sur le matelas et roula sur le flanc pour la reprendre dans ses bras. Peu à peu, leurs souffles se calmèrent, et Beth, agitée de frissons, se pelotonna contre lui. Ty la serra plus fort.

Malgré elle, elle se projeta dans l'avenir. Les questions et l'anxiété l'envahirent. Quelles perspectives avec Ty ? S'engager avec lui ? Dans cette éventualité, elle devrait renoncer à ses ambitions ou lui faire quitter la réserve et sa famille.

C'était impossible… À moins que… peut-être…

— Tu as froid ? lui demanda-t-il d'une voix profonde, ensommeillée.

— Un peu.

Il tira la couette sur eux et la reprit dans ses bras. Nichée dans cet abri douillet, elle posa son front contre la joue de Ty et sa main sur son cœur.

Il joua avec ses cheveux et enroula une mèche autour de son index.

— Beth, je connais l'odeur de tes cheveux..., commença-t-il.

Il inhala profondément.

— ... C'est celle de l'orchidée. Du gingembre. Je connais désormais la douceur de ton corps.

Sur ces mots, il lui caressa la hanche.

— Et pourtant je ne sais presque rien de toi. Je veux dire, sur le plan personnel.

La sentant se raidir, il retira sa main.

— Que veux-tu savoir ? répliqua-t-elle, consciente de sa voix distante.

— Tout.

Elle hésita.

Le silence s'étira, la tension monta en elle. Ty lui donna un petit coup de menton taquin.

— Par exemple, tu portais une ceinture de rodéo, le soir où nous nous sommes rencontrés. Ça faisait partie de ta tenue de camouflage ?

Elle ne put s'empêcher de sourire à ce souvenir.

— Non. Il y a quelques années, j'ai fait de l'équitation western et rodéo. Du *barrel racing*, ou course de baril.

— Tu devais exceller dans cette discipline.

— J'étais bonne cavalière. J'ai commencé tôt à monter.

Beth sourit à demi. C'était parce que les chevaux faisaient partie de la culture amérindienne que sa mère, maladivement anxieuse, lui avait autorisé l'équitation.

Au souvenir de toutes les restrictions qui avaient émaillé sa jeunesse et restreint le champ de ses possibilités, la sensation d'étouffement, si familière, revint lui serrer la gorge.

— J'ai gagné cette ceinture lors du rodéo annuel.

Ty enchaîna avec une autre question.

— Si je me souviens bien, tu n'es pas née dans la réserve de l'Oklahoma ?

— J'y ai grandi. J'y ai vécu mon enfance.

Elle marqua une pause.

— Mon père n'aimait pas l'Oklahoma, rural et trop froid. Miami lui manquait. C'est la famille du côté de ma mère qui vivait dans la réserve…

Consciente d'avoir été trop bavarde, elle se tut. Ty se redressa sur un coude.

— Je croyais que ton père était des Caraïbes.

— Il y est né, mais il a vécu en Floride. Comme tu l'as remarqué, j'ai la peau sombre, mais pas comme les autres enfants de la réserve.

Elle enroula l'une de ses boucles brunes autour de son index.

— Tu te sentais différente ?

— Oui, mais je me plaisais dans notre réserve, j'y avais des amis. Mon père, lui, n'y était pas heureux. Il semblait n'attendre que l'occasion de reprendre du service dans l'armée et quitter l'Oklahoma. Ma mère aurait pu le suivre, elle ne l'a pas voulu.

— Qu'y faisait-elle ?

— Elle est neurochirurgienne à Oklahoma City.

Ty leva les sourcils, impressionné.

— Vraiment ?

— Oui. Mes parents se sont rencontrés quand mon père était stationné en Oklahoma. Ils se sont aimés, mais pas assez pour qu'il y reste ou pour qu'elle en parte.

Et Beth, qui détestait parler de sa famille et de son passé, sentit soudain les larmes lui monter aux yeux.

— Mon père était ranger. J'avais treize ans quand il est mort. Un accident de la circulation. Il était à moto et a été heurté par le conducteur d'un pick-up. L'impact l'a éjecté de sa moto et projeté contre une voiture qui arrivait de la direction opposée. Il est mort de ses blessures sur les lieux de l'accident.

Elle avait débité son récit d'un coup, suite à quoi elle se tut.

Ty la serra dans ses bras.

— Je suis désolé, Beth.

Il lui caressa le dos alors que, de nouveau, elle luttait contre les larmes.

— C'est curieux que tu fasses de la moto malgré ce drame.

— Nous partions souvent à moto, mon père et moi. Et après sa mort ça m'a manqué. De plus, apprendre à faire de la moto, c'était une façon d'être avec lui. Et ça l'est toujours. Ma mère est devenue comme folle quand elle l'a découvert. Elle a toujours affirmé que les motards étaient des donneurs d'organes en puissance. Mon père était donneur d'organes… Bref, quand je suis arrivée à la maison avec ma première moto, une Suzuki, elle m'a ordonné de la vendre. J'ai refusé. Nos relations se sont envenimées. J'étais en colère contre ma mère que je tenais pour responsable de la mort de mon père. Je sais, c'est irrationnel, mais c'était ce que je ressentais à l'époque… Bref, je n'ai pas cédé et je continue de faire de la moto parce que j'aime ça.

— Tu t'es engagée à cause de ton père ?

— Oui. Et au FBI aussi. Sa candidature avait été acceptée. Il avait suivi sa formation de six mois à la FBI Academy, et sur le terrain.

Elle hésita et prit une grande inspiration avant de poursuivre :

— Il venait d'être affecté au Bureau de Washington, DC. Conformément à ses vœux.

Loin de l'Oklahoma.

— Et si j'ai postulé pour entrer au FBI…, commença-t-elle.

Étonnée de s'être déjà tant confiée, elle se tut et secoua la tête.

— C'est… ? demanda-t-il, encourageant.

Elle garda le silence.

— Tu as fait l'amour avec moi, mais tu refuses de me dire pourquoi tu as voulu devenir agent au FBI ? plaisanta-t-il.

— En mémoire de mon père, par ambition, mais aussi… et surtout, pour m'éloigner de ma mère, lâcha-t-elle enfin.

Le visage de Ty exprima la surprise, mais il ne dit mot. Beth soupira et refoula la colère familière qui montait.

— Après la mort de mon père, ma mère est devenue irrationnelle. Elle me couvait, ne me lâchait plus du regard, m'interdisait de sortir. La vie à la maison est devenue impossible.

— Elle te protégeait, dit Ty doucement, comme s'il comprenait sa mère et prenait son parti.

— Non. Elle m'étouffait ! répliqua-t-elle avec virulence. Après la mort de papa, elle m'a interdit de faire du soccer. De continuer l'équitation. Elle affirmait que c'était des sports violents, trop dangereux. Que je pouvais me blesser gravement à la tête et souffrir de séquelles neurologiques irréversibles. À dix-huit ans, j'ai acheté une moto. Je savais que ça la rendrait folle. C'est d'ailleurs pourquoi je l'ai achetée. Et participé à des rodéos. Par défi. Bien sûr, ma mère s'est mise en colère. Je me suis fait chapitrer, j'ai eu droit à des ultimatums, au chantage… Je suis entrée dans l'armée pour m'éloigner d'elle, mais j'y suis restée parce que j'y étais bien. Tu y es jugé selon tes mérites et non à cause de tes origines ou de ton apparence.

— Exact. Il suffit de faire ses preuves.

— Au FBI aussi, tu évolues en fonction de tes mérites.

Il y a surtout des hommes, et des *Anglos*. Peu de femmes amérindiennes, ou métissées. C'est ma différence qui m'a distinguée ; c'est pourquoi j'ai obtenu cette mission.

— Et ta mère ? Toujours en Oklahoma ?

— Oui.

— Tu as accepté cette mission en Arizona pour aider des Apaches ?

— Pour assurer ma promotion.

— Pourquoi est-ce si important ?

— Parce que je veux être mutée dans une antenne locale plus importante, lâcha-t-elle froidement. Pour travailler plus, et à plus grande échelle.

— L'Oklahoma, c'est grand, non ?

— Tu sais bien que je déteste l'Oklahoma.

— En gros, parce que ton père le détestait.

— Les meilleurs agents du FBI sont à New York ou à Washington, dit-elle, catégorique et toujours plus froide.

Le tour que prenait la conversation déplaisait manifestement à Ty. Elle le constata à la façon dont il roula sur le dos, s'éloigna d'elle, puis passa son bras valide sous sa tête pour fixer le plafond.

— J'ai été ambitieux, moi aussi, lui confia-t-il. Puis je me suis rendu compte que je n'étais qu'un tout petit poisson dans un très grand océan. Et tu sais ce que fait un petit poisson ?

— Non. Quoi ?

— Il essaie de rester vivant.

Elle soupira. Somme toute, il avait raison. De nouveau, elle rechercha sa proximité et se blottit contre lui, posant la tête sur son torse. Il ne l'en empêcha pas mais ne la reprit pas non plus dans ses bras. Il y avait maintenant comme une barrière entre eux.

— Vaste monde..., remarqua-t-elle en soupirant encore une fois. Que je ne peux changer. Mais que j'essaie de changer à mon niveau.

Ils avaient une vision de la vie opposée, poursuivaient

des buts différents. Il voulait rester dans sa réserve au nom de sa famille ; elle la quitterait sitôt sa mission terminée. Elle avait certes une position et une autorité, mais Ty n'avait-il pas quelque chose de plus précieux ? Sa famille. Du concret, pas seulement des rêves et des souvenirs. Tant pis. Elle voulait faire la fierté de son père, en mémoire de lui. Et c'est sur cette pensée qu'elle s'endormit, bercée par les battements du cœur de Ty.

La sonnerie de son portable la tira d'un profond sommeil. Elle consulta son écran, constata qu'il était 3 heures du matin. L'appel émanait de Luke Forrest. Elle décrocha.

— Hoosay, j'écoute.

— Venez au poste de la police tribale. Mills s'est suicidée, et la clinique a été incendiée.

Elle se redressa, Ty l'imita. Le retour à la réalité était brutal.

Tout de suite elle pensa aux dossiers papier des patients de la clinique. Seule la base de données avec les dossiers numérisés avait été saisie.

— L'incendie est important ?

— On aura une idée de l'étendue des dégâts quand les pompiers auront terminé. À tout de suite.

— J'arrive ! dit-elle, mais Forrest avait déjà raccroché.

Elle se leva et alluma la lumière.

— Il faut que j'y aille.

Ty lui saisit le poignet pour la retenir.

— Non, Beth. C'est un piège.

Elle l'enveloppa du regard, fixa sa blessure à l'épaule, effleurée par la pensée qu'elle l'avait oubliée, pendant qu'ils faisaient l'amour.

— Un piège ?

— Comme le labo de meth sur Canyon Ridge Road. Pour voir qui va venir sur les lieux. Ma petite amie n'a rien à y faire.

— Je te jure que je serai prudente, dit-elle. Mais je dois y aller.

Ty lâcha son poignet. Elle se rendit dans le salon-salle de séjour, récupérant au passage son holster et ses vêtements. Après s'être rapidement habillée, elle s'assit sur le canapé pour enfiler ses bottes sous le regard attentif de Hemi.

Ty la rejoignit, s'adossa au mur et croisa les bras. Il ne portait qu'un pantalon de pyjama. Sa blessure à l'épaule était sa seule imperfection, songea-t-elle tout à trac, levant les yeux sur lui.

— Beth, tu es en mission. Sous couverture. Tu dois rester ici, insista-t-il. Avec moi.

— On ne me verra pas.

— Et si on te voit sortir de chez moi maintenant ?

Elle s'approcha de la fenêtre et regarda dehors. La nuit était totale. Tout semblait tranquille.

— C'est mon boulot, Ty, dit-elle en rassemblant son courage.

— Et moi ? Que suis-je censé faire pendant ce temps ?

Contrariée, elle le dévisagea. Hemi alla se poster près de la porte et les observa tour à tour.

— Tu n'es pas obligée de sans cesse te mettre en danger.

Il interprétait son attitude au regard des révélations qu'elle venait de lui adresser ?

— Toi, ne bouge pas, répliqua-t-elle avec agacement. Attends mon retour.

Elle avala un comprimé antiacide, prit son badge, passa le cordon avec sa carte professionnelle autour du cou. Elle devait filer. Vite. Cette affaire, c'était la chance de sa vie.

Ty soupira.

— Je comprends, agent Hoosay. Vos ambitions sont prioritaires. Je vous souhaite bonne chance.

Là-dessus, il repartit vers sa chambre, claquant des doigts à l'adresse de Hemi qui aussitôt trottina derrière lui.

Hésitant à le suivre, Beth resta un instant immobile. Non. Elle était en mission. Et, même s'ils venaient de vivre des instants plus qu'intenses, elle ne pouvait se départir de sa conscience professionnelle et de son bon sens. Ty était peut-être l'homme de ses rêves, mais elle savait que les rêves étaient irréalisables.

Finalement, elle haussa les épaules, enfila son blouson en cuir, prit son casque de moto et sortit.

Ty se recoucha, mais ne dormit pas. Allongé, le bras sur le front et pensif, il regarda le jour se lever jusqu'à ce qu'il fasse assez clair pour qu'il voie la paire de menottes que Beth avait laissée sur la table de nuit. Beth était partie depuis un bon moment déjà. Avait-elle besoin de lui ? Pour finir, il rejeta la couette et se redressa.

Hemi, qui était allongée près du lit, se leva et vint poser la tête sur sa cuisse. Il la caressa d'une main distraite tandis qu'elle le regardait d'un air interrogateur. Après quelques instants, elle soupira et se dirigea vers le couloir.

— Tu dois sortir, ma belle ? demanda-t-il en se levant.

Pour seule réponse, Hemi se précipita à la porte en remuant la queue. Ty la fit sortir et alla dans la salle de bains. Il était déjà habillé et se rasait quand son portable sonna. Il était 6 h 5. Il décrocha, en espérant que c'était Beth. C'était Faras.

— J'ai de mauvaises nouvelles. Ramène-toi.

17

Quand Faras téléphonait et ordonnait, il ne fallait pas discuter ou poser de questions. On obtempérait, un point c'est tout. Ty nourrit Hemi, puis l'installa sur la Harley dans son top-case de transport et se rendit au « club » comme Faras appelait le QG du Posse.

Il fut surpris de voir Chino filtrer les arrivées à l'entrée de la propriété. En général, l'homme de main de Faras n'était pas chargé de tâches aussi subalternes. Que se passait-il ?

Chino lui fit signe de passer. Ty roula vers le ranch, remarquant de nouveau le nombre de pick-up flambant neufs. Jusqu'à il y a peu, c'était lui qui entretenait la flotte du gang. C'en était fini.

Il fit sortir Hemi de son top-case et se dirigea vers le vigile posté devant la porte et qui, à sa vue, s'écarta. Ty trouva Faras seul à la grande table de la salle à manger. Devant lui, son ordinateur portable, une cigarette qui se consumait dans un cendrier, et une tasse de café.

— Tu en as mis du temps, grommela-t-il en guise de salutation.

Il reprit sa cigarette, en tira une longue bouffée et exhala la fumée vers le plafond où elle forma une volute. Ty montra le canapé à Hemi qui s'y installa et s'y assoupit, puis il s'approcha de Faras.

— Que se passe-t-il ?

— Tu as vu Chino ?

Ty opina. La maison était déserte, ce qui s'expliquait sans doute par l'heure encore matinale. Pour autant, Faras n'était jamais seul.

— Les Russes l'ont recruté, annonça Faras.

— Recruté qui ?

— Chino.

Faras tira une autre bouffée de sa cigarette.

— Chino veut prendre le pouvoir. M'évincer. Il sait qu'Usov et moi, on n'a pas de bonnes relations ces derniers temps. Et à cause de Quinton j'ai les stups aux fesses. Enfin, les gars sont agités depuis que Mills et Hauser ont été arrêtés. Chino n'aurait pas pu mieux choisir son moment pour me trahir et me doubler. Ça me rappelle la façon dont j'ai pris le leadership.

— C'était différent. Le Wolf Posse avait perdu son chef.

— Ce n'était pas gagné pour autant. La seule raison pour laquelle je suis le leader, c'est toi, *bro*. Je ne l'ai pas oublié.

Faras l'avait aidé à piéger Colton, Ty l'avait aidé à prendre la tête du gang. Ils étaient quittes, du moins de ce point de vue-là.

Ty le connaissait assez pour savoir qu'il ne lui avait pas téléphoné aux aurores pour lui faire un état des lieux, lui rappeler ses obligations, le bon vieux temps, ou pour lui exprimer sa reconnaissance.

— Je veux que tu sois mon bras droit, lâcha Faras.

Ty tira une chaise et prit place. Puis il croisa les mains devant lui, non seulement pour montrer qu'il était prêt à parler affaires mais aussi pour lui montrer ses mains.

— Je ne sais plus à qui faire confiance, reprit Faras. Sauf aux fidèles des premières heures.

— Je comprends. Mais en ce qui concerne les Russes ? Comment ça se passe depuis que Hauser est mort, Mills en prison et la clinique, surveillée ? demanda Ty.

Il ne mentionna pas que la clinique avait été incendiée.

— Les Russes ont revu leur stratégie. Mills en prison, Hauser mort, le Wolf Posse seul est chargé du choix, du transport et de la livraison des filles. C'est difficile.

— Difficile ?

— Oui. Parce que la collaboration de Hauser et Mills était importante. Ils géraient l'aspect médical. L'insémination. De plus, le mode de sélection doit changer. Avant, on ciblait des filles instables, avec des familles à problèmes. Des filles auxquelles personne ne s'intéressait. Même pas la police, qui les considérait comme fugueuses. Mais désormais la police de la tribu sera attentive à toute nouvelle « fugue ».

Faras, avec l'index et le majeur, avait mis des guillemets à ce dernier mot.

— Je dois pourtant livrer quatre filles, et ça me pose plus de problèmes que la trahison de Chino.

Ty pianota sur la table.

— Sans compter que Colton va bientôt être libéré, dit-il.

Faras tira une longue bouffée sur sa cigarette, l'écrasa dans le cendrier en expirant la fumée, puis but une gorgée de café. Évaluait-il ses options ? Concoctait-il un plan ? Enfin, il rabattit le couvercle de son ordinateur portable et posa les mains dessus en rivant son regard à celui de Ty.

— Tu vas t'occuper de Colton. Supprimer cette ordure.

Ty ne dit mot, conscient qu'il ne devait pas compter sur Faras pour gérer le retour de Colton. Il était seul. Plus que jamais sous la coupe du gang.

— Je m'en occupe, lâcha-t-il cependant.

Il se leva, prêt à partir. Hemi bondit du canapé.

Alors qu'il ouvrait la porte, Faras le rappela.

— Je pensais cibler des filles de passage. Tu vois ce que je veux dire ?

Il sortit une autre cigarette de son paquet et l'alluma.

— Des filles qui ne sont pas de la réserve. Venues de

nulle part. Qu'on peut faire disparaître, ni vu ni connu, puisqu'elles ne sont pas des nôtres.

— Je vois, fit Ty, peu à peu envahi par le désespoir et l'impuissance.

— Oui. Des filles de passage, je te dis.

Faras posa sa cigarette dans le cendrier et leva un sourcil.

— Quoi qu'il en soit, il me faut quatre filles. Après, les Russes passeront à autre chose et moi je reviendrai à nos affaires de routine.

Drogue, blanchiment d'argent sale… Faras lui parut soudain complètement illuminé. S'il n'avait pas su à quel point, lorsqu'il était acculé, Faras pouvait être dangereux, il aurait eu pitié de lui. Faras sortit une cigarette de son paquet, se rendit compte qu'une autre se consumait dans le cendrier. Il la remit dans le paquet et reporta son attention sur Ty.

— Tu connais des femmes qui ne sont pas de la tribu, et sont de passage ? insista-t-il, appuyant sur ces derniers mots.

Une allusion à Beth ? Faras avait-il découvert qu'elle était du FBI ?

— Non, répondit-il en s'efforçant de rester impassible.

Faras rempocha son paquet de cigarettes.

— Réfléchis encore, *bro*. Tu ne connais pas cette fille depuis longtemps ; il n'en restera plus que trois à trouver.

Ty serra les dents. Faras faisait bien allusion à Beth.

— La livraison est prévue pour après-demain vendredi. Emballe-moi ça bien, ça redorera mon blason auprès des Russes et mettra Chino hors course.

Ty ne répondit pas et sortit, Hemi sur ses talons. Dès qu'elle eut sauté dans le top-case, il fixa le harnais de protection. Il fallait qu'il retrouve Beth et lui annonce qu'elle faisait partie des prochaines victimes.

Il dut attendre devant la grille de l'entrée, que Chino mit longtemps à ouvrir. Quand enfin il put sortir, Chino lui fit un doigt d'honneur qu'il fit mine de ne pas voir. Lorsqu'il fut certain qu'on ne pouvait plus entendre le moteur de sa Harley, il s'arrêta et sortit son portable. En découvrant qu'il n'avait pas de réseau, il jura et reprit la route de Piñon Forks.

Il se gara devant la clinique parce qu'il ne pouvait se garer ostensiblement devant le QG de la tribu et le poste de police, sa moto étant trop facile à repérer. Non seulement la clinique était proche du poste de police, mais Kee y officiait. C'était une bonne raison pour justifier sa présence sur ces lieux, d'autant que la clinique venait d'être incendiée. Beth était-elle là ?

Ty ne vit aucun des véhicules du Wolf Posse à proximité, mais cela ne signifiait rien.

En dépit de l'incendie de cette nuit, la clinique était ouverte, et la salle d'attente remplie. Un bureau et un ordinateur avaient été installés dans l'espace de réception et d'accueil devant une bâche bleue destinée à cacher la zone incendiée. Une odeur âcre de brûlé persistait malgré le ventilateur et les fenêtres ouvertes.

Il demanda à la nouvelle réceptionniste s'il pouvait parler à son frère. Kee arriva quelques minutes plus tard, et Ty lui expliqua qu'il voulait se rendre au poste de police en passant par une porte arrière de la clinique.

Kee lui fit signe de le suivre et, après quelques tours et détours dans des couloirs, ils arrivèrent dans le service de gynécologie, qui se trouvait tout au fond.

— Des nouvelles de notre père ? s'enquit Kee.

— Toujours pas.

Kee fit une petite grimace.

— Je devrais peut-être passer chez maman après le travail, dit-il en ouvrant la porte.

Ty remercia son frère et se hâta vers le poste de police. L'officier Wellingtonia et la fiancée de Kee, Ava, l'ex-détective désormais dispatcher, se trouvaient dans la salle d'accueil.

Ava prévint de sa présence Wallace Tinnin, le chef de police, qui était encore chez lui à cette heure matinale. Ty l'attendit dans son bureau et lui relata sa conversation avec Faras dès qu'il arriva.

— Ce serait trop beau si Chino et Faras s'étripaient, conclut Tinnin.

— Vous avez appris quelque chose sur la date de libération de Colton Redhorse ?

— Pas encore. Les formalités administratives sont toujours longues.

Tinnin lui proposa un café qu'il refusa.

— Je n'arrive pas à joindre Beth, reprit-il. Vous pouvez l'informer de la situation ?

— Mieux, j'informerai Luke Forrest.

Le supérieur de Beth au FBI. L'agent chargé de l'affaire du réseau criminel russe.

— Rentrez chez vous. Je vous appellerai dès que j'aurai des nouvelles

Ty rentra donc chez lui et passa le reste de la journée sur des charbons ardents. Il remplaça un joint sur la Cadillac Eldorado de 1976 et attendit un appel de Tinnin ou le retour de… sa petite amie ? De l'agent Hoosay ?

Malgré la nuit qu'ils avaient passée ensemble, Beth ne semblait pas encline à aller plus loin avec lui. Il avait eu le temps de réfléchir et s'était déjà fait une raison. L'expérience lui avait enseigné que ce n'était parce qu'on désirait quelque chose qu'on l'obtenait. Sa vie avait toujours été remplie de rêves impossibles. Seulement, cette nuit, il l'avait oublié…

Quand son téléphone sonna à 16 heures, il l'arracha de sa poche à la première sonnerie et consulta l'écran. C'était Kee.

— Kee ? Que se passe-t-il ?

— Abbie a disparu !

18

Ty sentit son sang se glacer. Faras n'avait quand même pas eu l'audace d'enlever sa sœur !

Beth, puis Abbie. Dans ce cas, il ne lui restait que deux filles à trouver pour la livraison aux Russes. À cette pensée, Ty serra les poings. Faras aurait-il été devant lui à cet instant qu'il l'aurait étranglé de ses propres mains.

— Répète, dit-il à Kee, pour être sûr.

Kee obtempéra. Ty ressentit alors un terrible sentiment d'accablement et de culpabilité.

Là-dessus, son frère lui relata les événements dans le détail. Abbie avait été enlevée dans le jardin derrière la maison une vingtaine de minutes plus tôt. La police, prévenue, était arrivée sur les lieux. Seule Winnie, la cadette des sœurs Doka, avait été témoin du kidnapping. Le ravisseur l'avait ignorée.

— Winnie a décrit l'individu, poursuivit Kee. Grand. Chauve. Un vrai colosse.

Bon sang ! Chino ! pensa aussitôt Ty.

— Un autochtone ?

— Un Apache a priori.

— J'arrive !

Mais avant il voulait parler à Faras. Sachant que ce dernier ne lui dirait rien au téléphone, il devait se rendre au QG du Wolf Posse mais sans savoir si Faras accepterait de l'informer. Il laissa Hemi dans le garage et chercha à contacter Beth. Injoignable. Il lui laissa un message.

Faras avait-il ordonné à Chino d'enlever Abbie, et pourquoi ? Ou Chino avait-il agi de sa propre initiative ?

Ty prit la route qui conduisait au siège du Wolf Posse et franchit la grille à peine se fut-elle entrouverte.

Faras vint à sa rencontre sur le seuil de la porte d'entrée.

— Abbie n'est pas là, dit-il en levant les mains.

Ty mit sa moto sur béquille et en descendit.

— C'est donc toi. Pourquoi ?

— Disons que ta petite sœur, c'est ma garantie. Mon assurance. On est jamais trop prudent. Ta nouvelle copine est des stups. À toi de choisir. Ta copine ou ta sœur.

La rage envahit Ty qui se rapprocha de Faras. Mais Chino apparut derrière Faras, pistolet en main, un sourire cruel aux lèvres.

— Beth ou Abbie, répéta Faras. C'est toi qui vois.

Ty se força à bien respirer pour surmonter sa panique et sa rage.

— Qu'est-ce que tu veux exactement ? demanda-t-il entre ses dents.

— Tu le sais. Tu dois trouver et livrer quatre filles aux Russes. Qui tu veux. Ta copine des stups, pour commencer. Ce serait bien, elle doit de toute façon disparaître de la circulation. C'est donnant-donnant, Ty. Je te rendrai ta sœur une fois qu'Usov m'aura confirmé que tu as rempli le contrat. C'est pour demain.

— Comment veux-tu que je trouve quatre filles aussi vite ?

— Débrouille-toi. Un conseil : fais vite.

Sur ces mots, Faras lui tendit une feuille de papier.

— Voilà l'adresse du lieu de rendez-vous. Quatre filles dont ta copine des stups, répéta-t-il. Tu n'en as plus que trois à trouver. Pourquoi pas les trois gamines qui vivent chez ta mère ?

Jackie, Winnie et Shirley Doka. La plus jeune, Shirley, n'avait que onze ans.

Ty se sentit glacé. Comment avait-il pu aider ce

sinistre individu à devenir le leader du gang ? Certes, en échange, Faras l'avait aidé à se débarrasser de Colton. Mais si Colton était vicieux, violent et versatile, il n'avait pas le génie de la manipulation de Faras. « Le père » utilisait ses poings pour s'imposer ; Faras, le chantage affectif avec un raffinement de cruauté.

— Une seule voiture suffira pour le transport. Ordre des Russes. Utilise la Cadillac que tu es en train de réparer ; elle a un grand coffre.

Ty tournait les talons quand Faras lui lança un dernier avertissement.

— Inutile de rechercher Abbie, tu ne la retrouveras pas. Et pas d'entourloupes avec ta copine des stups, sinon…

Sans un regard en arrière, Ty remonta sur sa moto et prit la direction de Koun'ndé.

Dix ans plus tôt, il avait piégé Colton mais n'en avait jamais soufflé mot à sa famille. Ses proches pensaient que son arrestation avait été un coup de chance qui avait permis d'éliminer le tyran qui régentait leur vie.

La chance ?

Ty n'y avait jamais cru. En dépit de ses efforts pour protéger les siens, son frère Colt avait été obligé d'intégrer un WITSEC, Kee et Jake avaient failli perdre la vie. Et on venait d'enlever sa sœur.

Il se trouvait dos au mur. Cela faisait trop longtemps qu'il évoluait sur le fil entre droit et non-droit. Il était las de jouer sur les deux tableaux, de louvoyer au nom de la sécurité de sa famille, et de risquer sa vie au moindre faux pas. L'enlèvement d'Abbie était la goutte d'eau qui faisait déborder le vase. En s'en prenant à elle, Faras avait fait de lui son ennemi juré. Il ne relâcherait pas ses efforts tant qu'il n'aurait pas retrouvé sa sœur et détruit le gang.

Son premier appel fut pour Jake et le second pour Bear Den. Tous se donnèrent rendez-vous chez sa mère. Beth et Forrest les y retrouveraient dès qu'ils seraient disponibles. Il n'y avait pas de temps à perdre. Il disposait de vingt-quatre heures pour, dans cet ordre, retrouver sa sœur, piéger les Russes et, d'une façon ou d'une autre, détruire le Wolf Posse.

Jake et l'officier Wetselline, qui montait la garde devant la maison, étaient déjà sur place lorsqu'il arriva chez sa mère. Bear Den les rejoignit peu après, suivi de près par Kee, qui avait confié la clinique à la femme de Jake, Lori, infirmière de son état.

Les hommes tinrent conseil devant la maison.

— Il nous faut l'aide de Tribal Thunder ! commença Jake.

Tribal Thunder, le cercle de Guerriers sacrés pacifiques, l'élite de la tribu, que Ty avait si ardemment souhaité intégrer. Une illusion de plus… Les membres de Tribal Thunder étaient appelés à la rescousse lorsqu'un danger pesait sur la tribu. Ses membres avaient ainsi protégé Kacey Doka après qu'elle eut échappé à ses ravisseurs. Et Ty savait que Lori et Jake en étaient membres. Le fait que lui-même en soit exclu lui était d'autant plus douloureux.

— Il faut aussi contacter Kenshaw, intervint Kee.

— C'est juste. Kenshaw a collaboré avec le FBI pendant la rupture de la digue, expliqua Jake. C'est le seul qui ait réussi à infiltrer le groupe d'éco-terroristes et dont la couverture n'a jamais été trahie.

Bear Den fronça les sourcils et dévisagea Jake d'un air contrarié. Ty comprit que cette information était classifiée.

— Il s'agit de ma sœur ! insista Jake à l'intention de Bear Den.

— OK. D'autant que Kenshaw a des connexions dans tout l'État, finit par dire celui-ci. Nous avons aussi besoin du FBI. De Forrest et Hoosay. Le chef Tinnin s'en occupe.

— Beth a reçu un appel au cours de la nuit, intervint

Ty. À propos de l'incendie à la clinique. Depuis, je n'ai plus aucune nouvelle. Impossible de la joindre.

— L'incendie a endommagé les dossiers médicaux encore sur papier, annonça Kee.

— Pourquoi n'avaient-ils pas été mis sous scellés ? demanda Ty.

— Nous n'en avons pas encore eu le temps. Nous avons eu d'autres priorités. Nous sommes en sous-effectifs, sur une enquête complexe à rebondissements avec de nombreuses ramifications, lâcha Bear Den.

— Et Betty ? fit Ty. Je suis au courant, pour son suicide. Par Beth

— Elle s'est pendue avec son T-shirt, lui répondit Bear Den.

— Elle n'était pas sous surveillance ?

— Nous n'avions pas pris cette précaution, avoua Bear Den. Elle n'avait pas respecté le premier accord passé, mais elle espérait que son avocat en obtiendrait un nouveau pour une peine réduite avec un placement sous surveillance électronique. Son suicide et l'incendie de la clinique surviennent simultanément. C'est une coïncidence plutôt étrange.

— Hier, Betty a eu un visiteur, dit Jake. Son plus jeune fils, Clinton. Jusque-là, aucun de ses trois fils n'avait voulu la voir.

— Donc, Clinton a un parloir avec sa mère et, le même jour, elle se suicide…, récapitula Bear Den.

— Clinton serait-il venu lui annoncer que ses frères et lui étaient en danger ? Menacés par le Wolf Posse ou les Russes si elle faisait davantage de révélations à la police ? hasarda Ty.

Bear Den croisa son regard, et Ty crut voir du respect dans ses yeux.

— Je pense comme toi, lui dit-il. Mais maintenant, nous n'avons plus de témoin…

— Le FBI est en train d'interroger Clinton, intervint Jake.

— Comment retrouver Abbie ? coupa Kee.

Les radios de Bear Den et de Jake grésillèrent en même temps. La voix de l'officier Wetselline s'éleva.

— Les agents Hoosay et Forest sont arrivés. Tinnin les suit.

Une Escalade noire s'approcha, suivie par le SUV de Tinnin, reconnaissable au sceau de la tribu sur le garde-boue et à l'inscription « CHEF » sur les portières avant. Wallace Tinnin en descendit. Sa jambe, cassée lors de la rupture de la digue, était maintenant logée dans une botte orthopédique qui rendait la marche malaisée mais lui épargnait de se servir de béquilles.

Bear Den résuma la situation aux nouveaux arrivants.

— Nous avons donc deux opérations, résuma l'agent Forrest. La livraison aux Russes, qui a lieu demain, et les recherches pour retrouver Abigail Redhorse actuellement aux mains du Wolf Posse.

— Un seul faux pas demain, et nous perdons la possibilité de localiser les autres disparues. Et nous perdrons aussi ma petite sœur, fit Jake.

— La priorité, c'est Abbie, insista Ty.

— Je veux la peau de Leonard Usov, intervint Forrest.

— Tu ressembles à Ty, Jake, dit soudain Tinnin.

Ty et Jake se regardèrent. Les cheveux de Jake, longs, étaient rassemblés en queue-de-cheval tandis que Ty portait les siens plus courts et détachés. Alors que Jake souriait peu, Ty avait toujours un sourire en coin un peu ironique. Mais ils se ressemblaient beaucoup ; ils avaient les mêmes yeux noirs et la même taille.

— Oui et alors ? fit Ty.

— Ty doit être au rendez-vous avec les Russes, expliqua Tinnin. Mais, pour être franc, j'aimerais mieux que ce soit un policier qui établisse le contact.

— Vous voulez que Jake prenne ma place pour rencontrer les Russes ? questionna Ty.

— Oui. Et toi, pendant ce temps, tu sonderas les membres du gang et chercheras à localiser Abbie.

— Je m'occupe de l'opération Abbie avec Ty, coupa Beth.

— Et moi de l'opération avec les Russes, enchaîna Forrest à la hâte.

— Et les quatre filles pour les Russes ? Dont l'une est censée être Beth..., leur rappela Ty.

— On arrêtera les Russes avant qu'ils aient le temps de s'en enquérir. Jake et moi, on s'en charge, coupa Forrest. Vous, occupez-vous de retrouver votre sœur après quoi j'arrêterai Faras.

Ty brandit un papier.

— Qu'est-ce que c'est ? demanda Forrest.

— L'adresse du rendez-vous avec les Russes. Indispensable pour la réussite de votre opération.

Tinnin tendit la main, et Ty allait lui donner le papier quand Beth lui saisit le poignet pour le retenir.

— En échange, promettez d'abandonner toutes les charges que le Bureau et la police tribale ont contre lui, dit-elle, regardant tour à tour Forrest, Tinnin et Bear Den.

Interdits, ils la dévisagèrent. Tinnin seul souriait.

Beth négociait en son nom ? Vraiment ? se demanda Ty.

— La tribu acceptera. J'en fais mon affaire, répondit Tinnin.

De là, les regards se tournèrent vers Forrest. Beth avait pris une initiative qui, à l'évidence, contrariait son supérieur. Sa promotion dépendant de ce dernier, elle venait à coup sûr d'anéantir ses chances de l'obtenir en le défiant de la sorte. Et elle avait fait ça pour lui ! Pourquoi ?

— Qu'est-ce qui te prend, Beth ? murmura-t-il.

— Laisse-moi faire.

— Agent Hoosay ! s'exclama Luke Forrest glacial. Vous êtes de quel côté ?

— Du côté de Ty, monsieur, répondit-elle.

Forrest la toisa, et elle soutint son regard. Ty, pendant ce temps, retint son souffle.

— D'accord, lâcha enfin Forest à contrecœur.

— Je veux que Ty ait cet accord écrit et signé aujourd'hui, insista Beth.

Forest opina de nouveau et lui fit signe pour qu'il lui donne le papier. Ty obtempéra.

Bear Den s'adressa à Ty.

— Faras t'a sous-estimé. Et moi aussi. Je n'aurais jamais cru que tu collaborerais avec tant d'efficacité avec nos services.

— Ne me le faites pas regretter, répliqua Ty.

Jake retira l'élastique qui retenait ses longs cheveux.

— En attendant, j'ai besoin d'une coupe, moi.

Il se dirigea vers la maison.

— Maman ? appela-t-il.

Ty sourit. Leur mère leur coupait les cheveux depuis leur enfance. Seul Kee, qui les portait courts, préférait aller chez le coiffeur.

— Et Colt ? demanda Ty à Tinnin.

— Pardon ?

— Si vous arrêtez Usov, Colt et Kacey pourront revenir dans la réserve ?

Tinnin prit une grande inspiration et regarda en l'air comme s'il étudiait la question.

— Si tel est leur désir…, répondit-il. Mais rassure-toi, Colt va bien. Kacey et lui travaillent. Colt consulte un thérapeute pour gérer son traumatisme.

— Il pourrait aussi bien travailler et consulter ici, objecta Ty.

— Ça dépendra d'eux. N'oublie pas que Kacey, qui a été enlevée par un membre de la tribu et détenue pendant des mois, n'a peut-être pas très envie de revenir dans la réserve.

— Je ne suis pas de votre avis. Kacey a eu beaucoup de peine à l'idée de devoir quitter ses frères et sœurs.

— On verra. Chaque chose en son temps.

C'est juste, pensa Ty. Avant tout, il devait retrouver Abbie pendant que Jake et le FBI montaient une opération pour arrêter les Russes, puis récupérer les disparues de la tribu. Ensuite seulement Colt et Kacey reviendraient dans la réserve de Turquoise Canyon.

Tourmenté par l'inquiétude, il ne pouvait qu'espérer que tout se déroulerait conformément à ce plan.

À cet instant, Jake ressortit de la maison avec une chaise de cuisine sur laquelle il s'assit. May arriva, ses ciseaux à la main. L'expression de Jake resta stoïque tandis qu'elle lui coupait les cheveux. May, quant à elle, paraissait peinée.

19

Tandis que Ty conduisait le pick-up Ford F-150 de Jake, Beth croqua son dernier comprimé antiacide dont la saveur mentholée ne parvint pas à masquer le goût crayeux.

Ty et elle envisageaient de surveiller tour à tour les membres du gang au cours de la nuit. Ty, qui portait maintenant l'uniforme de son frère Jake, avait noué comme lui ses cheveux en catogan et les avait lissés avec du gel afin que ses mèches d'habitude rebelles restent bien en place. Désormais il ressemblait à s'y méprendre à Jake. Sa voix seule le trahissait.

— Beth, tu te rends compte de ce que tu as fait ? Tu as gâché tes chances de promotion, dit-il.

Son estomac se noua, et elle garda le silence, imaginant déjà la suite de son discours.

— Tu as préféré aller à la recherche de ma sœur, c'est-à-dire enquêter sur un simple kidnapping au lieu de saisir ta chance de démanteler le réseau russe et le gang de la tribu.

— « Un simple kidnapping » ? Non. Notre opération va conduire à l'arrestation de Faras Pike et contribuer au démantèlement du gang.

Elle se tut, car sa gorge était trop serrée, et dut tousser pour pouvoir parler.

— Nous mettrons en évidence les liens du gang avec le réseau, poursuivit-elle.

— Tu n'en vas pas moins retourner à l'antenne du FBI d'Oklahoma City.

Elle le dévisagea. Le visage de Ty était baigné par la lumière bleutée du tableau de bord.

— Pourquoi as-tu fait ça, Beth ? insista-t-il.

— Pourquoi me poses-tu la question ? Tu regrettes ma présence à tes côtés ? répliqua-t-elle en lui dérobant son regard.

Lui avouer ses vraies raisons était impossible. C'était trop intime.

— Je suis ton meilleur atout, ajouta-t-elle.

— Admettons.

Au cours des heures suivantes, ils traquèrent les onze membres du gang, les surveillèrent et les rayèrent de leur liste un à un. Au petit matin, il ne restait que trois hommes susceptibles de détenir Abbie.

Oliver Boehm. Eric Goseyun et Geoffrey Corrales.

— Que peux-tu me dire sur eux ? demanda Beth.

— Eric est un protégé de Faras, et dans ses petits papiers, commença Ty. Oliver est efficace, mais ce n'est pas une lumière. Quant à Geoffrey… Il est jeune, la vingtaine. Très violent. C'est impressionnant. C'est lui que Faras envoie quand Chino n'est pas disponible. C'est la doublure de Chino, en quelque sorte.

Il se tut et déglutit. Des trois membres du gang encore en lice, Geoffrey Corrales semblait le pire. Restait à espérer qu'Abbie n'était pas entre ses mains.

Le jour allait se lever lorsqu'ils se garèrent derrière la seule station-service de Koun'ndé, qui leur donnait une vue dégagée sur le mobile home d'Oliver Boehm. Ce dernier y vivait seul depuis la mort de sa mère, lui expliqua Ty.

Le portable de Beth sonna. Elle le sortit.

— C'est Forrest, annonça-t-elle en prenant la communication. Hoosay.

Puis elle se tut.

— Très bien. Oui. Entendu, conclut-elle. Vous nous tenez au courant.

Elle raccrocha et reporta son attention sur le mobile home de Boehm.

— Le conseil de ta tribu nous autorise à mettre sur écoute téléphonique les membres du gang.

— Ça fait beaucoup.

— On n'a rien à y perdre. Au contraire.

Ty secoua la tête.

— Pas sûr. Faras est rusé.

— Pourquoi t'a-t-il chargé de conduire et livrer les filles, au lieu de faire appel, par exemple, à Chino ? demanda Beth. Tu t'es posé la question ?

— Parce qu'il a besoin de Chino pour sa protection.

— Et pourtant il le soupçonne de vouloir l'évincer et le remplacer à la tête du Posse… N'importe lequel de ses hommes aurait accepté de livrer quatre filles aux Russes.

— Tu as une théorie ?

— Oui. Faras veut te piéger. Te dénoncer. En informant la police du lieu et de la transaction.

— Ce serait stupide. Je peux à mon tour le dénoncer.

— Pas si tu perds la vie, Ty. Car c'est de ça qu'il s'agit. Faras cherche à te supprimer.

— Possible.

Un silence tomba.

— Il y a une raison pour laquelle mon boss a préféré que ce soit Jake, et non toi, qui participe à l'opération destinée à piéger les Russes, reprit-elle avec hésitation.

— Parce qu'il ne me fait pas confiance ?

— Oui. Mais surtout parce qu'il veut mettre la main sur Usov en personne. Pour lui, ta sœur est, disons, secondaire. C'est le gros gibier qui l'intéresse.

— Et toi, tu as les restes, acheva Ty.

— Pour ainsi dire.

— Pourtant, tu n'as pas attendu sa décision pour

prendre les devants et te porter volontaire pour rechercher ma sœur.

— C'est plus honorable, non ?

Il n'en parut pas convaincu.

Il se concentra sur le mobile home d'Oliver Boehm. À l'évidence ni feu sa mère, ni Oliver ou encore les bureaux HUD – le département du Logement et du Développement urbain –, ne s'étaient souciés de son entretien. Le jardin était en piteux état, envahi d'herbes folles jaunies. La peinture des murs était écaillée, et les fenêtres, pour la plupart brisées, masquées par des planches.

— Je vais passer par la fenêtre de derrière, dit-elle en observant les lieux avec ses jumelles.

— Celle qui est fermée par un carton ?

Elle sourit et opina.

— On se retrouve devant la porte d'entrée, enchaîna Ty. Appelle si tu retrouves Abbie, ou si tu as besoin de moi.

Elle lui tendit une arme, mais il secoua la tête.

— Il le faut, Ty, insista-t-elle.

Il lui adressa un regard triste.

— Non, Beth. Je me suis juré de ne plus porter d'arme quand je suis revenu au pays. Tuer détruit une partie de ton âme.

Beth indiqua le mobile home d'un signe de tête.

— Ces hommes-là n'ont pas d'âme.

— Si, malgré tout. Et si noire soit-elle.

Le jour se levait ; il n'y avait pas de temps à perdre. Ils s'approchèrent du mobile home, puis se séparèrent. Beth se dirigea vers l'arrière tandis que Ty allait se poster devant.

Elle ne le fit pas attendre longtemps. Peu après, elle ouvrit la porte d'entrée, un doigt sur les lèvres.

— Il dort à poings fermés. Probablement ivre. L'intérieur est d'une saleté repoussante, mais ta sœur n'y est pas.

— On raye Oliver de notre liste.

— Et on passe au suivant. Vite ! On doit retrouver Abbie avant le rendez-vous de Jake avec les Russes.

Ils échangèrent un regard inquiet. Si l'opération du FBI et de la police tribale échouait, de plus avant qu'ils aient retrouvé Abbie, Jake et Abbie seraient en danger.

— Eric Goseyun ? Geofffrey Corrales ? demanda Beth.

— Corrales. Faras lui fait confiance, et il est dans le gang depuis plus longtemps.

Ils arrivèrent au moment où Geoffrey quittait sa maison. Ils le suivirent jusqu'au QG du Wolf Posse. Ils en déduisirent qu'il ne pouvait détenir Abbie chez lui.

— Au tour de Goseyun, conclut Ty, revenant à Piñon Forks.

Sa maison faisait partie d'un lotissement datant des années 1970. Les maisons étaient en bois de cèdre peintes en beige. Les jardins étaient encombrés de jouets d'enfant en plastique et de chaises longues au tissu déteint.

Ty ralentit.

— Impossible d'entrer chez lui comme chez Boehm. Les voisins nous repéreraient.

— D'un autre côté, ses voisins n'ont pu manquer de remarquer ses allées et venues.

— On les interroge ? lança Ty.

— Pas le temps. On va droit au but, dit-elle en sortant son badge du FBI.

— Laisse-moi faire et n'interviens pas, au cas où on se tromperait.

Ty se gara devant chez Goseyun, juste derrière son van. *Une cachette idéale pour y cacher Abbie*, songea-t-elle.

Ty eut la même pensée, car il descendit du pick-up et regarda par la vitre arrière du van puis se tourna vers elle et secoua la tête.

Elle resta ensuite en retrait, les yeux fixés sur la porte d'entrée pendant qu'il s'approchait et frappait.

Eric Goseyun ouvrit en pantalon de survêtement et maillot blanc. Il sourit gauchement à Ty. Son teint était blême, presque jaunâtre, ses cheveux sales pendouillaient et ses yeux étaient injectés de sang. Une forte odeur de cannabis flottait dans la pièce. Aucun risque que Goseyun l'identifie, vu la quantité qu'il devait avoir fumée.

— Tiens, la police… Qu'est-ce qui se passe ?

Ty n'attendit pas qu'Eric lui fasse signe d'entrer. Il passa devant lui.

— Un problème ? insista Goseyun, cachant son joint derrière le dos.

— On a eu une plainte pour tapage nocturne, dit Ty.

— Je suis seul, officier Redhorse.

— C'est ce que je constate.

Puis Ty fit geste vers les toilettes.

— Je peux ?

— Faites comme chez vous, officier.

Là-dessus, Goseyun regagna son canapé et s'y affala. Ty fouilla la maison, très sale, mais n'y trouva pas trace d'Abbie. Suivi par Beth, il regagna son véhicule.

— On a fait le tour de tous les membres du gang, dit-il dans la confusion la plus complète.

Le temps passait. Il fallait retrouver Abbie avant le rendez-vous de Jake avec les Russes.

Ty pressa ses poings sur ses tempes.

— Et les femmes ? demanda soudain Beth.

Il se tourna vers elle sans comprendre.

— Quelles femmes ?

— Les filles du gang ! Ça y est ! Je sais où est Abbie ! s'exclama-t-elle.

Ty la dévisagea. Admiratif. Étonné. Beth était intelligente, lucide et clairvoyante. Alors qu'il se laissait gagner par le découragement, elle rebondissait.

Bon sang, elle avait raison !

Jewell !

Il se rendit chez Jewell, certain d'y trouver sa sœur.

20

En dépit de son jeune âge, Jewell était déjà l'heureuse propriétaire d'un haras qui se trouvait entre Koun'ndé et Turquoise Ridge. Elle vouait en effet une passion sans bornes aux chevaux, et Faras avait comblé son désir d'en posséder. Mais Jewell restait frustrée, car Faras ne pouvait lui offrir ce qu'elle convoitait le plus au monde, à savoir le titre de Miss Indian Rodeo Queen. Certes, Jewell répondait aux critères – elle était membre d'une tribu reconnue sur le plan fédéral, âgée de plus de dix-huit ans et assez fortunée pour payer les frais d'inscription et participer à la compétition – toujours grâce à la générosité inépuisable de Faras. Manquait toutefois une chose que l'argent ne pouvait lui procurer : des talents de cavalière.

Ty s'arrêta en vue du ranch non loin duquel se trouvaient une écurie et un paddock avec quatre chevaux. Une parabole fixée sur un pan de mur permettait à Jewell d'avoir une connexion Internet par satellite.

— Ces chevaux appartiennent à Jewell ? demanda Beth.

— Oui. C'est sa fierté et sa joie.

— Des avantages collatéraux ?

Il rit, amusé.

— Le cheval alezan est son préféré. Big Red, si je me souviens bien.

Ils mirent au point leur stratégie alors que de précieuses

secondes s'égrenaient. Jake et Forrest étaient sur le point de rencontrer les Russes.

— J'espère qu'on ne fait pas fausse route, conclut Ty.

Beth observa le ranch avec ses jumelles.

— Je vois quelqu'un. Une sentinelle ?

— Où ça ?

Pour seule réponse, elle lui donna ses jumelles. Ty reconnut Randy, le frère de Jewell, qui jouait, lançant une balle contre le mur d'une grange. Ty consulta l'horloge sur le tableau de bord.

Presque 9 heures.

Randy aurait dû être au collège. Montait-il la garde ?

— Je vais nous en débarrasser, dit Ty qui connaissait la redoutable efficacité et le zèle des jeunes recrues.

Il redémarra en songeant qu'il ne poursuivait pas un but, mais deux. Retrouver sa sœur saine et sauve, et détruire le Wolf Posse.

Il était las de marcher sur la ligne. Les lignes n'étaient-elles pas faites pour être franchies ?

— Prête ? demanda-t-il à Beth.

Beth vérifia son arme puis opina. Elle se baissa sur son siège alors qu'il s'approchait du ranch et se garait près de l'écurie. Elle descendit rapidement du pick-up et alla se cacher derrière le bâtiment. Elle était hors de vue lorsque Ty vit, dans son rétroviseur, arriver Randy.

À cet instant, son portable sonna. C'était Jake. Il prit l'appel tandis que Randy s'approchait.

— Oui ? fit Ty.

Soulagé de reconnaître la voix de son frère, il serra les paupières.

— C'est fini, lui annonça ce dernier. On a arrêté quatre membres du réseau. Vivants. Ils n'ont pas eu le temps de détruire leurs disques durs ou leurs portables. Bon sang, on les a eus, Ty !

Ty avait la gorge trop serrée pour parler.

— Et toi, tu as retrouvé Abbie ?

— Officier Redhorse ? Il y a un problème ? s'enquit Randy par la vitre de portière ouverte.

— Pas encore, répondit Ty à Jake. Je te rappelle.

Il raccrocha et regarda Randy qui tout à coup écarquilla les yeux.

— C'est toi, Ty ? s'exclama-t-il en reculant.

Ty descendit du pick-up et se posta devant lui.

— Ta sœur est à la maison ?

— Elle est malade, débita Randy à toute vitesse. Ma mère m'a demandé de m'occuper d'elle.

— C'est vrai ? insista Ty en se rapprochant.

— Jewell ne veut voir personne, certifia Randy sans cesser de reculer.

— Ce n'était pas très malin de t'approcher de mon pick-up, Randy, reprit Ty. C'est mon cheval de Troie.

— Ton quoi ?

— Si tu allais en classe, tu le saurais.

— Écoute, Ty, il faut que j'y aille… Ma sœur…

Le gamin se tourna vers la maison avec inquiétude.

Ty profita de son instant d'inattention pour le saisir et lui plaquer la main sur la bouche. Randy se débattit en vain.

— Calme-toi, je ne vais pas te faire de mal, lui dit Ty. Mais je ne veux surtout pas que tu cries et que tu ameutes Jewell.

En un rien de temps, Randy se retrouva solidement ligoté à un poteau de la clôture et bâillonné avec son propre bandana.

— Arrête de remuer ! Tu vas seulement réussir à resserrer les nœuds et à te blesser avec les échardes du poteau.

Sur ces mots, Ty se dirigea vers le ranch. La porte d'entrée n'était pas verrouillée, signe que Jewell n'attendait personne et avait la certitude que Randy la préviendrait si quelqu'un venait.

Il la trouva allongée sur le canapé, en train de regarder la télévision.

À sa vue, elle sursauta et jeta un coup d'œil vers la porte.

— Officier Redhorse, mais…

— Où est-elle ?

— C'est toi, Ty ? Mais de qui tu parles ?

Elle lui avait dérobé son regard ; elle mentait.

— Va chercher ma sœur, ordonna-t-il.

Elle eut un rire forcé.

— Elle n'est pas là.

— Ah, vraiment ?

— Où est mon frère ?

— Dehors, je l'ai ligoté. Je répète ma question : où est ma sœur ?

Jewell avait eu le temps de se ressaisir. Elle leva le menton avec dédain.

— Je ne comprends rien à ce que tu racontes. Laisse-moi tranquille ! lança-t-elle avec un geste impatient de la main.

Elle avait les ongles vernis de noir, remarqua-t-il incidemment.

— Quand je dirai à Faras que tu m'as harcelée, tu le regretteras ! Je ne sais pas pourquoi il t'accepte dans le gang. Tu n'es pas des nôtres, et en plus ton frère est flic.

Il la saisit par le bras et la poussa vers la porte.

— Lâche-moi !

Elle essaya de résister, mais il la tenait d'une main ferme.

— Faras te tuera ! s'écria-t-elle, folle de rage.

Quand ils furent hors de la maison, Jewell paniquée regarda partout autour d'elle.

— Où est Randy ?

Ty ne répondit pas.

— Beth ! appela-t-il.

Beth apparut à l'entrée de l'écurie, son arme dans une

main, une longe en nylon rouge dans l'autre. Elle avança dans le paddock, suivie par Big Red, puis appuya son pistolet sur la tête de l'alezan.

Jewell poussa un cri d'horreur et posa sa main restée libre sur son cœur.

— Abbie est chez moi ! s'exclama-t-elle d'une voix hystérique. Je vais te montrer où ! Avant, dis-moi où est Randy ?

— Abbie d'abord. Je te suis.

En regagnant la maison, Ty se retourna et constata que Beth avait remis son pistolet dans son holster et caressait le cheval en lui parlant bas.

Il monta à l'étage derrière Jewell. Celle-ci se dirigea vers une armoire à linge sur roulettes qu'elle déplaça. Derrière se trouvait une petite porte fermée par un cadenas.

Jewell la lui montra d'un signe de tête.

— Abbie est là.

— Ouvre ! commanda Ty, conscient que l'appréhension rendait son souffle court.

Si jamais Jewell avait maltraité Abbie, il ne répondrait plus de rien.

Jewell obéit. La cache, plongée dans une épaisse obscurité, baignait dans un silence inquiétant. Jewell tira sur une chaînette, et une ampoule nue s'alluma.

Ty vit aussitôt Abbie sur le sol, le visage tourné vers le mur. Immobile.

— Pourquoi ne bouge-t-elle pas ? demanda-t-il, inquiet.

— Je lui ai donné un sirop contre la toux avec de la codéine, et de l'alcool. Pour la calmer.

— Sors ma sœur de là, ordonna-t-il en la poussant dans la cache.

Jewell trébucha, se mit à genoux devant Abbie et la fit rouler sur le dos. Ty ravala sa panique en voyant son visage d'une extrême pâleur. Respirait-elle ?

— Réveille-toi, Abbie, fit Jewell.

Abbie enfin cilla. Ty soupira, à moitié soulagé.

Des pas dans l'escalier attirèrent son attention. C'était Beth qui montait.

— Ça va ? lança-t-elle.

Ty opina et reporta son regard vers Jewell qui sortait Abbie groggy de la cache. Il saisit Abbie et repoussa Jewell dans la cache dont il referma la porte.

— Hé ! s'écria Jewell en martelant la porte tandis qu'il serrait sa sœur dans ses bras.

— Jewell a son portable sur elle ? demanda Beth.

— Non, elle l'a laissé en bas. Aucun risque qu'elle prévienne Faras.

Il ajouta, en haussant la voix :

— Jewell ? Quand tu verras Faras, pense à Randy.

Celle-ci aussitôt cessa de marteler.

— Ouvre, je dois l'arrêter, intervint Beth.

Ty obtempéra à contrecœur. Beth passa les menottes à Jewell. Ty les précéda dans l'escalier, Abbie dans ses bras. Beth s'empara du portable de Jewell lorsqu'ils passèrent dans le salon.

Une fois qu'ils eurent regagné son pick-up, Ty déposa Abbie sur le siège arrière, tandis que Beth faisait monter Jewell sur le plateau et l'attachait à l'arceau du couvre-benne. Quand ce fut fait, elle alla s'occuper de Randy. Elle lui retira son bâillon, le détacha du poteau et lui lia les poignets avec un serre-flex.

Resté près du pick-up, Ty exhortait Abbie à ne pas se rendormir. Et lorsque Beth, revenue avec Randy, ordonna à celui-ci de monter dans l'habitacle, l'adolescent eut un mouvement de recul devant la portière ouverte.

— C'est Abbie ? lâcha-t-il, l'air choqué.

Randy et Abbie fréquentaient le même établissement scolaire.

— Tu ne savais pas qu'elle était séquestrée chez ta sœur ? s'étonna Ty.

Randy secoua la tête et se mit à pleurer.

— Monte, Randy ! Vite ! lui ordonna Ty en s'installant derrière le volant et en lui montrant le siège passager.

Beth prit place à l'arrière et posa la tête d'Abbie sur ses genoux. Lorsque tout le monde fut installé, Ty démarra.

— Appelle Kee, dit-il ensuite à Beth. Avertis-le qu'on a retrouvé Abbie saine et sauve, mais qu'elle a besoin de soins.

Beth obtempérait quand la sonnerie du téléphone de Jewell, une mélodie rap, s'éleva.

— C'est Faras, déclara-t-elle après avoir consulté l'écran.

Elle ne décrocha pas. Le portable cessa de sonner, un message s'afficha sur l'écran.

Rien des R. Amène A.

— R ? Les Russes ? fit Beth. A, Abbie ?

— Je pense, oui.

— Pour Faras, c'est fini ! s'exclama-t-elle en levant le portable de Jewell en signe de victoire.

Puis elle appela Kee pour le prévenir de leur arrivée imminente avec Abbie.

— Il nous attend à la clinique de la tribu, dit-elle en raccrochant.

En dernier lieu, elle contacta Luke Forrest, à qui elle annonça la nouvelle et à qui elle demanda le compte rendu de l'opération visant à neutraliser les Russes. La voyant dès lors écouter et opiner, Ty fut impatient qu'elle lui rapporte les dires de son supérieur. Ils arrivaient à Piñon Forks quand elle raccrocha.

— Victor Vitoli aussi a été arrêté. C'était le contact de Mills en cas de problème. Vitoli est sous les ordres d'Usov. C'est un beau coup de filet.

Elle soupira de soulagement.

— Où sont le FBI et la police tribale ? s'enquit Ty.

— Toujours à Darabee. Ils vont faire un raid au QG du Wolf Posse et arrêter tous les membres le gang.

— Et les disparues ? Des nouvelles de Garcia, Espinoza et Kesselman ?

— Encore rien. Les Russes parleront peut-être.

Kee et Lori les attendaient devant la clinique en faisant les cent pas. À peine s'étaient-ils arrêtés que Kee ouvrit la portière passager.

— Des nouvelles de Jake ? demanda Ty à Lori.

— Ava m'a expliqué que la police et le FBI étaient en route vers le QG du Wolf Posse, répondit Lori sans cacher son inquiétude.

Pendant ce temps, Randy restait immobile, tête baissée. Il ne cessait de pleurer. Ses larmes coulaient sur son jean, y laissant de grosses taches sombres.

— Ne pleure pas, Randy, ça va s'arranger pour toi, lui assura Ty.

Randy renifla et opina.

Beth fut chargée de conduire Jewell et Randy au poste de police. En la voyant se mettre au volant, Ty fut partagé entre le désir de rester avec Kee au chevet de sa sœur, et celui de partir avec elle.

— Appelle ta mère, Ty ! fit alors Beth. Annonce-lui que nous avons retrouvé ta sœur. À plus tard.

Il soupira ; elle avait raison.

Beth se gara dans le parking du QG de la tribu et fit descendre Randy du pick-up, Jewell du plateau, et les emmena à l'intérieur. Ava contacta aussitôt Tinnin pour lui apprendre l'arrivée de Beth avec Jewell et son frère. Là-dessus, Beth confia Randy à Ava qui, en tant qu'ex-policier, connaissait la procédure à suivre avec un mineur, et escorta Jewell jusqu'à la cellule où elle l'enferma. Après quoi elle revint à l'accueil, auprès d'Ava.

— Je viens de contacter les services de protection de l'enfance, lui rapporta cette dernière. On va nous envoyer un travailleur social pour Randy.

Beth s'accroupit devant ce dernier.

— Tu n'es pas comme ta sœur, Randy. Tu peux encore faire le bon choix. Le gang a été démantelé, c'est fini.

Ava prit un mouchoir et le tendit au gamin dont le nez coulait.

Là-dessus, Beth prit congé. Ty l'attendait devant le QG.

— Comment va Abbie ? s'enquit-elle.

— Elle est en bonnes mains, avec Kee.

— Et ta mère ?

— En route pour la clinique. Je pars avec toi, Beth. Je veux voir l'arrestation de Faras de mes propres yeux.

Elle lui sourit.

— Je m'en doutais !

Malheureusement, ils arrivèrent trop tard et n'eurent que le temps de voir Faras menotté monter dans une voiture de patrouille. Ty n'en ressentit pas moins la plus vive satisfaction. Faras ne ferait plus la loi et ne manipulerait plus les membres de la tribu.

Au cours de la journée, le FBI et la police tribale arrêtèrent les autres membres du gang. Beth et Forrest commencèrent les premiers interrogatoires.

Alors, Ty se sentit de trop. Beth n'avait plus besoin de lui. D'ailleurs, peut-être n'aurait-elle plus jamais besoin de lui… Il avait servi ses intérêts, l'avait aidée à boucler une affaire qui, malgré tout, lui vaudrait des félicitations et son transfert dans une antenne du FBI plus importante. D'un autre côté, en l'aidant à exaucer son rêve, il l'avait perdue. C'est à cet instant qu'il comprit : il l'aimait. Mais, comme d'habitude, il avait fait le mauvais choix… Une seule fois dans sa vie il aurait aimé faire le bon choix, et ne pas toujours être perdant.

Certain que son absence passerait inaperçue, il retourna à la clinique et trouva Kee au chevet d'Abbie.

— Comment va t-elle ? lui demanda-t-il.

— Mieux. Mais elle est déshydratée, fatiguée et, bien sûr, sous le choc. Cela dit, elle commence à avoir faim.

— C'est bon signe.

Ty regarda autour de lui.

— Au fait, où est maman ?

— Tu l'as contactée ?

— Oui, bien sûr. Il y a déjà plusieurs heures.

Il eut un mauvais pressentiment.

— Je voulais aussi l'appeler mais, jusqu'à maintenant, j'ai été débordé, dit Kee dont la voix révélait l'inquiétude.

Ty téléphona aussitôt à leur mère, mais l'appel bascula sur sa messagerie.

— Avertis Jake ! lança-t-il à Kee alors que déjà il sortait de la chambre. Envoie-le chez maman !

— Quoi ? Pourquoi ? fit Kee.

Ty se retourna.

— Colton a sûrement été libéré.

21

En arrivant devant chez sa mère, Ty ralentit et remarqua que le pick-up de Burt était mal garé et la portière grande ouverte comme s'il en était descendu à la hâte. Son inquiétude monta d'un cran.

Colton est revenu.

Il regarda autour de lui, cherchant un véhicule inconnu, et n'en vit pas. Mais « le père » avait pu venir en bus.

L'horloge du tableau de bord indiquait 18 heures. Les sœurs Doka, que sa mère hébergeait, devaient déjà être rentrées de l'école. Ces fillettes éprouvées par l'arrestation de leur mère pour trafic de drogue allaient maintenant être les témoins de la violence de Colton.

La colère le gagna. D'une certaine façon, Colton et lui se ressemblaient, découvrit-il alors. Tous deux étaient emportés. Cependant, à la différence de Colton, il n'était pas violent. Il était aussi plus réfléchi, plus habile. Autrefois, il avait piégé et trahi Colton. Cette fois, il allait le provoquer de front. Il n'en voulait pas moins faire une arrivée discrète.

Il se gara dans une allée entre des maisons voisines et rejoignit l'arrière de la maison de sa mère en traversant les jardins. Plaqué contre le mur, il se baissa pour atteindre la porte de derrière.

Il se redressa légèrement pour jeter un coup d'œil à l'intérieur. La cuisine était déserte. Pourtant, c'était l'heure à laquelle sa mère préparait d'ordinaire le dîner.

De plus en plus inquiet, il posa la main sur la poignée de la porte, la tourna lentement et entra.

La voix tremblante, épouvantée et étranglée de sa mère lui parvint du salon-salle à manger.

— Laisse-le, Colton !

Ty serra les poings. Il était prêt à affronter « le père », mais pas certain de remporter la bataille. Colton Redhorse ne combattait pas à la loyale.

Il traversa la cuisine à pas de loup.

— J'ai eu l'ordonnance de restriction, lâcha Colton. Les papiers de divorce. Personne ne m'a demandé si je voulais le divorce.

Bon sang, où est Burt ? s'interrogea Ty avec anxiété car Colton ne pouvait tolérer d'avoir un rival.

— Et c'est ce minus qui m'a remplacé ! poursuivit ce dernier.

Il y eut un bruit de chute, suivi par un cri étouffé.

Burt, songea Ty en un éclair.

Une des sœurs Doka poussa un cri au même instant.

— La ferme ! hurla Colton.

Combien de fois avait-il entendu cela ?

Il avança et vit, dans le salon-salle à manger, sa mère assise sur le bord d'une chaise, avec sa canne, son pied amputé d'un orteil bandé et logé dans un bas de compression. Le diabète l'affaiblissait, lui donnait des vertiges par moments, et la chirurgie avait restreint sa mobilité.

Sur le sol, à côté de la table basse, il vit aussi Burt, blessé à la tête, et à moitié inconscient.

Jackie, Shirley et Winnie Doka, terrorisées, étaient blotties les unes contre les autres devant la télévision dont le son avait été coupé. Les nouvelles du soir défilaient sur l'écran, montraient les tragédies qui chaque jour ébranlaient le monde. Ty se concentra sur le drame qui se déroulait devant ses yeux.

Colton ne l'avait pas encore vu, car il lui tournait le

dos et se concentrait sur Burt qu'il semblait sur le point de frapper de nouveau.

— Bienvenue ! lança soudain Ty en s'appuyant, avec une décontraction qu'il était loin de ressentir, au chambranle de la porte.

Colton Redhorse fit volte-face.

— Kee ?

Ty rit.

— Non.

— Ty… J'aurais dû m'en douter rien qu'en voyant ce sourire. Je suis à toi dans une minute, ajouta-t-il en se tournant vers Burt.

— Non. Maintenant, répliqua Ty.

Colton le dévisagea, le regard étincelant, un sourire cruel aux lèvres. À l'évidence, il était impatient de l'affronter. Ty se contraignit à rester immobile et à soutenir son regard.

— Tu es malin, mais j'ai tout compris, Ty.

Puis Colton se retourna et vit May maintenant à genoux près de Burt.

— Éloigne-toi ! lui ordonna-t-il en tirant un pistolet de sa ceinture et en le pointant sur Burt.

May gémit, se releva péniblement pour regagner sa chaise.

Quand Colton lui fit de nouveau face, Ty en avait profité pour se rapprocher.

Il pointa l'index vers le pistolet, puis vers Burt.

— Tu as violé les obligations de ta liberté conditionnelle : détention d'arme, attaque à main armée. C'est mal parti.

— La ferme ! coupa Colton, braquant son arme sur lui.

Et, sans le quitter des yeux, il s'adressa à May.

— Tu sais ce que ton fils a fait ? C'est lui qui m'a piégé, il y a dix ans. Il a trahi son propre père. Pour que je sois arrêté par les flics. Mais lui aussi a été arrêté.

C'est ce qu'on appelle scier la clenche sur laquelle on est assis.

— La branche, corrigea Ty.

— La ferme ! répéta Colton.

Son interjection favorite. Ty s'adressa aux sœurs Doka.

— Les filles, levez-vous, dit-il d'une voix calme. Vous allez sortir dans le jardin par la porte de la cuisine.

Shirley, Winnie et Jackie obtempérèrent, mais Colton tourna son arme vers elles.

— Pas question. Abbie doit rester.

Il n'avait pas vu Abbie depuis des années, aussi sa méprise n'était-elle pas surprenante.

— Je t'ai expliqué que…, commença May.

— La ferme ! lâcha Colton.

— Ces fillettes sont des orphelines, indiqua Ty. Abbie n'est pas là.

— Qu'est-ce qui me dit que tu ne me mens pas ?

Ty l'ignora et fit signe aux fillettes. Jackie, l'aînée, poussa ses sœurs dans sa direction. Toutes trois passèrent devant lui et se ruèrent dans la cuisine dont elles sortirent.

— À nous, maintenant ! reprit Colton.

Ty fut soulagé de savoir les fillettes hors de danger. Observant Colton, il constata qu'il semblait en pleine forme. Contrairement à lui, avec sa blessure à l'épaule.

— Où est Abbie ? Je veux voir ma petite fille.

— Faras Pike l'a kidnappée pour me contraindre à collaborer avec lui, révéla Ty.

May se mit soudain à pleurer.

— Faras ? Cette ordure ? C'est le prochain sur ma liste.

Trop tard.

— Tu veux l'appeler ? demanda Ty en lui tendant son portable.

Colton sourit.

— Non. Je préfère le voir en personne

Ty rempocha son portable.

— Et si on réglait notre affaire dehors ? proposa-t-il.

— La ferme !

C'était l'exhortation de trop. Ty donna un coup de pied au bras de Colton qui lâcha son arme. Il se ressaisit cependant et lui attrapa la jambe. Déséquilibré, Ty chancela et Colton se rua sur lui avec un rugissement. Ty réussit à reprendre le dessus, mais il était désavantagé par son épaule blessée, et Colton, plus lourd et plus musclé, eut vite l'avantage.

Du coin de l'œil, Ty vit sa mère aider Burt à se relever. Il espérait qu'ils auraient le temps de sortir, mais Colton, le délaissant, se jeta sur May. Ty le frappa de toutes ses forces dans les côtes. Le souffle coupé par l'impact, Colton lâcha May et partit à la renverse. Sa mère alors se releva, Burt aussi. Terrorisés, ils sortirent aussi vite qu'ils le purent par la porte d'entrée.

Ty fit barrage de son corps pour empêcher Colton de les suivre, ce qui lui donna le temps de ramasser son pistolet, qu'il braqua sur lui en lui ordonnant de dégager le passage. Ty n'obtempéra pas. Colton rugit, coinça son arme dans la ceinture de son jean et se rua sur lui. Tous deux franchirent en trombe la porte restée ouverte et s'affalèrent sur le sol. Ty n'eut que le temps de voir sa mère à genoux à côté de Burt soulevé par des spasmes.

Colton tira un couteau de sa poche. Furieux, Ty se jeta sur lui, lui saisit le poignet à deux mains, le contraignant à lâcher son arme. La lutte reprit. Colton réussit à le plaquer dos au sol et, à califourchon sur lui, l'immobilisa avant d'empoigner son pistolet.

Un éclair de triomphe jaillit dans ses yeux.

— Cette fois, c'est moi qui gagne ! lâcha-t-il.

Il plaqua le canon de son arme sur le front de Ty.

Ty garda les yeux grands ouverts. La détonation le fit tressaillir et fut suivie par deux autres.

Il n'aurait pourtant pas dû les entendre, puisque la balle était entrée dans son crâne !

Étourdi, il continua de fixer Colton et en déduisit que ce dernier avait tiré en l'air pour lui faire peur.

Mais Colton laissa retomber les bras, lui adressa un regard fixe et plein de confusion. C'est alors que Ty vit la tache de sang qui s'agrandissait sur sa chemise en jean. Enfin, Colton vacilla, s'affaissa à moitié sur lui. Et derrière lui se tenait l'agent Hoosay, armée, le bras tendu. Immobile.

C'était elle qui avait tiré.

Sous le choc, Beth fixait Colton Redhorse inerte. Elle avait tiré trois fois, redoutant de toucher Ty. La panique maintenant la glaçait et la paralysait. Elle était figée comme une statue, le bras raide, tendu.

Colton et Ty ne l'avaient pas entendue approcher et ordonner à Colton de lâcher son arme. Seule May l'avait vue courir, l'arme au poing, criant qu'elle était du FBI.

Kee lui avait téléphoné et résumé la situation. De Darabee à Piñon Forks, elle n'avait eu qu'une pensée : elle arriverait trop tard.

Trop tard pour sauver Ty. Trop tard pour lui dire qu'elle l'aimait et que sa carrière, ses ambitions n'avaient plus aucune importance si, pour cela, elle devait le perdre.

Elle comprenait, trop tard peut-être, que seul l'amour était important dans une vie.

S'attendant à ce qu'il bouge, gémisse ou s'en prenne à Ty, elle gardait son arme braquée sur Colton Redhorse. Le cas échéant, elle tirerait de nouveau.

Mais Colton Redhorse ne bougeait plus. Elle l'avait touché mortellement parce qu'elle avait reçu la meilleure des formations au FBI, parce que ses réflexes avaient été entraînés. Certes, il y aurait une enquête sur ses trois coups de feu, comme toujours quand un agent utilisait son arme. Pourtant, au lieu de songer aux implications qui en découleraient pour sa carrière, elle ne pensait qu'à une chose : elle avait failli perdre Ty pour de bon.

Lui pardonnerait-il d'avoir tué son père ? Pour lui, la

famille était primordiale, et elle admirait la cohésion et la force des liens qui unissaient les membres de la famille Redhorse. Face à cela, elle regrettait d'avoir été fille unique, et même d'avoir songé à sa carrière avant de penser à son épanouissement émotionnel et personnel.

L'ambition professionnelle ne faisait pas le poids, face à l'amour.

Ty lui en avait appris la force et la valeur. Il aimait sa mère, ses frères et sa sœur au point de les avoir protégés à ses propres dépens. Il était brillant, intelligent et doué d'empathie. Nulle part au monde elle ne trouverait un homme égal à lui.

Ty repoussa Colton et se releva. Le bruit des sirènes maintenant résonnait de plus en plus fort. La police de la tribu et le FBI arrivaient. Tous avaient été dispersés entre Koun'ndé et Turquoise Ridge pour procéder aux arrestations. Comme elle était à Darabee, plus proche de Piñon Forks, elle était arrivée plus vite sur les lieux, d'autant qu'elle avait sauté dans sa voiture et conduit comme une folle. L'agent Forrest se gara et sortit de son véhicule, dégainant son arme de service.

Elle vit Ty vérifier le pouls de son père, puis l'abandonner pour s'approcher de sa mère et de Burt. Son épaule s'était remise à saigner, mais il ne sembla pas y prêter attention lorsqu'il serra sa mère en pleurs dans ses bras.

L'agent Forrest lentement s'approcha de Colton, écarta du pied l'arme de celui-ci et la ramassa. Il vérifia son pouls, secoua la tête.

— Il est mort, Hoosay.

Beth, qui jusque-là avait gardé Colton en joue, remit son arme dans son holster et soupira profondément à plusieurs reprises. Son taux d'adrénaline retombant, elle commençait à trembler. Rien ni personne ne l'avait préparée au moment où elle ôterait la vie à un homme.

Le jardin bientôt fut envahi par les policiers. Les gyrophares des voitures de patrouille bleuissaient et rougissaient les visages fatigués. L'officier Jake Redhorse se précipita auprès de May pendant que Ty aidait Burt Rope à se redresser. Les oreilles bourdonnantes, Beth, toujours immobile, regardait le chaos sans le voir.

Forrest s'approcha, lui toucha le coude.

— Ça va, Hoosay ?

— Je n'avais jamais tué personne…

Ce n'était pas une pensée agréable, même si elle savait que son initiative avait sauvé la vie de Ty. Elle avait la nausée, se sentait malade. Soudain, elle comprit pourquoi Ty refusait d'être armé.

— Je me sens mal.

— Je sais, dit Forrest.

Il l'escorta jusqu'à son véhicule, ouvrit la portière passager et la fit monter.

— Je vais avoir besoin de votre témoignage, Hoosay. En tout cas, vous êtes arrivée sur les lieux à une vitesse incroyable. Je n'ai jamais vu quelqu'un conduire à une vitesse pareille. Je vous ai perdue de vue sur les derniers lacets entre Darabee et ici.

Des lacets ? Mais quels lacets ? Elle ne s'en souvenait pas. Elle leva sa main tremblante et la tendit devant elle.

— C'est normal ?

— Chacun réagit à sa façon, mais toujours une fois le danger écarté. Vous avez fait votre boulot, Hoosay.

Non. Sa décision de prendre la route et ensuite de faire feu sur Colton Redhorse relevaient d'une nécessité émotionnelle. Seul un réflexe professionnel lui avait imposé de s'annoncer et d'ordonner à Colton Redhorse de lâcher son arme avant qu'elle ne tire.

— Vous êtes en état de choc, Hoosay. Je vais demander aux urgentistes de vous examiner.

— Ty va bien ? s'enquit-elle, essayant de passer devant Forrest qui faisait barrage.

Il y avait tellement de monde. Elle ne le voyait plus.

— Il est avec son frère Jake. Je dois sécuriser le périmètre.

— Et sa mère ? Les filles ?

— Les filles sont terrorisées, mais elles sont saines et sauves. Burt Rope va être conduit aux urgences, mais ça ira.

— Je peux voir Ty ? insista-t-elle.

— Non, Hoosay. Pas maintenant. Nous avons besoin de son témoignage dans un premier temps. Vous allez attendre ici, ce ne sera pas long. Ça vous va ?

Non. Ça n'allait pas. Pas du tout.

Beth se mit la tête entre les mains et respira profondément.

22

Quel chaos ! songea Ty.

Deux heures après les trois coups de feu de Beth qui avaient tué Colton, il attendait dans l'unique salle d'interrogatoire de la police tribale. Les murs en étaient blancs, et le sol carrelé de gris. Il n'y avait qu'une table et deux chaises. Il était assis sur l'une des deux. Un regard vers le miroir lui montra sa piètre apparence. Ébouriffé, T-shirt taché de sang parce que, bien sûr, sa blessure à l'épaule s'était remise à saigner. Kee, de nouveau aussi, allait le chapitrer.

Il s'était trop souvent trouvé dans cette pièce. Au moins, cette fois, il n'était pas menotté. Enfin, pour le moment.

Colton Redhorse, « le père », était mort. Il ne ressentait que du soulagement. L'homme qui avait terrorisé et frappé les siens ne les maltraiterait plus jamais. Mais les blessures qu'il avait causées mettraient du temps à se refermer…

Sa mère et Burt avaient été transportés à la clinique de la tribu où Abbie était toujours. Shirley, Jackie et Winnie allaient plutôt bien. Mais pendant combien de temps allaient-elles faire des cauchemars après ces événements ? Avaient-elles vu Colton se faire abattre ?

La porte s'ouvrit. Présageant le pire, il se retourna. Trois hommes entrèrent. Kenshaw Little Falcon, l'« homme médecine » et psychologue certifié ; Wallace Tinnin, le chef de police en train de mâchonner un chewing-gum et boitillant ; l'agent du FBI Luke Forrest. Ty regarda derrière eux, mais ne vit pas Beth. D'ailleurs, Luke Forrest referma la porte.

Ils voulaient entendre son témoignage ; Ty voulait auparavant entendre les dernières nouvelles.

Ils lui apprirent qu'Abbie allait mieux. Que Jewell Tasa avait été inculpée pour kidnapping et occupait toujours la seule cellule du poste de police. Que May avait été traitée pour un pic de tension artérielle, et Burt soigné pour une blessure à la tête et des côtes cassées. Que les trois sœurs Doka avaient été examinées par Kee puis confiées à Hazel Tran, membre du conseil tribal et professeur en retraite qui avait recueilli leurs plus jeunes frères, Hewett et Jeffrey. La famille Doka enfin réunie, il ne manquait que leur sœur aînée Kacey qui, comme il le savait, avait intégré un WITSEC avec Colt, le plus jeune de ses frères.

Forrest répondit à toutes ses questions. Il n'y en eut qu'une qu'il ne posa pas : *Où est Beth ?*

— Les membres du Wolf Posse et Faras ont été conduits à la prison de Darabee, sous la supervision du détective Bear Den, intervint Tinnin.

— Et Randy Tasa ?

— Pour le moment, il est pris en charge par les services de protection de l'enfance, répondit Kenshaw.

— Maintenant, nous avons besoin de ton témoignage, fils, dit Tinnin.

— Vous voulez que je commence par où ?

— Par le commencement : au moment où tu es parti à la recherche de ta sœur avec l'agent Hoosay.

Ty n'y tint plus.

— Où est Beth ?

— Débriefing. Déposition. Comme vous, Redhorse, intervint Forrest.

— Je peux la voir ?

Forrest secoua la tête.

Ty soupira et leur fit le récit des événements. À 22 heures, on lui rendit sa liberté, en lui enjoignant de revenir le lendemain pour répondre à de nouvelles questions. De là, Jake le conduisit à la clinique où Kee le soigna. Les sourcils froncés, il appliqua cette fois des Steri-Strip sur sa blessure plutôt que de la suturer.

— Ça vaut mieux, expliqua-t-il. Tu auras donc une cicatrice. Mais ne viens pas te plaindre, c'est ta faute.

— Comme souvent, dit Ty soudain très las.

Kee le fixa, surpris. En relevant la tête, Ty remarqua que son frère avait les larmes aux yeux. Soudain Kee le serra dans ses bras. Ty constata que Jake, présent lui aussi, était ému.

— Tu as sauvé la vie d'Abbie, commença Jake. Tu l'as retrouvée. Tu nous l'as ramenée saine et sauve. Tu as sauvé maman et Burt.

Jake à son tour l'enlaça. Ty leva sa main restée libre pour tapoter l'épaule de son frère. Kee fut le premier à reculer.

— Nous venons de découvrir ce que tu as fait, conclut Jake, les yeux fixés sur le sol.

Se demandant de quel méfait il allait encore l'accuser, Ty garda le silence.

— Je veux parler de papa, reprit Jake, cette fois en le regardant. Tu l'as piégé, autrefois. Pour qu'il sorte de notre vie.

Ty soupira.

— Tu as protégé ma fille du Wolf Posse et du réseau, poursuivit Jake.

— Sans toi, je n'aurais jamais réussi à libérer Ava des Russes, enchaîna Kee. Sans toi, nous aurions perdu la vie.

— Ty a sauvé Kacey en informant Colt du lieu où elle devait être livrée aux Russes, dit Jake à Kee.

Et il reprit à l'intention de Ty.

— Je suis désolé. Je n'avais pas compris. J'ai toujours cru que tu étais du mauvais côté…

— En réalité, il a toujours été du nôtre, corrigea Kee.

Ty sentit sa gorge se serrer et posa la main sur sa bouche pour que ses frères ne voient pas ses lèvres tremblantes.

Ils le regardaient comme s'ils le voyaient pour la première fois et lui étaient reconnaissants. Leur gratitude le bouleversait.

— Maman sait ? demanda-t-il.

— Elle avait deviné que tu avais piégé papa, déclara Jake. Je ne sais pas pourquoi elle n'en a jamais rien dit.

— Où est-elle ?

— Elle va passer la nuit à la clinique avec Abbie, répondit Kee. Burt aussi.

— La maison est toujours scène de crime et sous scellés, expliqua Jake.

Il posa la main sur l'épaule saine de Ty.

— Le Wolf Posse est enfin démantelé.

Ty sentit un fardeau tomber de ses épaules. Le Wolf Posse, tel un trou noir, avait englouti sa jeunesse et ses rêves. Mais le Wolf Posse n'existait plus.

— Il va falloir faire en sorte qu'il ne soit pas remplacé par un autre gang…, conclut-il.

Puis il se ressaisit.

— Maintenant, j'aimerais voir maman et Abbie.

De retour au poste de police, le lendemain, Ty fut accueilli par Ava.

— Ils t'attendent dans le bureau du chef, annonça-t-elle.

Un progrès après la salle d'interrogatoire.

— Bravo, Ty. Bon boulot ! ajouta-t-elle en lui souriant.

C'était si inhabituel d'être félicité et de ressentir de la fierté qu'il se sentit embarrassé.

— Merci, dit-il en s'éloignant.

Les officiers Harold Shay et Daniel Wetselline le congratulèrent également au passage. Le détective Jack Bear Den, déjà dans le bureau de Tinnin, lui tendit la main. Ty la lui serra et l'entendit de nouveau le remercier pour sa collaboration. Et c'était sincère.

Il avait l'impression d'évoluer dans un univers parallèle. Lui, fêté comme un héros… C'était libérateur mais étrange. Il se sentait mal à l'aise.

Beth était absente. La tenait-on à l'écart ? À moins que, sa mission terminée et sa promotion obtenue, elle ait déjà quitté l'Arizona ? Peut-être n'avait-elle pas eu envie de le revoir ou seulement de lui faire ses adieux.

Tinnin attendit qu'il ait pris place devant son grand bureau qui datait d'une autre époque.

— Chino Aria accepte de témoigner en échange d'un aménagement de peine. Il sera jugé par notre cour. Qu'en penses-tu ?

Ty essaya de se rappeler la dernière fois où on lui avait demandé son avis sur autre chose que sur une peinture de carrosserie, et resta d'abord muet.

— Chino est dangereux, dit-il enfin. Il voulait évincer Faras et prendre le leadership du Wolf Posse. S'il reste en liberté, il essaiera de reformer le gang.

Bear Den croisa le regard du chef Tinnin, et il y eut un échange silencieux entre les deux hommes. Ty comprit qu'ils étaient arrivés aux mêmes conclusions, et qu'il n'avait fait que confirmer ce qu'ils pensaient.

— Et les autres membres du gang ? fit Ty.

— Remis au *district attorney* qui va engager des poursuites judiciaires fédérales.

C'était exceptionnel. La tribu jugeait en général les délits commis par les siens. Cela dit, l'affaire dépassait ses compétences : jamais en effet la tribu n'avait eu à faire face à une affaire de traite d'êtres humains de cette envergure.

Ils lui relurent son témoignage qu'il signa.

— Autre chose ? s'enquit Tinnin.

— Oui. Du nouveau sur le sort de Randy Tasa depuis hier ?

— Oui. Il devrait être placé dans une famille de la réserve dans un jour ou deux.

Ty avait songé à s'occuper de lui car ce gamin lui rappelait ce qu'il avait été, naguère, un jeune chien fou, audacieux et imprudent.

La dernière question fut la plus difficile.

— Je vais revoir Beth Hoosay ?

— Pas officiellement, répondit Forrest. Hoosay devra retourner au Bureau d'Oklahoma City pour terminer son enquête sur l'affaire et faire son rapport.

Embarrassé de s'être trahi et d'avoir révélé son intérêt pour Beth, Ty baissa les yeux.

— Que cela ne t'empêche pas de la voir à titre officieux, ou privé, enchaîna Tinnin.

Ty croisa son regard et le lui déroba. Il n'avait pas l'intention de harceler Beth.

Tinnin poussa un soupir audible et joua machinalement avec la molette de l'éperon que Ty avait toujours vu sur son bureau.

— Quand tout sera terminé, la tribu voudrait te faire une proposition de travail, reprit-il.

— Dans un garage ? demanda Ty avec effort, et en ravalant sa fierté.

— Non, intervint Bear Den. Malgré vos talents pour réparer et restaurer les voitures.

Il sourit

— Nous aimerions que vous deveniez éducateur sous les auspices du conseil de la tribu et en relation avec l'administration scolaire fédérale.

— Que je devienne… Quoi ? fit Ty qui n'en croyait pas ses oreilles.

Il observa les hommes les uns après les autres. Rien dans leur expression ne laissait penser qu'ils plaisantaient.

— Je n'ai pas les qualifications requises.

— Au contraire. Tu es tout indiqué pour travailler avec des enfants difficiles, et nous n'en manquons pas, expliqua Tinnin. C'est un honneur de te faire cette proposition. Kenshaw Little Falcon a proposé de te donner une formation préalable. À vrai dire, je doute qu'on t'apprenne quoi que ce soit, car tu en sais assez sur la nature humaine.

— Eh bien… Je ne sais pas quoi dire…, marmonna Ty, honoré.

— Accepte, et c'est tout, conclut Tinnin en souriant.

23

Beth attendait Ty, assise sur la troisième marche de l'escalier menant à son appartement, Hemi à ses côtés.

Forrest lui avait assuré que, une fois l'enquête terminée, elle serait mutée dans l'antenne FBI de son choix.

Elle envisageait de choisir le Bureau de Phoenix. Ce n'était certes pas New York, mais c'était mieux qu'Oklahoma City. Et, au fond, ça n'avait plus aucune importance. Son désir de quitter l'Oklahoma avait peut-être été lié au fait que son père y était mort. Et aussi à la pensée que mettre de la distance entre sa mère et elle pourrait peut-être apaiser leurs relations toujours houleuses.

Elle avait d'ailleurs appelé sa mère aujourd'hui. Cela faisait longtemps… La conversation avait été malaisée, mais prometteuse.

Le destin était étrange… C'était Ty qui lui avait révélé l'importance d'avoir une famille unie ; elle ne voulait plus être l'éternelle solitaire et rebelle. Elle aimait la réserve de Turquoise Canyon, elle en aimait les habitants.

Elle aimait Ty. S'il voulait vivre dans cette réserve, elle resterait près de lui. Du moins s'il le désirait. Qu'avait-elle besoin d'aller à New York quand son amour était en Arizona ? Elle avait obtenu une promotion, et voilà que ça n'avait plus aucune importance.

Être mutée à New York ou Washington ne la rapprocherait pas de son père, pas plus que ne l'avaient fait la moto ou l'armée.

Les antennes de New York et de Washington géraient des problèmes globaux. Mais le Bureau de Phoenix, frontalier avec le Mexique, n'en manquait pas non plus.

Une question subsistait : Ty accepterait-il qu'elle fasse partie de sa vie ?

Le bruit de sa Pontiac, caractéristique, la tira de ses pensées. Hemi s'étira et se leva. Ty se gara à côté de sa moto, puis coupa le contact. Son expression était sombre et ses mouvements lents, quand il descendit de voiture. À l'évidence, il redoutait cette entrevue. Elle sentit son cœur chavirer, et son sourire disparut.

Il se pencha pour caresser Hemi qui, lorsqu'il se redressa, alla renifler les pneus de la Pontiac.

— Bonjour, lança-t-il avec hésitation.

— Bonjour…, répondit-elle en fourrant les mains dans ses poches arrière, ce qui ouvrit les pans de sa veste, révélant son holster avec son arme de service.

Elle avait tué son père. Cette terrible scène se rejoua dans son esprit, et elle se mordit la lèvre. Qu'est-ce qu'il en pensait ?

Il s'approcha sans hâte.

— Alors ça y est, tu es sur le départ ?

Forrest lui avait-il annoncé qu'elle avait été rappelée à Oklahoma City ?

Il continua sans attendre sa réponse.

— Tu as réussi, Beth. Tu as bouclé ton enquête sur le réseau et le gang. Bravo, agent Hoosay.

— Forrest a sa part de succès. Mais nous n'avons pas encore retrouvé les trois disparues. On y travaille.

Il la détailla de la tête aux pieds, et elle se sentit frémir. Mais elle reprit son sang-froid.

— Je garde confiance. Nous les retrouverons.

— Oui. J'espère.

Il baissa la tête.

— Ty ? fit-elle.

Elle lui tendit les mains.

— Je dois retourner à Oklahoma City, mais c'est temporaire.

— Temporaire ? À cause de ta promotion ?

— Oui. On m'a donné le choix.

— Entre Washington et New York ?

C'était ce qu'elle souhaitait, se rappela-t-il.

Il sentit un poids s'abattre sur ses épaules tandis que son cœur battait à tout rompre. Voilà. Elle partait, sans lui, pour sauver le monde. Et lui, il resterait ici et se contenterait d'en protéger une petite partie.

— Félicitations, agent Hoosay.

Il soupira.

— Je suis content pour toi, Beth.

Comment avait-il réussi à prononcer ces mots ? Content pour elle ? Il devait filer avant qu'il se ravise et la supplie de rester. Il regarda vers son garage et leva les yeux vers son appartement à l'étage.

Elle s'approcha et posa les mains sur les siennes, glacées.

— J'espérais que tu me demanderais de rester.

Il cilla.

— Rester ? Ici ?

Hemi revint à cet instant et renifla leurs mains jointes. Beth éclata de rire et lâcha une de ses mains pour la caresser.

— Ty, je ne veux pas te quitter. Si tu m'acceptes dans ta vie, je vais demander ma mutation au Bureau de Phoenix ou de Flagstaff. Et ça, ce sera mon territoire.

Elle montra les terres qui les environnaient d'un geste ample.

— Ici ? répéta Ty, le cœur battant violemment. Tu veux vraiment rester ? Ça n'a pas de sens !

— Si. Si c'est pour rester avec toi.

Il lâcha sa main et recula.

— Non, Beth. Tu ne vas pas renoncer à ta carrière à cause de moi.

— Et pourquoi pas ?

— Parce que, un jour ou l'autre, tu me reprocheras de t'avoir fait manquer ta chance.

— Pour commencer, je n'aurais jamais réussi sans toi. Nous savons tous les deux que c'était perdu d'avance. Ma chance, c'est de t'avoir rencontré.

— Tu commets une erreur.

— Non. J'aime ta tribu. Je t'aime, Ty. Et je te le prouverai jusqu'à mon dernier souffle !

— Je ne veux pas que tu te sacrifies.

Elle lui adressa un petit sourire entendu. Il secoua la tête, sans comprendre.

— L'amour, mon amour pour toi, ce n'est pas le sacrifice, Ty. Au contraire. C'est le don. La générosité.

Il déglutit.

— Beth… Tu en es sûre ? lâcha-t-il dans un souffle.

Elle se jeta dans ses bras, noua les mains autour de sa nuque et l'embrassa. Quand elle recula, Ty égaré se demandait toujours s'il ne rêvait pas.

— Je suis tienne, Ty Redhorse. J'ai trouvé l'homme selon mon cœur. Toi. Je ne te laisserai pas au profit de ma carrière. Je t'aime, Ty.

Il la serra dans ses bras et appuya la joue sur sa tête.

— J'ai tellement de chance… Je suis enfin comblé, murmura-t-il.

Épilogue

Deux mois avaient passé. Janvier était froid et pluvieux. À Atlanta, Géorgie, régnaient le gris et l'humidité. Revêtus des cirés du FBI, Ty et Beth étaient postés devant le bar où le raid du FBI venait d'avoir lieu. Les flaques d'eau et le sol trempé reflétaient, les déformant, les néons roses de l'enseigne GIRLS ALL NUDE ainsi que les lueurs rouges et bleues des gyrophares des voitures de patrouille.

Les agents de terrain du Bureau d'Atlanta faisaient sortir le personnel.

Colt et Kacey se tenaient près de Ty. L'arrestation de Victor Vitoli et de ses hommes avait provoqué celle de Leonard Usov, le leader du réseau qui sévissait dans le sud-ouest du pays et sous la coupe de l'organisation criminelle Kuznetsov. Kostya Kuznetsov avait été arrêté et, selon Beth, ne pourrait échapper aux lourdes charges qui pesaient sur lui.

Grâce aux indices, informations et preuves rassemblés à l'issue des arrestations et interrogatoires qui avaient eu lieu dans la réserve de Turquoise Canyon au tout début du mois de novembre, plusieurs jeunes filles dont Maggie Kesselman et Brenda Espinoza, avaient été retrouvées en décembre non loin de Tucson dans une maison où étaient hébergées les mères porteuses.

Mais Marta, la meilleure amie de Kacey, était toujours portée disparue.

Jusqu'à aujourd'hui. Et c'est Beth qui avait contacté Kacey Doka Redhorse et Colt Redhorse pour leur annoncer la grande nouvelle et leur demander d'être présents.

Kacey et Colt étaient revenus dans la réserve de Turquoise Canyon avec leur fils Charlie. Usov et Vitoli derrière les barreaux, il n'y avait en effet plus aucune raison pour que le jeune couple bénéficie d'un WITSEC.

Le chef Wallace Tinnin était présent avec Kenshaw Little Falcon, l'« homme médecine » et psychologue de la tribu. Tinnin portait l'uniforme de la police tribale, et Kenshaw une veste en mouton retourné, plus appropriée aux montagnes d'Arizona. Le large bord de leurs stetsons empêchait l'eau de leur couler sur le visage.

Une autre porte s'ouvrit. Trois jeunes filles sortirent, effrayées, les yeux écarquillés. Certains employés de ce bar avaient un statut officiel dans cet établissement tenu par l'organisation Kuznetsov, mais la majorité n'y avait ni statut ni salaire. Les filles y travaillaient comme serveuses, danseuses ou prostituées et ne quittaient jamais les lieux.

Kacey poussa un cri.

— Marta !

La dernière du groupe se retourna. Son teint naguère doré avait jauni, et elle avait de profonds cernes violets. Ty la reconnut.

C'était Marta Garcia, la meilleure amie de Kacey.

À sa vue, Marta ouvrit de grands yeux et porta la main à sa bouche. Puis elle éclata en sanglots. Kacey se précipita vers elle. Toutes deux s'étreignirent en pleurant alors qu'elles tombaient sur les genoux dans le parking détrempé par la pluie.

Ty déglutit pour contenir son émotion.

La tribu avait bien remis les membres du gang, à l'exception de Randy Tasa, aux autorités fédérales. Le détective Bear Den avait accepté d'être son tuteur. Avec un tel modèle, Randy avait une chance de devenir un homme digne de ce nom.

Forrest s'approcha.

— Que va-t-il arriver au bébé de Marta ? le questionna Ty.

Il savait, par Beth, que le FBI avait découvert l'identité des parents biologiques qui avaient eu recours à des mères porteuses et payé des sommes exorbitantes pour que celles-ci reçoivent les meilleurs soins pendant leur grossesse. Ils ignoraient que ces jeunes filles avaient été inséminées à leur insu et étaient malheureuses.

— La justice en décidera... Il y aura des répercussions. Dans ce cas, il s'agit de trafic de nouveau-nés. Je ne sais pas si l'État leur retirera leurs enfants. Ce sont les parents biologiques, mais...

Forrest se gratta la nuque.

— Je suis soulagé de ne pas avoir à en décider...

Colt les laissa pour rejoindre sa femme et son amie. Il passa une couverture de survie autour des épaules de Marta que Kacey aida à se relever.

— Tu rentres à la maison avec nous, Marta. C'est fini maintenant, lui dit Kacey.

Marta s'accrocha à elle. Ce n'était pas fini, le traumatisme persisterait. Mais Kenshaw avait réuni une équipe pour aider les jeunes disparues de la tribu à le surmonter. Comme il avait d'ailleurs aidé sa mère, après le retour dramatique de son ex-mari.

— Prêt à rentrer à la maison, Ty ? demanda Beth.

Ty lui sourit et lui prit la main. Ils se dirigèrent vers leurs véhicules.

C'était fini. Mais pour eux la vie commençait.

Désormais, Beth travaillait à Phoenix.

Le Wolf Posse avait été démantelé, et ils feraient tout pour qu'il ne renaisse pas de ses cendres. Mais, surtout, ils envisageaient de se marier et d'acheter une maison.

— Et des chevaux, dit Beth.

— Pour faire du *barrel racing* ?

— Oui. Pour commencer.

— Tout ce que tu veux, si ça te fait plaisir.

Comme elle était heureuse d'être avec l'homme qu'elle aimait et qui, après avoir traversé tant d'épreuves, connaissait le prix du bonheur !

— Merci.

— Beth, j'aime ce que tu aimes mais, plus que tout, je t'aime.

Elle sourit.

— Il ne faut surtout pas que Hemi t'entende !

— Hemi t'aime aussi !

Elle se pencha vers lui et l'embrassa. Quand elle s'écarta, elle posa les mains sur sa poitrine.

— Et moi je t'aime, Ty.

Il arrivait que les rêves se réalisent. Celui-là était le plus beau.

Celui de l'amour absolu.

Retrouvez en août 2019,
dans votre collection

BLACK ROSE

Au cœur du risque, de Nicole Helm - N°546

SÉRIE LES CLANS DE LA DISCORDE 1/3

Grady Carson ! Pour Laurel Delaney, adjointe du shérif, ce seul nom évoque la vieille querelle qui oppose son clan à celui du propriétaire du bar local. Pourtant, lorsqu'elle se retrouve en présence de Grady dans le cadre de l'enquête qu'elle est en train de mener, elle ne se reconnaît plus. Bien qu'elle tente de garder une attitude professionnelle, elle perd contenance et sent un frisson la parcourir tandis qu'il l'enveloppe d'un regard insistant, un sourire ironique aux lèvres…

Des jumelles à protéger, de Justine Davis

« Je suis la candidate au poste de nounou. » Debout sur le pas de la porte de Dante, la jeune femme expose sa requête d'une voix timide. Un instant hésitant, il la reconnaît soudain et s'interroge : quelle mystérieuse raison a bien pu pousser l'héritière d'une des familles les plus riches de la ville à postuler pour devenir la nurse de ses nièces ? Les deux adorables jumelles de six mois dont il est devenu le tuteur après le double meurtre de son frère et de sa belle-sœur…

Blessés par le passé, de Tyler Anne Snell - N°547

« Dane, tu es le seul en qui j'ai confiance, viens à notre secours ! » Tandis qu'il roule vers le collège où Rachel et l'un de ses élèves sont retenus en otage, Dane sent les battements de son cœur s'accélérer. Car, s'il ne doute pas un instant qu'il parviendra à les libérer, il ne sait pas en revanche comment il va se comporter face à Rachel. Rachel, la femme de son meilleur ami tué en service sept ans plus tôt. Rachel, qu'il n'a pas revue depuis et dont il a toujours été amoureux…

La passagère clandestine, de Susan Cliff

Fuir, mettre le plus de distance possible entre elle et son ex-mari… En Alaska où elle a trouvé refuge, Tala pense avoir enfin trouvé la paix. Pourtant le destin semble s'acharner sur elle : dans le café où elle travaille, elle est malgré elle témoin d'un meurtre et c'est la folle cavale qui recommence. Une fuite en avant qui la pousse à se cacher dans un camion, passagère clandestine d'un inconnu aussi discret que séduisant et qui, au lieu de la chasser, lui offre aide et protection…

Retrouvez en août 2019,
dans votre collection

BLACK ROSE

Les disparues du Wyoming, de Rachel Lee - N°548

Par une nuit d'hiver glaciale, trois lycéennes disparaissent en pleine tempête de neige. Persuadée que les jeunes filles ont été enlevées par un prédateur solitaire, Kelly, adjointe du shérif, organise une battue pour les retrouver. Mais les conditions climatiques freinent les recherches, l'enquête piétine. Kelly décide alors de faire appel à Allan Carstairs, un ancien marine, solitaire et taciturne, devenu dresseur d'animaux. Avec l'aide de ses chiens, ils se lancent alors dans une traque complexe et dangereuse...

On a enlevé Aubrey, de Barb Han

On a enlevé Aubrey ! Tandis qu'il inspecte le parc où la petite fille a disparu, Wyatt se demande par quelle ironie du sort sa vie a basculé ainsi en quelques jours : d'abord il apprend que son père biologique vient de mourir en lui léguant une fortune considérable. Puis c'est Meg qui l'appelle au secours. Meg dont il s'est séparé un an plus tôt et dont le bébé - *leur* bébé - vient d'être enlevé à cause de lui...

Sous étroite surveillance, de Paula Graves - N°549

Alicia est furieuse : Gabe Cooper va emménager chez elle. Bien sûr, elle admet avoir peur depuis que le tueur en série dont elle étudie le modus operandi lui a envoyé des menaces laissant à penser qu'elle serait la prochaine victime. Et elle admet aussi que bénéficier de la protection de la police la rassure. Mais pourquoi a-t-il fallu que ce soit Gabe, le seul homme qui l'ait troublée depuis des années, qu'on ait chargé de la surveiller ? Alicia s'en fait le serment : pour garder son cœur intact, elle mettra le plus de distance possible entre elle et Gabe..

Pour protéger mon fils, de Cindy Dees

Désorienté, Nick ouvre les yeux avec difficulté. Que fait-il dans une chambre d'hôpital ? Et qui est cette femme assise à son chevet ? Elle s'appelle Laura, lui révèle-t-elle. Et, cinq ans plus tôt, ils ont vécu ensemble une véritable passion. C'était avant que Nick ne disparaisse du jour au lendemain. Ce dernier est sous le choc. Où était-il pendant toutes ces années ? Il n'en a aucun souvenir... Pourtant, il est urgent qu'il recouvre la mémoire. Car Laura lui dit qu'il a sûrement été séquestré par des criminels qui ont décidé de s'en prendre à Adam. Leur fils de quatre ans...

Composé et édité par HarperCollins France.

Achevé d'imprimer en juin 2019.

CPi
BLACK PRINT

Barcelone

Dépôt légal : juillet 2019.

FSC
www.fsc.org
MIXTE
Papier issu de sources responsables
FSC® C108412

Pour limiter l'empreinte environnementale de ses livres, HarperCollins France s'engage à n'utiliser que du papier fabriqué à partir de bois provenant de forêts gérées durablement et de manière responsable.

Imprimé en Espagne.